琥珀の眼の兎

The Hare with Amber Eyes

A Hidden Inheritance

エドマンド・ドゥ・ヴァール
佐々田雅子＝訳

早川書房

琥珀の眼の兎

THE HARE WITH AMBER EYES
A Hidden Inheritance

by

Edmund de Waal

Translated by

Masako Sasada

First published 2011 in Japan by

Hayakawa Publishing, Inc.

This book is published in Japan by

arrangement with

Felicity Bryan Ltd.

through Tuttle-Mori Agency, Inc., Tokyo.

装幀／坂川栄治＋永井亜矢子（坂川事務所）

ベン、マシュー、アナへ
そして、父へ

「人がもはやものごとに執着しなくなっても、かつて執着したものには何らかの感情が残ります。なぜなら、そこには常に、他人には理解できない理由があったからです……さて、他人とともに生きていくのに少しばかり倦んだ今、自分が過去に抱いたきわめて個人的、私的な感情が——蒐集家というものの宿痾《しゅくあ》で——非常に貴重に思われます。わたしはガラス戸棚が開くように自分に向かって心を開きます。そして、世人にはうかがい知れない数多《あまた》の恋愛の一つ一つを見なおします。わたしは今、ほかのどのコレクションにも増して、この恋愛のコレクションに愛着を感じています。マザラン（フランスの枢機卿、政治家）が自分の蔵書についていっていたように、ただし、それほど強い苦悩はないにしても、こういうものすべてを手放さなければならないのは非常に憂鬱なことだろう、と独りつぶやいています」

シャルル・スワン

マルセル・プルースト『ソドムとゴモラ』

目次

エフルッシ家家系図

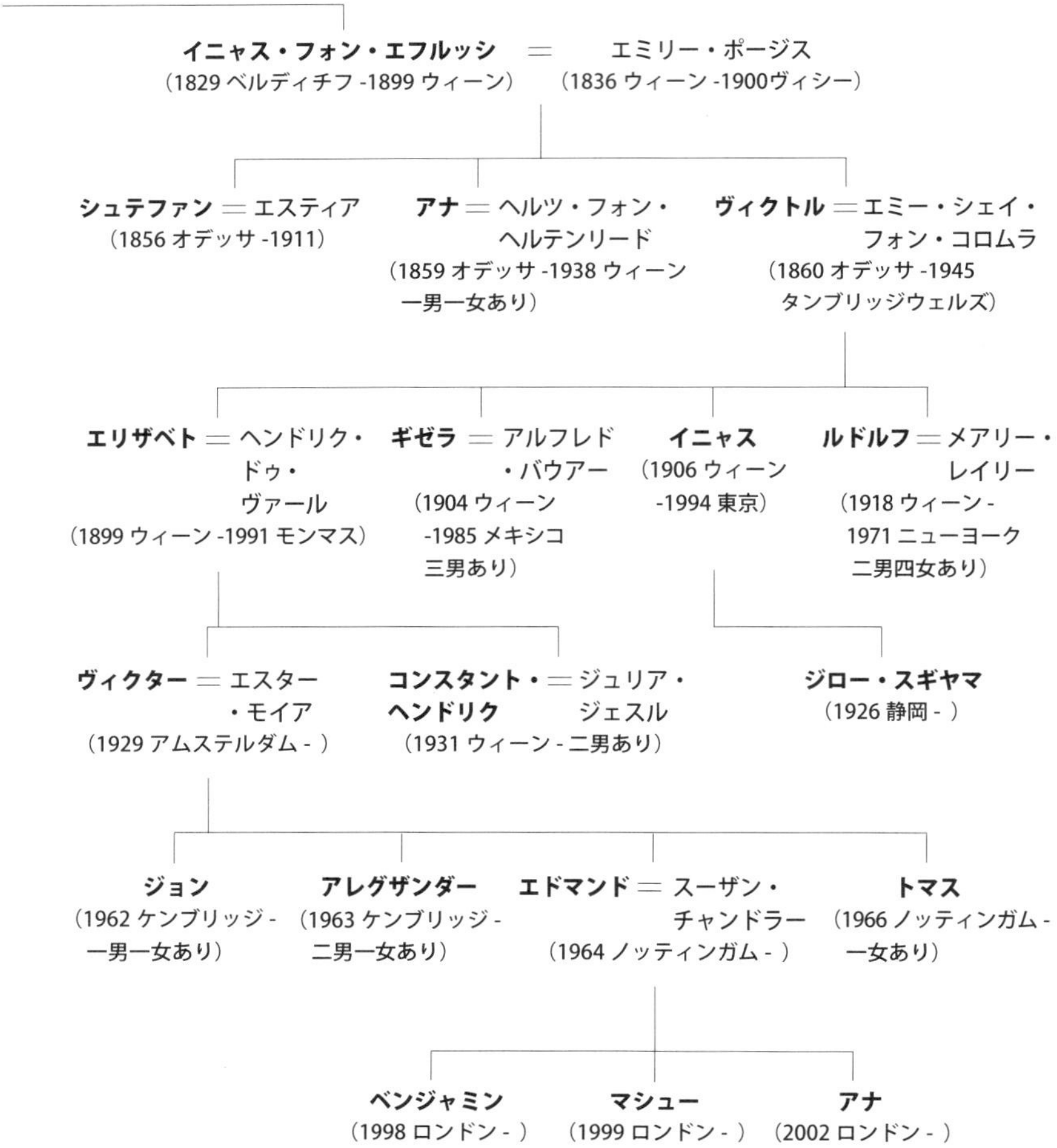
イニャス・フォン・エフルッシ ＝ エミリー・ポージス
（1829 ベルディチフ -1899 ウィーン） （1836 ウィーン -1900ヴィシー）
シュテファン ＝ エスティア
（1856 オデッサ -1911）
アナ ＝ ヘルツ・フォン・ヘルテンリード
（1859 オデッサ -1938 ウィーン 一男一女あり）
ヴィクトル ＝ エミー・シェイ・フォン・コロムラ
（1860 オデッサ -1945 タンブリッジウェルズ）
エリザベト ＝ ヘンドリク・ドゥ・ヴァール
（1899 ウィーン -1991 モンマス）
ギゼラ ＝ アルフレド・バウアー
（1904 ウィーン -1985 メキシコ 三男あり）
イニャス
（1906 ウィーン -1994 東京）
ルドルフ ＝ メアリー・レイリー
（1918 ウィーン - 1971 ニューヨーク 二男四女あり）
ヴィクター ＝ エスター・モイア
（1929 アムステルダム - ）
コンスタント・ヘンドリク ＝ ジュリア・ジェスル
（1931 ウィーン - 二男あり）
ジロー・スギヤマ
（1926 静岡 - ）
ジョン
（1962 ケンブリッジ - 一男一女あり）
アレグザンダー
（1963 ケンブリッジ - 二男一女あり）
エドマンド ＝ スーザン・チャンドラー
（1964 ノッティンガム - ）
トマス
（1966 ノッティンガム - 一女あり）
ベンジャミン
（1998 ロンドン - ）
マシュー
（1999 ロンドン - ）
アナ
（2002 ロンドン - ）

★再婚

シャール・ヨアヒム・エフルッシ ＝ **ベル・レヴンソン**
（1793 ベルディチフ -1864 ウィーン） （-1841）

ヘンリエッタ・ハルパーソン
（1822 レンベルク -1888 ウィーン）

レオン・エフルッシ ＝ ミーナ・リンダウ
（1826 ベルディチフ -1871 パリ） （1824 ブロドゥイ -1888 パリ）

ジュール ＝ ファニー・プファイファー
（1846 オデッサ -1915 パリ）

イニャス
（1848 オデッサ -1908 パリ）

シャルル
（1849 オデッサ -1905 パリ）

ベティー ＝ マックス・ヒアシュ・カン
（1851 オデッサ -1871 パリ）

ファニー・カン ＝ テオドール・レナック
（1870 アントワープ -1917 パリ 四男あり）

★再婚
ヘンリエッタ・ハルパーソン
（1822 レンベルク -1888 ウィーン）

ミシェル ＝ リリアン・ビア
（1845 オデッサ -1914 パリ 三女あり）

テレーズ〝バシャ〟 ＝ レオン・フールド
（1851 オデッサ -1911 パリ 一男二女あり）

モーリス ＝ シャーロット・ベアトリス・ド・ロッチルド
（1849 オデッサ -1916 パリ）

マリー〝マッシャ〟 ＝ ギー・ドゥ・ペルサン
（1853 オデッサ -1924 パリ 一女あり）

序

一九九一年、わたしは日本のある財団から二年間の奨学金を授与された。その趣旨は、各種の専門職——工学、ジャーナリズム、製造業、陶芸——で日本への関心を有する若い英国人七人に、初めは英国の大学で、続く一年は東京で、日本語の基礎知識を教えこもうというものだった。わたしたちはプログラムの第一期生で、寄せられた期待は小さからぬものがあった。

その二年目、わたしたちは午前を渋谷の語学学校で過ごした。学校は、ファーストフードの系列店と安売りの電器店が混在する地区から丘を上ったところにあった。ちょうど、東京が戦後最大の好景気を経験した折だった。世界でもっともせわしい通勤者たちが横断歩道で立ち止まり、鰻上りの日経平均株価を表示するスクリーンに一瞥をくれる姿が見かけられた。わたしは地下鉄のラッシュアワーのピークを避けるため、家を一時間早く出て、仲間の年長の学者——考古学者——と落ちあい、通学の途上でシナモンパンとコーヒーの朝食をとった。わたしはいつも宿題を抱えていた。生徒時代以来初めてのまともな宿題。毎週、百五十の漢字をおぼえ、タブロイド判の新聞のコラムの文法を説明し、何十もの会話の言いまわしを毎日繰り返し唱えるのだ。といって、気後れするようなこともなかった。仲間の年少の学者たちは、自分が見たテレビ番組や政界スキャンダルについて、先生と日本語で冗談を言いあっていた。学校の前には、緑色の金属製の門があった。ある朝、それを蹴りながら、二十八歳にもなって校門を蹴ったりするというのはどういうことかと考えたのをおぼえている。

午後は自由だった。それで、週に二度、陶芸の工房に通った。同好の士には、茶碗をこしらえる元ビジネスマンから、粗い赤土と網で前衛的な表現を試みる学生までがいた。会費を払って、作業台や轆轤《ろくろ》の前に座れば、あとは邪魔されることもなく仕事を進めることができた。いつも陽気なおしゃべりが聞こえてはいたが、けっして騒々しくはなかった。わたしは初めて磁器の作品づくりに挑み、広口瓶やティーポットを轆轤から下ろしては、そっと胴を押さえるという作業を続けた。

わたしがポット（壺、鉢、瓶、甕の類）をつくりはじめたのは子どものころで、父にうるさくせがんで夜間学級に通わせてもらった。わたしの初めてのポットはぞんざいなつくりのボウルで、乳白色の地にコバルトブルーの飛沫のような模様をつけたものだった。生徒時代、午後はほとんど製陶所で過ごした。十七歳になったばかりで学校を出ると、英国の陶芸家、バーナード・リーチを信奉する厳格な師匠に弟子入りした。師は素材の尊重と、目的との適合性ということを教えてくれた。わたしは灰色の炻器《せっき》（陶磁器の一種）のスープ皿やハニーポットを何百となく投げ捨てては、床に散った破片を掃除した。釉薬《ゆうやく》づくりを手伝うときは、東洋の色彩の再現に努めた。師は一度も訪日したことはなかったが、書棚の何段かを日本のポットに関する本で埋めていた。わたしたちは、午前のミルクコーヒー用のマグに対する特定の茶碗のメリットといったことについて、よく議論した。衒《てら》いなきよう心せよ、と師はいった。簡潔なることが豊麗なること、というわけだ。わたしたちは黙々と、あるいはクラシック音楽に合わせて仕事をした。

わたしは十代の徒弟時代、日本で長い一夏を過ごしたことがある。益子、備前、丹波といった陶芸の里に、やはり厳格な陶匠たちを訪ねたのだ。その折、茶室の障子の閉まる音や庭の石を伝う水の音を聞くと、ある種の直観がもたらされた。ダンキンドーナツの店のネオンを見るたびに、渋面が生まれるのとは対照的に。わたしは帰国してから、ある雑誌に寄稿したが、『日本と陶芸家の倫理——素材と時代性への敬意を涵養する』というその記事はわたしの傾倒の深さを物語る書証となっている。

徒弟修行を終え、大学で英文学を学んだあと、七年間は黙々と独りで働いた。初めはウェールズとの境界の設備の整った工房群で、それから、都心のスラム街で。わたしは大いに集中して仕事をした。作品のポットもそれに見合ったものとなった。そして今、わたしは再び日本を訪れ、乱雑な工房にいた。隣の人は、野球についておしゃべりしながら、磁器の広口瓶をつくっていた。型押ししたその胴には街いが透けて見えた。それでも、わたしは楽しんでいた。うまくいっているという感覚があった。

また、週に二度、午後になると、日本の民衆的工芸の美術館である日本民藝館の書庫を訪ね、リーチに関する本を読み進めた。民藝館は郊外に再建された農家という趣の建築で、柳宗悦の日本及び朝鮮の民芸品のコレクションを収蔵している。哲学者、歴史家にして詩人の柳は、なぜ、ある品々——無名の職人によってつくられたポット、籠、布——がかくも美しいのかという論を展開した。柳の見解では、そういう品々は無数につくられるうちに、職人が自らのエゴから解放され、その結果、無意識の美を体現するようになったのだ。柳とリーチは、青年時代、二十世紀初頭の東京で無二の友となった。二人は、ブレーク、ホイットマン、ラスキンなどを耽読した感想を、精彩あふれる手紙に書いて交換した。また、二人で、東京から遠からぬ郊外の村落に芸術家コロニーを創設した。その地で、リーチは地元の若者の助けを借りて作陶に励み、柳はボヘミアンの友人たち相手にロダンや美について論じた。

ドアを通り抜けると、石の床はオフィス用のリノリウムに変わり、奥の廊下の先に柳の書庫があった。間口十二フィート、奥行き八フィートほどの狭い部屋だったが、天井に達する書棚は蔵書で埋まり、ノートや書状をおさめたマニラ紙の箱がいくつも積み重ねられていた。そこに、デスクが一つ、電球が一つ。わたしは書庫というものが好きだ。その書庫は、きわめて静粛で、ひどく陰鬱だったにしても。わたしはそこで読み、書き、リーチの再評価を試みる伝記の執筆を構想した。それは、表向きは〝ジャポニスム〟を論じる本になるはずだった。〝ジャポニスム〟という潮流の中で、西欧は百年以上にわたり、情熱的かつ創造的に日本を誤解してきた。芸術家にそれほどの意気と熱情を生起させたのは、また、誤解に次ぐ誤解と指摘されているような学者の偏頗《へんぱ》を生起させたのは日本の何なのか、わたしは知りたかった。この本を書くことで、自分自身がこの国への深くも惑うばかりの陶酔から救いだされるのではないかと希望した。

そして、週に一度、わたしは大叔父のイギーのもとで午後を過ごした。

地下鉄の駅から歩いて丘を上り、光り輝くビールの自販機群を過ぎ、四十七士が葬られている泉岳寺を過ぎ、神道の宗派の奇怪なバロック式の会堂を過ぎ、ぶっきらぼうなX氏が営む鮨屋を過ぎて右折すると、松が生い茂る高松宮邸の庭園の高い塀があった。わたしは目指すマンションに入ると、エレベーターで七階へ上がった。イギーは窓際の肘掛け椅子に座って読書しているのが常だった。その本はといえば、たいていはエルモア・レナードかジョン・ルカレ、あるいはフランス語の回顧録だった。彼の言い分によると、奇妙なことだが、言語の中には、ほかよりも温かい言語があるということだった。わたしが身を屈めて挨拶すると、彼はキスしてくれた。

イギーのデスクには、インクの吸い取り器、レターヘッド入りの書簡紙の束、いつでも用に供せられるペンが置いてあったが、当人が何かを書くことはもうなかった。彼の背後の窓からの眺望といえば、クレーンばかりだった。東京湾は四十階建てのマンション群の陰に隠れようとしていた。

わたしたちは昼食をともにした。それは家政婦のナカノ夫人がつくってくれたものか、イギーの友人で、直接行き来できる部屋に住むジローが置いていってくれたものだった。オムレツとサラダ、銀座のデパートにある一流のフランス風ベーカリーで求めたパンのトースト。サンセールかプイィ・フュメの冷やした白ワイン。桃。チーズと美味なコーヒー。ブラックコーヒー。

イギーは八十四歳で、少し腰が曲がっていた。しかし、常に寸分の隙もない着こなしをしていた。ポケットからハンカチをのぞかせたヘリンボーンのジャケット、薄い色のワイシャツとネクタイという装いの彼はハンサムだった。彼はまた、小さな白い口ひげをたくわえていた。

昼食をすませると、わたしたちは居間の一方の壁の大半を占める長いガラス戸棚の引き戸を開けた。そして、根付を一つずつ取りだした。琥珀の眼の兎。日本刀と兜を帯びた少年。振り向いてうなっているのは、肩と脚ばかりの虎。イギーからその一つを受け取ると、二人して、ためつすがめつした。そのあと、ガラスの棚の何十もの動物や人物の間に、それを慎重に戻した。

わたしはいくつかの小さなカップに水を張っておいた。乾燥した空気で象牙が割れないようにという用心からだった。

イギーがよく口にする質問があった。わたしたちがこれを子どものように愛しているということをいったかな？　どうして、パリの従兄からわたしの両親に渡ったかをいったかな？　アナのポケットの話をしたかな？

会話は、ときに唐突な方向転換をすることがあった。あるとき、イギーはこん

根付のコレクションを前にしたイギー　東京　1960年

な話をした。ウィーンでは、一家の料理人が彼の父の誕生日の朝食にカイザーシュマーレン（皇帝のパン菓子の意）、すなわち、パンケーキと粉砂糖を層状に重ねたものをこしらえた。それが執事のヨーゼフによって、いかにも仰々《ぎょうぎょう》しく食堂へ運びこまれ、長いナイフで切り分けられた。たとえ皇帝でも自分の誕生日にこんな幸先のよいことは望めない、とパパはいつもいっていた云々。ところが、次の瞬間にイギーが語っているのはリリーの再婚のことだった。しかし、リリーというのは誰なのか？

ありがたい、とわたしは思った。たとえ、リリーが誰かを知らなくても、そういう話がどこに由来しているかは知っていたからだ。バートイシュル（オーストリアの湯治場）、ケヴェチェシュ、ウィーン。夕闇が東京湾の奥へ奥へと伸びて、クレーンの作業灯がつくころには、自分が何かの書記にでもなったような気がした。ノートを手にイギーの傍らに座り、第一次大戦前のウィーンについて彼が語ることを記録すべきではないかという思いに駆られたのだ。だが、実際にそうはしなかった。それではあまりにも形式ばっていて、どこかふさわしからぬ感があったからだ。それのみか、強欲すぎるという感も。それはまことに豊潤な物語であり、わたしはただただ楽しめばよかったのだ。いずれにしても、反復が物事を滑らかにするという傾向は好ましいもので、イギーの物語には円滑な川石のような風情があった。

その年、何度となく午後をともに過ごすうちに、イギーのパパは長女エリザベトの聡明さを自慢していたが、ママはもってまわった言いまわしを嫌っていたと聞かされた。わかりやすく話しなさい！というわけだ。イギーは今も多少不安げに、次姉ギゼラとのゲームのことをしばしば口にした。客間から何か小さな品物を取ってきて、階段を下り、中庭を横切り、馬丁たちの間をすり抜け、今度は地下への階段を下り、家の下にあるアーチ形の空間にそれを隠すというゲームだった。取ってきてみろ、とお互いに挑発するうち、暗闇の中でその品物をなくしてしまったこともあった。それは仕上がらぬまま擦り切れたという趣の記憶だった。

後《のち》のチェコスロヴァキアに位置する一家の田舎の屋敷、ケヴェチェシュをめぐる物語も数多くあった。ある日の夜明け前、イギーは母のエミーに起こされた。そして、刈り株の間にひそむ野兎を初めて自分で撃とうと、銃を持った猟場の番人を伴って出かけた。しかし、冷気の中でかすかに震える兎の耳を見ると、どうしても引き金を引くことができなかった。

ギゼラとイギーは、鎖につないだ熊を引き連れたジプシーたちを見かけた。彼らは地所の端の川岸に野営していた。二人は怖くなって一目散に逃げ帰った。近くの小駅にオリエント急行が停まると、白いドレス姿の祖母が駅長の手を借りて降り立った。二人は駆け寄って迎え、緑の紙に包まれたケーキを受け取った。祖母がウィーンのデメル（菓子店）で二人のために買い求めてきたものだった。

エミーは朝食のとき、イギーを窓際に連れていって、食堂の窓外の秋の木が五色鶸《ごしきひわ》の群れに覆われている様を見せた。彼が窓をコツコツ叩くと、鳥はいっせいに飛び立った。木は依然、金色に輝いていた。

話を終えたイギーが昼寝をしている間に、わたしは食後の後片づけをした。それから漢字の宿題に取りかかり、あまり気乗りのせぬまま、桝目の用紙を一枚一枚埋めていった。ジローが仕事を終え、日英の夕刊紙と翌日の朝食用のクロワッサンを抱えて帰ってくるまで、わたしは居残っていた。ジローがシューベルトかジャズをかけ、三人で一杯やったあとで辞去した。

わたしは目白にきわめて快適なシングルルームを借りていた。窓からは、アザレアに埋もれた小さな庭園を見渡すことができた。部屋には電気こんろとやかんを備えて、精々努力したのだが、わたしの夜の生活は麺類ばかりの、どちらかというと寂しいものだった。月に二度は、ジローとイギーが夕食やコンサートに連れだしてくれた。帝国ホテルで一杯やり、それから、美味この上ない鮨かタルタルステーキ、あるいは、銀行家の祖先に敬意を表して、牛の蒸し焼き財政家風《ブッフ・ア・ラ・フィナンシエール》をご馳走になった。イギーは必ずフォアグラを食したが、わたしは遠慮した。

その夏、英国大使館で学者たちを招いてのレセプションが開かれた。わたしは日本語でスピーチしなければならなかった。滞日期間中に何を学んだか、文化がいかに二つの島国の架け橋となっているかがテーマだった。わたしは耐えられなくなるまで、リハーサルを繰り返した。イギーとジローも会場にあらわれた。二人がシャンペンのグラス越しに激励してくれているのがわかった。あとで、ジローはわたしの肩を抱きしめ、イギーはキスしてくれた。二人は微笑み、口をそろえて、わたしの日本語を〝ジョウズ・デス・ネ〟――熟練した、巧みな、並ぶものがないの意――と評した。

この二人はそういえるだけのものがあった。ジローの住まいには、畳敷きの和室、それに彼の母とイギーの母エミーの写真を飾った祭壇があった。それに向かって、祈りの文句を唱え、鉦《かね》を鳴らすのだ。ドアの向こうのイギーの住まいにも、デスクの上に、瀬戸内海の船上の彼ら二人の写真が置いてあった。背後には松に覆われた山が見え、水面《みなも》には陽光が斑《まだら》模様を描いていた。撮影は一九六〇年一月。髪を後ろに撫でつけていかにもハンサムなジローが、イギーの肩に腕をまわしている。そして、もう一枚、一九八〇年代の写真があった。ハワイのどこかのクルーズ船の上で、夜会服姿の二人が腕を組みあっていた。

最後まで生き残るのはつらいことだ、とイギーが小声でいった。

日本で年齢《とし》を重ねるのはすばらしいことだ、と今度はもう少し大きな声でいった。わたしはもう半生以上をここで生きてきた、ともいった。

ウィーンに何か心残りはありますか？（もっと率直に聞いてもよかった。あなたは年老いた今、自分の生国を離れて暮らしていますが、何か心残りは？）

ないね。わたしは一九七三年まで帰郷しなかった。あちらは息が詰まるようだった。窒息しそうだった。なにしろ、皆に名前を知られているのだから。ケルントナー通《シュトラーセ》りで小説を買えば、お母さんの風邪はもうよくなったかと聞かれた。身動きもできなかった。そして、屋敷の中は金ぴかで大理石だらけ。だが、あそこはひどく暗かった。きみはリング通《シュトラーセ》りのうちの古い屋敷を見たことがあるか？

きみは知っているか？　とイギーが唐突にいった。日本のプラムのダンプリング（果物をパイ生地で包んで焼いたデザート）はウィーンのプラムのダンプリングよりおいしいということを？

少し間をおいたあと、イギーは再び話しはじめた。実は、パパはいつもこういっていたんだ。おまえが相応の年齢《とし》になったら、クラブに推薦してやろう、と。パパの友人、ユダヤ人の友人との会合は、オペラ座の近くのどこかで木曜日ごとに開かれていた。パパは木曜日にはとても上機嫌で帰ってきた。ヴィーナー・クラブ。わたしはパパについてそこにいきたいとずっと思っていたが、一度も連れていってはもらえなかった。知ってのとおり、わたしはパリに向かい、それからニューヨークに向かった。そのとき、戦争が起きたのだ。

わたしはそれが心残りだ。それが心残りだ。

イギーは一九九四年に亡くなった。わたしが帰英してからまもなくのことだった。ジローから電話がかかってきた。入院わずか三日。それが救いだった。わたしは葬儀のため、東京に戻った。参列者は二十数人。古い友人、ジローの家族、ナカノ夫人とその娘などが涙に暮れた。

火葬が行われた。わたしたちが寄り集まったところで、遺灰が取りだされた。二人ずつ順番に、長く黒い箸を使って、焼け残った骨片を骨壺に入れた。

わたしたちはイギーとジローが墓地の区画を持っている寺院に赴いた。二人は二十年前からその墓を準備していたのだ。墓地は寺院の背後の丘にあった。各区画が低い石の壁で仕切られていた。すでに二人の名前を刻んだ灰色の墓石が立っていた。花入れも設けられていた。さらには、水桶、箒、卒塔婆。

墓前では、三度手を打って、亡き家族に挨拶し、前回の墓参以来の無沙汰を詫びる。そして、清掃をして、古い菊の花を除き、新しい花を活けるのだ。

寺院では、骨壺は小さな壇に安置され、イギーの遺影——クルーズ船上のタキシード姿の写真——が、その前に飾られた。住職がお経をよみ、わたしたちは線香をあげた。イギーには、来世での助けとなるよう、戒名、すなわち仏教徒としての新たな名前が与えられた。

それから、皆でイギーのことを語りあった。わたしは自分にとって大叔父がいかに大切な存在であったかを日本語で述べようとしたが、それはかなわなかった。一つには、涙があふれてきたため、一つには、二年間の多額の奨学金にもかかわらず、わたしの日本語は肝心なときに間に合うほどではなかったからだ。代わりに、その東京郊外の仏教寺院の一室で、ウィーンを遠く離れたイニャス・フォン・エフルッシのために、そして、離散した彼の父母と姉弟のために、わたしはカディッシュ（ユダヤ教の礼拝で唱えるアラム語の祈り。とくに親族の喪に服する者が唱える祈り）を唱えた。

葬儀のあと、ジローからイギーの服を整理するのを手伝ってほしいと頼まれた。衣裳室の戸棚を開けてみると、シャツは色ごとにきちんと並べられていた。ネクタイを詰めているうちに、それらがロンドン、パリ、ホノルル、ニューヨークでジローと過ごした休日の跡を示しているのに気がついた。

仕事が終わり、ワインのグラスを傾けているとき、ジローが筆と墨を持ちだして、一筆したため、それに捺印した。そして、わたしにこういった。彼が亡くなった今、きみが根付を引き受けるべきだと書いてある、と。

ということで、わたしにお鉢がまわってきたのだ。

コレクションの根付は二百六十四点を数える。きわめて小さな対象の、きわめて大きなコレクションだ。

わたしはその一つを指でつまみあげ、向きを変えて見たり、掌《てのひら》にのせて重みを感じてみたりする。もし、それが栗や楡《にれ》などの木製であれば、象牙製よりも軽い。また、木製のものなら、艶《つや》がうかがえる。斑《まだら》の狼の背や、しっかり抱きあったまま宙返りする軽業師のかすかな輝き。象牙製はクリーム色といっても、白を除くさまざまな色の翳《かげ》を帯びている。琥珀や角《つの》の眼を嵌めこまれたものもいくつか。年代の古いものの一部は、わずかに摩滅している。葉の上で憩う半人半獣の神の臀部は模様が消えている。蝉にはかすかなひび、ほとんど目には見えないほどの亀裂がある。誰がこれを落としたのか？　どんなところで、どんなときに？

根付の大半には銘が入っている——それは仕上げてから手放すまでの束の間の所有権を示すものだ。脚の間に瓢簞《ひょうたん》を挟んで座っている男をあらわした木製の根付がある。彼は瓢簞の上に上体を屈め、両手で小刀を握り、その半ばを瓢簞に食いこませている。実に困難な仕事で、彼の腕、肩、首すべてが骨折りのほどを示している。あらゆる筋肉を刃先に集中させているのがわかる。手斧《ちょうな》を手に、つくりかけの樽に向かっている樽職人もいる。彼も座って樽のほうに身を乗りだし、手斧を振るっているが、専心のあまり眉をひそめている。こちらは象牙を彫ったものだが、表現しているのは木を彫っているところだ。いずれも、未完の物に手を加えて仕上げる様を映している。彼らはこういっているようだ。ほら、自分がいなければ始まらないだろう。

根付を手の中で転がして、そういう銘が彫られている個所——草履の裏、木の枝の先、雀蜂の胸部——を発見するのは、ちょうど仕事の合間の遊びのようで心が和む。わたしは日本で墨を用いて署名するときの所作を思う。筆を墨に浸し、それをピシッと紙に押しつけ、また硯に戻す。根付師が繊細な金属製の道具を用いて、固有の銘を入れることができるというのは驚異的だ。

根付の中には無銘のものもある。紙片が糊づけされていて、そこに朱筆で小さな番号が丹念に書きこまれているものもある。

根付で数が多いのは、鼠をかたどったものだ。おそらく、それは、鼠が根付師の発想を促すからだろう。ぐるりとまわる尻尾を水桶や死魚や物乞いの衣《ころも》に巻きつける一方で、足を下方に折りたたんでいるような図を。そういえば、鼠を捕る動物も多いのに気づく。

根付の中には、流れるような動きを模したものもある。ほどける縄、こぼれ落ちる水を指先でなぞることができるのだ。その触感を惑わすような、やや込みいった動きもある。木の湯船につかる少女、二枚貝の貝殻の渦巻き模様。双方を併せ持ったものには驚かされる。一枚岩に寄りかかった、複雑な鬟を持つ龍。象牙の滑らかな石に似た表面に指を這わせるうちに、突然、龍の密な凹凸《おうとつ》に出くわすというわけだ。

それらが常に不均整であるのを、わたしは喜ばしく思う。わたし好みの日本の茶碗のように、部分から全体を理解することはできないからだ。

わたしはロンドンに戻ってから、一日中、根付の一つをポケットに入れて持ち歩いたことがある。いや、ポケットに根付を入れていても、それを持ち歩くと表現するのは妥当ではない。それでは、何か目的や意図があるように感じられるからだ。根付はあまりに軽く、小さく、いつの間にか位置を変えて、鍵や小銭の中に没してしまう。そこにあるということさえ、簡単に忘れてしまうほどだ。わたしがポケットに入れたのは、よく熟れた花梨《かりん》の実をかたどった根付だ。十八世紀末に、江戸、すなわち古《いにしえ》の東京で、栗材でつくられた。日本の秋には、ときどき花梨の実が見かけられる。もっとも、寺院の塀越しに、あるいは民家の庭から、自販機の並ぶ通りへ垂れ下がった枝を見るのは、興醒めなこと夥《おびただ》しい。わたしの花梨は熟しきって溶けかかろうとしているものだ。上のほうの三枚の葉は、指に挟んでこすれば落ちてしまいそうだ。果実はややアンバランスで、片側が反対の側よりも、よく熟れている。下のほうに触れると、穴が二つあいているのがわかる――一方が、もう一方より大きい。そこに絹の紐を通せば、根付を小さな袋の留め具として使うことができる。わたしはその花梨を誰が持っていたのか想像しようとした。それが制作されたのは、一八五〇年代に日本が開国して対外貿易に乗りだす前のことだ。そのために、和風が横溢するつくりとなっている。商人、あるいは学者の用に供するべく彫られたものかもしれない。それ自体は静謐《せいひつ》で慎み深いが、わたしはついつい微笑んでしまう。非常に硬い素材から非常に軟らかい感じがする留め具をつくるというのは、手間隙《てまひま》かけた悪くはない触感上の洒落《しやれ》だ。

わたしは上着のポケットに花梨を忍ばせ、ある美術館での会合に出かけた。わたしがしていることになっている研究についての会合に。それから、自分の工房、さらにはロンドン図書館をまわった。その間、断続的に指の間で花梨を転がしていた。

この硬くて軟らかく、失われやすい物がいかにして生き残ったかが、どれほど気になっているかにわたしは気づいた。その物語を解き明かす道を見つけなければならない。この根付を所有する――根付のすべてを相続する――のは、それら自体に対する責任、そして、それまで所有してきた人々に対する責任をわたしが引き継ぐということを意味する。その責任の範囲がどこまで及ぶのか、わたしには不明で当惑するばかりだった。

その遍歴のあらましはイギーから聞いて知っていた。これらの根付は、一八七〇年代、シャルル・エフルッシというわたしの曾祖父の従兄によってパリに持ちこまれたのを知っていた。その彼が、世紀の変わり目のウィーンで、わたしの曾祖父ヴィクトル・フォン・エフルッシに結婚の記念に贈ったのを知っていた。わたしは曾祖母の小間使い、アナの物語もよく知っていた。そして、それらがイギーとともに東京にやってきて、彼がジローとともに歩んだ人生の一部になったことも、もちろん知っていた。

パリ、ウィーン、東京、ロンドン。

花梨の物語は、それがつくられた場所から始まる。一八五四年、アメリカのペリー提督率いる黒船が、世界との交易に向けて日本を開国させる前の江戸、すなわち古の東京から。しかし、その最初の休息所は、パリのシャルルの書斎、オテル（宅邸）・エフルッシのモンソー通りを見通す部屋だった。

出だしは上々だ。わたしは幸いにも、シャルルのことを直接、話に聞く縁があった。わたしの祖母のエリザベトが、五歳のころ、ルツェルン湖畔メッゲンのシャレー（スイスの田舎家）・エフルッシでシャルルと会っているのだ。この〝シャレー〟は小塔をいただいた田舎風の石造六階建てで、途方もなく醜悪な館《やかた》だった。一八八〇年代初頭、シャルルの長兄ジュールとその妻ファニーが、「パリの恐ろしいほどの息苦しさ」から逃避する場所として建てたものだった。パリとウィーン、そしてベルリンの親類縁者など〝エフルッシ一族〟がすべて泊まれるほどの宏壮さを誇っていた。

シャレーは、足の下で砂利がザクザク鳴る果てしない小径《こみち》の先にあった。小径に沿って、英国流に周辺をしつらえたこぎれいな番小屋、草花で埋められた小さな花壇があり、ふざける子どもを叱りつける獰猛な庭師がいた。この厳粛なスイスの庭園では、砂利までもが行儀よくおさまっていた。庭園は湖へと下り、湖岸には小さな桟橋と舟小屋があった。そこでは子どもが叱責される回数がさらに多くなった。ジュール、シャルルとその間の兄弟イニャスはロシア市民だったので、舟小屋の屋根にはロシア帝国の旗が翻っていた。シャレーの夏はそろそろと過ぎて終わりがないのかと思われた。わたしの祖母は、巨万の富に恵まれたが子どもに恵まれなかったジュールとファニー夫婦の相続人に擬せられていた。祖母は小川のほとりの柳に囲まれた食堂に掲げられていた大きな絵のことをおぼえていた。また、館の使用人は男ばかりだったこともおぼえていた。料理人さえもが男だった。ウィーンの自宅には、老執事のジョーゼフ、リングシュトラーセへの門を開けるたびに彼女にウィンクする門番、大勢のメードや料理人と何人かの馬丁がいたが、それよりもこちらのほうが何かわくわくさせられた。男の使用人はうっかり磁器を割ったりすることもなさそうだった。そういえば、シャレーには子どもがいないこともあって、表面の至るところに磁器タイルが貼られていた。

シャルルは中年だったが、はるかに魅力的な兄たちと比べると老けて見えた。エリザベトがおぼえていたのは、彼の美しい顎ひげと、彼がチョッキのポケットから取りだした非常に精巧な時計のこと、それと、いかにも年長の親戚らしく、金貨を一枚くれたことくらいだった。

いや、それだけでなく、エリザベトがよりはっきりと、より生き生きと思いだしたのは、シャルルが屈みこんで、妹の髪をくしゃくしゃにしたことだった。妹のギゼラ——はるかにかわいらしかった——は、いつもそのように注目された。シャルルはギゼラのことを、小さなジプシー、小さなボヘミエンヌと呼んでいた。

それが口伝によるシャルルとのつながりだ。それはすでに歴史ではあるが、こうして書きとめてみると、それほど過去のこととは思えない。

しかし、その続きにあるもの——男の使用人の数や、だんだんと貯まっていく金貨の贈り物といったこと——は、どこか憂鬱な翳《かげ》に覆われていくようだった。ロシアの旗をめぐる委曲などは、わたしの大いに好むところではあったにしても。当然のことながら、わたしは自分の一族がユダヤ人の裔《すえ》であることを知っている。一族が驚くほど裕福だったことも知っている。だが、わたしはセピア色の年代記ビジネスに手を染めよう、哀愁を帯びた中欧の喪失の物語をものそうなどという気はさらさらない。それに、イギーを書斎の年老いた大叔父に、ブルース・チャトウィン（英国の作家）の『ウッツ男爵』（マイセン人形の蒐集家が主人公の小説）のような人物にしてしまいたくはない。わたしに一家の物語を手渡して、こういうだけの人物に。では、気をつけてな。

その種の物語というのは、おのずと書きあげられるものだと思う。縫いあわされた切ない逸話がいくつか。もちろん、例のオリエント急行の逸話に加えてだ。プラハをはじめ、写真うつりのよい土地の逍遥を少々。ベル・エポック（十九世紀末から第一次大戦までのよき時代）の舞踏場についてのグーグルからの引用も。それは懐旧に彩られたものとなるだろう。しかも、はかないものに。

わたしには、今は失われた一世紀前の富や栄華を懐古する資格はない。それに、わたしははかないものには興味がない。わたしは指の間で弄んでいるこの木の物体――堅牢で巧緻な日本製の物――と、その行方の間にどんな関係があったのかを知りたいのだ。扉の取っ手に手を伸ばし、それをまわし、扉が開くのを感じられたら、と望んでいるのだ。この物体が息づいていた部屋を一つ一つ歩いてまわり、その空間の嵩《かさ》を感じ、壁にはどんな絵が掛けられていたのか、窓から差す光がどんな具合だったかを知りたいのだ。そして、それが誰の手にあったのか、持ち主はそれをどう感じ、どう考えていたのか――もし、考えていたとしたらだが――を知りたいのだ。それが何を目撃してきたのかを知りたいのだ。

憂愁というのは、いってみれば、怠慢な曖昧、責任逃れの条項、焦点の欠如の隠蔽だと思う。この根付は小さくとも頑丈な精密さの権化だ。かけられた手間がこれほどの精密さで報いられるのは当然だ。

こういうことすべてに意味があるのは、わたしの仕事が物をつくることだからだ。その物がどのように扱われ、用いられ、渡されるかは、わたしにとっていささかの興味がある問題というに留まるものではない。それはまさにわたしの問題なのだ。わたしは無慮何千ものポットをつくってきた。わたしは名前をおぼえるのが非常に不得手で、ともすれば口ごもったり、ごまかしたりすることが多い。しかし、ポットをつくるのは得手だ。ポットの重量やバランスを、あるいは表面が容量にどう影響するかを思いだすことができる。縁《ふち》をどうすれば緊張感が生まれたり失われたりするかを読むことができる。それが手早くつくられたか、丁寧につくられたかを感じとることができる。温かみを持っているかどうかも。

わたしはそれが近くに置かれた物にどう作用するかを見てとることができる。周囲の世界の細部をどう置換するかを。

また、ある物が手全体、もしくは指だけによる感触を誘《いざな》ったかどうかを思いだすことができる。あるいは、それが近寄らないように求めたかどうかを。ある物に手を触れることが触れないことよりもいいとは限らない。世には、距離をおいて見るよう、いじりまわさないよう意図されている物もあるのだ。そして、わたしのポットを持つ人々がまるで生き物であるかのように語るとき、陶芸家として多少奇異な感を受ける。わたしは自分がつくった物のその後とうまくつきあっていけるかどうかは確信が持てない。しかし、制作時の鼓動を保ちつづけるように思われる物もある。

その鼓動にわたしは興味をそそられる。触れるにしろ、触れないにしろ、ためらいがちに一息つく。不可思議な一瞬だ。たとえば、取っ手の近くに傷が一つある小さな白いカップを手に取ってみる。それはわたしの生活で重要な役割を演じることになるのだろうか？　白というよりは象牙色で、モーニングコーヒーには小さすぎ、必ずしも均整のとれていないカップ。それが、生活の中で毎日触れる物の一つになる可能性はある。あるいは、個人の物語の領域に、記憶が物ごとを紡ぎあわせる領域におさまっていく可能性もある。愛着ある物、気に入りの物になるかもしれないのだ。しかし、そのまましまっておいたり、無視する可能性もなくはない。

物がどのように受け継がれていくか、そのこと自体が物語になる。いわく、あなたにこれをあげるのは、あなたを愛しているからだ。いわく、わたしがもらったものだからだ。特別な場所で買ったものだからだ。あなたなら大事にしてくれそうだからだ。あなたの生活に綾をつけるからだ。他人がうらやむだろうからだ。相続に関わる物語は、なべて込みいっている。そこで何が記憶され、何が忘却されたか？　忘却の連鎖もあるだろう。物語がだんだん膨らんでいくぶんだけ、それ以前の所有関係が削ぎ落とされるというように。これらの日本の小さな物によって、わたしに何が伝えられるのだろう？

わたしは根付なるものとともにずいぶん長く生きてきたと思っている。残りの人生のためにそれを逸話に仕立ててもいいし――愛する年長の親族の奇妙な遺産として――あるいは、それが何を意味するかの究明に乗りだしてもよい。ある晩、食事の席で、気がついてみると、数人の学究を相手に、その物語の一端を披瀝していた。しかし、それがいかに中途半端かに気づいて、少々嫌気がさしてきた。わたしは相手を楽しませようとしていた。物語は相手がたの反応として跳ね返ってきた。それはますます円滑になるどころか、ますます希薄になっていった。わたしは今のうちに、それを整理しておかなければならない。でないと、消失してしまうだろう。

多忙というのは言い訳にはならない。わたしは美術館での自作の磁器の展示を終えたばかりだったが、適切な手を打てば、蒐集家のための仕事は後まわしにすることができそうだった。わたしは妻と交渉して予定表を空けた。三、四カ月あれば賄《まかな》えるはずだった。東京に戻ってジローと会い、さらにパリとウィーンを訪れるのに十分な時間が。

祖母も大叔父のイギーも他界していたので、ことを始めるにあたっては父に助けを求めなければならなかった。八十歳の父は親切そのもので、背景となる情報収集のために一族の資料を調べて選んでおこうといってくれた。四人の息子のうちの一人がそういう方面に興味を示したのがうれしかったようだ。たいしたものはないが、と父はわたしに断った。そして、四十枚余りをおさめた小さな写真帳を持って、わたしの工房にやってきた。手紙を綴じこんだ青い薄手のファイルも携えて。父はその手紙に黄色い付箋を貼りつけ、それにおよそのところは判読可能なメモを書きこんでいた。さらには、一九七〇年代のある時点で祖母が注釈をつけた家系図、一九三五年のヴィーナー・クラブの会員名簿、献辞入りのトーマス・マンの小説本多数を入れたスーパーの買い物袋も。わたしたちは階段を上がったオフィスの長いテーブルにそういう品々を置いた。オフィスはわたしが窯《かま》でポットを焼く部屋の上方にあった。おまえは今や、一族の文庫の管理人だ、と父はいった。わたしは積まれた品々に目をやった。こんなことをしている自分を笑うべきなのかどうか、判然としなかった。

ほかにこれという資料はないのですか、とわたしは切羽詰まって尋ねた。父は旧司祭館の中庭にある小さなフラットに住んでいたが、その晩、もう一度、調べてくれた。そして、電話をよこして、トーマス・マンがもう一冊見つかったといった。どうやら、一筋縄ではいかない旅になりそうだった。

とはいえ、文句たらたらで出発してもしかたがなかった。根付の最初の蒐集家であるシャルルについて、わたしは実質的にはほとんど何も知らなかったが、彼のパリの住所だけは突きとめていた。わたしは根付を一つポケットに入れて旅立った。

第一部　パリ

一八七一――一八九九

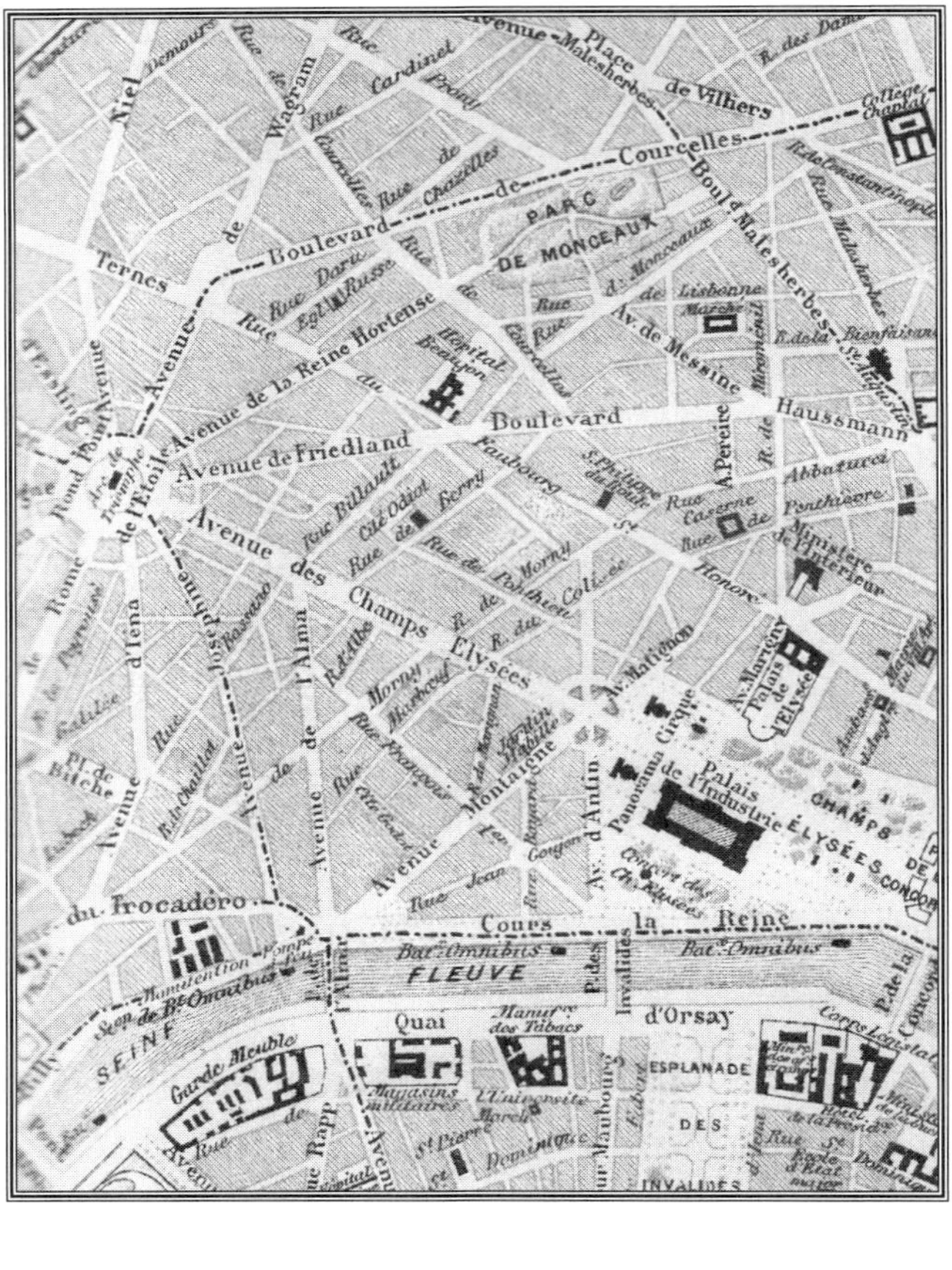
Avenue de Wagram
Rue Cardinet
Place Malesherbes
de Villiers
R. des Dames
Collège Chaptal
Boulevard de Courcelles
Parc de Monceaux
Boul. Malesherbes
Rue de Chazelles
Rue Prony
Niel
Ternes
Rue Daru
Egl. Russe
Rue de la Reine Hortense
Avenue de la Reine Hortense
Hôpital Beaujon
Rue de Lisbonne
Marché
Av. de Messine
Rue de Courcelles
Boulevard Haussmann
Avenue de Friedland
Faubourg St Honoré
Arc de Triomphe
de l'Etoile
Rond Point
Avenue des Champs Élysées
Rue Balzac
Cité Odiot
Rue de Berry
Rue de Ponthieu
R. du Colisée
Rue de Morny
A. Pereire
Abbatucci
Rue de Ponthière
Ministère de l'Intérieur
Av. Marigny
Palais de l'Élysée
Av. Matignon
Cirque
Palais de l'Industrie
Panorama
Champs Élysées
Jardin Mabille
Avenue Montaigne
Avenue de l'Alma
Avenue d'Iéna
Avenue Joséphine
Avenue du Trocadéro
Rue Bassano
Pl. de Bitche
Galilée
Rue François
Rue Jean Goujon
Av. d'Antin
Cours la Reine
Concert des Ch. Élysées
Bat.x Omnibus
FLEUVE
SEINE
Pont de l'Alma
Invalides
Quai d'Orsay
Manufre des Tabacs
Magasins militaires
Garde Meuble
ESPLANADE DES INVALIDES
Corps Législatif
Rue de Rapp
Rue St Dominique
Boulevard de la Tour Maubourg

1　ウエストエンド

陽光に恵まれた四月のある日、わたしはシャルルを捜しに旅立つ。モンソー通りはパリの長い街路で、ペレール通り方面へ延びるマルゼルブ大通りで両断されている。モンソー通りが走る丘には、みごとな石造の建物が連なっている。新古典主義を控えめにあしらった邸宅群。それぞれが小型のフィレンツェの宮殿といった風情で、田舎風のつくりの一階と、頭像、女人像柱、カルトゥーシュ（渦巻き模様の飾り板）の列を備えている。わたしの根付の旅の起点となったモンソー通り八一番地、オテル・エフルッシは、丘の頂《いただき》近くにある。クリスチャン・ラクロワの本部を通り過ぎた隣がそうだ。その建物は今、医療保険のオフィスになっている。

それは実に美しい。わたしは少年時代、午後の時間を費やして、このような建物を描くことがよくあった。窓や柱の奥行きの深浅がわかるように、影の部分に注意深くインクを塗って。この種の立面図には音楽的な何かがある。たとえば、クラシックの要素をリズミカルな生活に持ちこむような。ファサードへ歩いていこうとするように立ち上がった四本のコリント式の柱形《はしらがた》。手すり壁に置かれた四個の大きな石の壺。五階までの高さ。八つの窓が連なる幅。街路と同じ高さの階は、大きな石のブロックでつくられている。それには細工が施されていて、風化したように見える。わたしは二度、建物の前を通り過ぎる。そして、三度目に気がつく。街路に面した窓の金属の格子に、背中合わせになったエフルッシ家のEが二つ、組みこまれているのに。巻きひげ状になった文字の先端は、楕円形のスペースへと伸びて、ようやく、そこに達している。わたしはこの独善を、自信の表出を理解しようと努める。わたしはアーチに覆われた通路をたどって中庭に入る。それから、もう一つアーチをくぐって、赤煉瓦の厩舎だった区画に行き着く。そこには使用人の宿舎が建っている。素材と質感の心地よいディミヌエンド（漸次弱音楽節）。

　スピーディー-ゴー・ピザの配達人が箱を持って医療保険会社へ入っていく。玄関ホールへのドアが開く。わたしはホールに足を踏み入れる。とぐろを巻いた蛇のように、階段がくねりながら館内を上がっている。黒い鋳鉄と金色の線条細工の階段が、てっぺんのランタンへ向かっているのだ。深い壁龕《へきがん》には大理石の壺、そして、チェッカー盤模様の大理石のタイル。役員たちが階段を下りてくる。踵が大理石を強く打つ。わたしは当惑して退却する。この馬鹿げた探索行をどのように説明したらいいのか？

わたしは通りに立ち、邸宅をながめ、何枚か写真を撮る。パリ人たちが申し訳なさそうに、わたしをかわして通っていく。ハウスウォッチングは一つのアートなのだ。風景、もしくは街頭風景の中に、建物がどのようにおさまっているかを見る目を養わなければならない。それが世界でどれほどの場所を占めているか、それが世界のどれほどを退かせているかがわからなければならない。たとえば、八一番地の邸宅は、近隣の中に巧みに溶けこんでいる。ほかに、より宏壮なものもあり、より分明なものもあるが、より謙虚なものはほとんどない。

　わたしはシャルルが一連の部屋を持っていた二階の窓を見上げる。そのいくつかは、通りの反対側のがっしりした古典的な邸宅に向いている。また、いくつかは、中庭越しに、せわしない印象の屋根に向いている。壺や切り妻、煙突の先の通風管が並んだ屋根に。一連の部屋というのは、控え室一つと応接室二つ――彼はそのうち一つを書斎にしていた――食堂一つ、寝室二つ、それに〝小部屋〟だ。わたしは推測に努める。彼と次兄のイニャスは、この階に隣りあう住まいを持っていたに違いない。長兄のジュールと、兄弟の母で寡婦となったミーナは、より高い天井、より大きな窓、バルコニーを備えた下の階に。今、四月の朝にそのバルコニーを見ると、合成樹脂製の鉢に、茎の長い赤いゼラニウムが植わっている。市の記録によれば、邸宅の中庭はガラスで覆われていたはずだが、すべて、とうの昔に失われている。五頭の馬と三台の馬車を収めていた厩舎の跡は、小さいが瀟洒な宿舎になっている。しかし、周辺に相応の印象を与えることを望んでいた上流社会の大家族に、その数の馬で間に合ったのだろうか。

　大邸宅ではあるが、三兄弟は毎日、黒と金の螺旋階段で顔を合わせていたに違いない。あるいは、中庭で馬車を仕立てる物音がガラスの天蓋に響くのを、互いに耳にしていたに違いない。はたまた、上階へ赴く途中で部屋の前を通り過ぎる友人と鉢合わせしたに違いない。そのうち、互いに見て見ぬふりをし、互いに聞いて聞かぬふりをするのが巧みになったに違いない。家族と鼻突きあわせるようにして暮らすのは、わたし自身の兄弟関係に鑑みても、気骨の折れることだと思う。しかし、彼らはうまく折りあっていたに違いない。おそらく、それについては選択の余地がなかったのだろう。結局のところ、パリは仕事の場だったのだから。

　オテル・エフルッシは居館ではあったが、上昇機運に乗った一族のパリ本部でもあった。それはウィーンのリングシュトラーセの宏壮なパレ（宮殿、大邸宅）・エフルッシと対をなしていた。パリとウィーン双方の建築は、演劇的な意味、つまりは世間に対する表向きの顔という意味を共有していた。いずれも一八七一年に、新興のいかにも当世風な地区に建てられた。モンソー通りもリングシュトラーセも建設途上で、粗削りで、散らかっていて、騒々しく、埃っぽい現場だった。いずれも、自らを創造していく余地をまだ残しており、狭い通りばかりの旧市街と張りあう、殺伐とした成り上がり者だった。

　この特異な街路の風景の中の特異な邸宅は、どこか芝居がかった気配があった。なぜなら、それは一つの意志の舞台化だったからだ。パリとウィーンの二軒の邸宅は、一族の計画の一部だった。エフルッシ家は〝ロスチャイルドを踏襲〟しようとしていたのだ。ロスチャイルド家が十九世紀初頭、フランクフルトから欧州各国の首都に子女を送りだしたように、我が家のアブラハム（ユダヤ人の始祖）にあたるシャール・ヨアヒム・エフルッシは、一八五〇年代にオデッサからの展開を企図したのだ。家長の中の家長ともいうべき彼は、最初の結婚で二人の息子、イニャスとレオンをもうけた。そして、五十歳で再婚したのちも、子どもをつくりつづけた。二人の息子、ミシェルとモーリス、二人の娘、テレーズとマリーを。これら六人の子どももすべてが、金融業者として配置されるか、しかるべきユダヤの名家に嫁がされるかした。

オデッサはロシア帝国の西部国境地方にあってユダヤ人の居住が認められた地区、いわゆる〝居留地〟内の都市だった。ラビ（ユダヤ教指導者）の学校やシナゴーグ（ユダヤ教会）が有名で、文学や音楽の宝庫でもあり、貧しいガリツィア（ヨーロッパ中東部の地方）のユダヤ人の小村の人々を引き寄せる磁石でもあった。また、ユダヤ人、ギリシャ人、ロシア人から成る人口が十年ごとに倍増していく都市、投機や貿易が盛んで数カ国語が通じる都市、陰謀やスパイが横行する港、なりふりかまわぬ金儲けの町でもあった。シャール・ヨアヒム・エフルッシは零細な穀物貿易の事業を、小麦市場の買い占めによって大企業へと発展させていった。彼は仲買人から穀物を買いつけた。その仲買人は、世界最大の小麦畑、ウクライナの豊かな黒土の小麦畑から、深い轍《わだち》の刻まれた道路沿いに荷車を走らせてオデッサの港へ移送した。穀物は彼の倉庫にいったん貯蔵されたあと、黒海を横断し、ドナウ川を遡行し、あるいは地中海を横断して輸出された。

一八六〇年には、一族は世界一の穀物輸出業者になっていた。パリでは、ジェームス・ド・ロッチルド（ロスチャイルドのフランス語読み）が〝ユダヤ人の王〟として知られていた。エフルッシ家は〝穀物の王家〟だった。

一族は独自の紋章を持っていた。小麦の穂と、三本マストに総帆の船。船の下方には、一族のモットー〝グゥオード・ホネストゥム〟が掲げられていた。〝我らに非なし。我らを信ぜよ〟

一族の基本計画は縁故のネットワークを築き、巨大な公共事業に融資するというものだった。ドナウ川の架橋、ロシア横断、あるいはフランス横断鉄道、埠頭、運河。エフルッシ社は繁盛している商品取引会社から国際的な金融会社へと変貌を遂げ、さらには銀行に進化する。政府との有利な取引、家運が傾いた皇族との投機的事業、自分たちと重大な連帯責任を負った顧客、その一つ一つを、さらに高い社会的地位への一歩とする。ウクライナから車輪をきしらせながら小麦を運びだしていた荷馬車から、はるかに遠ざかる一歩と。

一八五七年には、上の息子二人がオデッサからウィーンへ、拡大するハプスブルク帝国の首都へ送りだされた。彼らは都心の大邸宅を購入した。十年間にわたって、そこが祖父母の代から孫の代までの構成員が暮らす家となった。その間も、一族は二つの都市の間を行き来していた。四人の息子の一人、わたしの高祖父にあたるイニャスは、ウィーンの基地からオーストリア゠ハンガリー帝国でのエフルッシの事業を統括する任に当たっていた。その次がパリだった。長兄のレオンはそこで一家と事業を確立する任を割り振られていた。

わたしは今、八区の蜂蜜色の丘に位置するレオンの前哨基地の外に立っている。正確にいえば、向かいの邸宅にもたれかかり、一八七一年の猛暑の夏に思いを馳せている。彼らがウィーンから、この新築の豪邸に到着した夏に。当時、パリはいまだにトラウマに苦しんでいた。プロイセン軍の攻囲は、フランスの敗北とヴェルサイユ宮殿の鏡の間でのドイツ帝国の成立宣言により、二、三カ月前に終わったばかりだった。新たなフランス第三共和国は、街頭のパリコミューン支持者と政府内の派閥主義に挟撃されて揺れ動いていた。

モンソー通りのオテル・エフルッシ

一家の邸宅はほぼ完成していたかもしれないが、近隣の建物はすべて建設中だった。左官は仕事を終えて引きあげたばかり、鍍金《めっき》師が浅い階段にぎこちなく横たわり、手すりの装飾を磨いていた。家具、絵画、陶磁器類の木箱が、ゆっくりと部屋へ運びあげられていた。内部でも、外部でも絶えない騒音。窓という窓が通りに向けて開け放されていた。心臓を病んでいるレオンは加減が悪かった。この美しい通りでの暮らしに向けての一家の船出は、はなはだよからぬものだった。

レオンとミーナの四子のうち最年少のベティーは、似合いの若いユダヤ人銀行家と結婚したが、娘のファニーを産んでから何週間もたたないうちに没した。遺族は、新たに参入した都会のモンマルトル地区の墓地のユダヤ人区域に、一家の墓をつくらなければならなかった。それはゴシック様式で、一門あげて入れるほどの広さがあった。今後、何が起きようとも、ここに留まるという意志を表明したものだった。わたしはようやくその墓を見つける。門は失われ、吹き寄せられた栗の落ち葉に埋もれている。

この丘はエフルッシ家にはうってつけの環境だった。一族の残り半分が住むウィーンのリングシュトラーセが、辛辣な異名のツィオン（エルサレムのシオンの丘）シュトラーセで通用しているのと同様に、ここモンソー通りでも、ユダヤ人の資力が重要な共通項となっていた。この地域は一八六〇年代、セファルディ

（スペイン・ポルトガル系のユダヤ人）の兄弟、イーザク及びエミール・ペレールによって開発された。兄弟は金融業、鉄道建設、不動産業で財を成し、ホテルやデパート群を大規模に展開していた。そして、モンソーの野、もともとは市域外だった何の変哲もない広野を手に入れると、頭角をあらわしてきた金融、ビジネスのエリート層向けの宅地の造成に着手した。ロシアやレヴァントから新たにやってきたユダヤ人家族にふさわしい風景の造成に。あたりの通りは事実上のコロニー、つまりは異なる民族や階級間の結婚、義務や宗教的共感が入り乱れる複合体になった。

ペレール兄弟は新しい邸宅群の景観を改善するため、既存の十八世紀の公園をあらためて整備した。ペレール家の活動を象徴する金ぴかの紋章を配した新しい鋳鉄製の門。それが公園の入り口になった。モンソー公園一体を〝ウエストエンド〟と呼ぶ企画もあった。マルゼルブ大通りはどこへ続いているかと問われたなら、と当時の新聞記者が書いている。「思いきって、こう答えるとよい。〝ウエストエンド〟へ……フランス語で命名してもよかったのだろうが、それでは俗っぽくなっていたかもしれない。英語の名前のほうがはるかに当世風であった」。また、皮肉な新聞記者によると、この公園で「お高いフォブール（フォブール・サントノレはパリのおしゃれな通り）の奥方たち……〝上流金融業界〟や〝上流ユダヤ教コロニー〟の遊歩道をゆく女性の〝図解〟」を見ることができた。公園には、曲がりくねった小《こ》径《みち》や、新たな英国流にのっとった花壇がしつらえられていた。そこでは、絶えず植え替えなければならない多彩な一年生の草花が展示され、テュイルリー公園のくすんで堅苦しい風情からはかけ離れた様相を呈していた。

わたしはオテル・エフルッシから、ふだんよりゆっくりしたぶらぶら歩きで丘を下る。道路の左右の窓の化粧縁を仔細に見るため、ジグザグに進んでいく。通り過ぎる邸宅の多くには、再出発の歴史が埋めこまれていることに気づく。建築主のあらかたは、よその土地から出立《しゅったつ》した人々だった。

エフルッシ家から十軒ほど先の六一番地は、アブラーム・カモンドの住まい、六三番地はその弟のニシム、通りの向こう側の六〇番地は妹のレベッカの住まいだ。エフルッシと同じくユダヤ人金融業者のカモンド家は、コンスタンティノープルからヴェニスを経てパリにやってきた。富豪にしてパリコミューンの支持者、銀行家のアンリ・セルヌスキはイタリアからパリにきて、公園の周縁の冷ややかで荘厳な住まいの中に日本の宝物とともに暮らしていた。五五番地はオテル・カトイ、エジプト出身のユダヤ人銀行家の邸宅だ。四三番地のアドルフ・ド・ロッチルドの館は、ウージーン・ペレールから取得したもので、ルネサンス美術のコレクションのためにガラス天井の展示室を設けるべく改築されていた。

しかし、チョコレート王、エミール゠ジュスタン・メルニエによって建てられた豪邸に比肩するものはない。それは過度ともいえるほどに華麗な建物だった。高い塀越しにうかがえる装飾は何でもありの折衷主義で、ゾラの「あらゆる様式の絢爛たる雑種」という記述が、今もほぼそのまま通用する。一八七二年の暗鬱な小説『獲物の分け前』で、主人公サッカール――強欲なユダヤ人不動産投機家――は、ここモンソー通りに住んでいることになっている。この通りは、エフルッシ家が移り住んできた当時の雰囲気が今でも感じられる。それはユダヤ人の街、金ぴかの豪邸をひけらかす人々であふれた街だ。〝モンソー〟は新参の成り金を意味するパリの俗語になっている。

これが、わたしの根付が最初に腰を落ちつけた世界だ。丘を下るこの通りで、わたしは慎重と豪勢の間の、可視と不可視の呼気と吸気の間の揺らぎを感じる。

シャルル・エフルッシがここに住み着いたのは二十一のときだった。パリには木々が植えられた。広い舗道が旧市街の狭苦しい隙間に取って代わりつつあった。都市計画家、ハウスマン男爵の指揮のもと、絶えざる破壊と再建の十五年が経過していた。男爵は中世の街路を一掃して、新しい公園、新しい大通りを創造した。凄まじい速さで眺望が開けていた。

その瞬間を経験したいなら、舗装されたばかりの通りを、あるいは、橋を吹き流されていく埃を経験したいなら、ギュスターヴ・カイユボットの二枚の絵画を見ればよい。シャルルより二、三カ月年長のカイユボットは、エフルッシ家から角を曲がった先にある大邸宅に住んでいた。彼の『ヨーロッパ橋』には、グレーの外套と黒いシルクハットという身なりのいい青年、おそらくは芸術家が、立派に舗装された橋を歩いて渡っている姿が描かれている。その二歩後ろには、日傘を手にして、落ちついた襞飾りのドレスをまとった若い女性。日が照っている。新たに敷かれた石がまぶしいほどに光っている。通りがかった犬。橋の手すりにもたれかかった労働者。それは世界の始まりのようだ。完璧な動きと影との連禱。犬をも含めた誰もが、自分が何をしているかを知っている。

パリの街には、すでに静謐《せいひつ》な佇《たたず》まいがあらわれている。一八七六年の第二回印象派展に出品されたカイユボットの『窓辺の若い男』。汚れ一つない石のファサード、細部までが律動的なバルコニー、新たに植えられた菩提樹が見える。

ギュスターヴ・カイユボット『ヨーロッパ橋』1876 年

一家の住まいの開け放された窓辺に立つカイユボットの弟は、モンソー通りに隣接する街の交差点を眺めている。立派な服装、自信に満ちた様子で、両手をポケットに突っこんで。その前には自らの人生、後ろにはビロードの肘掛け椅子。

すべてが可能だった。

それは若いシャルルにもあてはまった。彼はオデッサに生まれた。栗の木に縁取られた埃っぽい広場の端にある黄色い化粧漆喰の〝御殿〟。そこで、人生のはじめの十年を過ごした。屋根裏に上がれば、はるか遠くの海港の船のマストまでが見渡せた。全階、全空間を祖父が占有していた。隣が銀行だった。遊歩道を行けば、祖父や父や叔父たちは必ず誰かに引き止められた。情報、好意、コペイカ（ロシアの通貨）その他を求める人間に。大衆の中に入っていくということは、遭遇と忌避を意味する、と彼は知らず知らずのうちに学んだ。物乞いや行商人に金銭を与えるにはどうしたらよいか、知り合いに立ち止まることなく挨拶するにはどうしたらよいか。

それから、シャルルはウィーンに移り、続く十年を、両親と兄妹、叔父のイニャスと冷淡な叔母のエミリー、三人の従弟妹──シュテファン（傲慢）、アナ（辛辣）、幼いヴィクトルとともに過ごした。毎朝、家庭教師がきて、彼らに言葉を教えた。ラテン語、ギリシャ語、ドイツ語、英語。家では常にフランス語で話した。お互い同士、ロシア語で話すことは許されたが、オデッサの中庭で聞きおぼえたイディッシュ語（おもにドイツ以東のユダヤ人が用いる言葉）で話すと聞き咎められた。いとこみんなが、ある言語で、ある文章を話しはじめて、別の言語でそれを話し終えることができるようになった。一族がオデッサ、サンクトペテルブルク、ベルリン、フランクフルト、パリへと旅するのに伴い、これらの言語が必要だったのだ。また、彼らがクラスの共通項であるためにも、それらの言語は必要だった。複数の言語が話せれば、ある社会的状況から他の状況へ移行することが可能だ。複数の言語が話せれば、どこにいても家にいるのと変わらない。

彼らは、山の背で逸《はや》りたつ犬を多数配したブリューゲルの『雪の中の狩人』を見にいった。アルベルティーナ美術館の絵画のキャビネットを開けて、震える野兎や、翼をひろげた宝石のような鳥を描いたデューラーの水彩画に接した。プラーター公園では乗馬を学んだ。いとこのうちでも、男子はフェンシングを教わり、男女全員がダンスのレッスンを受けた。全員が上手に踊れるようになった。十八歳のシャルルは身内で〝ル・ポロネ〟、つまりポーランド人、ワルツを踊る少年という意味の綽名をつけられた。

年長の男子、ジュール、イニャスとシュテファンはリングシュトラーセ沿いのショッテンバスタイの会社に連れていかれた。それはいかめしい建物だった。エフルッシ家が事業を営んでいる現場。穀物の船積みが論じられ、株の手数料が問われる間、少年たちは静かに座っているように命じられた。バクーの石油やバイカル湖付近の金に、新たな可能性が見出された。社員が走りまわっていた。いずれ所有することになるものがどれほどの規模か、少年たちはそこで初めて経験させられた。帳簿の果てしない数列から、利益の教義を教えられた。

シャルルが従弟のヴィクトルと並んで座り、ラオコーン（トロイの神官。海蛇に巻きつかれて殺された）と海蛇を描いていたのもそのころだった。それは彼がオデッサ時代に気に入っていた彫像で、筋肉隆々の肩に蛇がきつく巻きついたところに強い印象を受けていた。蛇の一匹一匹を描くには長い時間がかかった。また、彼はアルベルティーナ美術館で見た作品をスケッチした。使用人をスケッチした。そして、両親の友人たちとは、彼らが所蔵する絵画のことを話題にした。造詣の深い若者と自分の絵のことを話すのは気分が悪かろうはずはない。

そのあと、ようやく長期計画に基づくパリへの移転のときがきた。シャルルは華奢《きゃしゃ》なつくりの美男子で、黒い顎ひげをきれいに整えていた。そのひげは、特別な光のもとでは赤みを帯びて見えた。エフルッシ家独特の大きな鉤鼻、いとこのすべてに共通する秀でた額、暗灰色で精彩に富んだ眼。彼は魅力的だった。きれいに結ばれたクラヴァット（スカーフ）をはじめ、服装もりゅうとしていた。また、彼が話すのを聞けば、踊りに劣らず話も巧みだとわかった。

シャルルは何の制約もなく思いどおりのことができた。

これは、よい子の物語すべてがそうであるように、彼が末弟、三男であったが故のことと思いたい。わたしも三男であるが、家を出て、冒険——純粋な企て——に乗りだすのは、いつも三男なのだ。しかし、この少年はパリ証券取引所で人生を送るには適していないと家族も察していたのではないだろうか。叔父のミシェルとモーリスはすでにパリに移っていた。おそらく、ラルカード通り四五のエフルッシ社の事務所を切りまわすには十分な息子たちがいたのだろう。この本好きの息子、金銭の話になると尻込みするのに、打ち解けた会話になると夢中になる性癖の息子がいなくても。

シャルルは一家の邸宅の中に、真新しく贅沢だが、がらんとした新しい住まいを与えられた。彼には帰るところができた。舗装されたばかりのパリの丘の新しい家が。彼は複数の言語が操れるだけでなく、富にも暇にも恵まれていた。それで、今、漫遊の旅へと出立した。シャルルは育ちのいい青年らしく、南へ向かった。イタリアへ。

2　リ・ド・パラド

わたしの根付のコレクションの前史に於いて、このときがシャルルのコレクションの初年となる。少年時代、オデッサのプロムナードで栃の実を拾ったり、ウィーンで硬貨を集めたことはあっただろう。しかし、わたしが知るかぎり、このときが彼の出発点だ。彼が蒐集を始めた物、モンソー通り八一番地の部屋に持ち帰った物は渇望のあらわれだ。渇望、あるいは貪欲、あるいは興奮の解放の。ともかくも、彼が数多くの物を買いつけたのは間違いないところだ。

シャルルは一年間、一族から離れていた。空白の一年、昔ながらの遍歴《ヴァンデルヤール》、ルネサンス美術の真作品をめぐるグランドツアー（英米の上流の子弟が教育の仕上げに行った欧州巡遊旅行）。この旅がシャルルを蒐集家に変えた。あるいは、彼に蒐集を、つまりは見ることを持つことに、持つことを知ることに変えるのを可能にしたのかもしれない。

シャルルは絵画やメダイヨン（円形浮き彫り）、ルネサンス期のエナメル装飾や、ラファエロの下絵をなぞった十六世紀のタペストリーを買った。ドナテロ風の子どもの大理石像を買った。ルカ・デッラ・ロッビアによる美しいファイアンス陶器の像を買った。若いファウヌス（林野牧畜の神）の像を。それは、見る者のほうを振り向く半人半獣の繊細な生き物で、深い濃青色と卵黄色の釉薬をかけられていた。シャルルは二階の部屋に戻ると、十六世紀イタリアのブロドゥリ、分厚く刺繍した布地が吊るされた寝室の壁龕にそれをおさめた。そこは、ファウヌスが殉教者に取って代わった淫猥な祭壇画といった態《てい》になった。

　ヴィクトリア・アンド・アルバート博物館の書庫にある巨大なエレファント版の栗色の三巻本にその祭壇画のイラストがおさめられている。わたしはそれを注文する。それが担架並みの手押し車で閲覧室に運びこまれてくるのは、かなり滑稽な光景だ。この〝グラフィック館〟には、欧州のルネサンス美術の主要コレクションの彫版印刷物が包含されている。（ロンドンのウォレス・コレクションの）リチャード・ウォレス卿、ロスチャイルド家はじめ、二十三歳のシャルルのものも。並外れたサイズのこれらの二つ折り本は、他の蒐集家に強い印象を与えようという虚栄から生まれた産物だ。ファウヌスのための贅沢な壁龕――金糸、聖人、紋章を浮きあがらせた深い暗紅色の彫版――の三ページあとに、彼のコレクションの別の一部があらわれる。

　それを見て、わたしは声を上げて笑う。やはりブロドゥリが吊るされた巨大なルネサンス期の寝台、〝リ・ド・パラド〟。複雑な模様に隠されたプット（キューピッド風の幼児像）、グロテスクな頭、紋章、花や果実をちりばめた高い天蓋。二枚の豪華なカーテンは、房のついた紐で留められている。紐の一本一本は金の地にEの文字。頭部のボードにも、別のE。それは公爵級の寝台――小公子級といってもいい寝台だ。幻想の世界に属しているといってもいい。そこから都市国家を統《す》べ、謁見を賜い、そこでソネットを書き、愛を交わす寝台。いったい、どんな青年がこんな寝台を買うのだろう？

　わたしは彼の新たな所有物を長いリストに書きとめ、自分が二十三歳になったという想像を試みる。宝物をおさめた木箱を、螺旋階段沿いに二階へ運びあげ、削り屑や木っ端をまき散らしながら開けている二十三歳に。そのわたしは自分の住まいにそれらを並べ、通りからあふれてくる朝日との関わりで配置を試してみる。訪問者が客間に入ってきたら、絵画やタペストリーの掛かった壁を見るだろうか？

〃リ・ド・パラド〃を見るだろうか？　わたしはエナメル装飾を親兄弟に見せびらかすのを、一族にひけらかすのを想像する。そして、突然、当惑しつつも十六歳へ逆戻りし、床の上で眠るために寝台を廊下に運びだす。マットレスの上でカーペットを留めあわせて天蓋にする。週末は絵画を掛けなおし、書籍を並べなおして、自分の空間を変化させるとどんな印象になるか試してみる。そうしてみても、まったく違和感はない。

　もちろん、それは舞台装置に過ぎない。シャルルが蒐集したそれらの物すべてが、鑑定家の目を要する品だ。すべてが、知識、来歴、系統について、蒐集それ自体について語っている。この宝物——ラファエロをなぞって織られたタペストリー、ドナテロを倣った彫刻——のリストをひもといていけば、美術が歴史を通じていかに花開いてきたかをシャルルが習得していくのが感じられる。彼はパリに戻ると、十五世紀の珍品、荒馬に振り落とされたヒッポリュトス（テセウスの子。ポセイドンに殺された）のメダイヨンをルーヴルに寄贈した。わたしは若い美術史家が訪れる客に語りかけているのが聞こえるような気がする。そこには金銭だけではなく、ノートも介在しているのがわかるだろう。

　一方で、さまざまな物に囲まれた彼の愉悦も感じられる。ダマスク織の驚くべき重量、エナメル装飾の表面の冷たさ、ブロンズ彫刻の緑青《ろくしょう》、盛りあがった刺繍糸の目方。

　ただ、この最初のコレクションはまったく類型的なものだ。両親の友人の多くも、自邸に類似の物を持っていたのではないか。豪華に飾りつけた大道具をつくるために寄せ集めていたのではないか。シャルル青年がパリの寝室に暗紅色と金色の〃舞台装置〃をつくったのも同じようなものだ。それは、どこかよそのユダヤ人一家がしたことの雛形に過ぎない。彼は若年の割に、自分がいかに大人であるかを強調したがった。同時に、公的生活に対する心がまえも怠りなかった。

　大がかりな大道具を見たかったら、パリのロッチルドの邸宅のいずれかにいけばよかった。とくに、市街のすぐ外、フェリエールのジェームス・ド・ロッチルドの新しい館に。そこでは、商人や銀行家が育てたルネサンス期イタリアの作品が披露されていた。偉大な後援者というのは資金をまさに活用できる人間であって、それは世襲されるものではない。フェリエールには、騎士道的、キリスト教的な大会堂ではなく、邸内各部に通じる四つの大きな出入り口を有する屋内の中央広場があった。ティエポロ（イタリアの画家）の天井の下には、凱旋式のタペストリー、白黒の大理石の彫像、ベラスケス、ルーベンス、グイド・レーニ、レンブラントの絵画を集めたギャラリー。とりわけ目立つのは、多量の金《きん》だった。家具調度、額縁、モールディング（壁面などに施した帯状の装飾）、タペストリーに用いられた金。そして、至るところに嵌めこまれた金箔のロッチルド家のシンボル。〝ロッチルド好み〟とは金箔の謂《いい》にもなった。ユダヤ人と金。

シャルルの感受性はフェリエールには遠く及ばなかった。所有する空間と同様に。彼には二つの客間と一つの寝室しかなかった。しかし、シャルルは新しい所有品や書物を配列する場所を持っていたというだけでなく、若手の学者‐蒐集家としての独自の感覚を持っていた。桁違いに裕福で、しかも、方向性を確立しているという特異な立ち位置にいた。

こういうことのいずれをもってしても、わたしは進んで彼に好意を寄せる気にはなれない。事実、例の寝台には多少の不快を感じるほどだ。この青年と、根付に限らず美術や室内装飾に対する彼の鑑識眼にどこまで相対していけるか確信がない。そもそも、〝目利き〟といえるのかどうか。彼が非常に多くを知っていて、非常に若いということは間違いないにしても。

そして、彼には過分な富があったということも、いうまでもないが。

わたしはシャルルがどのように物を見ていたかを理解しなければならない、そのために彼が書いたものを読まなければならないと思う。わたしは安全な学術的領域にいる。わたしは完全な書誌を作成するつもりだ。年代を追ってこつこつと仕事を進めるつもりだ。シャルルがパリに移り住んだころからの《美術新報《ガゼット・デ・ボーザール》》の古い号を読むことから着手する。彼が初めて発表した論評を書きとめる。マニエリスムの画家、ブロンズ像、ホルバインについてのあまり面白くはないものだ。それでも、焦点が合ってくるのを感じる。彼はヴェニスの画家、ヤコポ・デ・バルバリが贔屓《ひいき》だ。聖セバスチャン、トリトンの戦い、縛られ悶え苦しむ裸体を熱愛する画家。性的刺激に富む主題へのそういう嗜好にどれほどの重要性があるかは定かでない。わたしはラオコーンを思いだして、多少の懸念を感じる。

シャルルの出発は貧しいものだ。展覧会、書籍、エッセーについてのメモ、そして、出版についてのメモがある。予想どおり、他人の学識の限界について美術史的視点から論じた駄文（〝証明を目指す覚え書き〟〝説明つきカタログへの応答〟）。これらの文章は彼のイタリアの文物のコレクションとどこか似ていなくもない。わたしはほとんど作業の進捗を感じない。しかし、何週間かが過ぎるうち、気がついてみると、リラックスしてシャルルとつきあえるようになっている。この最初の根付の蒐集家は、前よりも滑らかに書きはじめている。意外な感覚が表明されている。わたしの貴重な春の三週間が過ぎ、さらに二週間が過ぎる。狂おしい日々の費えが、彼が寄稿した刊行物の薄暗がりの中へ解けていく。

シャルルは絵画とともに時間を過ごすことを学んだ。彼がそこにいて、じっと見ていた気配が伝わってくる。また戻ってきて、見なおしていた気配が伝わってくる。展覧会についてのエッセー。そこでは、肩を叩けば振り返り、近づいてきて、また離れていく気配が伝わってくる。彼の弥増《いやま》す自信と熱情が感じられる。ひいては、彼の書く物に厳格さや、陳腐な見解への嫌悪が兆しているのが感じられる。シャルルは自分の判断と均衡した感覚を保っていたが、読者がそのいずれにも気づくように書いている。これは美術についての文章では稀有なことだと思う。その間にも、書庫のわたしから何週間かが離れ去っていく。まわりには《ガゼット》が山積みになり、新たな疑問が塔をなし、各巻は栞《しおり》、黄色い付箋、メモ用紙の行列と化している。

眼が痛む。活字は8ポで、メモをとるには小さすぎる。それでも、わたしのフランス語の力は回復してくる。シャルルとの共同作業は可能だと思えてくる。彼は多くの場合、自分がどれほど知っているかをひけらかそうとはしない。自分の目の前に何があるかを、より鮮明に見せようとしているのだ。それだけでも十分、尊敬に値するように思われる。

3 「人生を導く象使い」

根付が物語に登場するのはまだ先のことだ。二十代のシャルルはいつもどこかへの移動中で、どこかよその土地にいた。ロンドン、ヴェニス、ミュンヘンから、不在を惜しむ一族の集まりへ挨拶と謝罪を寄せている。彼はウィーンのコレクションを見て惚れこんだ画家、デューラーについての本を書きはじめていた。デューラーを正しく評価するためには、あらゆる記録をあたって、素描の一つ一つ、走り書きの一つ一つまで見出す必要があった。

シャルルの二人の兄はそれぞれの世界に腰を据えていた。ジュールは叔父たちとともにラルカード通りのエフルッシ社を切りまわしていた。ウィーンでの初期の訓練が奏功したのか、彼は資金運用に長《た》けていることが明らかになっていた。また、ジュールはウィーンのシナゴーグで、金融業者の利口で皮肉な若い未亡人、ファニーと結婚していた。彼女は王家に比肩するほどの大富豪だった。パリとウィーンの新聞のゴシップ欄によると、彼が毎晩、彼女とダンスしつづけた結果、彼女がうんざりして降参し、結婚したということだった。

イニャスは別世界へ解き放されていた。彼は劇的、かつ連続的に恋に陥る傾向があった。〝女好き〟らしく、逢引のために、建物によじ登って、高い窓から入りこむという特技を有していた——社交界の年長の婦人が回顧録で振り返っているのを、わたしはあとで発見した。彼は〝社交家《モンダン》〟、俗なパリ人で、情事と、ジョッキー・クラブ――独身男性社会の中核――での夕べと、決闘の間で生きていた。決闘は非合法ではあったが、裕福な青年や軍の将校の中には、それに時間を割く連中がいた。名誉に関する些細な罪の問題を長剣に頼って解決しようという連中が。イニャスは当時の決闘についての小冊子に登場している。自分の家庭教師との勝負で、危うく片眼を失いそうになった事件を、ある新聞が記録しているのだ。イニャスは「背は低くはないが、平均には少し足りない……精力に恵まれ、幸いなことに、それが鋼鉄の筋肉で補強されている……エフルッシ氏はもっとも意欲に満ちた一人であり……わたしが知るかぎり、もっとも友好的で率直な剣士の一人である」

エリザベス朝の廷臣を描いたヒリヤードの細密画のように、長剣を携えて無造作にポーズをとるイニャスがいる。「不屈のスポーツマン。早朝の森の中で、みごとな連銭葦毛の馬にまたがる彼を見られるだろう。そのときすでにフェンシングのレッスンを終えている……」わたしはモンソー通りの厩舎で鐙《あぶみ》の長さを確かめているイニャスを思う。彼が乗るとき、馬は〝ロシア流〟に仕立てられている。それがどういうものかは定かでないが、何となく立派に聞こえるではないか。

シャルルが初めて視界に入ってくるのは、サロンでのことだ。辛辣な小説家、日記作家、蒐集家であるエドモン・ド・ゴンクールが日記の中で彼に触れている。サロンに招かれたシャルルのような連中は、この作家を辟易させた。サロンは「ユダヤ人男女に荒らされる」ようになってしまったのだ。彼は自分が出会った新参の青年たちをこう批判している。これらエフルッシの輩《やから》は「育ちが悪く」「我慢ならない」。さらに、こうほのめかしている。シャルルは至るところにあらわれる。それは自分の居場所を知らない人間に特徴的な行動である。そういう人間は触れ合いに飢えているのである。切望をあらわにせず、姿をさらさずにおくべきときがあるということを知らない。

ゴンクールは、ほとんど訛りのないフランス語を話せるこの魅力的な若者に嫉妬していたのだ。シャルルは当時の流行の先端をいく手ごわいサロンにも、いかにも易々と出入りしていた。それらサロンの一つ一つが、政治、芸術、宗教、さらには貴族趣味の趨勢を激しく論議する地雷原という趣だったにもかかわらず。サロンの数は多かったが、主要な三つは、ストロース夫人（ビゼー未亡人）、グレフュール伯爵夫人、そして水彩で花を描く優雅な画家、マドラン・ルメール夫人のものだった。常連の招待客であふれる応接間、午後や夕べの時刻に設定された集い。詩人、劇作家、画家、〝クラブ会員〟、〝モンダン〟が、君臨する女主人のもとに会して、周知の問題や意図的なゴシップについて話に花を咲かせ、音楽に耳を傾け、ベールを脱いだ新しい社交界の肖像にまみえた。それぞれのサロンが独特の雰囲気、独特の取り巻きを持っていた。それで、ルメール夫人のお気に召さぬ者は〝愛想尽かし〟されるとか〝お見限り〟にされるというような事態が起きた。

ルメール夫人の木曜日のサロンは、若きマルセル・プルーストの初期のエッセーで言及されている。夫人のアトリエを満たし、社交界の人々の馬車で混みあうモンソー通りにまで漂うライラックの香り。彼はそれを生き生きと再現している。そのプルーストはシャルルに気づいていた。ざわめきを聞きつけた彼は、作家や名士の群れを縫って近づいてみた。シャルルは隅のほうで、ある肖像画家と話をしていた。二人は互いに身を乗りだし、小声で熱心に語りあっていた。プルーストはさらに近くをうろついてみたが、片言隻句も聞きとることができなかった。

気むずかしいゴンクールは、シャルル青年がナポレオン・ボナパルトの姪、マチルド王女と親しい友人関係になったのに怒り狂った。王女はクールセル通りの宏壮な館に住んでいた。そこから遠からぬモンソー通りのシャルルの邸宅で、〝グラタン〟すなわち上流社会の人々とともに王女が見かけられたという話をゴンクールは書きとめている。王女がシャルルに「人生を導く象使い」の面影を見ていたという話も。それは、黒い衣裳に身を包んだ畏敬すべき老いた王女を、ヴィクトリア女王を思わせる巨象のような存在とイメージしてのことだった。一方、二十代のこの青年は、そこはかとなくほのめかすだけで、軽く触れるだけで、王女を導くことができた。

この複雑な俗臭芬々《ふんぷん》たる都会で、シャルルは自力で人生を見出しつつあった。自分の会話が歓迎される場所、ユダヤ人であることが受けいれられる場所、あるいは見過ごされる場所を発見しはじめていた。若手の美術専門作家として、彼は毎日、ファヴァール通りの《ガゼット》の事務所に通った——途中、六つか七つのサロンを訪ねて、と全知のゴンクールは付言しているが。一家の住まいから編集事務所までは早足でなら二十五分ちょうどだが、四月の朝、ぶらぶら歩いてみると四十五分ほどかかった。シャルルは馬車で通ったのではないかと思われるが、わたしにはその時間を計ることはできない。

《ガゼット》の〝欧州美術骨董通信〟号は、カナリア色の表紙で、扉の意匠は、荒れ狂うレオナルド・ダ・ヴィンチに乗り越えられた伝統的な墓の上にルネサンスの工芸品が展示されているというものだ。七フラン出せば、パリで優越的な地位に立とうとしていた独自の展覧会、〝独立芸術家展〟の批評が読めた。床から天井まで絵画で埋め尽くされた〝サロン〟(パリで毎年催される美術展覧会)。トロカデロやルーヴルの概観。それは「立派なご婦人がたみんなが、テーブルの上に開いてはおくが、読みはしない高価な美術雑誌」と辛辣に評されたが、社交界の生活に不可欠という評判は確実なものになった。〝アポロン〟はもちろん、〝室内装飾の世界〟の号にしてもだ。オテル・エフルッシから丘を下ったところにあるカモンド邸の美しい長円形の図書室にも、装丁された各号をおさめた書棚がいくつもあった。

事務所には、ほかの著作家や美術家も来あわせた。そこは欧州各地の定期刊行物や展覧会のカタログであふれたパリで最高のアートライブラリーでもあった。閉鎖的な美術クラブであり、どんな画家がどんな注文を受けて仕事しているか、誰が蒐集家や〝サロン〟関係者に見限られたかといったニュースやゴシップを分かちあう場所でもあった。事務所はせわしなかった。月刊の《ガゼット》は、仕事の場にほかならなかった。誰が何について書くかの決定や、彫版、挿絵の注文がなされた。日々ここにいて議論に耳を傾けていれば、多くを学ぶことができただろう。

シャルルがイタリアの美術商から工芸品を強奪する旅から戻って、《ガゼット》に寄稿するようになったころ、その紙面には当時の贅沢な彫版画、学術的評論で言及されている工芸品、丹念に複写された〝サロン〟の主要な絵画が収録されていた。一八七八年の号から無作為に抜きだしてみよう。他の記事に交じって、スペインのタペストリー、ギリシャの古い彫刻、シャン・ド・マルス公園の建造物、ギュスターヴ・クールベの特集が組まれている――当然のことながら、すべてに間紙《あいし》とともに挿絵が挟まれていた。《ガゼット》は寄稿を望む若者には格好の雑誌だった。それは、社交界と芸術が交差する場所への名刺となった。

わたしは一八七〇年代のパリ各紙の社交欄を渉猟して、そういう交差点の跡を発見する。作業を余計な下草の刈り取りから始めるのだが、それには妙に惹きこまれるところがあって、シャルルの展覧会の批評を逐一書きとめていくという苦行からの息抜きになる。来客と遭遇の複雑なリスト、誰が何を着ていた、誰を見かけたという見取り図、冷遇と厚遇の目盛りとなる名前の連なり。

中でも病みつきになるのは、上流社会の結婚に際してのプレゼントのリストだ。これは贈り物の文化の立派な調査なのだと自分に言い聞かせる。やたらと気前がいいのは誰か、しみったれているのは誰か、およそ気が利かないのは誰かを割りだすのに、自分でもあきれるほどの時間を浪費する。わたしの高祖母は一八七四年、そういう結婚に際して笊貝《ざるがい》の貝殻をかたどった金の皿のセットを贈っている。何の根拠もないのだが、俗悪だと思う。

そして、パリの舞踏会や音楽の夕べ、サロンやレセプションに触れたものの中で、わたしは三兄弟への言及を探しにかかる。三人は連れ立って離れないようだ。エフルッシ兄弟はオペラ座の初演のボックス席で、葬儀で、X王子、あるいはY伯爵夫人のレセプションで姿を見かけられている。ロシア皇帝がパリを訪れた折には、高名なロシア市民として歓迎の列に加わっている。兄弟は共同でパーティーを催しており、「彼らがともに主人役を務める一連の晩餐会」のことが特筆されている。また、他の〝スポーツマン〟とともに最新流行の自転車に挑んでいるのが目撃されている。《ル・ゴロワ》の社交欄の一つは〝移動〟——誰がドーヴィルを発《た》ち、誰がシャモニーに向かったか——に充てられていた。それで、メッゲンにあるジュールとファニーの宏壮なシャレー・エフルッシで休暇を過ごすため、兄弟がいつパリを発ったかがわかる。兄弟はパリに到着してから二、三年で、丘の上の館を拠点に、社交界に食いこんで、その構成分子となったようだ。モンソーといえば、わたしはまず転変の速さを思い浮かべる。

優雅なシャルルは、自分の部屋を模様替えし、晦渋な美術史関係の文章をものする以外にも、新たなものに関心を惹かれるようになった。彼は愛人をつくった。そして、日本の美術品の蒐集を始めた。これら二つの対象、性と日本は互いに絡みあった。

　シャルルはまだ根付の所有には至っていなかったが、それに大きく近づきつつあった。彼がコレクションを始め、フィリップ・シシェルという日本の工芸品を扱う美術商から漆器を買うのを見まもろう。ゴンクールはシシェルの店、「ユダヤ人の金《かね》が流れる先」を訪ねたことを日記に書いている。彼は最新の〝品物《オブジェ》〟を求めて奥の部屋に入った。それはエロティックな版画集、おそらくは巻物のことだろう。彼はそこで、「愛人のエフルッシ青年とともに日本の漆塗りの箱の上に屈みこんでいるカーン・ダンヴェールの細君」を見かけた。

　彼女はシャルルに「愛を交わすことができる時間と場所」をそれとなく教えていたのだ。

4 「触れてみれば、あまりに軽く、あまりに軟らかい」

シャルルの愛人はルイーズ・カーン・ダンヴェール。シャルルより二歳年長で、金褐色の髪の美人だった。「カーン・ダンヴェールの細君」の夫はユダヤ人銀行家で、男一人と女三人、計四人の小さな子どもがあった。五番目の子どもができると、ルイーズはその子をシャルルと呼んだ。

わたしはパリ人の結婚生活をナンシー・ミットフォードの小説で知るのみだ。しかし、この格別の楽天ぶりには驚かされる。むしろ、感銘さえ受ける――わたしもブルジョアの仲間入りをして問うてみたい。五人の子ども、夫、それに愛人に振り向ける時間をどうやって見つけるのか？　二つの一族は非常に近しかった。ジュールとファニー夫妻の邸宅、その堂々たる扉の上では彼のイニシャルと彼女のイニシャルが派手に絡みついているが、実際に門前のイエナ広場に立ってみると、バサノ通りの角に建つ同じバロック様式のルイーズの新邸が見える。この点からしても、利口で根気強いファニーが親友のために情事をお膳立てしたのではないかと思われる。

たしかに、経緯の全体に非常に親密な何かがあった。彼らは打ち続くレセプションや舞踏会で絶えず顔を合わせていた。スイスのシャレー・エフルッシや、パリ郊外のシャン－シュル－マルヌのカーン・ダンヴェールの館で、二家族がともに休暇を過ごすことも珍しくなかった。それにしても、義姉が義弟の住まいの階段を上る途中、親友とばったり出会ったら、どう対応すればいいのだろう？　愛人たちは、気詰まりな訳知り顔から、そして子どもから逃れるために、美術商の奥の部屋が必要だったのかもしれない。

シャルルはサロンでは物慣れて気の利いた青年ということになりつつあった。彼は社交界の友人、レオン・ボナのために、ルイーズの肖像をパステルで描く段取りをつけてやった。彼女は淡い色のドレスをまとい、控えめにうつむく姿を描かれている。顔は半ば髪に覆い隠されている。

しかし、実のところ、ルイーズは控えめとは程遠い女性だった。ゴンクールは一八七六年二月二十八日、土曜日、ルイーズ自身のサロンでの当人の姿を、作家の目でこのように記録している。

ユダヤ人は東方起源の特有のノンシャランな言動を失わずにいる。きょう、ルイーズ・カーン夫人が磁器や漆器を見せようと、ガラス戸棚の底を探っているのをながめているうち、わたしはその姿に魅了された。夫人は物憂げな猫のような動きを見せた。彼ら――ユダヤ人――がブロンドである場合、〝ティツィアーノの美神〟の絵のごとく、ブロンドの中のブロンドともいうべき輝くような何かがある。夫人は探し物を終えると、長椅子にどしんと腰を下ろした。頭が一方にかしいで、てっぺんが見えた。ぐるぐる巻いた髪は蛇の巣に似ていた。夫人は楽しんだり訝《いぶか》ったりの百面相を見せたかと思うと、鼻に皺を寄せ、男だの作家だのは身勝手である、と文句をいいはじめた。女が人間ではないことを期待している、恋愛中は男並みに嫌悪をあらわにしないことを期待している、というのである。

それはエロティックな恋の懊悩《おうのう》のきわめて印象的なイメージだ。ティツィアーノの美神はまことに輝くばかりで、裸体をさらし、片手で陰部を軽く覆っている。ルイーズがゴンクールに及ぼした力、彼女が状況を支配する力が感じられるというものだ。何といっても、彼女は当時の人気小説家、ポール・ブールジェにとっても〝首座のミューズ〟だったのだ。彼女が自身のサロンのために、社交界の画家、カロリュス-デュランに注文した肖像画では、渦巻くガウンに包まれているだけの姿で、上下の唇を軽く開けている。このミューズには数多《あまた》のドラマがあった。なぜ、彼女が美学志向の青年風情を愛人に欲したのかに、わたしは疑問を感じる。

　それはシャルルのけれんみのなさ、美術史家の思慮深い足取りのせいだったのかもしれない。あるいは、彼女が夫と子どもたちという二つの大きな係累を抱えている一方で、彼は何の束縛もなく、彼女が気晴らしを必要とするとき、いつでも応じることができたからだったのかもしれない。この愛人同士が音楽、美術、詩――そして、音楽家、美術家、詩人――への深い関心を分かちあっていたのは確かだ。ルイーズの義弟のアルベールは作曲家だった。シャルルとルイーズは彼とともにパリのオペラ座に足を運び、マスネを聞くためにブリュッセルの初演にも赴いた。二人はワグナーに情熱を燃やした。隠してはおけないが、分かちあうには好都合という類の情熱を。ワグナーのオペラは、オペラ座奥深くのビロードのボックス席で水入らずで過ごす一時《ひととき》を二人に与えたのではなかろうか。二人は小規模な精選された晩餐会に（夫抜きで）出席した。プルーストが主人役を務め、そのあとにアナトール・フランスによる詩の朗読会があるというような催しに。

　そして、二人は相似するそれぞれのコレクションのために、日本の金蒔絵《まきえ》の箱を購入した。二人は日本との情事を始めたのだ。

　ルイーズは、夫との、あるいはシャルルとの口論に疲れ、上の空で日本の漆器をおさめたガラス戸棚を探り、それから長椅子に舞い戻った。そういうルイーズを通じて、わたしは自分がだんだん根付に近づいているのを知る。実在した複雑で厄介なパリの生活の一部に焦点が合ってくる。

わたしはこのノンシャランなパリ人、シャルルとその愛人が日本の品々をどう扱ったのかを知りたいと思う。生まれて初めて、遠い異国の物を手にするのは、どんな感じだったのだろう？　それまで見たこともない素材でつくられた箱や茶碗――あるいは根付――を手に取り、あれこれ持ち替え、重さやバランスをはかり、雲間を飛ぶコウノトリの浮き彫りを指先でなぞるのは？　どこかに触れてみれば、それがそのまま文学になるに違いない。手に取ってみたときに何を感じたか、そのはかない一瞬を日記や手紙に記録した人間もいるに違いない。彼らの手の跡がどこかに残っているに違いない。

ゴンクールのつぶやきは、格好のスタート地点になる。シャルルとルイーズは、シシェル兄弟の店で初めて日本の漆器を購入した。そこは、ジークフリート・ビングの高級市場向けギャラリー、オリエンタル・アール・ブティックのように、蒐集家が小さな仕切り部屋の中で〝オブジェ〟や版画を拝観させてもらうような店ではなかった。だが、日本のあらゆるものがあふれる沼地という趣の店だった。その量たるや、圧倒的なものだった。フィリップ・シシェルは一八七四年の買いつけ旅行のあと、横浜から五千点もの品々をおさめた四十五個の木箱を送りだした。それが熱っぽい雰囲気を醸《かも》しだしていた。いったい、どういう物がここにあり、それはもともとどこにあったのだろうか？　ほかの蒐集家たちは目の前の宝物に気づかなかったのだろうか？

その大量の日本の美術品は夢想を引き起こした。日本からの荷が届いた直後、シシェルの店で、「頭を麻痺させ、幻覚を生むこれらの美術品」に囲まれて過ごした一日のことを、ゴンクールは記録に残している。版画や磁器がフランスに浸透しはじめたのは一八五九年のことだった。一八七〇年代初頭には、さまざまな品が洪水となって押し寄せていた。日本美術への陶酔のごく初期の日々を振り返って、ある作家は一八七八年の《ガゼット》にこう記している。

誰もが新たな入荷の情報を逃すまいとした。古い象牙、琺瑯《ほうろう》、陶器、磁器、青銅器、漆器、木彫……刺繍した繻子《しゆす》、玩具が商人の店に到着したかと思うと、間をおかず、美術家のアトリエや作家の書斎に発送された……それらを落手したのは……カロリュス＝デュラン、マネ、ジェームス・ティソ、ファンタン＝ラトゥール、ドガ、モネ、作家ではエドモン及びジュール・ド・ゴンクール、フィリップ・ビュルティ、ゾラ……旅行家ではセルヌスキ、デュレ、エミール・ギメ……そういう動向は確たるものになり、素人がそのあとに続いた。

さらに特筆すべきは、たまに見かけられた次のような光景だった。

下町で、大通りで、劇場で見かけられる若者たちの風采には驚かされる……彼らはシルクハットや小さな丸いフェルト帽を、まっすぐ後ろへ撫でつけたつややかな長い黒髪にのせ、フロックコートのボタンをきちんとかけ、明るい灰色のズボンにしゃれた靴を履き、暗色のクラヴァットを優美なリネンのシャツに垂らしている。もし、クラヴァットの留め具の宝石が目立ちすぎず、ズボンの裾がひろがらず、トップブーツがあまり光らず、ステッキが軽すぎないというのであれば——そういうニュアンスは、自分の趣味を押しとおすのでなく、仕立屋のいいなりになる人間を示すものだが——彼らをパリ人と思ってもいいだろう。彼らと舗道で行き違い、よくよく見る機会があるとしよう。彼らの肌は浅黒く、顎ひげは稀である。口ひげを生やしている者はいる……ギリシャ喜劇の仮面のように、口は大きく、四角く開くようになっている。頬骨は丸みを帯び、長円形の顔から顎が突きだしている。小さな細い目は左右が離れ加減である。しかし、黒く精彩に富み、眼光は鋭く、こめかみのほうに吊り上がっている。彼らとは日本人にほかならない。

これは新しい文明の中の異邦人、細部まで気を配った服装を除けば、ほとんど目立たない異邦人のはっとするような描写だ。通行人がもう一度見なおしてみても、正体を暴露するのは、偽装があまりに完璧だからという一点だけだろう。

それはまた、日本との遭遇の奇妙さをも暴露している。一八七〇年代のパリで日本人はきわめて稀であったにしても――使節団と外交官と風変わりな貴族――日本の美術品は至るところにあった。誰もが〝ジャポネズリ（日本の美術品）〟を手に入れなければと思っていた。シャルルがサロンで会うようになった画家のすべて、彼が《ガゼット》で知りあった作家のすべて、彼の家族、家族の友人、愛人、誰もがこの狂乱を生きていた。ファニー・エフルッシは極東の品々を売るマルテル通りの流行《はやり》の店、ミツイに買い物に出かけたことを手紙に書いている。普請《ふしん》を終えたばかりのイエナ広場の邸宅の新しい喫煙室と来客用寝室に用いる日本の壁紙を買うためだった。評論家、おしゃれな〝美術愛好家〟にして蒐集家のシャルルが、どうして日本の美術品を買わずにいられただろうか？

パリの美術の温室では、コレクションを始めた時期が重要だった。初期の蒐集家、〝ジャポニスト〟はすぐれた審美眼の持ち主、趣味の創造者としての強みを持っていた。ゴンクールにしても、当然というべきか、弟ともども、日本の開国前から版画を目にしていたということを示唆している。これら早くからの日本美術の里親たちは、互いに競いあってはいても、鑑識眼は共有していた。しかし、ジョージ・オーガスタス・サラが一八七八年の『パリ再び《パリ・ハーセルフ・アゲイン》』で記しているとおり、蒐集が始まったころの学術的な雰囲気はまもなく消え失せた。「〝ジャポニスム〟は一種の宗教のごとくエフルッシ家やカモンド家のような、いわゆる美術愛好家のものになってきた」

シャルルとルイーズは若く富裕な新参者、〃ネオ－ジャポニスト〃だった。日本の美術に関しては、即座の反応、直感につながるような慧眼もなければ、美術史家としての予備知識もなかった。だが、ここには新たなルネサンスの展開があり、東洋古来の本格的な美術品を入手するチャンスがあった。それを大量に、しかも今、入手できるかもしれなかった。あるいは、今、それを購入し、あとで愛することができるかもしれなかった。

日本の〃オブジェ〃を手に取れば、それは自《おの》ずと顕現する。その感触は、手に取った者が何を知らなければならないかを教えてくれる。その当人について教えてくれる。エドモン・ド・ゴンクールは自らの見解を示している。「さて、完璧な物を手にしたときの優しさ、穏やかさ、滑らかさというようなものに関する警句を一つ。感触――それは愛好家がそれによって自身を認識するしるしである。無関心な指、不器用な指、愛情こめて包むことのない指で対象を扱う者は、美術に情熱がないのである」

これら初期の蒐集家や日本への旅行者にとって、〃好ましい〃かどうかを知るには、日本の品を手に取るだけで十分だった。実際、アメリカの画家、ジョン・ラファージは一八八四年の旅行に際して、友人たちと協定した。「われわれは一冊の本ももたらさず、一冊の本も読まず、できる限り虚心になるべきである」。美に対する直感だけで十分だった。感触は感覚の上での虚心といえた。

日本の美術はすばらしき新世界だった。それは新しい風合い、新しい物の感じかたを紹介した。木版画の画帖《がちょう》は数多く買われたが、ただ壁に掛けておくだけの美術ではなかった。それは新しい素材の出現だった。緑青の深みが印象的な青銅器は、ルネサンス期のものを凌駕《りょうが》しているようだった。漆器は比べるもののない深さと暗さを帯びていた。金色の葉の屏風《びょうぶ》は部屋を二分し、反射光を投げかけるものだった。モネは『和装のモネ夫人（ラ・ジャポネーズ）』を描いた。カミーユ・モネの着物は「数センチの厚さの、ある種の金の刺繍」を施したものだった。さらに、西洋美術では見られなかった物があった。

それは〝玩具〟というだけでは説明できない物、〝根付〟と呼ばれる動物や物乞いの彫刻、手の中で転がせるような小さな彫刻だった。シャルルの友人で《ガゼット》の編集長、蒐集家でもあるルイ・ゴンスは、ある樿《つげ》材の根付を「とても豊か《プリュ・グラ》で、とても素朴《プリュ・サンプル》で、思わず愛撫したくなる《プリュ・カレス》」と表現している。この評言のみごとなリズムはなかなか真似しがたい。

　こういった物はすべて手に取ることが可能で、客間や私室に風合いを加える。日本の文物のイメージを探っているうち、パリ人は一つの素材と別の素材を重ねているのに気づく。象牙は絹でくるみ、絹は漆塗りのテーブルの背後に掛け、漆塗りのテーブルの上には磁器をひろげ、床には扇をいくつも置くという具合に。

　燃えたつような触感、手の中の発見、優しく包まれる物、プリュ・カレス。〝ジャポニスム〟と触感は、シャルルとルイーズにとって、とりわけ魅惑的なコンビネーションだった。オテル・エフルッシのシャルルの部屋に他のコレクションとともに置かれたコレクション。暗紅色のルネサンス期の壁掛けや、ドナテロの青白い大理石の彫刻のそばに配された品々。シャルルとルイーズは、シシェルの混沌とした宝蔵からこのコレクションを選抜した。それは十七世紀の漆器のきらびやかな群れで、欧州の何にも劣らぬものだった。それらを吟味するうちに、二人はシシェルの店の常連になったに違いない。そして、陶芸家としてのわたしにとって欣快なのは、シャルルがそれらの漆器とともに、十六世紀の炻器の蓋つきの壺を持っていたことだ。それは備前焼きだったが、備前はわたしが十七歳のときに遊学した陶芸の里だ。思わず愛撫したくなる素朴な茶碗に、ようやく、燃える手で触れたときには興奮を抑えられなかった。

　一八七八年、《ガゼット》に発表された長文のエッセー『トロカデロの日本の漆器』で、シャルルはパリのトロカデロの展示会に出品された五、六基のガラス戸棚、あふれるほどの漆器をおさめた戸棚について述べている。それは日本の美術について余すところなく論じた文章だ。ほかでと同じく、彼は目の前の対象について、学術的（彼は年代決定に悩んでいた）であったかと思うと、記述的になったり、極度に叙情的になったりしている。

シャルルは〝ジャポニスム〟という言葉について「わたしの友人、フィリップ・ビュルティによってつくられた」と述べている。わたしはこれに先んじた言及を見つけるまでのまる三週間、印刷されたものでは、これがこの言葉を初めて使用した例だと思っていた。そして、わたしの根付と〝ジャポニスム〟がみごとにリンクしていることに興奮をおぼえた。書庫の刊行物セクションで、本能的な幸せを感じる、あの瞬間を味わったのだ。

シャルルもエッセーの中で非常に興奮している。マリー・アントワネットが日本の漆器のコレクションを持っていたことを発見しているのだ。彼はその知識を活かし、十八世紀ロココの文明世界と日本の文明世界との微笑ましい通信を切りとってみせている。このエッセーの中では、女性と情交と漆器とが一つに織り交ぜられているように思われる。シャルルの解説によると、日本の漆器は欧州ではめったに見られなかった。「これらほとんど得がたい品物の羨望される所有者たらんとするには、寵児や王妃になるほどの富と運とを同時に必要とした」。見かたを変えれば、これは乖離して疎遠な二つの世界が――第三共和政のパリで――衝突した瞬間でもあった。伝説的な珍品であり、二つとはつくれないほどの複雑な技巧を誇るこれらの漆器は、日本の親王や西洋の王妃が所有してきたが、今、ここパリの店でも買うことができるようになったのだ。また、シャルルにとって、この漆器は密《ひそ》やかな詩という質を備えていた。珍奇で貴重というだけでなく、欲望の物語を秘めていた。彼がルイーズに抱いた熱情は隠れもなかった。そして、この得がたい漆器は、周囲にオーラを漂わせていた。彼が漆器について書いたとき、麗しのルイーズに手を差し伸べていたのが伝わってくる。

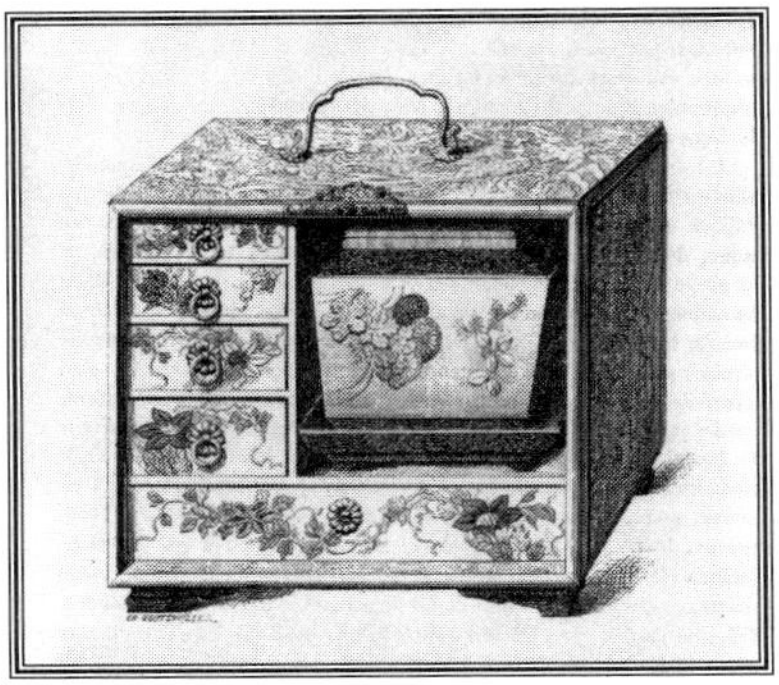

ルイーズ・カーン・ダンヴェールのコレクションにあった日本の金蒔絵の箱

シャルルはある箱のことを取りあげている。「漆塗りの箱を手に取ってみよう――触れてみれば、あまりに軽く、あまりに軟らかい。その表面に美術家が描いているのは、満開の花をつけた林檎の木々、水上をよぎって飛ぶ神聖な鶴たち、上方には、雲に覆われた空のもとでなだらかに波打つ連山、大きな日傘の下で、われわれには異様にも見えるが、上品で優雅なポーズを取る緩やかな長衣の人々……」

この箱を掲げつつ、シャルルは異国趣味について語っている。その技芸には、しなやかな手を必要とするが、それは「まったく女性的で、辛抱強くも器用であり、時間の犠牲をいとわない」。これは西洋のわれわれには成し得ないところだ。それらの漆器――あるいは根付や青銅器――を手に取ってみれば、ただちにその手並みのほどに気づくだろう。それらは並々ならぬ労苦の結実であるが、それでいて不思議なくらい自由でもある。

漆器に描かれたイメージは、シャルルの印象派絵画への深まる愛と絡みあっていた。満開の花をつけた林檎の木々、雲に覆われた空、緩やかな長衣の女性たちは、ピサロやモネの絵からそのまま抜けだしたようだった。日本の品々――漆器、根付、版画――は、感覚が日々新たにされる場所、美術が日常生活からあふれてくる場所、果てしない美の流れの夢の中にすべてが存在する場所、そういう場所の光景を現出させていた。

そして、漆器についてのシャルルのエッセーに挿し挟まれていたのは、ルイーズと彼自身のコレクションにある作品の彫版だった。ルイーズの金蒔絵の飾り棚は、上面に旭光が描かれていたが、その棚の内部を記述する彼の文章は、やや現実的になり、やや息せききった感じがする。二人のコレクションは「自らの強欲を満足させることができる富裕な愛好家の気まぐれ」から形成された。これら不思議な豊かさを帯びた品々のコレクションを語るにあたって、彼は自身とルイーズをそれとなく結びつけている。二人はともに欲しがり屋で気まぐれで、突然の欲望に左右された。二人が蒐集した物は、手にして「触れてみれば、あまりに軽く、あまりに軟らかい」ことがわかる品々だった。

そうした作品をともに公表するのは、控えめではあるにしても性的な暴露行為だった。また、これら漆器の蒐集は、二人の逢引の記録でもあった。コレクションは二人の情事を、二人の秘密の接触の歴史を記録していたのだ。

一八八四年に催されたシャルルの漆器の展覧会の評が《ル・ゴロワ》に掲載された。「これらのガラス戸棚の前でなら何日も過ごすことができるだろう」と評者は書いている。わたしも同意だ。そのシャルルとルイーズの漆器がどこの美術館に消えたのか、跡をたどることはできない。それでも、わたしはイエナ大通りのギメ東洋美術館を訪れるために、一日、パリに戻る。そこには、今、マリー・アントワネットのコレクションが収蔵されている。わたしは柔らかな輝く品々の錯綜する反射光で満たされたガラス戸棚の前に立つ。

シャルルはこれら黒と金の〝オブジェ〟をモンソー通りの客間に持ち帰った。そこは、最近、金色の絨毯を敷きつめたばかりだった。絨毯はみごとな絹織りで、もともとは十七世紀にルーヴルの美術品展示室用につくられたものだ。それがイメージしているのは宙だ。四つの風が頬を膨らませてトランペットを吹き、あらゆるものが胡蝶と波打つリボンに組みあわされている。絨毯は部屋に合うサイズに切りつめられていた。わたしはその床を横切るのを想像する。部屋全体が金色に輝いているはずだ。

日本の一端を買うのにいちばんいい方法は、現地に乗りこむことだった。これがシャルルの隣人、アンリ・セルヌスキの、あるいはトロカデロの展示会の組織者である実業家、エミール・ギメの先手必勝法だった。

もし、それがかなわないなら、日本の美術品を扱うパリのギャラリーを訪ねるしかなかった。これらの店は出会いの場所、シャルルとルイーズのような社交界の愛人たちの逢引——ランデヴー・デ・クプル・アダルテール——によく利用される場所だった。以前であれば、リヴォリ通りの店、ジョンク・シノワーズや、ヴィヴィエンヌ通りの姉妹店、ポルト・シノワーズでそういうカップルが見かけられただろう。店主のデソワイエ夫人——日本の美術品を第一波の蒐集家に売っていた——は「宝石類を身につけて鎮座し……肥満した日本の偶像といった風情で、われらの時代の歴史的人物といってもよかった」。だが、今はシシェルの店がそれに取って代わっていた。

シシェルは卓越したセールスマンではあったが、好奇心に富む、あるいは観察力の鋭い人類学者というわけではなかった。一八八三年に刊行された小冊子『日本の骨董品についての考察《ノート・ダン・ビブロテュール・オー・ジャポン》』で、彼はこう記している。「その国は、わたしにとって、見るもの聞くものすべてが新しかった。正直にいえば、わたしは日常の生活にはまったく興味がなかった。わたしが望んだのは、ただ一つ、市場《いちば》で漆器を手に入れることだった」

事実、シシェルがしたことは、それに尽きた。一八七四年、日本に着いてまもなく、シシェルは長崎の市場で埃をかぶっていた漆塗りの文箱《ふばこ》を多数見つけだした。彼は「一点につき一ドルを支払ったが、今日、これらの品の多くは千フラン以上の値がついている」。これらの文箱を――彼は言いそこねているが――シャルルやルイーズやゴンスのようなパリの顧客に、千フランをはるかに超える額で売っていたのだ。

シシェルはさらに続けている。

当時の日本には、特価で手に入る美術品が埋蔵されていた。都市の通り沿いには、骨董品、織物、あるいは質草を売る店が並んでいた。夜明けには大勢の小売商人が集まってきた。〝フクサ〟や青銅器の商人は荷車で商品を運んできた。〝オビ〟につけた〝ネツケ〟を売りたいという通りすがりの人間までもがいた。売り込みのかまびすしい声は絶え間なく、うんざりして買う気もなくなるほどだった。それでも、これらエキゾチックな品物の商人たちは、何とも愛想がよかった。彼らは買い手のガイドのように振る舞い、子どもの菓子箱一つを買うだけでも返礼に値引きをしてくれた。そして、商取引を締めくくるにあたっては、買い手に敬意を表して大宴会を催した。宴会の最後には、女性の踊り手、歌い手による魅惑的な余興があった。

日本はまさにその菓子の箱だった。日本での蒐集は、著しく欲を助長した。シシェルは「日本を略奪、強奪」したくなる衝動について書いている。零落した大名が家宝を売り、侍が刀を売り、芸妓が体を売る——そして、通りすがりの人間が根付を売る——物語は、果てしなく続きそうな気配だった。誰もが何でも売るかと思われた。日本は芸術的、商業的、性的願望を満たすことを認められた一種のパラレルワールドだった。

日本の品物は、漆塗りの箱や象牙の装飾品を介しての愛人たちの逢引の例に留まらず、エロティックな可能性を秘めていた。日本の扇、飾り物、長衣は、密《ひそ》やかな出会いで、俄然、精彩を帯びた。それらは盛装したり、役割演技したり、自分を審美的に想像してみるときの支えとなった。もちろん、錦の花飾りで覆われた公爵級の寝台を持つシャルルにも訴えないはずがなかった。モンソー通りの部屋を際限なく改造しつづけるシャルルにも。

ジェームス・ティソの絵『ラ・ジャポネーズ・オ・バン』では、素肌に重い錦の着物を羽織っただけの娘が、和室の敷居に立っている。モネが妻のカミーユを描いた挑発的な肖像画では、彼女は金髪の鬘《かつら》をつけ、赤の地に抜刀した武者の姿を刺繍した着物をまとっている。背後には、壁にも床にも扇がまき散らされていて、ホイッスラーの落下する花火を彷彿させる。それはモネの至芸であって、プルーストの『スワン家の方へ』で〝高級娼婦〟オデットがスワンを迎える場面とも通じるものがある。そこでは、日本の絹の座布団や屛風や提灯《ちょうちん》が置かれ、嗅覚のジャポニスムともいうべき濃厚な菊の香で満たされた化粧室で、彼女は着物を着て待っているのだ。

所有権は移り変わっていくようだった。これらの品々は、所有したい、要求したいという貪欲さを誘発するようだった。買い漁ることの陶酔、つまり、己《おのれ》を熱狂へ駆り立てるプロセスを蒐集家自身が語っている。「あらゆる情熱の中で、小さな装飾品に対する情熱ほど恐ろしく、打ち勝ちがたいものはないであろう。骨董に魅惑された人間は、道に迷った人間である。装飾品はただの情熱でなく熱狂の的なのである」。若き作家、ギー・ド・モーパッサンの言葉だ。

このことを取りつかれたように自白しているのが、シャルルの天敵ともいうべきエドモン・ド・ゴンクールが著した奇妙な本だ。その『芸術家の家《ラ・メゾン・ダン・アルティスト》』で、ゴンクールはパリの自邸の一室一室について微に入り細に入った描写をしている――〝指物〟や絵画、かつてともに暮らした亡弟への敬意のあらわれともいえるそれらの配置など。それぞれが三百ページを超える二巻の本に、ゴンクールは自伝と旅行談だけでなく、物を介した自邸の余すところのない目録を組みこんでいる。その邸宅の中には日本の美術品があふれていた。玄関の広間には、日本の錦、掛物、巻物が飾られていた。庭園までもが、中国と日本の高木、低木が注意深く組みあわされていた。

ボルヘスも顔負けといおうか、ゴンクールのコレクションは、十七世紀日本の〝異国趣味の装飾品コレクター〟によって集められた中国美術の一群までも含んでいる。ゴンクールの陳列品の中で、素《す》で展示された絵画、屛風、巻物と、ガラス戸棚におさめられた物との間には、果てしない葛藤があった。わたしは思い浮かべる。顎の下で白い絹のスカーフを無造作に結び、梨材のガラス戸棚の扉の前でもったいをつけて佇む黒い眼のゴンクールを。彼は根付の一つを手に、個々の品にひそむ美の極致を執拗に追求する物語を語りはじめる。

あらゆる階層の卓抜した美術家――通常は専門家――は……制作に責任を負い、物や生き物の再現に専心する。たとえば、日本では一家三代にわたって、鼠を、ただ鼠だけを彫りつづけている彫刻家がいると聞いている。これら職業的な彫刻家と並んで、手先の器用な一般人の中に、アマチュアの根付師がいるようだ。彼らは自分のために小さな傑作を彫って楽しんでいる。フィリップ・シシェル氏は、ある日、日本人の男が自宅の入り口に座って、根付を彫っているのを見かけて歩み寄った。根付は仕上げの段階にあった。シシェル氏はそれを売る気はないかと尋ねてみた……それが仕上がったら、と。日本人は笑いだした。あげくに、こういった。それまでには、もう一年半ほどかかるだろう、と。さらに、彼は帯につけていた別の根付を見せ、これは数年がかりの仕事だといった。そして、会話が進んだところで、アマチュアの美術家はシシェル氏に打ち明けた。〝そんな長丁場のつもりで仕事をしているわけではなく……ただ、仕事をしているということが必要なので……それは限られた日だけのことで……そういう日は、煙管《きせる》で一服つけて、気分が浮きたってきたと感じたあと〟云々《うんぬん》と。要は、この仕事にはインスピレーションの時間が必要だといっているのだ。

これら象牙や漆や真珠層の装飾品はどれもが、日本の細工師は「すてきなリリパット（小人国）の装身具職人」にふさわしい想像力を持っているという事実をあらわしているかのようだ。日本人は小さな体で小さな物をつくるということは、パリでは定説になっていた。このすべて小型という観念は、しばしば、日本の美術品が大きな志に欠けるように見える理由としてあげられてきた。それらは一時の印象をつくりあげるには申し分ないが、悲劇とか畏怖といった荘重な印象を与えるには力がないということだった。それが日本人はパルテノンやレンブラントの類を持たなかったという理由にあげられたのだ。

彼らが表現したのは日常生活だった。それに、情緒だった。キプリングが一八八九年の旅行中、日本で初めて根付を見たとき、恍惚とさせられたのは、そういう情緒だった。彼は日本から書き送った手紙の一通でこう記している。

古い日本の残骸があふれる店……教授は翡翠《ひすい》、瑠璃《るり》、瑪瑙《めのう》、真珠層、紅玉髄をちりばめ、金と象牙をあしらった飾り棚のことを夢中になってしゃべっていました。でも、わたしには、五つの石を配した意匠のすばらしさよりも、生綿《きわた》の上に置かれたボタンや根付のほうが好ましかったのです。

それを手に取って、いじってみることもできました。残念ながら、ほんの掻き傷のような日本の文字が、制作者の名前を知る唯一の手がかりなので、誰がこれを思いついたのか、わたしにはわかりません。クリーム色の象牙に刻まれているのは、烏賊《いか》を見て、ひどくまごついている老人や、兵に獲物の鹿を持たせている僧です。胸肉は自分のものにして、荷は連れに担わせようとほくそえんでいます。あるいは、干からびかけた細い蛇。堕落の記憶で斑《まだら》になった顎のない頭蓋骨の上で、嘲るようにとぐろを巻いています。あるいは、逆立ちしているラブレー風の野卑で滑稽な穴熊。大きさは半インチもないのに、見る者を赤面させます。あるいは、弟を叩きのめしている太った少年。あるいは、冗談をいっている兎。あるいは――こんな調子のものが、いくつもありました。歓喜、軽蔑、その他、心を揺さぶる体験に伴うさまざまな気分から生まれたものが。そして、掌《てのひら》に数点を載せたわたしは、今は亡き彫刻師の亡霊にウィンクしたのです！　彼は眠りにつきましたが、象牙に三つも四つもの強い印象を刻みこみました。それは、わたしが文字で追求してきたものなのです。

日本人は性愛の芸術ものにしていた。それは特別な情熱をもって捜し求められた。ゴンクールはシシェルの店での〝道楽〟について述べている。ドガやマネは〝春画〟――アクロバットのような性交の体位や、高級娼婦と空想の生き物の奇怪な交接を描いた版画――を追いかけた。そこでは、蛸がその軟体に独創を生む可能性があるとして、とくに好まれた。ゴンクールは「日本の猥褻な画帖」を買ったことを記録している。「……わたしはそれらを楽しみ、目の保養をした……線の荒々しさ、思いもよらない結合のしかた、装身具の取り合わせ、位置や衣服の奇抜さ……生殖器も絵になる質の高さ」。エロティックな根付も、パリの蒐集家の間では人気が高かった。在庫品のテーマには、裸の娘を抱き締める蛸が多数、その他、巨大な男根様《よう》の茸《きのこ》を運ぶ猿、はじける柿の実が含まれていた。

これらエロティックな〝オブジェ〟は、男性を楽しませるための西洋の作品を補足するものだった。西洋の作品というのは、たとえば、手におさまるほどの小型の古典的なヌードのブロンズ像。目利きたちが造形や緑青付けの質をめぐって博識ぶりを競いあう書斎に置いてある類のものだった。あるいは、エナメルをかぶせた小型の嗅ぎ煙草入れのコレクション。蓋を開けると、男根を連想させるファウヌスや、びっくりしたニンフがあらわれるようになっていた。ささやかな隠蔽と暴露の演出。触れたり、動かしたりするこれらの小物――華奢で、おどけていて、しかも眼識を要するもの――が、ガラス戸棚におさめられていた。

一八七〇年代のパリでは、小型ではあるが衝撃的な作品を次々にまわして見る機会を逃すのはもったいないことだった。ガラス戸棚は、サロン生活のしゃれて浮ついた間隙に欠かせないものとなった。

6　木彫、象嵌《ぞうがん》の眼の狐

かくてシャルルは根付を買った。二百六十四点を買いつけた。

木彫、象嵌の眼の狐
象牙彫り、蓮の葉の上で丸くなっている蛇
黄楊材の兎と月
立っている武士
眠っている僕《しもべ》
象牙彫り、お面をつけて遊ぶ子どもたち
子犬と遊ぶ子どもたち
兜をかぶって遊ぶ子どもたち
数十点の象牙の鼠
猿と虎と鹿と鰻と疾駆する馬
僧と役者と侍と木の湯船で湯浴みする女

縄で縛った薪《たきぎ》の束
花梨
折れた枝につくった巣の上の雀蜂
葉の上の三匹の蟇蛙《ひきがえる》
猿とその子
性交する男女
横になり、後脚で耳を掻く牡鹿
顔の前に面を掲げ、刺繍した重い衣装をつけた能役者
蛸
裸女と蛸
裸女
三個の甘栗
馬上の僧
柿

二百点以上の、小さな物の大きなコレクション。

シャルルは漆器を集めたときのように、一つずつ買い足していったわけではなく、シシェルから完全かつ壮観なコレクションとして、それらを一括購入した。

それらは、一つ一つが四角い絹布にくるまれ、鉋屑《かんな》で覆われ、木箱に詰められて、横浜から喜望峰まわりの四カ月の船旅で届いたのだろうか？　シシェルがそれらを取りだしてキャビネットに並べ、裕福

たのだろうか？　シャルルは一つずつ包装を解いて、わたしの気に入りの虎を見つけたのだろうか？　それは竹の枝の上で驚いて振り向いている虎で、十八世紀末の大阪で象牙に彫られたものだ。あるいは、魚の干物に食いついたところを気づかれて、こちらを見上げている鼠たちを見つけたのだろうか？

シャルルは琥珀の眼をした青白い兎と恋に落ち、ほかの物もつきあいで買ったのだろうか？

シャルルは根付をシシェルに注文したのだろうか？　それらは、抜け目ない京都の商人が、零落した人々から一、二年がかりで買い集め、それから転売したのだろうか？　わたしはためつすがめつする。西洋の市場向けに、ほんの十年ほど前に即席でつくられたというようなものはきわめて稀だ。お面を持ってにたにたしている丸ぽちゃの少年は、明らかにそうしたものの一つだ。粗雑なつくりで、俗悪なだけだ。大多数の根付は、ペリー提督の来航前に彫られたもので、一部は百年を遡る。人物、動物、好色なもの、神話の生き物。通常の包括的なコレクションにありそうなものの大半がカバーされている。著名な根付師の銘が入っているものもある。誰か知識ある人物がそれらを一つのグループにまとめていた。

シャルルはルイーズと連れ立って、たまたまシシェルの店に来あわせていたのだろうか？　絹、版画の画帖、屏風、磁器が地滑りのようにひろがる中で、ほかの蒐集家がこの貴重な品を発見する前に？　彼女が彼のほうを振り向いたのだろうか、彼が彼女のほうを振り向いたのだろうか？

それとも、ルイーズはどこかよそにいたのだろうか？　彼女が次に彼の部屋へやってきたときに、びっくりさせようという企みがあったのだろうか？

この青年、気まぐれで魅力的な蒐集家は、根付にどれほどの額を投じたのだろうか？　彼の父、レオンは心不全で亡くなったばかりだった。齢《よわい》わずか四十五。モンマルトルの一家の墓に眠るベティーの隣に葬られた。しかし、エフルッシ社の経営はきわめて順調だった。ジュールは最近になって、休暇を過ごすシャレー用にとルツェルン湖畔の土地を購入していた。叔父たちは田舎の大邸宅を買っていた。青と黄色の水玉模様のエフルッシ・カラーでロンシャンに出走する競走馬も。根付には目の玉が飛び出るほどの値がついていたに違いないが、シャルルはこの浪費をものともしなかった。一族の資産とともに、彼の資産も年々増加するばかりだったからだ。

わたしにはうかがい知れないことが数多くある。しかし、シャルルが根付をおさめる黒いガラス戸棚を買い入れたのは知っている。漆器のような光沢のある木製の戸棚。それは丈が六フィート余りで、彼よりも高かった。正面のガラスの扉と、側面のガラスを通して中がのぞけた。背面の鏡のせいで、根付は際限なく蒐集されたかのように見えた。それがすべて、緑色のビロードの上に置かれた。根付の色には、数多くの微妙なヴァリエーションがあった。象牙、角《つの》、黄楊のさまざまな色合い。濃い暗緑色の地に、クリーム色、蜜蠟《みつろう》色、栗色、金色。

それらが今、わたしの目の前にある。シャルルのコレクションの中のコレクションが。

シャルルは背面が鏡張りの黒いガラス戸棚の中に緑色のビロードを敷き、根付を置いた。物語の中でのそれらの初めての休息所。そこは漆塗りの箱類の近く、イタリアから持ち帰った大型の壁掛けの近くで、金色の絨毯に接していた。

シャルルは階段の上に出て、左に折れ、兄のイニャスを訪ねて、自分の新しい掘り出し物について語りたいという衝動に抵抗できたのだろうか？

根付を客間や書斎に無防備で放っておくわけにはいかなかった。なくなったり、落ちたり、埃をかぶったり、かけたりするからだ。それらは落ちつく場所を必要としていた。なるべくなら、ほかの装飾品といっしょの場所を。それがガラス戸棚が大事になる理由だ。この根付に向かう旅で、わたしのガラス戸棚、ガラスの陳列ケースへの興味はつのるばかりだった。

わたしはずっとルイーズの客間のガラス戸棚を思い浮かべてきた。また、ベル・エポックの邸宅に保存されてきたものを見たことがあった。シャルルが《ガゼット》に書いた展覧会の評論で、あるいはロッチルド家の目録の記述で、それについて読んだこともあった。今、シャルルは自身のガラス戸棚を所有したのだ。わたしはそれがサロン生活のパフォーマンスの一部であって、ただの家具の一部ではないことに気づく。シャルルの蒐集家仲間は、ガラス戸棚に日本の美術品を並べる行為について記している。「画家がカンヴァスに一筆加えるのにも似ている。申し分ない調和と、この上ない洗練……」

ガラス戸棚は人が美術品を見るために存在するのであって、触れるためではない。それらは対象を枠で囲ったり、宙に浮かせたり、距離をおくことで見る者をじらしたりする。

わたしはガラス戸棚というものを理解できずにいたということを、今になって悟る。わたしは人生最初の二十年を、ガラスケースから作品を取りだすのに熱心な陶芸家として過ごした。ギャラリーや美術館では、わたしのポットがその中におさめられていることがよくあった。ガラスの向こうでは、気密室に入れておくのでは作品が死んでしまう、とわたしは説いてきた。ガラス戸棚は一種の棺《ひつぎ》だ。作品は外に出して、形式ばった展示という保護から脱する機会を与えなければならない、解放しなければならないというわけだ。「応接間からキッチンへ！」。わたしは宣言のようなものを書いた。だが、あまりにも邪魔物が多かった。「あまりにも多くのガラス《トロ・ド・ヴェール》」があった。名高い建築家がライヴァルのモダニストのガラスの家を見て評したように。

しかし、ガラス戸棚——美術館のケースと対立するものとしての——は、開放されるものだ。ガラス扉を開いて、のぞきこみ、選び、手を差し入れ、取り上げる瞬間というのは、誘惑の瞬間、人の手と刺激を発する物とが遭遇する瞬間なのだ。

シャルルの友人のセルヌスキは、モンソー公園の門に接する道路の先の邸宅で、日本の美術品の一大コレクションを真っ白な壁を背景に陳列していた。それでは日本の品々がルーヴルにあるかのようで「不幸に見えた」と、ある評論家は述べている。日本の美術品を〝美術〟として展示するのは、あまりに大袈裟で、かえってそれを疑問視させる。しかし、丘の上のシャルルの客間、古いイタリアの物と新しい日本の物の奇妙な遭遇の場は、美術館ではなかった。

シャルルのガラス戸棚は、一つの閾《いき》ともいえた。

そして、根付はシャルルのサロンの生活にはうってつけの品だった。麗しのルイーズが日本の品々のガラス戸棚を開け、中を探り、何かを取りだし、ながめ、いじり、さする。それは、日本の物がいわば余談向き、気散じ向きにつくられていることを示唆していた。根付はシャルルの暮らしぶりに特別な何かを加えていたのではないか、とわたしは思う。それらは日常生活に何らかのつながりを持つ初めてのものだった。たとえエキゾチックな日常生活であったにしても。いうまでもなく、それらは驚くべき作品であり、高度に官能的でもあったが、メディチ家風の寝台や、マリー・アントワネットの漆器のように豪勢なものではなかった。それらは触れてみるためにあった。

わけても、それらは多様な笑いを誘うところが違っていた。機知に富み、卑猥で、剽軽《ひょうきん》だった。わたしは今、根付を持って螺旋階段を上がり、蜂蜜色の邸宅のシャルルの客間に置くところまでたどりついたが、気がついてみると、誰にも好かれたこの男がそれを楽しむだけのユーモアのセンスに恵まれていたことに安堵していた。わたしも彼を好きになれそうだ。

7　黄色い肘掛け椅子

根付――わたしの虎、わたしの兎、わたしの柿――は、シャルルの書斎に落ちついた。彼はそこでデューラーに関する本をようやく書きあげた。若き詩人、ジュール・ラフォルグからシャルルに宛てた熱烈な手紙に照射された部屋で。

あなたの美しい本の一行一行に、多くの記憶を呼び覚まされました。とくに、あなたの部屋で独り仕事をしながら費やした時間を。黄色い肘掛け椅子の鮮やかな色が弾《はじ》ける部屋！　そして、印象派の絵！　ピサロが実に丹念な細かい筆致でしっかりと構成した二枚の扇。シスレーのセーヌ川と電信線と春の空。パリ近郊の艀《はしけ》と、小径をぶらつく人。モネが描いた丘の斜面で花開く林檎の木々。ルノワールの髪振り乱した小さな野蛮人と、ベルト・モリゾの新しくも深い下生え、座った女、その子ども、黒い犬、捕虫網。そして、もう一枚のモリゾは、仕事をするメード――日差しで斑になった青、緑、ピンク、白。さらに、もう一枚のルノワール。青いジャージーの服に赤い唇のパリジェンヌ。そして、マフを持ちボタンホールに薔薇を挿してくつろぐ女……メアリー・カサットの肩をむきだした踊り子は、赤い肘掛け椅子に、黄色、緑、ブロンド色、赤錆色という配色。さらに、ドガの不安げな踊り子たち、ドガのデュランティの肖像――もちろん、バンヴィルの詩とマネの『道化役者』！……ああ！　そこでは『アルベール・デューラー』のカタログに我を忘れ、夢見るような優しい時間が過ぎました……黄色い肘掛け椅子の鮮やかな色が弾けるあなたの部屋。黄色、紛れもない黄色！

『アルベール・デューラーとそのデッサン《アルベール・デューラー・エ・セ・デッサン》』は、シャルルの初めての単行本だった。彼を欧州の〝放浪〟に駆り立てた本。二十一歳でパリの新参者だったラフォルグは、出版に備えたリスト作成、校訂、十年にわたる研究メモの付録化、表や索引作成にあたる秘書に推薦された。ラフォルグにとって、中国風の部屋着姿のシャルルは、めくるめく舞台装置の中のめくるめくパトロンだった。

わたしもまた、かなり興奮する。というのは、マネについての本の脚注でそうと知る前は、ラフォルグがシャルルのもとで働いていたとは思いもよらなかったからだ。ラフォルグはすばらしい都会の詩人だ。雫《しずく》で濡れた公園のベンチ、誰も通らない道路の上の電信線。

シャルルはもはや性急な若者ではない。「モンソー通りのベネディクト会修道士風ダンディー」、シルクハットを斜めにかぶったあたりに遊び人の面影はあったが、黒衣の学究となっていた。礼儀作法と〝自尊心〟をあらわすかのように小脇にステッキを抱えた人物。シルクハットにブラシをかける衣服の世話係を置いている人物。上着のポケットには何も入れたことがなく、服の垂れ下がった飾りを傷ませたことがないと思われる人物。われわれは、愛人を持ち、《ガゼット》の新任の編集長という役割を担った三十歳の彼を見る。本来の姿に成長した彼を見る。彼は秘書を持った〝世俗の《モンダーン》〟美術史家だ。そして、今は根付ばかりでなく絵画の蒐集家だ。

シャルルはこの部屋で一段と精彩を放った。幻想的な絵画の色の奔流とは対照的なこれらの色――コートの黒、シルクハットの黒、顎ひげのかすかな赤み。それは、黄色い肘掛け椅子の猛々しいほどの明快さに照らされた。色を必要とするだけでなく、色を軸に生活を組み立てている男の書斎というべきか。一分の隙もないラビ風の黒い制服を着たモンソー通りの男、書斎の扉の奥で別の生活を送っている男。

このような部屋で、いったい、どういう研究が行われていたのだろうか?

ジュール・ラフォルグは一八八一年七月十四日からシャルルのもとで働きはじめた。この書斎で夏の間ずっと、夜半まで寝ずに仕事をしていた。だが、若干厳しいことをいえば、このユダヤ人の文芸後援者から雀の涙ほどの報酬しか得ていなかった。彼の目を通して、シャルルが本を完成させた過程が見える。「石を一つ、また一つと、ゆっくり積んでいって、堅固なピラミッドをつくる。それは美しい顎ひげを生やした記念碑ともいうべき存在を支えるのである」。余白の切れ端に、ラフォルグは自分たち二人の絵を落書きしている。ふわりとした髪の小柄なラフォルグが、両手を腰に当て、もうもうと煙草の煙を吐きだしながら前を歩いている。後ろを歩くシャルルは、スマートで、背筋が伸び、背が高く、記念碑のように堂々として、アッシリア人のような横顔をしている。ずいぶん恰幅もよくなっている。

ラフォルグはシャルルを崇《あが》め、同時に悩ませた。彼はこの初めての仕事で自分を証明したいと切望していた。「そして、モンソー通りのダンディーな学究よ、今、あなたは何を

「モンソー通りのベネディクト会修道士風ダンディー」、シャルルと並んだ自画像、ジュール・ラフォルグ　1881年

なさっているのですか？　わたしはいつも《ガゼット》と《アール》の要約を見ています。あなたは何を企んでいるのですか？　モネの『グルヌイエール』と、マネの『コンスタンタン・ギース』の間で……不思議なモンソーの考古学者よ――教えてください」

ラフォルグは「わたしたちの」部屋が忘れられないよう望み、手紙をこう結んでいる。「モネの絵によろしく――どれかはおわかりでしょう」。彼がシャルルと過ごした夏は、印象派との遭遇、新しい詩の言語を見出すように彼を挑発する遭遇だった。彼は一種の散文詩を試し、それを〝ギター〟と呼んで、シャルルに捧げた。シャルルの書斎の記述は、それ自体が散文詩になっているといえる。そこでは〝色の斑紋〟が交錯している――黄色い肘掛け椅子、ルノワールの少女の赤い唇と青いジャージーの服。昂《たかぶ》る感情で収拾がつかなくなった手紙、思いつきに酔った手紙は、ラフォルグの印象派的なスタイルでの叙述に通じている。見る人間と対象が結びあわさったスタイルに。

シャルルはラフォルグが大変気に入った。パリでの長い夏のあと、彼は若い詩人にベルリンでの仕事、ドイツ皇后のフランス語読書係という仕事を斡旋してやった――シャルルはさりげなくも、驚くべき範囲にまで社交をひろげていた――そして、彼に手紙を書き、送金し、助言し、文章を批判した上で、刊行を手助けしてやった。シャルルはそれ以降のラフォルグからの手紙を三十通以上保存していたが、詩人が結核で早世したのち、《ラ・レヴュー・ブランシュ》誌上でそれを公表した。

それらの手紙には、この部屋の気配が感じられる。わたしは根付を持って、ここへくればよかったと思った。このままでは、シャルルの住まいの豪奢な家具調度を鑑定家の目で調べるだけで終わるのではないかと懸念していた。どうしたら、物を通じて、ある人物の生活を再現できるのかと懸念していた。今、この部屋は、ラフォルグが記したように、思いがけない接続と分離で満ちあふれている。わたしはそれらの何気ない夜の会話を聞くことができる。わたしはようやくここにきたのだ。

この客間では、あらゆる物に昂揚した感情がこもっている。自由と倦怠のイメージに満ちた場所では、自《おの》ずと感覚も伸びやかになるものだ。田舎での日々、若い女たち、ジプシーの少女、セーヌ川で水浴する人々、行くあてもなく小径をぶらつく人、刺繡の中におさめられた豪華なファウヌス、そして、奇異で滑稽で触感豊かな根付。

8　エルスチール氏のアスパラガス

わたしは再び書庫にいて、ためらっている。シャルルの『アルベール・デューラーとそのデッサン』を開くと、デューラーの自画像——キリストに似て、長髪で顎ひげをたくわえている——が見つめ返してくる。その凝視には、何か挑みかかるものがある。わたしは何年も費やして考えてきた。この慎重で繊細な思考の糸束、正確にまとめられた表やリスト。モネのそよ風吹く夏の日の絵が壁に掛けられた書斎で、どうしてそれを書くことができたのだろう、と。

デューラーの失われた絵の探索について記したシャルルの情熱的な文章を読むとき、わたしは彼の声が割れるのを聞きつける。「わたしたちは隠されている可能性のある場所のすべてで、この巨匠の絵を追跡してきた。主要都市や海外の小さな町の美術館、パリや地方の美術館、有名なコレクションや無名の私的コレクション、愛好家や気むずかしい人々の〃陳列室〃。わたしたちは隈なく探し、寄せ集め、ありとあらゆるものを調べた」。なるほど、シャルルは遊民だったかもしれない。サロンでのんびり時間を過ごしていたかもしれないし、競馬やオペラ座で姿を見かけられたかもしれない。だが、〃放浪〃にはきわめて集中して臨んでいた。

放浪というのは、シャルル独特の言いかただった。それは勤勉とか専門というよりも遊びの印象が濃い。大富豪のユダヤ人〝モンダン〟として、仕事をしている姿を見られるのは、いかにも野暮ということだったのではないか。彼はあくまで〝美術愛好家〟だったのであり、放浪という言いかたは用心深い韜晦《とうかい》だったのだ。いずれにしろ、それによって探し当てる喜びが得られた。本来の目的をもってであれ、その場の思いつきによってであれ、調査していると時間を忘れられた。思うに、わたしが根付を追いながら、彼の人生をたどるのも、隈なく探すということだ。余白に書きこまれた他人の注記にまで注意するということだ。わたしは書庫を放浪し、彼がどこにいったか、なぜいったかを追跡する。彼が知りあっていた人物、彼が書き記していた人物、あるいは彼が買った絵画の作者の手がかりを追求する。パリでは、夏の雨の中、哀れな美術史探偵といった風情で、ファヴァール通りの彼の昔の事務所の外に立ち尽くし、誰かが出てくるのを待つ。

何カ月かがたつうち、わたしは資料の質に対する感度が不思議に高まっているのに気づく。そして、自分がシャルルに惚れこんでいるのに気づく。彼は情熱を抱いた学究だった。おしゃれで、しかも美術史に造詣が深く、しかも調査にのめりこんでいた。何とすばらしくも、思いがけない取り合わせの属性を三位一体で身につけていたというべきか。

シャルルにはこの調査の仕事を手がける特別な理由があった。「デューラーの絵はすべて、軽いスケッチでさえ、言及するだけの価値があった。我らの巨匠の手になるとされている作品で省いていいものはない……」と彼は信じていた。深い理解を欠くことはできないと知っていたのだ。スケッチを取りあげるのは、「その画家の思考を、先入観なしに、まさにそれがあらわれた時点で捉えること、天才が忍耐を重ね、長い辛苦の時間をかけて描きあげた作品よりも嘘いつわりなく捉えること」を可能にする。

これはスケッチに対するみごとな宣言だ。理解が成った瞬間と、それに続く束の間の反応——インクや鉛筆のわずかな跡——を寿《ことほ》ぐものだ。また、美術上の、ある特定の時代の古い作品と最新の作品の間の会話を求める信号でもある。シャルルはこの本で「ドイツ最大の画家をフランスでよりよく知らしめる」ことを意図していた。ウィーンでの少年時代に恋に落ちた初めての画家。しかし、その本はまた、シャルルに感情的基盤と同じく知的基盤を与えた。さまざまな時代が互いに情報を与えあう、たとえばデューラーのスケッチがドガのスケッチに語りかけると論じるための基盤を。彼はそれが有効だと知っていた。

シャルルは知り合いになっていった現存の美術家の活字上での代弁者になりつつあった。本名と筆名双方で、ある特定の絵画の価値を論じた。「くたびれた衣裳で立っている……」ドガの『小さな踊り子』のために戦った。今、彼は《ガゼット》の編集長として、自分が称賛する画家の展覧会の論評を発注するようになっていた。そして、黄色い肘掛け椅子の部屋のために、情熱的に、こだわりを持って絵を買いはじめていた。

シャルルの初めて買った絵はベルト・モリゾのものだった。彼は彼女の作品を愛していた。「彼女はパレット上で花弁を挽きつぶす。あとで、軽い、しゃれたタッチでカンヴァスにひろげたり、少量をばらまいたりするためにである。見るというよりは直観する何か、精彩にあふれ、洗練され、魅力的な何かをつくりだすことで、これらは調和し、混合し、完結するのである……さらに一歩進めば、何一つ識別したり解釈したりすることは不可能となるであろう！」

三年後には、シャルルは印象派の作品四十点を蒐集していた――さらに、ベルリンのベルンシュタインの親族のために二十点を買っていた。彼が手に入れたのは、モリゾ、カサット、ドガ、マネ、モネ、シスレー、ピサロ、ルノワールの油絵、水彩画、パステル画だった。シャルルは逸早《いちはや》く印象派の一大コレクションをつくりあげていた。自邸の各部屋の壁はこれらの絵画で埋められていたに違いない。それらは上下三列に掛けられていたと思われる。メトロポリタン美術館のギャラリーの壁で、ドガのパステル画が左右の絵からは五フィート離れ、上下には何もなく単独で輝いているのをよそに。彼の部屋では、このパステル画（『トゥー・ウィメン・アット・ザ・ハバーダッシャーズ』一八八〇年）が、ドナテロを翳《かげ》らせ、ほかの二十点もの絵に突き当たり、根付のガラス戸棚と擦れていたに違いない。

シャルルは前衛の位置にいた。大胆さを必要としていた。印象派は熱烈な後援者を擁してはいたが、依然、新聞雑誌やアカデミーからは、まやかしと攻撃されていた。彼の支持には意義があった。著名な批評家及び編集長としての重みがあったからだ。彼はまた、苦闘する画家たちのパトロンとして直接的に役立っていた。これらの絵画を見られるのは「アメリカ人や若いユダヤ人銀行家の邸宅である」とフィリップ・ビュルティは書いている。そして、シャルルはほかの裕福な友人たちの象使いとして行動し、極端に審美的なサロンの主宰者、ストロース夫人を説得して、モネの『睡蓮』を購入させた。

しかし、シャルルはそうするだけに留まらなかった。真の対話者であり、アトリエの訪問者でもある彼は、制作過程を見て、まだ画架にある絵を買いつけた。ある批評家は「若い画家の兄貴分」と書いている。シャルルとルノワールは、〝サロン〟に出品するにはどの絵が最適か、時間をかけて話しあった。ホイッスラーは自分の絵の代価を判定してほしいとシャルルに頼んだ。プルーストはのちにシャルルを〝絵画愛好家〟として人物スケッチした際に、こう記している。「未完のままで置かれた絵の多くが完成に至るかどうかは彼次第だった」

そして、シャルルは画家たちの友人だった。「もう木曜日ですが」と、マネはシャルルに書き送っている。「まだ、あなたからの便りはありません。どうやら、あなたの主人役らしい機知に心を奪われてしまったようです……どうぞ、ペンを取って、お書きになってください」

シャルルはマネからアスパラガスの絵を買い取った。レモンや薔薇が暗闇に揺らめいているという趣のきわめて小さな静物画の中の一枚で、藁で括られた二十本ほどのアスパラガスの束が描かれていた。

マネはその絵に八百フランという大層な額を望んだ。だが、絵に興奮したシャルルは千フランを送った。一週間後、シャルルは〝M〟とだけサインされた小型のカンヴァスを返礼に受け取った。そこにはテーブルに横たえられたアスパラガスが一本だけ描かれ、メモが添えられていた。「これが束から抜け落ちたようです」

シャルルの部屋を訪ねて、その絵の経緯《いきさつ》を知ったプルーストは、自分の名でその話を焼きなおしている。彼の小説には、一部はホイッスラーを、一部はルノワールをモデルにした印象派の画家、エルスチールが登場している。ゲルマント公爵はこう息巻く。「その絵にはほかに何もないのだぞ。今、食べているものそのままのアスパラガスの束だけだ。いや、エルスチール氏のアスパラガスを食べるのはお断りといわざるを得ない。アスパラガス一束に三百フラン要求されてはな。ルイのものであれば、それくらいの値打ちはあるだろう。たとえ、季節外れであってもだ。とにかく、わたしはちょっと高すぎると思ったのだ」

シャルルの書斎の壁を飾る絵の多くは、彼の友人の作品だった。エドモン・デュランティの肖像を描いたドガのパステル画は、若手作家、J・K・ユイスマンスの記述の中でこう捉えられている。「印刷物や本に囲まれ、机に向かって座っているデュランティ氏がいる。そして、合わせた指、嘲るような鋭い眼、何かを見詰める険しい表情、英国ユーモリスト風のゆがんだ笑み……」。〝現代生活の画家〟ことコンスタンタン・ギースのカンヴァスもあれば、マネがギース当人を描いた肖像画もあった。そのギースは、だらしない風采、くしゃくしゃの髪、どこか狂おしい目つきをしている。シャルルはドガから、メリネ将軍とチーフラビ・アストリュクの二人が並んだ肖像画を買った。侮りがたい二人の人物——一八七〇年の戦争の経験を分かちあった友人同士——は、ともにやや斜《はす》を向いた顔を見せている。

シャルルのパリ生活を描いた絵もあった。ドガによるロンシャンの競馬の発走の場面。シャルルは叔

エドゥアール・マネ『一束のアスパラガス』1880年

父モーリス・エフルッシの有名な競走馬を見に通っていた。「競馬場――エフルッシー――一〇〇〇〔フラン〕」とドガは手帳に記している。そして、娼婦や踊り子の像や、ソファーに掛けた若い女性二人の後頭部が描かれた帽子店の情景（二〇〇〇フラン）。カフェで孤独な女が一杯のアブサンをちびちびやっている情景。

シャルルが集めた絵の多くは、田園を描いたものだった。消えていく刻々に対する彼の感情を物語るような、流れる雲や木々を渡る風。そこには、シスレーの風景画五点とピサロの風景画三点があった。シャルルはモネから、ヴェトゥイユの景観、柳の野をよぎって飛んでいく白い雲の景観を四百フランで購入した。同じ村で描いた『林檎の木』も。また、セーヌ川の冬の早朝の情景『解氷』も買った。プルーストが初期の小説『ジャン・サンタトゥイユ』で美しく描写している絵だ。「解氷の日……太陽、青い空、割れた氷、泥、川を目のくらむような鏡に変える流水」

ラフォルグの記憶を去らなかった「髪振り乱した小さな野蛮人」の肖像さえもが、このはかなさの感覚、変化が差し迫っているという感覚を帯びていた。『ラ・ボヘミアンヌ』の乱れた赤毛のジプシーの少女は、容赦ない日差しのもと、草木の中に田舎風の衣裳で立っている。そのまま逃げだし、走りつづけようとしているかのような少女は、明らかに風景の一部になっている。

これらはいずれも、以下を可能にする絵であるとシャルルは書いている。「しぐさや様子で、転変しつづける大気と光の中で動く生物を描き、さらには空気の色の絶え間ない流動を捉える。輝かしい統一を成し遂げるために、一つ一つの翳《かげ》はあえて無視する。そこでは、個々の要素は溶けあわさって不可分の全体になり、途中で不一致はあるにしても全体のハーモニーに達している」

シャルルはモネが水浴する人々を描いた華麗な絵『ラ・グルヌイエールの水浴』をも買い取った。わたしはロンドンに戻って、書庫に向かう途中、ナショナル・ギャラリーに立ち寄る。その絵を見て、黄色い肘掛け椅子と根付の傍らにそれがある様を思い浮かべるために。それは盛夏に人が集まるセーヌ川の行楽地をあらわしている。水着の人々は、日光が斑《まだら》模様を描く水へ向かって狭い渡り板を歩いている。一方で、水浴をしない平服の人々は、岸に向かって歩いている。ドレスの縁《へり》の朱色のあて布。数艘の手漕ぎボート――ラフォルグのいう「みごとに想像されたボート」――が入り乱れて前景へ進み、木が天蓋のようにその場に覆いかぶさっている。水面は漣《さざなみ》立ち、水浴する人々の上下する頭と絡まりあっている。「空気の色の絶え間ない流動」。水に入るには十分暖かいが、水から出るには冷たそうだ。見ているうちに生気が伝わってくる絵だ。

日本の美術品と、光揺らめく新スタイルの画法とのつながりは道理と思える。〝ジャポニスム〟はエフルッシにとっては「一種の宗教」であったかもしれないが、この新たな美術がもっとも深い影響を与えたのは、シャルルの美術家の友人たちのサークルでだった。シャルル同様、マネ、ルノワール、ドガも、日本の版画の貪欲な蒐集家だった。日本の絵画の構造は、世界の意味を別様に物語っているように思われた。取るに足りない現実の塊——頭を掻く行商人、泣く子を抱いた女、左方へ逸れていく犬——それぞれが地平線上の巨峰に劣らぬ意味を持っていた。根付に於いてと同様、そこでは日常生活がぶっつけ本番で進んでいた。この物語と、写実的、かつ装飾的な明快さを結びつける力業が触媒となったのだ。

印象派は、人生をほんの一瞥やとっさの一声《ひとこえ》へと切り分ける手立てを身につけていた。そこでは、公式的な見かたよりも、絵を精査する上で頼りとなるものが必要になってくる。たとえば、帽子店の女の後頭部、証券取引所の柱といったものが。シャルルの書斎にはドガがパステルで描いたエドモン・デュランティの肖像画が掛けられていたが、そのデュランティはこんな仕掛けを目にしている。「人物は……カンヴァスの中心、背景の中心にはけっしてならない。必ずしも全身が見えているとは限らない。ときには、脚の半ば、体の半ばで、あるいは縦に切られている」。今はサンクトペテルブルクのエルミタージュ美術館に収蔵されているドガの風変わりな肖像画『レピック子爵と娘たち』——カンヴァスにひろがる不思議な空白をよぎる三人の人物と一匹の犬——を見れば、日本の版画の奥行きのない遠近画法の影響は明らかだ。

根付でいくつかのテーマが繰り返されているように、日本の版画もシリーズとすることが可能だった——名山の四十七の景観は、定型的な絵画の要素にさまざまな道筋で回帰した上で再解釈する方法を示唆していた。干し草の山、川の湾曲部、ポプラの木、ルーアン大聖堂の壁面——すべてがこの詩的回帰を共有している。〝ヴァリエーション〟あるいは〝移り気〟の巨匠、ホイッスラーがそれを説明している。「どんなカンヴァスであれ、いってみれば、色は刺繍されるものである。すなわち、刺繍で用いられる一本の糸のように、同じ色が間隔を置いて再現されなければならない」。初期の代弁者、ゾラはマネの絵についてこう書いている。「この簡素化の技は、日本の版画の技になぞられる。日本の版画の不思議な優美さと目を見張るような色の継ぎ合わせがそれに似ているのである」。簡素化はこの新たな美意識の核心に存するように見えた。ただし、〝継ぎ合わせ〟と結びついている場合、色の抽象化や繰返しと結びついている場合に限ってであるが。

雨天のパリの生活を描きさえすれば、それで足りることもあった。日傘に代わる斑模様の灰色の雨傘の群れが、パリ人の生活を異種の江戸に変えた。

シャルルは友人たちについて——美しく、かつ正確に——記すとき、彼らが技法に於いても画題に於いても、いかに急進的であるかを理解していた。それは印象派に対する最良の批評の一つを思い起こさせる。印象派の狙いは、

人物と背景を不可分にすることにある。たとえ、人物が背景の所産であったにしても。その結果、絵の真価を認めるためには、正しい距離からそれを見て、目が全体としてのそれに向かわなければならないということになる——そういうことが、この新しい流派の理想なのである。それは視覚上の教理問答を学んできたのではない。それは絵画の規則や規制を軽蔑する。見えるものを見えるとおりに表現する。自然に、良くも悪《あ》しくも、妥協せず、注釈なしで、寡黙に。それは陳腐に陥るのを恐れ、新しいテーマを追求して、劇場の廊下、カフェ、キャバレー、さらに下品なミュージックホールにまで出没する。低俗なダンスホールのぎらつく光も、そのメンバーには警告にならない。彼らはパリ郊外のセーヌ川へボート遊びに出かける。

これはルノワールの大胆で華麗な『舟遊びをする人々の昼食』の背景となるものだった。その絵はセーヌ川沿いのレストラン、メゾン・フルネーズでの楽しくも怪しい午後を活写している。一帯はパリ人が列車に乗って日帰りで訪れる新たな人気行楽地だった。レジャー用のボートやスキフ（一人乗りの小舟）が、銀灰色の柳を透かして見える。赤と白の縞の日よけが、ぎらつく日光から一座を守っている。画家、パトロン、女優、誰もが友人というルノワールの新世界の昼食後の光景。テーブルに残された空のボトルや食べ物といった堆積物の間で、モデルたちは煙草を吸い、ワインを飲み、おしゃべりをしている。ここには規則も規制もない。

帽子に花をピンで留めた女優のエレン・アンドレは、グラスを唇にあてている。植民地のサイゴン前市長、ラウル・バルビエ男爵は、茶色の山高帽を後ろへ押し上げ、店の経営者の娘と話している。プロの漕ぎ手のような麦藁帽姿の娘の兄は、前景に立って昼食の様子を見渡している。袖なしのシャツとかんかん帽でくつろぐカイユボットは、椅子にまたがり、若いお針子のアリーヌ・シャルゴを見詰めている。ルノワールの恋人で未来の妻だ。美術家のポール・ロートは、女優のジャンヌ・サマリーを独占しようというように腕をまわしている。にこやかな会話と戯れの母体。

そして、シャルルもここにいる。ずっと奥のほうの人物、シルクハットに黒いスーツ姿で、やや横向きになった人物がそれで、さりげなく加えられたという印象だ。赤褐色の顎ひげしか見てとれない。彼が話しているのは、明るく無邪気な顔に無精ひげのラフォルグだ。労働者の帽子、コーデュロイのジャケットとおぼしきものという詩人らしい装いをしている。

しかし、シャルルはほんとうに重厚な暗色の修道士風の服を着ていたのだろうか。夏の日差しのもとでの舟遊びに、かんかん帽でなくシルクハットだったのだろうか。これは友人の間で彼らの後援者の制服とされていたものについてのジョークではなかろうか。背景のどこかに、縁のほうにでも、パトロンや批評家がいなくてはならない、とルノワールはほのめかしているのだ。たとえ、陽光燦々の、この上なく解放された日々であっても。

プルーストはこの絵のことを書いている。「紳士……舟遊びでシルクハットをかぶった彼は明らかに場違いである。それは、エルスチールにとって、彼が単なる常連のモデルというだけではなく、友人であり、おそらくはパトロンであったということを証明していた」

シャルルは明らかに場違いだったが、モデルであり、友人であり、パトロンであったがゆえに、そこにいた。シャルル・エフルッシ——といおうか、少なくとも彼の後頭部——は、かくて美術史に登場することになったのだ。

9　エフルッシまでもが惚れこんだ

七月、わたしはロンドン南部の自分の工房にいる。工房は私設馬券売場と持ち帰り専門のカリブ料理店の間の小道の先で、二軒の自動車修理店に挟まれている。騒々しい地域にはあるが、美しい空間だ。細長く風通しのいい仕事場には轆轤と窯があり、急な白い階段を上がった部屋には本が置いてある。完成した作品のいくつかを展示しているのもここだ。現在は、鉛を張った箱におさめた円筒形の磁器をグループ分けして置いている。そして、初期印象派に関するメモを積み重ね、わたしの根付を最初に蒐集した人物について書きつづっているのもここだ。

ここは静かな空間で、本やポットが好き仲間《よ》になっている。わたしに何か注文したいという客を連れてくるのもここだ。しかし、ここでパトロンとしてのシャルルについて、あるいは彼とルノワールやドガとの友情について多くを読むのは、何とも奇妙な気がする。注文する立場からされる立場へ、あるいは、絵を持つ立場から絵について書く立場へ、目がまわるような急降下をするからというだけではない。わたしは陶芸家として長く仕事をしてきた結果、受注がきわめて微妙なビジネスだということを理解している。もちろん、ありがたくは思うが、感謝するのと恩義を感じるのは別のことだ。どんな美術家にとっても興味深い質問がある。誰かが作品を買ってくれたら、いつまで、ありがたく思いつづけなければばならないのか？　パトロンがこの若さで——一八八一年に三十一歳——美術家も同年輩であるとすれば、とりわけ複雑であったに違いない。マネがアスパラガスの束を描いたのは四十八歳のときだった。わたしはシャルルが所蔵していたピサロの作品、そよ風の中のポプラの木々を描いた作品を見ると、こう思う。表現の自由、自発性、妥協のなさが芸術上の信条であったとしたら、きわめて微妙なものがあったに違いない、と。

ルノワールは金《かね》を必要としていた。それで、シャルルは彼に肖像を描いてもらうよう、叔母を説得した。さらに、ルイーズにも働きかけた。ルイーズ側と画家との間の微妙な交渉は、長い一夏を要した。シャルルはシャレー・エフルッシに滞在していたが、ファニーは現地からの書面で、彼はことがうまく運ぶよう労苦を惜しまなかった、と経緯をつぶさに記している。実際、二枚の絵を完成させるのは並大抵のことではなかった。一枚はルイーズの長女イレーヌの肖像、母親譲りの赤みがかった金色の髪を肩まで垂らした肖像だった。もう一枚は下の娘二人、アリスとエリザベトの恐ろしく甘ったるい肖像だった。この二人も母親と同じ髪をしていた。二人は背後の客間が見えるように開かれた暗紅色のカーテンの前に立ち、励ましあうように手をつないでいる——鬟飾りやリボンをかたどったピンクとブルーの砂糖菓子といった趣の作品だ。二枚とも一八八一年の〝サロン〟で展示された。ルイーズがそれらをどれほど気に入ったのかはわからない。結局、彼女がこの仕事に千五百フランというあまり多からぬ額を支払ったのは、驚くほど遅くなってからのことだった。ドガがいらだってシャルルに支払いを促す手紙を送ったが、それを発見したときには、わたしまでもが恥ずかしい思いをした。

ルノワールが受注したこの仕事は、シャルルの友人の画家たちの中に不信感をもたらした。ドガはとりわけ手厳しかった。「ルノワール君、きみには高潔さというものがありません。きみが注文で絵を描くということは受けいれがたい。きみは今、金融業者たちのために仕事をしていて、シャルル・エフルッシ氏と注文取りをしていると聞いています。次はブグロー氏とミルリトンで展示会でもするつもりですか！」そういう懸念は、シャルルがほかの画家の絵を買いはじめたことで増幅された。このパトロンは新しい評判を求めて、次から次へと渡り歩いていくようだった。この時点では、シャルルがユダヤ人であることも胡散《うさん》臭く思われる因となった。

シャルルはギュスターヴ・モローの絵を二点買いあげていた。ゴンクールはモローの作品を「詩的な金細工師の水彩画ともいうべきで、『千一夜物語』の宝物のきらめきと古色で洗われたように見える」と述べている。その作品は、サロメ、ヘラクレス、サッフォー、プロメテウスの高踏派的な描写など、豪華で高度に象徴的だった。モローが描く人物は、垂れかかる薄衣《うすぎぬ》のほかには、ほとんど何もまとっていなかった。荒廃した神殿をはじめ、風景画は古典的だった。細部の描写は厳しい作法にのっとっていた。それは、風のそよ吹く牧場《まきば》、結氷を縫う川の流れ、あるいは前屈みになって仕事をするお針子とは、あまりに遠く離れていた。

ユイスマンスはスキャンダラスな小説『さかしま』で、モローの作品と暮らすのはどんな感覚がするものかを書いている。より正確にいえば、モローの絵が醸《かも》しだす雰囲気の中で、ということだ。主人公のデゼッサントは、頽廃《たいはい》的なロベール・ド・モンテスキュー伯爵を基に造形されている。ひたすら審美的存在になるべく専心し、感覚的な体験にどっぷり浸れるよう邸内の細部にまで技巧を尽くした人物だ。その極致が、甲羅に宝石の原石をちりばめた亀だった。部屋を横切るゆっくりした歩みが、ペルシャ絨毯の模様を引き立たせるという思惑だった。これはオスカー・ワイルドに強い印象を与えた。ワイルドはパリ日記にフランス語でこう記している。「エフルッシの友人がエメラルドをちりばめた亀を持っている。わたしもエメラルドや生きた飾り物が必要だ……」。これはガラス戸棚の扉を開けるのにも勝ることだった。

デゼッサントの痩せ細っていく生活の中に、ある画家がいた。「絶え間ない愉悦で彼を恍惚とさせたのは——ギュスターヴ・モロー。彼はモローの傑作を二点買い入れ、毎夜毎夜、その一つ、サロメの絵の前に夢見心地で立った。彼はこれら緊迫感あふれる絵に魅入られ、自らもその一つになった」

これはシャルルが自分の名画二点に抱いた感情とよく似ている。彼はモローについてこう書いている。その作品は「理想的な夢の色調」を帯びている、と——理想的な夢とは、重力のない幻想の状態にあって、自身の境界を失うようなものをいう。

ルノワールは激怒した。「何と、あのギュスターヴ・モロー。あんな者を真に受けるとは。足一本の描きかたさえ教わったことがないやつなのに……ただ、ものを知らないわけではなさそうだ。黄金色の絵とやらを思いついて、ユダヤ人にとりいるとは、なかなか抜け目ない……エフルッシまでもが惚れこんだ。彼も多少のセンスは持っていると思っていたのに！　いつか彼を訪ねて、ギュスターヴ・モローについて正面きって論じてやる！」

ルノワールは大理石のホールに入り、螺旋階段を上がり、二階のイニャスの住まいを通り過ぎ、シャルルの部屋を訪ねた、とわたしは想像する。そして、中に通され、目の前にモローの『イアソン』を見つけた。イアソンは退治した竜を踏んまえて立ち、折れた槍と金羊毛を掲げている。メディアは魔法の薬を入れた小瓶を持ち、慕うがごとく彼の肩に手を置いている——「夢、魔法の閃光」。ラフォルグのいう「モローの奇妙な考古学」。

あるいは、ルノワールは「我が友シャルル・エフルッシ」に捧げられた『ガラテイア』と向きあったかもしれない。ユイスマンスが「ユダヤ神殿のように貴石で照らされ、光り輝く比類のない宝石をおさめた洞窟、白い裸身、ピンクの色合いを帯びた胸と唇、眠るガラテイア……」と述べた絵だ。ガラテイアは、ティツィアーノにも比すべき擬似ルネサンスの枠に閉じこめられている。

それは「ユダヤ美術」である、とルノワールは書いている。自分のパトロン、《ガゼット》の編集長が、この〝ロッチルド好み〟の馬鹿げた作品を壁に掛けているのを見ていらだたせられた、と。ぴかぴかに輝く神話もどきで、遺憾にも自分自身の絵とも近しいものがある作品を。モンソー通りのシャルルの客間は「ユダヤ神殿に似た……洞窟」になった。そこはルノワールを怒らせ、ユイスマンスに霊感を与え、血の気の多いオスカー・ワイルドにも印象を焼きつける部屋となった。「わたしは書くために黄色いサテンを必要とする」。彼はパリ日記にそう書いている。

わたしは気がついてみると、シャルルの好みに目を凝らしている。金《きん》とモンソーが気がかりになる。ポール・ボードリーの作品がそれに輪をかける。ボードリーはパリ・オペラ座の天井の装飾を手がけ、パリのベル・エポックの新築物件に多いバロック式カルトゥーシュ（渦巻き装飾）の仕事にも熟達していた。彼の作品は、印象派から俗悪なものとして——ウィリアム・アドルフ・ブグローのようなアカデミックな画家と同様に——罵倒されていた。ボードリーはとりわけヌードで声価が高かった。それは今も変わらない。四肢を伸ばして横たわる娘に波が寄せかかろうとしている『真珠と波』という作品のポスターは、大いに人気を集めている。ミュージアムショップの棚に置かれたり、冷蔵庫に磁石で留められたりしているのが見られるはずだ。そのボードリーはシャルルの親友だった。二人の手紙は親愛の情で飾られている。シャルルはボードリーの伝記作者であり、遺言執行者にも指名されている。

おそらく、根付とともにシャルルの部屋にあった絵画のすべてを追跡するべきなのだろう。わたしは、彼の絵が掛けられている美術館すべてのリストをつくり、それがどうしてそこに到ったのかを追う作業にかかる。シカゴ美術館からジェラルメ市立美術館までをまわるには、マネの『ロンシャンの競馬場』を、ドガの将軍とラビの肖像とともに見るには、どれほどの日数《ひかず》がかかるのかを考える。物とイメージを再結合させるために、琥珀の眼の兎の根付をポケットに入れて持っていくべきかどうかを思案する。

コーヒー一杯を飲む間に、実際の可能性を、移動しつづける方法を吟味する。

わたしの仕事の予定表は消滅した。陶芸家としての生活は保留の状態だ。ある美術館が応答を求めている。電話がかかってくるたびに、わたしのアシスタントはこういう。いません、連絡が取れません。はい、大きなプロジェクトです。そのうち、折り返し電話すると思います。

その代わり、わたしはパリへの慣れた旅に出て、オペラ座のボードリーの天井の下に立つ。それから、オルセー美術館に駆けつけ、マネがシャルルに贈った一本だけのアスパラガスと、今は同館が所有するモローの絵二点を見る。これらの絵すべてに共通性があるか、すべてから歌が聞こえてくるか、シャルルの目が見たものがわたしにも見えるかどうかを確かめるために。当然のことながら、好きだから買うという以外の動機はわたしにはわからない。共通性のために、あるいはコレクションの隙間を埋めるために美術品を買っていたわけではないだろう。付随する諸々の事情があって、友人から絵を買っていたのだ。

シャルルは画家たちのアトリエを超えて、多くの友情を育《はぐく》んでいた。土曜の夕べは仲間とルーヴルで過ごすのが常だった。蒐集家や著述家がスケッチや品物、あるいは論議の的になりそうな問題を持ち寄った。「どんなものをテーブルに持ってきてもよかった。衒学趣味を除いたら！　われわれがそこで何かを学ぶのは、疑うまでもなかった！　われわれはルーヴルの美しい椅子に座り、ヨーロッパのあらゆる美術館をめぐる倦むことのない航海をした！」。美術史家、クレモン・ド・リはそう追想している。シャルルには《ガゼット》でともに仕事をしている刺激的な仲間がいた。また、カモンド兄弟やセルヌスキといった隣人、掘り出し物を喜んで披露できる友人も持っていた。

シャルルは有名人になりつつあった。一八八五年には、《ガゼット》の経営者になった。ルーヴルがボッティチェリを購入する資金の調達を手伝った。著作があった。管理者的な仕事もした。一八七九年には巨匠たちの作品展を組織するのを手伝った。一八八二年と一八八五年には肖像画二点を描かせた。シャルルは貪欲な放浪青年であるのと、こういう責任や監督を引き受けるのは、また別のことだった。シャルルは美術への貢献を認められて、レジョン・ドヌール勲章を受けた。

この多忙な生活の大半が、同僚たち、隣人たち、友人たち、若い秘書たち、愛人と家族など、衆目にさらされていた。

プルーストはまだ打ち解けた友人ではなかったが、交友の輪に加わり、シャルルの部屋の常連客になって、主人の天翔《あまがけ》る会話に聞き惚れていた。新たに入手した宝物の陳列のしかた、あるいは、自らの社交の及ぶ範囲。プルーストが社交に貪欲なのを知っていたシャルルは、真夜中過ぎの晩餐の席から辞去する潮時も教えてやった。真夜中を過ぎれば、主人側は早く就寝することばかりを願っているからだ。前々から軽侮の念を抱いていた隣の部屋のイニャスは、彼を〝プルースタイヨン（プルーストとパピヨン＝蝶をかけた）〟として標本にした――これは、社交の機会を求めて次から次へと飛びまわっていたプルーストを揶揄した、かなりうまい表現だ。

プルーストはファヴァール通りの《ガゼット》の事務所にも顔を出すようになった。彼はここでは勤勉だった。『失われた時を求めて』を構成する十二篇の小説中にあらわれる六十四点の美術作品はすべて《ガゼット》で解説を加えられているものだ。作品の視覚的な風合いについてだが、その大半を占めている。以前のラフォルグと同様、プルーストも美術関係の論稿をシャルルに送り、手厳しい批評のあとで、初めて寄稿の依頼を受けた。プルーストはテーマをラスキンの研究にした。ラスキン著『アミアンの聖書』のプルーストによる翻訳の序文で献辞を捧げられているのは「常にわたしによくしてくださるシャルル・エフルッシ氏」だった。

シャルルとルイーズは依然、愛人関係にあったが、ルイーズにほかの愛人、あるいは何人かのほかの愛人がいたかは定かでない。慎重な資質も持ちあわせていたシャルルは、ここでは何の痕跡も残していない。わたしはそれ以上のものを見つけられず挫折感を味わう。そういえば、秘書というよりも侍者として彼のもとで働いていた若衆の第一号がラフォルグだった、とわたしは気づく。黄色いサテンとモローの作品で照らされ、陶然とした洞窟のような部屋。そこで連綿と続いた濃密な関係をわたしは訝しく思う。パリの噂では、シャルルはバイセクシャルだった。

一八八九年の春、エフルッシ社は繁盛していたが、家族の問題は非常に複雑なものとなっていた。根っからの異性愛のイニャスは、ほかの物欲しげな独身男たちとともにポトッカ伯爵夫人に献身していた。関心の的の夫人は、プルーストが「優美であると同時に、威厳があり、悪意も感じられる」と評する容貌と、真ん中で分けた黒髪の持ち主だった。夫人は、「生涯かけて」というモットーを刻んだサファイアのバッジをつけた青年たちを支配下に置いていた。夫人は〝マカベア家風〟晩餐会を催した。そこで、彼らは夫人に敬意を表して、どんな無体な行為もやり遂げると誓った。マカベア家はユダヤ（パレスチナ南部地方）の殉教者だ。すると、これは夫人をユディトに、ホロフェルネス（ユダヤに派遣されたアッシリアの将軍）を酔いつぶして首を切らせたヒロインに擬したものに違いない。わたしは遅まきながら気づく。ある晩餐会のあと、モーパッサンに送られた手紙には、こう記されている。「イニャスはほかの連中と比べても病膏肓《やまいこうこう》です……パリの街々を素っ裸で練り歩くというすばらしい思いつきをするくらいで……」。あげくに、彼は頭を冷やすため、田舎に追いやられた。

四十歳になったシャルルは、これら異なる世界の間でバランスをとっていた。彼の個人的な趣味が、公共性を帯びるようになっていた。まつわるものすべてが審美的だったがために、パリでは審美家として知られ、彼の発する注文や宣言から、ジャケットのカットまでが注目を浴びた。彼はオペラ座の熱烈なファンでもあった。

飼い犬までもがカルメンと名づけられた。

わたしはルーヴルの保管文書の中で、その犬に宛てた手紙を見つける。モンソー通り八一番地、C・エフルッシ様気付。差出人は、青ざめた人物や色褪せた風景を描いた象徴主義の画家、ピュヴィス・ド・シャヴァンヌだ。

10　ささやかなお恵み

ユダヤ人を嫌ったのはルノワールだけではなかった。一八八〇年代を通じた一連の金融スキャンダルは、新興のユダヤ人金融業者のせいとされ、とくにエフルッシ家が非難の的になった。教会と強い絆で結ばれ、カトリックの小口預金者を多数抱えるカトリック系の銀行、ユニオン・ジェネラル銀行が一八八二年に破綻した背景にも、「ユダヤ人の陰謀」があると思われた。大衆扇動家のエドゥアール・ドリュモンは『ユダヤ的フランス』でこう書いている。

こういう輩《やから》が、ただのお遊びのパーティーの感覚で、巨大な商取引をしているという厚かましさは信じがたい。ミシェル・エフルッシは、一回の立ち会いで、一千万か千五百万相当の石油か小麦を買うか売るかしている。何の問題もなくである。株式取引所の柱の近くに二時間座って、左手で顎ひげを無造作にしごきながら、鉛筆を手にして周囲に群がった三十人ほどの取り巻きに指図を下すだけで。

取り巻きがやってきてはミシェルの耳にその日のニュースをささやいた。金《かね》はこれらユダヤ人金融業者にはつまらないものに見えた。ドリュモンがほのめかすように遊び道具だった。用心深く、蓄えを市の立つ日に銀行に預けたり、マントルピースの上のコーヒーポットに隠したりするつましさとは無縁だった。

そこには隠微な力、あるいは謀《はかりごと》といったものにまつわるイメージがあった。柱の間で鉤鼻や赤ひげの金融業者たちがささやき交わしているドガの絵『証券取引所にて』のような強い印象があった。パリ証券取引所と投機家といえば、即座にエルサレム神殿と両替商が連想されるほどだった。

「では、こういう人々が暮らしていけないようにするのは誰なのか？　近々、フランスを不毛の地のごとくに変えるのは誰なのか？……それは外国産小麦の相場師である。それはユダヤ人、パリ伯の友人である……貴族が住む地区のサロンというサロンの人気者。それは小麦の投機を行うユダヤ人の一団の総帥、エフルッシである」。金《かね》から金を産みだす投機は、ユダヤ人固有の罪と見られていた。シオニズムの擁護者、テオドール・ヘルツルは、裕福なユダヤ人から大義のための資金を調達するのに熱心だったが、〝相場師エフルッシ〟については、手紙の中で無礼なことを書きつづっている。

エフルッシ社は絶大な勢力を振るっていた。証券取引所に於ける兄弟の不在は、経済危機の間でも一段のパニックとして特筆された。ロシアでのユダヤ人虐殺への返報として市場に穀物を氾濫させるという彼らの脅しは深刻に受けとめられ、次の危機の最中《さなか》、新聞は興奮した調子で報道した。「〔ユダヤ人は〕……最近のユダヤ人迫害でロシアの手を控えさせたことで、この武器の有効性を学んだ……十三日間でロシアの国債を二十四ポイント下落させたことによってである。〝これ以上、同胞に手出しをしたら、帝国を救うはずのルーブルが入らなくなるだろう〟。オデッサの大家《たいけ》の長で世界最大の穀物商、ミシェル・エフルッシはいった」。要するに、エフルッシ家は非常に金持ちで、非常に目立ちやすく、非常に党派心が強かったということだ。

反ユダヤ主義日刊紙の編集長であるドリュモンは、世論を活字に集約する役を担っていた。彼はユダヤ人の見分けかた――片手がもう一方の手より大きい――と、彼らがフランスにかけている脅しに対抗する手立てをフランス人に伝授した。著書『ユダヤ的フランス』は一八八六年の出版初年で十万部を売り、一九一四年までに二百版を重ねた。ユダヤ人は本質的に遊牧民であるがゆえに、国家に何かを負うているとは感じていない、とドリュモンは論じている。オデッサだかウィーンだかから流れてきたロシア市民のシャルル兄弟も、我が身のことしか考えない――フランスの金《かね》で投機を行うことで、フランスの生き血を吸っているというのに。

エフルッシ家が自らをパリの人間と考えていたのは間違いない。しかし、ドリュモンがそう考えていなかったのも間違いない。「ヨーロッパじゅうから吐きだされたユダヤ人は、今、古《いにしえ》のフランスの輝かしい記憶を喚起する歴史的な館に主《ぬし》として居座っている……フェリエールやレ・ヴォー・ド・セルネなど各所にロッチルド、フォンテンブローのフランソワ一世の宮殿にエフルッシ……」。この一族が「無一文の山師」から社交界へあっという間に駆け上り、狩猟に加わったり、最近、紋章を与えられたりしたのをドリュモンは嘲笑していた。そして、自分の受け継いだものがエフルッシとその一統によって汚されたと考えるようになると、敵意に満ちた怒りに駆られるようになった。

ドリュモンが著した本、新聞、おびただしい版を重ねた無数の小冊子、その英語版に、わたしは無理して目を通す。ロンドンのわたしの蔵書中のパリのユダヤ人に関する一冊に、誰かが注釈を加えている。エフルッシという文字の脇に、注意深く、どこか満足げに、大文字で「金《かね》の亡者」と鉛筆書きされているのだ。

これらとてつもない量の著作は、威圧的な一般論と不機嫌な詳説の間を荒っぽく揺れ動いている。その中でエフルッシ家は何度となく繰り返し登場している。それはガラス戸棚を開け、乱用、酷使するために一つ一つを取りだして掲げるという趣だ。わたしはフランスの反ユダヤ主義をごく一般的には知っていたが、この執拗さには吐き気を催させられる。何しろ、一家の生活ぶりを毎日のように解剖しているのだから。

シャルルは「文学及び美術の世界を……操っている」人物として、あげつらわれている。フランス美術界に影響力を持っているが、美術を商品として扱っている、と罵られているのだ。シャルルのやることなすことすべてが金《きん》に帰する、と『ユダヤ的フランス』に登場する著述家は述べている。国や国土というものを理解しないユダヤ人は、溶かしやすく、運びやすく、どうとも形を変えられる金を売買してきたというのだ。デューラーについての本も、ユダヤ的傾向を仔細に詮索されている。彼にこの偉大なドイツの美術家が理解できるのか、ただの〝東洋人〟のくせに。ある怒れる美術史家はそう書いている。

シャルルの兄たち、叔父たちは仮借なく非難され、今はフランス貴族に嫁している叔母たちは容赦なく嘲弄された。フランスのユダヤ系金融会社すべてが、わけもなく呪われた。「ロッチルド、エランジェ、ヒルシュ、エフルッシ、バンベルガー、カモンド、ステルヌ、カーン・ダンヴェール……国際金融のメンバーである」。異なる一族間の複雑な婚姻が何度となく繰り返されて、恐ろしい陰謀の網が張りめぐらされた。モーリス・エフルッシが、フランスのロスチャイルド家の長、アルフォンス・ド・ロッチルドの娘、ベアトリスと結婚して、その網は一段と緊密になった。これら二つの一族は今、一つに数えられるようになったという具合に論じられた。

反ユダヤ主義陣営は、これらユダヤ人から洗練されたパリの生活を剝ぎ取って、出身地へ追い返さなければならないとした。反ユダヤ主義の小冊子『善きユダヤ人《セ・ボン・ジュイフ》』は、モーリス・エフルッシと友人が交わす会話をこのように想像している。

――きみがもうじきロシアに発《た》たなければならないというのはほんとうかい？

――二、三日以内に、とM・ド・Kがいった……

そうか！　モーリス・エフルッシはたたみかけた。もし、きみがオデッサにいくなら、株式取引所に寄って、父にいくつか消息を伝えてくれ。

M・ド・Kは約束した。そして、オデッサでの所用をすませたあと、株式取引所に足を運んでエフルッシ父を訪ねた。

――いいかね、と彼はいわれていた。首尾よく、ことを運びたいっていうなら、ユダヤ人を避けては通れんからな。

エフルッシ父がやってきた。汚れた長髪の何ともむさくるしいヘブライ人で、脂の染みだらけの毛皮つき外套を着ていた。

M・ド・Kは……老人に消息を伝えて去ろうとした。そのとき、出し抜けに服を引っぱられた。エフルッシ父がこういうのが聞こえた。

――あなたはささやかなお恵みを忘れておられるな。

――ささやかなお恵みとは、どういうことです？　M・ド・Kは思わず大声を上げた……

あなたはよくわかっておいでだ。ロッチルドの婿の父親は深々とお辞儀をしながら答えた。わしはオデッサ株式取引所の骨董品なのです。よその人が何の用もなしに会いにこられるときには、必ずちょっとした祝儀をくださるのです。うちの息子らは年に千人ほどのお客を送りこんで、わしが何とか食べていくのを手伝ってくれております。

高潔な家長は満面の笑みを浮かべて、こう付けたした。みんな、いつか報われるということを知っておりますのじゃ……わしの息子らは！

〝穀物の王家〟エフルッシ家は、同時に、パトロンとしては成り上がり者として嫌われていた。一時は、彼らを見れば、オデッサの穀物商、脂じみた外套をまとって手を差しだす家長が思い起こされた。だが、今は、無数の穂に金の粒が揺れるティアラをいただいたベアトリスが社交舞踏会に臨んでいた。フォンテンブローの宏壮な城を所有するモーリスは、ベアトリス・ド・ロッチルドとの結婚に際し、銀行家よりも〝地主〟として認められるよう自らを位置づけていた。これは間違いでも何でもなかった。ユダヤ人にとって、土地を所有するということは比較的新しい経験だったからだ。ユダヤ人が十全の市民権を得たフランス革命以降のことに過ぎなかった。一部の論者によれば、ユダヤ人は能力ある大人ではないから、それは間違いだったということだが。エフルッシ家がどんな生きかたをしていたか、『風変わりなジェイコブズ氏《ジ・オリジナル・ミスタ・ジェイコブズ》』という長たらしい報告が一端をうかがわせる。「骨董品、あらゆるがらくたへの愛といおうか、ユダヤ人の所有することへの情熱は、往々にして子どもっぽさをよみがえらせる」

わたしはエフルッシ兄弟がこういう状況下で、どのような生活を送っていたのかと訝《いぶか》る。肩をすくめていたのだろうか？　絶え間ない誹謗中傷のうなり、金《かね》の亡者というつぶやきが届いていたのだろうか？　プルーストの小説中で、語り手が祖父を思いだしては吐きだす恨み言のようなものが？　「わたしが新しい友だちを家に連れてくると、祖父は決まってぶつぶついいはじめるのだった。『ユダヤの女』（歌劇）から引用して〝ああ、我らが父たちの神よ〟とか〝イスラエル（ヤコブとその後裔の総称）よ、汝の鎖を断て〟とか……老人は新しい友だちの名前を聞いて、相手が素性を打ち明けると、よく大声をあげた。〝用心せよ！　用心せよ！〟と。それから、祖父は……わたしたちをじっと見詰め、〝何と！　この臆病なイスラエル人をここへ向かわせたというのか？〟とささやくようにいった」

決闘に至ることもあった。不法であったにもかかわらず、若い貴族やジョッキー・クラブの会員、軍の将校の間では、決闘が流行《はや》っていた。口論の多くは、些細なこと、青年の間の縄張り意識の問題からだった。《ル・スポール》紙の記事のエフルッシの持ち馬を嘲るような言及がきっかけで、記者とのいさかいが始まった。「それは激論になり、さらには（ミシェル・エフルッシとの）険悪な対決になった」

しかし、論争の中には、パリ社交界内部で拡大し深刻化する亀裂をさらけだすものがあった。イニャスは決闘には慣れていたが、争いがユダヤ人通有の悪癖と見られないよう、むやみに行うことは避けていた。ある報告が、したり顔でその例としてあげているのは、ミシェルとガストン・ド・ブルトゥイユ伯爵の間の商取引が、伯爵側の相当な損で終わったときのことだった。実業家であるミシェルは、それを決闘に持ちこむような問題とは見なさず、戦って相手の憤懣を解消させることをしなかった。伯爵は挑戦を断られたあと、パリに戻ってくると、「クラブの仲間内で流布していた噂に従って……エフルッシと出会うと……差額に相当する紙幣でエフルッシの鼻を小突いた。そのとき、札を留めていたピンが、小麦相場師の大きな鼻を手ひどく引っかいた。エフルッシはルー・ロワイヤル・クラブを辞め、パリの貧しい人々に配るよう百万フランを贈った……」。これは喜劇として敷衍《ふえん》された——金持ちのユダヤ人、鈍感で不名誉、そして鼻云々。

ユダヤ人に非難の余地がないわけではなかった。彼らはどう振る舞ったらいいのかを知らなかったのだ。

ミシェルは縁者のロッチルド家の若者、名誉を傷つけられたが自ら立って戦うには若すぎる縁者のために、ド・ロベルサック伯爵との一連の厳しい決闘に臨んだ。その一つはセーヌ川のグランドジャット島で行われた。「四度目の猛攻で、エフルッシは胸に傷を負った。伯爵の剣が肋骨を突いたのだ……伯爵は最初から激しく攻め立てた。終了後も慣例の握手をすることなく別れた。伯爵は馬車でその場を去ったが、〝ユダヤ人くたばれ〟とか〝軍万歳〟という歓呼を受けた」

パリのユダヤ人にとって、自らの名と家族の名誉を守るのはむずかしくなる一方だった。

11 「ひときわ華麗なお茶会」

一八九一年十月、シャルルは根付をイエナ大通りの新居に移した。一一番地はモンソー通りのオテル・エフルッシより広いが、外観は簡素だ――花飾りもなく、壺も置かれていない。しかし、あまりに広すぎて、一目では見えない。わたしは佇んで目をやる。各階の間のスペースは広く、容積の大きな部屋が並ぶ。寡婦となった母が没して三年後、シャルルは兄のイニャスとともにここへ移ってきた。わたしは思いきってベルを鳴らし、揺るぎない完璧な笑みを浮かべた女性に来訪の目的を説明する。女性はゆっくりわたしに告げる。誰がここに住んでいたかということだがあなたは間違っている、と。そもそも、それは秘密だし、そんな家名は聞いたことがない、とも。女性はわたしが通りに戻るのを見届ける。

わたしは怒り狂う。しかし、一週間後、兄弟の住んだ家が一九二〇年代に取り壊され、建てなおされたという事実を知る。

この新興の地区は、モンソー通りよりも、なお豪壮だった。エフルッシ家はパリに出てきてから二十年しかたっていなかったが、今はすっかり根を生やした感があった。独身の兄弟の住まいは、ジュールとファニーの豪邸から三百ヤードほど丘を下ったところにあった。窓の上には小麦の穂の紋章、中庭に通じる巨大な門の上には絡みあうイニシャル。バサノ通りのルイーズの館は、道路の向かいだった。エッフェル塔が建ったばかりのシャン・ド・マルス公園の北の丘に位置する地区。そこは人が集まる場所、〝芸術の丘〟として語られる場所だった。

シャルルは今も移り気だった。日本の美術への情熱は次第に他に取って代わられつつあった。熱はあまりにもひろがりすぎて、一八八〇年代には、誰の家にも〝ジャポネズリ〟があふれていた。それらは今や骨董と見なされ、どこか空いている表面があれば、そこを埃のように覆っていた。「すべてが」と、一八八七年にアレクサンドル・デュマはいっている。「今は日本製だ」。日本が大勢《たいせい》になると、たとえば日本の木版画に似たパリ郊外のゾラの家は、少々滑稽とさえ思われた。日本の〝オブジェ〟であふれさせた自転車やアブサンのポスターが広告板にはためくようになると、それらの特性を主張するのはいっそう困難になった。それでも、日本の美術品の熱心な蒐集家はまだ存在したし――シャルルの隣に住んでいたギメをはじめ――十年前の騒動の最中よりも美術史的な知識ははるかに増していた。ゴンクールは北斎、歌麿の研究を刊行し、ジークフリート・ビングは《藝術の日本》という雑誌を発行した。しかし、シャルルの当世風サークルでは、もう宗教的な熱烈さをもって追求されることはなくなっていた。

プルーストは、スワンの愛人、〝高級娼婦〟オデットの客間での移行の瞬間に触れている。「侵攻する十八世紀の勢力に押されて、極東は後退するばかりだった……今日では、オデットが日本の着物で親しい知人を迎えることは稀だった。むしろ、輝き、渦巻く絹のワトー風部屋着でいることのほうが多かった」

評論家、蒐集家、キュレーターであるシャルルも、この異国趣味の潮流の変化に気づいていた。あるジャーナリストは、シャルルが「少しずつ……〔日本〕……から離れ、ますますフランスの十八世紀のほうに、マイセンや帝政時代の作品、最高級の創作の総合的な蒐集のほうに向かい」はじめたと書いている。シャルルは新居の書斎の壁に、子どもの遊びを描いた銀糸織りのタペストリーの一組を掛けた。

また、縦に並んだ一連の部屋をつくり、ブロンズの台に淡色の帝政時代風の家具一そろいを飾りつけた。そして、その上にセーヴルやマイセンの磁器の飾り物を置いた。そこには配慮されたリズムがあった。彼はさらにモロー、マネ、ルノワールの絵を掛けた。

プルーストは、この種の新古典主義的な家具について、それをイエナ公爵邸で目にしたゲルマント公爵夫人に熱く語らせている。「こういった物がわたしたちの家を侵食しているのです。肘掛け椅子の足もとにうずくまるスフィンクス、枝つき燭台に絡みつく蛇……ポンペイ風のランプ、小舟のような形の寝台。それはナイル川に浮かんでいるようです」。四肢を伸ばしたセイレーンの浮き彫りが施された寝台はモローの絵そのまま、と夫人は述べている。

シャルルは帝政時代風の寝台とともに、〝リ・ド・パラド〟をこの新居に移した。それは周囲に絹を吊るされて〝ポーランド風の寝台〟となった。

わたしはパリの古本屋で、ミシェルとモーリスの美術品コレクションの販売カタログを見つける。コレクションは二人の没後に散失した。あるディーラーは何個かの時計に入札したが不調に終わった。彼は吊り上げられた価格とともに品目ごとの注釈を加えている。ブロンズの十二宮を嵌めこんだルイ十五世の天文時計は一万七百八十フラン。これら磁器、絨毯、ブーシェの絵、鏡板、タペストリーのすべてが、社交界に溶けこもうとするエフルッシ家に何が必要だったかを物語っている。そして、わたしは気づくに至る。シャルルが四十代半ばに近づいて、帝政時代の絵画や家具調度も好むようになったのは、生活環境に全体的な調和を生むための一法という以上のものがあった。それは本質はフランス的であるという主張であり、自分がふさわしい場所に属しているという主張でもあったのだ、と。おそらく、最初の騒々しい異端の部屋と、趣味の大家《たいか》としての権威ある生活の間に、より広い空間を設ける手立てでもあったのだろう。帝政時代風は〝ロッチルド好み〟ではなく、ユダヤ的でもなかった。それはフランス的だった。

わたしはここで根付がどう見えていたかを考える。こういう格式ばった部屋では、シャルルの気持ちも根付から離れはじめたのではないか。モンソー通りの部屋では、「視覚的な教理問答を学ぶ」ことはなかった。それらは黄色い肘掛け椅子の鮮やかな色調に押しのけられていたからだ。わたしはシャルルがますます豪勢になっていくのを感じる。彼は今や、パリ人から〝贅沢シャルル〟と呼ばれていた。ここでは手で触れられる物は少なかった。ブロンズの台に置かれたマイセンの花瓶をあえて手に取り、賞《しょう》玩《がん》すべく次から次へまわしたりすることはなかっただろう。こういう部屋の家具調度は、シャルルの没後、評論家によって、この種の物では最高と評されている。それらは「華麗であり、巧妙であって、やや冷淡」だった。冷淡というのは正しい、とわたしは思う。というのは、調査のため、モンソー通りのニシム・ド・カモンド美術館を訪ね、エフルッシの肘掛け椅子の肘掛けを撫でてみようとしても、ビロードのロープ越しに恐る恐る手を伸ばさざるを得ないからだ。

もはや、ガラス戸棚が開けられ、無造作に置かれた象牙彫りの子犬や、湯船で体を洗う娘といった根付の上を、誰かの手がさまようという図を想像するのはむずかしい。たとえ、選ばれた根付があったとしても、それが期待に応えられたかどうかは定かでない。

兄弟は新居でさらに盛大な晩餐会や夜会を開いた。一八九三年二月二日、《ル・ゴロワ》の〝社交界事件簿〟というコラムには、こう記録されている。「昨夕、シャルル及びイニャス・エフルッシ氏邸で、マチルド王女を迎えて、ひときわ華麗なお茶会」があった。

王女殿下はド・ガルボワ男爵夫人に伴われ、イエナ大通りのきらびやかな客間に到着された。そこには、パリと海外の上流の人々二百人以上が集まっていた。

目についたままに、その顔ぶれをあげてみよう。

黒いサテンのドソンヴィル伯爵夫人。同じく黒のフォン・モルトケ＝ヴィットフェルト伯爵夫人。紺青色のビロードのド・レオン公妃。黒いビロードのモルニー公爵夫人。黒いサテンのルイ・ド・タレイラン＝ペリゴール伯爵夫人、赤と黒のジャン・ド・ガナイ伯爵夫人。黒いビロードのギュスターヴ・ド・ロッチルド男爵夫人……藤紫のルイーズ・カーン・ダンヴェール伯爵夫人。緑灰色のエドガー・スターン夫人。薄紫色のビロードのマニュエル・ド・イトゥルベ夫人、旧姓ディアズ。黒のジェームス・ド・ロッチルド男爵夫人。灰色のサテンのド・カモンド伯爵夫人、旧姓カーン。黒のビロードと毛皮のベノア＝メシャン男爵夫人等々。

男性の中にも名士が含まれていた。

スウェーデン首相、オルロフ公、ド・サガン公、ジャン・ボルゲーゼ公、ド・モデーン侯爵、フォラン氏、ボナ氏、ロール氏、ブランシュ氏、シャルル・イリアルト・シュルンベルジェ氏等々。

レオン・フールド夫人とジュール・エフルッシ夫人が賓客を迎える栄誉を担った。一方は深い灰色の、もう一方は明るい灰色のガウン姿だった。

優美な住まい、とりわけルイ十六世風の大広間は高く評価された。ルカ・デッラ・ロッビア（イタリアの彫刻家）の驚異の作、ミダス王の頭像を、また、純粋に帝政時代風のシャルル・エフルッシの各部屋を称賛する向きもあった。

レセプションは非常ににぎわしく、ジプシーが美しい音楽の数々を奏でていた。

マチルド王女は七時までイエナ大通りを去られなかった。

兄弟にとって集まりは成功裡に終わった。新聞によれば、満月に照らされた冷たく明るい夕。イエナ大通りは広々として、中央には鈴懸の木が連なっている。兄弟のパーティーの客の馬車が道路をふさぎ、部屋からはジプシーの音楽が流れてくる光景をわたしは想像する。赤みがかった金色の髪、藤紫のビロードの衣裳でティツィアーノを思わせるルイーズが、ルネサンス風の宏壮な邸宅と夫のもとへ、丘を二、三百ヤード、歩いて上る姿を想像する。

「ひときわ華麗なお茶会」は、翌年は催そうとしても困難だったのではないか。一八九四年、画家のJ・E・ブランシュが述べているように、「ジョッキー・クラブはイスラエルの王子たちのテーブルから去った」からだ。

それはドレフュス事件の始まり、フランスを震撼させ、パリを分裂させた十二年間の始まりだった。フランス陸軍参謀本部のユダヤ人将校、アルフレッド・ドレフュスは、紙屑箱から見つかった紙片という偽造の証拠によって、ドイツのスパイとして告訴された。証拠が捏造であることは参謀本部にも明らかであったにもかかわらず、彼は軍法会議にかけられ、有罪とされた。そして、処刑を求めて吠え猛る群衆の前で罷免された。街では絞首台の玩具が売られた。彼は悪魔島（仏領ギアナ沖の島。流刑地）へ送られ、終身禁固の刑に服した。

再審を求める運動が直後に始まったが、それは過激で暴力的な反ユダヤ主義という反動を誘発した。ユダヤ人は当然の報いを引っくり返そうとしていると見られたのだ。ユダヤ人の愛国心が問題とされた。ドレフュスを支持することで、彼らは何よりもまずユダヤ人であって、フランス人であることは二の次だと目された。いまだにロシア市民であるシャルルとその兄たちは典型的なユダヤ人だった。

二年後、別のフランス人将校、エステルアジ少佐が捏造の背後にいたとする証拠が浮上したが、彼は軍事裁判の二日目に釈放され、ドレフュスの有罪が再確認されただけで終わった。さらに、偽計を補強する付加的な証拠が捏造された。一八九八年一月には、ゾラの情熱を込めた大統領への訴え『私は告発する』が《オーロール》紙に発表されたが、ドレフュスは一八九九年に呼び返されて三度目の有罪判決を受けた。ゾラも名誉毀損で有罪とされ、イギリスに逃れた。ドレフュスがようやく雪冤を果たしたのは一九〇六年のことだった。

激しく憎しみあうドレフュス派と反ドレフュス派の間には地割れのような亀裂が生じた。友情は切り捨てられ、家族は離れ離れになり、ユダヤ人と隠れ反ユダヤ主義者が顔を合わせていたサロンはあからさまな敵対の場となった。シャルルの美術家の友人たちの間でも、ドガは最右翼の反ドレフュス派となって、シャルルやユダヤ人のピサロとは口もきかなくなった。セザンヌもドレフュスの有罪を確信し、ルノワールはシャルルとその〝ユダヤ美術〟に敵意を隠さなかった。

エフルッシ家は信念と性向から——世間の目から隠れようもないということもあって——ドレフュス派に属した。一八九八年の熱狂の春、アンドレ・ジード宛ての手紙の中で、ある友人は、イエナ大通りのエフルッシ邸の前で、自分の子どもたちが一人の男から執拗に問いただされたという経緯を書いている。ここに誰が住んでいる？　「汚いユダヤ人だ！」。イニャスは田舎での遅い晩餐のあと、パリ北駅から帰宅する途次、警察官に尾行された。亡命したゾラと間違われたのだ。「五人の捜査官は」一八九八年十月十九日、反ドレフュス派の《ル・ゴロワ》は報じている。「その晩中、監視を続けた。フレクール警部はゾラ氏の裁判所への召喚状を届けるため、午後に到着した。同氏はエフルッシのもとに避難していると思われていた……ゾラ氏があえて帰国しても、警察の厳しい監視の目から逃れることはできないであろう」

そして、それは一族の戦いともなった。シャルルとイニャスの今は亡き妹ベティーの娘で、二人の姪になるファニーは、テオドール・レナックに嫁していた。テオドールはフランス知識階級のユダヤ人名家の出で考古学者、ギリシャ語学者だった。テオドールの兄で政治家のジョゼフはドレフュスの弁護の先頭に立っていた――のちには権威ある『ドレフュス事件の歴史』を著した。レナックは反ユダヤ主義に対する避雷針となっていた。ドリュモンの憤怒の大半は、この「偽フランス人の権化」に向けられていた。〝ユダヤ人レナック〟は、亡命したゾラの裁判の間、軍法会議で自身の軍の階級を剝奪され、非難されつづけた。そして、尋常ならぬ悪意をもって行われた全国的な中傷キャンペーンの標的となった。シャルルにとってのパリも変わった。今や、彼は鼻先で扉を閉められる〝モンダン〟、贔屓《ひいき》の美術家の一部からも排斥されたパトロンだった。わたしはそれがどんな状況だったかを考え、プルーストが書いたゲルマント公爵の怒りを思いだす。

スワンに関するかぎり……彼は今、公然たるドレフュス派だという話だ。よもや、そんなことがあろうなどとは思いもしなかった。あの美食家、現実家、蒐集家、古書鑑定家、ジョッキー・クラブ会員、各方面の敬意を集める人物、すべてに手際のよさを誇り、みんなが飲みたがる最上のポートワインをふるまってくれた人物、ディレッタント、家族思いの人物が。ああ！　わたしはひどく気落ちする。

わたしはパリで、あるときは目的もなく、またあるときは過大な目的をもって、文書館へ足繁く通い、古い邸宅や事務所をめぐる道筋をたどり、美術館をさまよう。わたしは旅を記憶に記していく。ポケットには斑の狼の根付を忍ばせて。シャルルがプルーストのスワンの人物像にどのように織り交ぜられているかを探るのは、何か不思議な感がする。

わたしはシャルル・エフルッシとシャルル・スワンが交差する場所を何度も訪ねる。旅に出る前、わたしのシャルルがプルーストの主人公の主要なモデル二人のうちの一人であるという――二番手といわれている——大まかな関係は知っていた。一九五〇年代、ジョージ・ペインター著のプルーストの伝記の中で、シャルルに関する軽蔑的な評言（「ポーランド系ユダヤ人……肥えて、ひげをたくわえた醜男《ぶおとこ》。挙動は重苦しく、ぶざまである」）を読んで、それを額面どおりに受け取っていた記憶がある。プルーストが認めたもう一人のモデルは、シャルル・ハースといい、クラブで活躍する魅力的なダンディーだった。より年長で、著作家でも蒐集家でもなかった。

　わたしの狼の最初の所有者に誰かを擬するとしたら、それはスワン——何かに追われているようでいて、親しみやすく、みやびやかな人物——であってもよい。だが、わたしはシャルルを原資料の中に、文学上の脚注の中に埋没させたくはない。わたしにとって、シャルルはあまりに現実的な存在になっていて、プルーストの研究の中で見失うのが恐ろしくなる。一方で、わたしはプルーストに傾注するあまり、彼の創作をベル・エポックのアクロスティック（行頭の文字を順につづると、ある語句になる一種の遊戯詩）のようなものと見なしてしまう。プルーストも「わたしの小説に鍵はない」と繰り返し述べているのだが。

　わたしは実在のシャルルと創作のシャルルの間の直接の対応関係を、あるいは二人の人生の輪郭を図にしようとする。〝直接の〟と限定しても、いったん書きはじめると、それは大変なリストになる。二人はともにユダヤ人である。ともに〝通人《つうじん》〟である。王族から（シャルルはヴィクトリア女王のパリめぐりの案内に立ち、スワンはプリンス・オブ・ウェールズの友人である）サロンを経て美術家のアトリエに至るまでの社交関係を有している。並々ならぬ美術愛好家で、イタリア・ルネサンス、とりわけジョットとボッティチェリの作品に惚れこんでいる。十五世紀ヴェニスのメダイヨンの難解な作品の専門家である。印象派の蒐集家でありパトロンであって、画家の友人との舟遊びの日差しの中では、やや場違いな印象がある。

　二人とも、美術に関する研究論文を執筆している。スワンはフェルメール、わたしのシャルルはデューラーについて。二人は「美術関係の該博な知識」を活かして「どんな絵を買うべきか、どのように邸宅を飾りつけるかを社交界の婦人たちに助言した」。エフルッシもスワンもダンディーで、ともにレジョン・ドヌール勲章佩用者《はいよう》である。二人の人生は〝ジャポニスム〟をよぎり、帝政時代様式という新たな好みに行き着いている。そして、ともにドレフュス派であり、気がついてみれば、注意深く築き上げた生活がユダヤ人であることによって引き裂かれている。

プルーストは真なるものと偽なるものを交流させた。彼の小説では、本人として登場する綺羅星《きらぼし》のような歴史的人物——たとえば、ストロース夫人やマチルド王女——が、それとわかるモデルから創作した登場人物と入り交じる。〝ジャポニスム〟への心酔から去って印象派に転じた大画家エルスチールは、ホイッスラーとルノワールの要素を併有しているだけでなく、それとは別のダイナミックな力も持ちあわせている。プルーストの登場人物は、現実の絵画の前に立ちもしている。彼の小説の視覚的風合いは、ジョットとボッティチェリ、デューラーとフェルメール、さらにはモロー、モネ、ルノワールへの言及でもたらされているのではない。絵を見るという行為、それらを蒐集する行為によってもたらされているのだ。意味あるものを見るのはどういうことかを思いだす行為、対象を理解したという瞬間の記憶によってなのだ。

スワンは似た者同士をさりげなく見つけだしている。オデットはボッティチェリの作品に、受付の男の横顔はマンテーニャの作品に、という具合に。シャルルもそうだ。それにしても、わたしは疑いを禁じ得ない。スイスのシャレーの庭園の砂利敷きの小径、白い洗い上がりのフロック（ワンピースのドレス）を着た、こぎれいなわたしの祖母は知っていたのだろうか。なぜ、シャルルが屈みこんで、自分の妹の美しい髪をくしゃくしゃにしたり、妹をルノワールのジプシーの少女に比べたのかを。

わたしはスワンに出会ってみる。滑稽で魅力的ではあるが、「鍵のかかったキャビネットのような」

《ガゼット・デ・ボーザール》に死亡記事とともに掲載されたパトリコの彫版によるシャルル・エフルッシ像　1905年

打ち解けない気質も有している人物だ。彼が渉《わた》る世界では、人々は彼が愛するものに敏感になっていくようだ。スワンの娘を愛している若い語り手が、どのように一家を訪ね、丁重に迎えられ、荘厳なコレクションに引き合わされるのか、とわたしは考える。

若い友人たちに、あるいはプルーストに、書物や絵画を見る目を養わせようと骨を折ったのはわたしのシャルルだ。書物や絵画や彫刻について、鋭敏、かつ率直な文章を書き、事物の世界に生命を吹きこんだのはわたしのシャルルだ。わたしは知っている。わたしが初めてベルト・モリゾを見るようになったときがそれであり、いったん下がり、それから前に出る見かたを学ぶようになったときがそれなのだ。マスネを聞くようになったとき、絨毯を見るようになったとき、日本の漆器には時間を費やすだけの価値があると知るようになったときがそれなのだ。わたしはシャルルの根付を次々と手に取ると、それらを選んでいたときの彼を思う。そして、彼が腹蔵していたものを思う。彼はきらびやかなパリ人の世界に身を置いていたが、ずっとロシア市民でありつづけた。常にこの隠れた後背地を持っていたのだ。

シャルルは父親に似て心臓が悪かった。ドレフュスが悪魔島から連れ戻されて二度目の茶番の裁判を受け、再び有罪とされたのは、一八九九年、彼が五十歳のときだった。その年、ジャン・パトリコが手がけた精緻な彫版のシャルルは、うつむき加減、内向き加減だ。顎ひげは相変わらずきれいに整えられ、クラヴァットは真珠で留められている。彼は前にも増して音楽にのめりこみ、今はグレフュール伯爵夫人の大音楽鑑賞協会のパトロンだった。「そこでは、彼の助言は高く評価された。そして、彼も熱心に活動に取り組んだ」。彼は絵を買うこともほとんどやめてしまった。その例外が、ノルマンディー海岸のプールヴィルの干潮時の岩を描いたモネの作品だった。それは美しい絵で、前景には色調を和らげた岩を配し、海中から突きだした漁師の木の棒が奇妙な書のように描かれている。どちらかというと日本的だ、とわたしは思う。

シャルルは執筆の手も緩めたが、《ガゼット》での務めは几帳面に果たし、出版すべきものはしていった。「けっして遅れることなく、どんな記事の細目までもゆるがせにせず、完全を期し」、新しい筆者を登場させるのを喜びとした。

ルイーズには新しい愛人ができた。シャルルはスペインのアルフォンソ皇太子に取って代わられた。皇太子は彼女より三十も年下で、ひよわな顎をしていたが、将来の国王に違いなかった。

新世紀の初頭、ウィーン在住のシャルルの従弟が結婚することになった。シャルルは少年時代からヴィクトル・フォン・エフルッシを知っていた。当時は一家全体が同居していたのだ。すべての世代が一つ屋根の下で暮らし、夜はパリへの移転計画を練るのに費やしていた。まだ幼く、退屈したヴィクトルのために、シャルルは使用人の漫画を描いてやっていた。一族は親密で、パリとウィーンのパーティーで、ヴィシーやサンモリッツの休日で、シャレー・エフルッシでファニーが催す夏の集まりで顔を合わせていた。そして、彼らはオデッサ――従兄弟同士の二人が生まれた都市で、語られることのない出発点――を共通体験として有していた。

パリの三兄弟はそろって、ヴィクトルと若い花嫁、エミー・シェイ・フォン・コロムラ女男爵に結婚祝いを贈った。夫妻はリングシュトラーセの宏壮なパレ・エフルッシで新生活を始めた。

ジュールとファニーは、ルイ十六世の美しい寄せ木細工の机を贈った。先細りの脚の端が金鍍金《めっき》の小さな蹄《ひづめ》になった机を。

イニャスはオランダの巨匠の絵を贈った。大風の中をゆく二隻の船の絵を。

シャルルは特別な物を、パリから目を見張るような物を贈った。緑色のビロードの棚がついた黒いガラス戸棚を。その鏡張りの背面は、二百六十四点の根付を映していた。

第二部　ウィーン

一八九九——一九三八

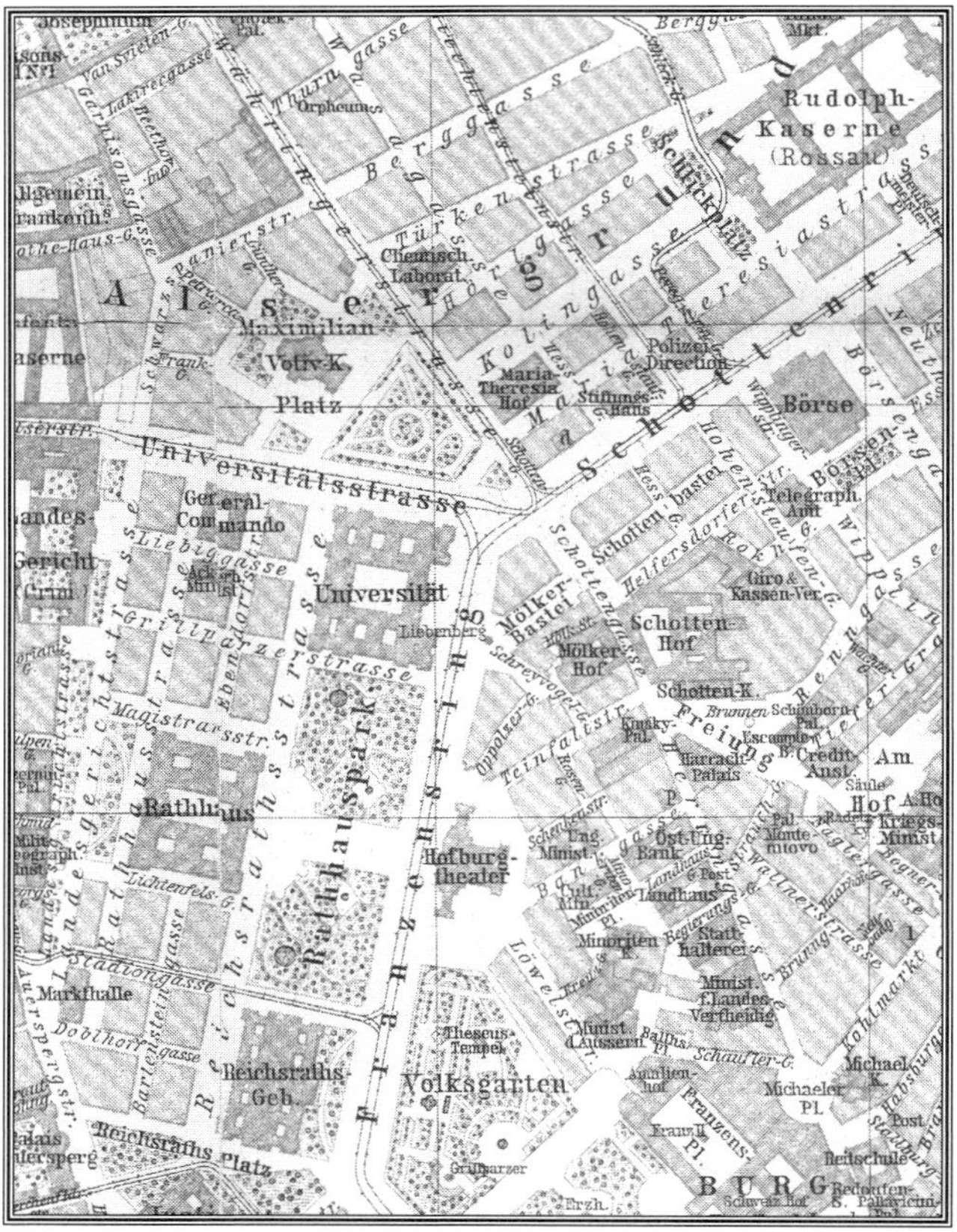

Rudolph-
Kaserne
(Rossau)
Orpheum
Berggasse
Türkenstrasse
Chemisch. Laborat.
Hörlgasse
Kolingasse
Maria-Theresia-Hof
Maria Theresiastrasse
Polizei-Direction
Börse
Maximilian
Votiv-K.
Platz
Universitätsstrasse
General-Commando
Liebiggasse
Universität
Grillparzerstrasse
Liebenberg
Mölker-Bastei
Mölker Hof
Schotten-Hof
Schotten-K.
Schottenbastei
Schottenring
Helfersdorferstr.
Telegraph. Amt
Giro & Kassen-Ver.
Freiung
Teinfaltstr.
Harrach Palais
Credit-Anst.
Am Hof
Kriegs-Minist.
Magistratsstr.
Rathhaus
Rathhauspark
Franzensring
Hofburg-theater
Ung. Minist.
Öst.-Ung. Bank
Landhaus
Minoriten K.
Statthalterei
Minist. f. Landes-Vertheidig.
Lichtenfels-G.
Stadiongasse
Markthalle
Doblhoffgasse
Reichsraths-Geb.
Reichsrathsstrasse
Reichsraths Platz
Theseus-Tempel
Volksgarten
Grillparzer
Löwelstr.
Minist. d. Aeussern
Ballhs. Pl.
Schauflergasse
Amalienhof
Franzens-Pl.
Michaeler Pl.
Michael. K.
Kohlmarkt
Wallnerstrasse
Herrengasse
Bankgasse
Reitschule
BURG
Schweizer Hof
Landesgericht
Alser

12　ポチョムキンの町

一八九九年三月、シャルルからヴィクトルとエミーへの気前のいい贈り物は丁寧に梱包され、イエナ大通りから発送された。金色の絨毯、帝政時代の肘掛け椅子、モローの絵をあとに残して。贈り物は欧州を横切り、ウィーンのリングシュトラーセとショッテン小路《ガッセ》が交わる角にあるパレ・エフルッシへ届けられた。

シャルルとともに歩み、パリのインテリアについて読むのはやめるときがくる。《新自由新聞《ノイエ・フライエ・プレッセ》》を読み、世紀の変わり目のウィーンの街の生活に目を向けるときがくる。十月になり、わたしはシャルルとともにほぼ一年を費やしたことに気づく——見込んでいたよりもはるかに長くなったのは、ドレフュス事件について調べるのに思いがけない時間がかかったからだ。今回は図書館の階間を移動する必要はない。フランス文学とドイツ文学は隣り合わせているからだ。

わたしは黄楊《つげ》材の狼と象牙の虎が移った先を早く知りたくてならない。ウィーンへのチケットを予約し、パレ・エフルッシに向かって出立する。

根付の新しい住まいは、とてつもなく広い。それは古典的建築の入門篇といった趣で、エフルッシのパリの邸宅が控えめに見えるほどだ。パレはコリント式の柱形《はしらがた》とドリス式の柱、壺や台輪（柱頭の一部）、角の四基の小塔、屋根を支える女人像柱の列を備えている。一、二階は力強い田舎風のつくりで、淡いピンク色が褪めた煉瓦の三、四階を載せている。五階に並ぶ女人像柱の背後は石造だ。その巨大で、どこまでも我慢強いギリシャの娘たち、半ば落ちかかったローブ姿の娘たちは数が多く——ショッテンガッセ側のパレの長い側面に十三体、リングシュトラーセ側の正面に六体——貧弱な舞踏会でずらりと壁際に並んでいると見えなくもない。わたしは今回も金《きん》から逃れることができない。柱頭やバルコニーは多くが金色に塗られている。ファサードに掲げられた名前までもが輝いている。しかし、それは比較的新しい。パレは今、カジノ・オーストリアの本部になっている。

わたしはここでもハウスウォッチングをする。といおうか、ハウスウォッチングを試みる。だが、パレは今、地下鉄駅の上にある路面電車の停留所の向かいになっていて、あたりには駅から吐きだされる人が絶え間ない流れをつくっている。壁にもたれかかって、ゆっくりながめられるような場所はどこにもない。わたしは冬の空に屋根の輪郭が浮かび上がるような場所を求め、路面電車の軌道に足を踏み入れようとする。すると、上着を三枚重ね着してバラクラヴァ帽（軍隊、登山用の毛糸の帽子）をかぶった顎ひげの男が、不注意だと説教をたれる。わたしは過分な金《かね》を握らせて、男を去らせる。パレはウィーン大学の本部棟と向かいあっている。大学では、三つの抗議運動——アメリカの中東政策、二酸化炭素排出、授業料に関する何か——が、騒音と署名集めを競っている。とても佇《たたず》んでいられるような場所ではない。

邸宅は一目では見てとれないほどの大きさで、市のこの地区では広すぎるスペースを占め、空をふさいでいる。家というよりは要塞か望楼という印象だ。わたしはその規模に順応しようとする。たしかに、それはさまよえるユダヤ人の家ではない。そのあと、わたしはうっかり眼鏡を落とす。蔓の一方が蝶番《ちょうつがい》の近くで折れてしまう。それで、何かを見るには、眼鏡をつまんで押さえなければならなくなる。

わたしはウィーンにいる。フロイトが住んでいたアパートの玄関から四百ヤードほどの小公園に、わ

ウィーン、ショッテンガッセ沿い、後方にヴォティーフ教会を望む
パレ・エフルッシ　1881年

たしの父方の一族の邸宅の表に。しかし、わたしははっきり見ることができない。眼鏡を手で支えながら、このピンク色の巨石を見ていると、象徴主義的に染まるのではないか、とつぶやいてみる。わたしの旅もこの局面は楽には乗り切れないということがわかる。わたしはすでに不意打ちをくわせられている。

立ち止まってもいられないので、わたしは歩きだす。学生たちを押し分けるようにして、リングシュトラーセに出る。ようやく自由に動き、息をつくことができる。

それは曲がりくねってはいるが野心的な街路で、規模という点では息を呑むほど壮大だ。建設時には、あまりに広すぎて、まったく新しい神経症、広場恐怖症を生みだすと批評家が論じたほどだ。新しい街に恐怖症をつくりだすとは、ウィーン人は何と独創的なことか。

皇帝フランツ・ヨーゼフ一世は、ウィーンの周囲に近代都市を建設するよう命じた。古い中世の市街を囲む城壁は取り壊され、古い濠《ほり》は埋め立てられ、新しい建築物、すなわち、市庁舎、議事堂、オペラ座、劇場、博物館、大学の巨大な円弧がつくられた。このリングは旧市街に背を向け、未来に面しようとしていた。それは壮麗な都会、壮麗な文化を誇るウィーンを取り巻く環になろうとしていた。アテネのように、輝かしい建築が理想的に開花する街に。

これらの建物はさまざまな建築様式をとっているにしても、全体的な効果ですべての異分子が一つにまとまろうとしていた。欧州最大の公共的空間、公園とオープンスペースの連環。ヘルデンプラッツ、ブルクガルテン、フォルクスガルテン（いずれも広場、庭園）は、音楽、詩、劇の勝利を寿《ことほ》ぐ彫像で飾られた。

この壮観をつくりだすためには、当然のことながら、巨大な土木工事が必要だった。二十年にもわたって、埃、埃、埃が舞いつづけた。ウィーンについて、作家のカール・クラウスはこう書いている。

「取り壊されて大都会になった」

帝国の端から端まで、皇帝の臣民すべて――マジャール人、クロアチア人、ポーランド人、チェコ人、ガリシアやトリエステのユダヤ人など十二の民族、六つの公用語、五つの宗教――が、この帝室による教化にあっている。

それは今にも影響を及ぼしている。なぜかリングシュトラーセの途中で止まるのはむずかしい、とわたしは気づく。そこでは、すべてを同時に見られるという決定的な瞬間が、いつまでたっても訪れないからだ。この新しい街路は一つの建物によって支配されているということがない。宮殿や大聖堂に収束する高まりもない。しかし、文明史の重要な局面を別の局面へ引き継ぐ勝利は絶えることがない。わたしは考えつづける。この葉を落とした冬の木々を通しても特徴的な眺めが見られるだろうし、壊れた眼鏡を通しても、切り取られた一瞬の光景がのぞけるだろう、と。風がわたしを押し流す。

わたしは大学を去る。新ルネサンス様式で建てられた大学を。広い階段はポルチコ（屋根つきの玄関）へと上がり、その玄関の両側にはアーチ形の窓の列が連なる。壁龕《へきがん》には学者の胸像がおさめられ、屋根には昔ながらの哨兵が並び、解剖学者、詩人、哲学者それぞれの金色の巻物の模型がある。

わたしは幻想的なゴシック様式の市庁舎を通り、巨大なオペラ座の方へ向かう。途中、博物館、美術館と議事堂を過ぎるが、議事堂は当時の建築家、テオフィル・ハンセンが手がけたものだ。ハンセンはデンマーク人だが、アテネで古典建築を学び、同地のアカデミーを設計して名を成した。ここリングでは、ヴィルヘルム大公のリングシュトラーセ御殿《パレ》、楽友協会、美術アカデミー、さらにウィーン株式取引所を設計した。そして、パレ・エフルッシも。一八八〇年代まで、あまりに多くの受注に成功したので、ほかの建築家はハンセンと「彼の家臣団……ユダヤ人たち」の陰謀を疑ったほどだった。

陰謀などなかった。ハンセンは依頼主に望みのものを提供するのに秀でていたのだ。議事堂にも細部にギリシャ風の装飾が施されている。大型のポルチコは民主主義の誕生をあらわしている。アテナの像は市の守護者をあらわしている。どこを見ても、ウィーン人を喜ばせるようなちょっとした細工があるのだ。屋根の上に古代の二輪戦車があるのにわたしは気づく。

実際、目を上げると、空を背景にして、至るところに人物像が見える。

さらに先へと進もう。音楽的な建物の連なり。公園で間隔が空けられ、彫像でアクセントがつけられている。目的に応じたリズムが生まれている。一八六五年五月一日、皇帝と皇后の行幸によって公式に開通して以来、ここは進歩をあらわす場所、誇示のための場所だった。ハプスブルク宮廷は、スペイン宮廷の儀礼、厳格な典礼にのっとって生活していた。格式ばった廷臣の行列がいくつとなくあった。さらに、連日の市民連隊の行進、主要な祭日のハンガリー衛兵の行進があった。たとえば、皇帝誕生日の慶賀、記念祭、皇太子到着時の歓迎、あるいは大葬といった折にだ。すべての衛兵にそれぞれの制服があった。糖菓のような飾り帯、毛皮の装飾、羽根飾りのついた帽子、肩章。ウィーンのリングシュトラーセにいるということは、楽隊の音《ね》が、轟く足音が聞こえる範囲にいるということだった。ハプスブルクの諸連隊は「世界一美々《びび》しい軍隊」であり、それにふさわしい舞台を持っていたのだ。

わたしは自分があまりにせわしなく歩きまわっているのに気づく。ここが出発点ではなく、この先に目的地があるとでもいうように。これが日々〝遊歩道〟をゆっくり行き来する人々のためにつくられた街路であることを思いだす。ケルントナーリング沿いの社交界の人々は散歩が半ば儀式化していて、そこで人と出会ったり、ふざけたり、噂話をしたり、あるいは見られたりしていたのだ。ヴィクトルとエミーが結婚したころ、ウィーンで急増していた挿絵入りの赤新聞には、〝遊歩道の冒険〟のスケッチがしばしば掲載された。たとえば、ステッキを持った頬ひげの男の口説きや、高級娼婦の流し目。フェリックス・ザルテンは「流行を追う騎士、モノクルの貴族、折り目のついたズボンの旅団といった常連による雑踏」がある、と書いている。

ここは着飾って臨む場所だった。実際、ウィーンではもっとも華々しい盛装の場となった。一八七九年、ヴィクトルとエミーが結婚し、シャルルの根付が届く二十年前のこと。歴史ファンタジーを巨大なカンヴァスに描いて大人気の画家、ハンス・マカルトは、皇帝の結婚二十五周年に際して職人たちの祝賀行列を組織した。ウィーンの職人たちは四十三の組合ごとに配置され、その一つ一つが寓話風に飾りたてた山車《だし》を繰りだした。音楽家、使者、槍兵、旗印を持った男たちが、山車の周囲を右往左往した。誰もがルネサンス風の衣裳をつけていた。白馬にまたがり、つば広の帽子をかぶったマカルトが威風堂々の騎馬行列を先導した。このずれ――ややルネサンス風、ややルーベンス風、そして、まがいの古典主義風――が、リングシュトラーセにはいかにもふさわしいという思いが浮かんでくる。

それは自意識過剰な壮大さで、ややセシル・B・デミル（米国の映画監督・製作者。大作が多い）的でもある。わたしはその観客にはふさわしくない。一方、若い画家で建築学生のアドルフ・ヒトラーは、リングシュトラーセに本能的な反応を示した。「朝から深夜まで、わたしは興味の対象から対象へと走りまわったが、わたしの一義的な興味は一貫して建物にあった。わたしはオペラ座の前に何時間でも立っていられた。議事堂を何時間でも見詰めていられた。わたしにはリングシュトラーセ全体が『千一夜物語』の魔法のように見えた」。ヒトラーはリング沿いの重要な建物すべてを描いている。パレ・エフルッシの反対側にあたる二つの名高い建築物、ブルク劇場とハンセンの議事堂、さらには大学とヴォティーフ教会。空間をいかに利用して劇的な展示を行うか、ヒトラーはそれを評価した。彼はさまざまな手法による装飾をすべて理解していたのだ。それは「永遠の価値」の表現だった。

　こうした魔法のすべてが、急成長する金融業者、実業家階級に建設用地を売却することで賄われた。そういう土地の多くに、リングシュトラーセ・パレが築かれた。それは、周囲を圧するようなファサードの背後に、いくつもの部屋が連なるタイプの建物をいう。目を見張るようなパレを見てみよう。リングシュトラーセに面した正面玄関、バルコニー、窓。大理石の玄関ホール、天井画の描かれた大広間。だが、よく使われるのは一つの階だけだ。その階、〝品位のある階《ノーベルシュトック》〟は、広い舞踏室を中心に、いくつかの応接室がある。〝ノーベルシュトック〟は窓の周囲の花飾りがもっとも多いので、容易にそれと見分けられる。

　そして、新たなパレの住人の多くは、最近になって成功をおさめた一族だった。それはリングシュトラーセがおおむねユダヤ人に占められるということを意味した。わたしはパレ・エフルッシから歩きはじめ、リーベン、トデスコ、エプシュタイン、シェイ・フォン・コロムラ、ケーニヒスヴァルテ、ヴェルトハイム、グートマン家のパレを通り過ぎる。これらの華麗な建築は、結婚で結ばれたユダヤ人一族の点呼簿のようなものだ。ユダヤ人らしさと装飾性が結合した奢《おご》れる富の建築上のパレード。

わたしは風を背に受けて歩きながら、モンソー通り界隈を〝放浪〟したことを思う。ゾラの登場人物で、通りに馴染《なじ》まぬ、けばけばしい豪邸に住んでいた強欲なサッカールのことが浮かんでくる。ここウィーンでは、パレの立派なファサードの背後に住むツィオンシュトラーセのユダヤ人に関する議論は、パリでのそれとは微妙に違うものがある。よくいわれるのは、ここでは、ユダヤ人は高度に同化し、非ユダヤの隣人を巧みに真似て、ウィーン人を欺き、リングシュトラーセの建物の中に消え失せているということだ。

ロベルト・ムージルの小説『特性のない男』には、老いたラインスドルフ伯爵がこの消失劇に思いを致す場面がある。これらのユダヤ人は自らの飾られたルーツにこだわることなく、ウィーンの社交生活に溶けこんでいた。

もし、ユダヤ人がヘブライ語を話し、旧名に復し、東方の服を着ると決心するならば、それだけで、いわゆるユダヤ問題のすべてが跡形もなく消え去るだろう……正直にいって、最近、ウィーンで財をなしたガリツィアのユダヤ人が、帽子にシャモア（南欧、西アジア産の羚羊）の毛の房をつけ、チロル風の衣裳を着て、イシュルの遊歩道を行き来するのは、およそ正当とは思えない。だが、緩やかな長い服を着れば……西欧でもこの上ない優雅さの只中にあり、世界に二つとないリングシュトラーセ。そこを、赤いトルコ帽のイスラム教徒が、羊の毛皮の外套のスロヴァキア人が、あるいは脚を丸出しにしたチロル人が散歩しているのを想像してみるといい。

ウィーンのスラム街、レオポルトシュタットに足を踏み入れてみれば、ユダヤ人がユダヤ人らしいとされる生活をしているのが見られただろう。一部屋に十二人もが住み、水道はなく、表の通りは騒々しい。誰もが伝統的な長衣を着て、仲間内の言葉をしゃべっている。三歳のヴィクトルがオデッサからウィーンに移ってきた一八六三年、ウィーンのユダヤ人は八千人に足りなかった。一八六七年には、皇帝がユダヤ人にも市民的平等を認め、教える権利や土地の所有権に対する最後の障壁を取り除いた。一八九〇年、ヴィクトルが三十歳になったときには、ウィーンのユダヤ人は十一万八千人を数えていた。新参者の多くは、それ以前の十年に突発した虐殺への恐怖からガリツィアを逃れた東方ユダヤ人だった。また、ボヘミア、モラヴィア、ハンガリーの小村から、悲惨な生活状況のユダヤ人村から移ってきたユダヤ人もいた。彼らはイディッシュ語を話し、しばしばカフタン（トルコ人などが着る帯つきの長袖の服）を着用した。そして、タルムード（ユダヤの律法とその解説）の伝統に浸染していた。ウィーンの大衆向け新聞によれば、これら移入民は儀式的な殺人に巻きこまれる恐れがあった。売春に巻きこまれるのは、ほぼ間違いなかった。彼らは背に奇妙な籠を負い、市内をめぐって古着を呼び売りし、さまざまな品を行商していた。

一八九九年のヴィクトルとエミーの結婚までに、ウィーンのユダヤ人は十四万五千人に達していた。一九一〇年には、欧州でウィーンよりもユダヤ人人口が多い都市はワルシャワとブダペストだけになっていた。ちなみに、欧州を除く世界で、より多くのユダヤ人人口を抱えるのはニューヨークだけだった。そして、ウィーンのユダヤ人住民は他に類を見なかった。移入民の第二世代の多くが、目覚ましい成功をおさめたのだ。世紀の変わり目にヤコブ・ヴァッサーマンはいっている。ウィーンは「公共生活全般がユダヤ人に支配されている。銀行。新聞、演劇、文学、社会組織、すべてがユダヤ人の手に握られている……ユダヤ人の医師、代理人、クラブ会員、俗物、伊達男、プロレタリア、俳優、新聞記者、詩人の大群に、わたしは驚いた」。事実、金融業者の七一パーセントはユダヤ人、法律家の六五パーセントはユダヤ人、医師の五九パーセントはユダヤ人であり、ウィーンのジャーナリストの半分はユダヤ人だった。《ノイエ・フライエ・プレッセ》は「ユダヤ人が所有し、編集し、執筆している」と、ウィッカム・スティードはハプスブルク帝国を題材にした俗な反ユダヤ主義本の中でいっている。

しかし、これらのユダヤ人はファサードのようなものだった——彼らは消え失せた。いってみれば、そこはポチョムキンの町であり、彼らはポチョムキンの町の住人だった。ロシアのポチョムキン将軍は、エカテリーナ二世の訪問を盛り上げるため、沿道に木と漆喰で見せかけの町を組み立てたと伝えられる。リングシュトラーセも巨大な見せかけである、と若い扇動的な建築家、アドルフ・ロースは書いている。それはポチョムキン的だった。ファサードは建物自体と何のつながりもなかった。使われている石材は化粧漆喰ばかりで、すべてが成り金向けの糖菓のようなものだった。ウィーン人は「贋物であると誰にも気づかれぬよう望みながら」この舞台装置で暮らすのをやめるべきだった。皮肉屋のカール・クラウスは認めている。それは「装飾過多による実質的生活の劣化」である、と。さらに、この劣化を通じ、「表現法が精神の装飾になってしまう破滅的な混乱」によって言葉までが汚染された。装飾過多の建物、装飾過多の傾向、周囲で進行する装飾過多の生活。ウィーンはやたらに仰々しくなっていた。

根付が送られたのは、この何とも複雑な土地だった。夕闇が迫るころ、わたしは前よりも落ちついた気分で、ぐるりと一周して出発点のパレ・エフルッシへ向かいながら思う。複雑というのは、そういう装飾が何を意味するか、わたしには定かでないからだ。わたしの根付の素材は黄楊《つげ》だったり、象牙だったりする。いずれにしろ、一貫して堅固であって、けっしてポチョムキン的ではない。化粧漆喰や糊でつくられているわけではない。根付は奇妙な小物ともいえるが、それがこの自意識過剰の大げさな都会でどう生き延びるのか、わたしにはわからない。

しかし、また一方では、それが実用的だからといって非難する者もいない。装飾的、あるいは魅惑的と考えられても不思議はない。わたしはシャルルの結婚祝いがウィーンに届いたとき、その雰囲気にふさわしかったのかどうかを疑う。

13

ツィオンシュトラーセ

根付がパレ・エフルッシに着いたとき、モンソー通りのオテル・エフルッシと同時期に建てられたそこは築後ほぼ三十年を経ていた。その建物は演劇の一作品といった趣がある。そして、発注した人物、すなわちヴィクトルの父でわたしの高祖父イニャスによる絶賛ものの名演があった。

イニャス・フォン・エフルッシ男爵
1871年

遺憾ながら、この物語には、三世代にわたって三人ものイニャス・エフルッシが登場する。もっとも若いのは、東京のマンションに住んでいたわたしの大叔父イギー。それから、シャルルの兄で、情事を重ねた決闘好きのパリ人。そして、ここウィーンではイニャス・フォン・エフルッシ男爵に出会う。三級鉄十字章の佩用《はいよう》者、皇帝への奉仕で貴族に列せられる。皇帝の顧問、聖オラフ勲爵士、スウェーデン及びノルウェー国王の名誉領事、ベッサラビア金羊毛勲章の受章者、ロシア・ローレル勲章の受章者。

　イニャスはウィーンでは第二位の銀行家で、リングシュトラーセの他の巨大建築と、銀行所在地の街区を所有していた。ほかでもないウィーンでだ。一八九九年、彼が市内に三百三十万八千三百十九フロリンの資産を有していたとする会計検査報告をわたしは見つける。現在でなら、ざっと二億ドルの価値だ。この富の七〇パーセントは株、二三パーセントは不動産、五パーセントは美術品や宝石、二パーセントは金《きん》だった。それは大量の金だったのだろう。彼が持っているのは、華々しいルリタリア（ロマンチックな架空の王国）の称号のリストだけではなかったのだ。そういうリストに応えなければならないとしたら、特別な女人像柱で飾られた金ぴかのファサードが必要だったのではないか。

　イニャスはオーストリア近代の会社乱立時代の創業者の一人だった。彼は両親と兄のレオンとともに、オデッサからウィーンへ移ってきた。一八六二年、ウィーンはドナウ川の氾濫で破滅的な水害にあい、聖シュテファン大聖堂の祭壇の階段までが水で洗われた。そのとき、堤防と新しい橋の建造のため、政府に資金を貸し付けたのがエフルッシ家だった。

　わたしはイニャスの肖像画を持っている。五十前後の彼を描いたものと思われる。幅広の襟のなかなか立派な上着、真珠のタイピンで留めた大きな結び目のネクタイという服装だ。顎ひげをたくわえ、黒髪を額の生え際から後ろへ梳かしつけたイニャスは、画面からわたしを値踏みするように見詰め返してくる。そして、これから何か断を下そうとでもいうように、口を引き結んでいる。

　わたしは彼の妻、エミリーの肖像画も持っている。灰色の目、首には一連の真珠を何重にも巻き、黒っぽい玉虫織りの絹のドレスをまとっている。彼女の眼差しもどこか批判的だ。この絵を家で掛けてみても、必ず外す羽目になる。我が家の暮らしを不信の目で見下ろしてくるからだ。エミリーは一族の間では、笑顔がきわめて魅力的な――いったん微笑めばだが――〝クロコダイル〟として知られていた。

イニャスは幾人もの愛人を抱えていただけでなく、エミリーの姉妹二人とも情を通じていた。だから、彼女が少しでも笑うことがあったというなら、わたしも安堵を感じる。

　わたしはハンセンを設計者に起用したのはイニャスだったのではないかと想像する。ハンセンはシンボルの効果的な使いかたを心得ていた。この裕福なユダヤ人銀行家が望むものは、一族の盛運を劇的に表現するような建築、リングシュトラーセの壮麗な施設群と居並ぶ邸宅だった。

　二人の間の契約は一八六九年五月十二日に署名されている。八月末には市から建築許可が下りた。パレ・エフルッシの仕事に着手した時点では、テオフィルス・ハンセンはすでに貴族の地位に昇っていた。今はテオフィル・フライヘル・フォン・ハンセンとなり、依頼人——今は勲爵士に叙せられていた——も、イニャス・リッター・フォン・エフルッシとなっていた。イニャスとハンセンは最初から立面図の縮尺で意見が衝突した。頑固者二人が一等地をどう利用するか論じ尽くすまで、計画は改訂に改訂を重ねた。イニャスは「馬車二、三両」を収容する置き場とともに、馬四頭を入れる厩舎を求めた。彼が何よりも優先させた要求というのは、自分独りのための階段だった。邸内に住むほかの誰も利用できない階段。それは建築専門誌《アルゲマイネ・バウツァイトゥング》の一八七一年の記事で詳述されている。記事にはみごとな平面図と立面図も挿入されている。パレ・エフルッシはウィーンの特別観覧席になろうとしていた。バルコニーは町を見晴らし、オーク材の大きな扉の前を町が通り過ぎていこうとしていた。

　わたしはその外に立ち尽くす。背を向けて、道路を横切り、路面電車に乗り、この王朝の家と物語から去るというなら、今しかない。わたしは息を吸いこむ。結局、左手の門を押し開け、オーク材の大きな両開きの扉を通り抜ける。わたしは長く、高く、暗い廊下にいる。頭上には金の格間《ごうま》（天井を覆う方形などのくぼんだパネル）。さらに進むと、五階の高さにガラス屋根を張った中庭に出る。内部のバルコニーが、広い空間にめりはりをつけている。わたしの前には、やや筋硬直気味のアポロの実物大の彫像。台座の上で、気乗りしない様子で竪琴をかき鳴らしている。

　プランターには何本かの小さな木。そして、受付がある。わたしはつたない説明をする。自分の素性と、ここが自分の一族の家であるということを。もし、差し支えがなかったら、ぜひ見てまわらせてほしいということを。問題はないようだ。魅力的な男性があらわれ、何を見たいのかとわたしに尋ねる。見えるのは大理石ばかりだ。大量の大理石がある。というだけでは十分でない。すべて黄楊《つげ》大理石なのだ。床、階段、階段の壁、階段の柱、階段の上の天井、階段の天井のモールディング。わたしは左に折れて、家族用階段の大理石の浅い踏み段を上がる。右に折れると、別の玄関ホールに入る。見下ろすと、家長のイニシャルが大理石の床に記されている。冠をいただいたJE（ヨアヒム・エフルッシ）。正面大階段の脇には、わたしより丈の高い燭台が二基。階段の踏み段は浅く、軽快な感じでどこまでも上っていく。大きな両開きの扉の黒い大理石の枠——黒と金だ。わたしは扉を押し開け、イニャス・エフルッシの世界へ足を踏み入れる。

　部屋という部屋が金で覆われていて、かえって暗い。壁はパネルに分割され、その一つ一つが金色のリボンで縁取られている。暖炉は大理石でつくられた巨大なものだ。床は入り組んだ寄せ木細工。天井は、金色のモールディングで仕切られた菱形、楕円形、三角形のパネルが網目のように組みあわされている。その格間が新古典的な泡の渦巻きのように見える。柱頭には花冠と葉飾りが派手に入り交じっている。すべてのパネルにクリスチャン・グリーペンケルルの絵が描かれている。オペラ座の客席の天井で評判を博した装飾家だ。部屋ごとに古典的なテーマが設けられている。撞球室では、ゼウスの女性征服の連作——レダ、アンティオペ、ダナエ、エウロペ——が見られる。覆うものを失った女性の一人一人が、プット（キューピッド風の幼児像）とビロードの布に守られている。音楽室はミューズの神々の寓話。客間では、さまざまな女神が花をまき散らしている。それより狭い客間には、さまざまなプット。およそ凝ったところのない食堂には、ワインを注ぐニンフたち。葡萄の葉をまとったり、猟の獲物をぶら下げたりしている。なぜかわからないが、戸口の上の横木にもプットが座っている。

この場のすべてが光り輝いていることにわたしは気づく。大理石の表面には、つかんだり握ったりする手掛かりがまったくない。わたしは触感の欠如に狼狽させられる。壁に沿って手を走らせると、かすかに湿っぽい。パリでは首を伸ばして、ボードリーが手がけたオペラ座の天井を見上げたりして、ベル・エポックの建築に対する感覚を養ったことを思いだす。しかし、ここではすべてがはるかに接近していて、はるかに直接的だ。恐ろしいほど金ぴかで、恐ろしいほど手掛かりに欠けている。イニャスは何をしようとしていたのだろう？　批評を封殺しようとしていたのか？

ヴォティーフ教会の広場を見通す大きな窓が三つある舞踏室で、イニャスは唐突に重大事を暴露している。ここでは、天井に――他のリングシュトラーセ・パレであれば、エリュシオン（善人が死後に住むところ）か何かが見られるだろう――聖書のエステル記の物語を描いた一連の絵があるのだ。イスラエルの女王となったエステルは、ラビ風の長衣をまとった大祭司の前にひざまずき、祝福を受けている。彼女の後ろには召使いもひざまずいている。そして、ユダヤ兵がユダヤ人の敵、ハマンの息子たちを掃討している場面がある。

それはみごとなやりかただ。自分が何者であるかを主張する昔からのひそやかな手段だ。舞踏室は、ユダヤ一家――いかに豪勢で、いかに富裕であろうとも――の中でも、非ユダヤの隣人たちが社交で訪れる唯一の場だった。そして、これがリングシュトラーセ全体で唯一のユダヤ的な絵画だった。ツィオンシュトラーセでも、ここがほんのわずかなツィオンだったのだ。

14　あるがままの歴史

この大理石に執着したパレは、イニャスの三人の子が育った場所だ。わたしの父が渡してくれた貴重な家族写真の中に、この三子を客間で撮ったものがある。彼らはビロードのドレープと鉢植えの棕櫚《しゅろ》の間で硬くなっている。長男のシュテファンはハンサムだが、やや不安げだ。毎日、父親とともに会社で過ごし、穀物について学んでいた。長い顔、大きな目、豊かな巻き毛のアナは、すっかり退屈しているように見える。持っている写真帳が手から滑り落ちそうになっている。彼女は十五歳で、ダンスのレッスンから遠ざかり、冷ややかな母親とともに、招待会（招待者が自宅で催す家庭的な略式パーティー）から招待会へ馬車で行き来する毎日を送っていた。そして、わたしの曾祖父にあたる若いヴィクトル。彼はロシアの父祖の名前をとってターシャと呼ばれていた。ビロードのスーツを着こみ、ビロードの帽子とステッキを持っている。光沢があり、ウェーブした黒髪の持ち主だ。長い午後を、勉強部屋でなく、この重いドレープの下で過ごしたら褒美をやると約束されているような表情に見える。

ヴィクトルの勉強部屋には建築現場のほうを望む窓があった。そこでは大学が完成しようとしていた。柱列さえもが理性的で、知識は世俗のものであり、新しいものであるとウィーン人に告げているようだった。長い間、この新しい邸宅のリングシュトラーセに面した窓のいずれもが、解体と埃に向きあっていた。パリのサロンでシャルルがルメール夫人とビゼーについて語りあっている間、ヴィクトルはパレ・エフルッシでドイツ人家庭教師、厳格なヴェッセル先生とともにこの勉強部屋に座っていた。ヴェッセル先生はエドワード・ギボンの『ローマ帝国衰亡史』の一節を英語からドイツ語に翻訳させた。また、ドイツの偉大な歴史家、レオポルト・フォン・ランケの歴史観、〝実際にあったがままの歴史〟を教えた。歴史は今も起きている、とヴィクトルは教わったのだ。歴史は小麦畑を吹き渡る風のように先へ先へと流れていく。ヘロドトス、キケロ、プリニウス、タキトゥスから、数々の帝国を経て、オーストリア－ハンガリーへ、さらにはビスマルクと新たなドイツへ。

歴史を理解するには、とヴェッセル先生はいった。オウィディウスやウェルギリウスを知らなければならない。英雄たちが亡命や敗北や帰還をどのように迎えたかを知らなければならない、と。歴史の授業のあと、ヴィクトルは『アエネイス』の何巻かを暗記しなければならなかった。そのあと、気分転換にということだろう、ヴェッセル先生はヴィクトルに、ゲーテ、シラー、フォン・フンボルトについて教えた。ヴィクトルはドイツを愛することは啓蒙運動を愛することだと教わった。ドイツ語は後進性からの解放を意味した。それは〝ビルドゥング〟、すなわち、文明、知識、あるいは経験へ向かう旅程を意味した。〝ビルドゥング〟は、ロシア語の会話からドイツ語の会話へ、オデッサからリングシュトラーセへ、穀物取引からシラー読解へという旅程を示唆していた。

聡明なヴィクトルはこの方面の教育を受けてしかるべきだという了解が家族にはあった。シャルルと同じく、ヴィクトルも跡取り息子ではなかったので、銀行家を目指す必要はなかったのだ。シュテファンが銀行家の道を歩むべく訓練されたのは、レオンの長男のジュールと同じだった。数年後、ヴィクトルが二十二歳のときの写真を見ると、優秀なユダヤ人学者という風情がある。顎ひげをきれいに整え、すでに相応以上に肉がついている印象で、白いハイカラーのシャツと黒い上着に身を固めている。当然というべきか、エフルッシ家独特の鼻をしているが、何よりも目立つのは鼻眼鏡、歴史家志望の青年のしるしだ。事実、ヴィクトルは〝自分の〟カフェで、家庭教師に教わったことを長々と論じる機会を得られた。時代のこの瞬間を、あるいは、進歩の文脈の中に反動勢力がいかにあらわれるかを、等々。

青年には一人一人行きつけのカフェがあり、それぞれが微妙に違っていた。ヴィクトルのカフェは、ホーフブルク宮殿に近いパレ・ヘルベルシュタインのグリンシュタイドルだった。ここは若い作家が、詩人のフーゴ・フォン・ホフマンスタール、劇作家のアルトゥル・シュニッツラーら〝青年ウィーン派〟が集まる店だった。詩人のペーター・アルテンベルクは自分のテーブルに郵便物を配達させていた。店には、議論を喚起したり、それに応酬したり、あるいはジャーナリスティックな題材を供給すべく、新聞が山積みされ、『ブリタニカ百科事典』に対するドイツ側の回答ともいえる『マイヤー会話大辞典』の完全な一そろいも備えてあった。高い円天井のもと、コーヒー一杯をちびちび飲みながら、書きものをしたり、しなかったり、朝刊――《ノイエ・フライエ・プレッセ》――を読みながら夕刊がくるのを待ったりして、終日過ごすことも可能だった。同紙のパリ特派員でモンソー通りにアパートを持っていたテオドール・ヘルツルも、ここで、ものを書いたり、ユダヤ人国家という途方もない考えを論じたりしていた。給仕までもが大きな円卓のまわりの会話に加わるといわれていた。皮肉屋のカール・クラウスの記憶に残る一節に、そこは「世界の終焉に備える実験基地」だった、というものがある。

カフェでは、憂愁のうちの孤立というポーズをとる者もいた。これはヴィクトルの友人の多くに共通するポーズだった。友人というのは、同じように裕福なユダヤ人銀行家や実業家の息子たち、リングシュトラーセの大理石のパレで育った世代の連中だった。彼らの父親は、都市や鉄道に融資して財をなし、家族を引き連れて大陸を移動した。そういう〝創業者〟を踏襲するのはきわめて困難で、彼らに望めるのは精々が弁舌を振るうことくらいだった。

これらの息子たちは自分の将来に共通の不安を抱いていた。自分の前に敷かれた王朝の軌道に沿った人生。そして、家族の期待で前へ前へと駆り立てられる人生。それは、親の邸宅の金色の天井のもとで暮らし、金融業者の娘と結婚し、果てしないダンスを踊り、目の前で展開される事業に没頭する歳月を意味した。華美で自信過剰なリングシュトラーセスタイル、成り上がりを意味した。晩餐のあと、父親の友人たちと撞球室でビリヤードをすることを意味した。大理石に閉じこめられ、プットに見張られる生活を意味した。

これらの青年たちはユダヤ人ともウィーン人とも見られた。ウィーンで生まれたかどうかは問題ではなかった。ユダヤ人は生まれついてのウィーン人に対して不公平ともいえる利点を持っていた。ユダヤ人の新参者に自由を贈ってくれたウィーン人に対してだ。英国人作家のヘンリー・ウィッカム・スティードはこう書いている。

利口で、機転がきき、疲れを知らないユダヤ人が、公的、政治的世界を略奪する自由を与えられたら、それに対して防御するのは、あるいは、それと競争するのはむずかしい。最近までタルムードやシナゴーグに親しんできた結果、法律で魔法を使えるように訓練され、術策にも長けているからだ。侵略的なユダヤ人がガリツィアやハンガリーからやってきて、目の前のあらゆるものを持ち去った。人知れず、それゆえ世論に縛られず、「国内での利害関係」もなく、それゆえ憚《はばか》りなしに、彼は富と力への強欲を満足させることだけを追求する……

ユダヤ人の強欲は普遍的なテーマだった。彼らは限度というものを知らなかった。反ユダヤ主義はありふれた日々の生活の一部だった。ただ、ウィーンの反ユダヤ主義の風合いは、パリの反ユダヤ主義とは異なるものがあった。いずれの地でも、それはあからさまにも、ひそやかにもあらわれたが、ウィーンでは、リングシュトラーセを歩けば、ユダヤ人に見えるという理由で、頭から帽子を叩き落とされる事態もあり得た（シュニッツラーの『自由への道《デル・ヴェク・インス・フライエ》』のエーレンベルク、『夢判断』のフロイトの父）。列車の窓を開けたという理由で、汚いユダヤ人と罵られる事態も（フロイト）、慈善委員会の会合で冷遇される事態も（エミリー・エフルッシ）、大学では「ユダヤ人、出ていけ」の怒号で講義が中断し、ユダヤ人学生が本を持って出ていく事態もあり得た。

罵詈《ばり》雑言《ぞうごん》は、もっと広範なかたちでも生じていた。パリのエドゥアール・ドリュモンのウィーン版ともいうべきゲオルク・フォン・シェーネラーの最新の宣言を目にしたり、窓の下のリングシュトラーセを騒がせる獰猛な示威運動を耳にすることもあったのではないか。シェーネラーは汎ゲルマン主義の指導者として名をあげ、「ドイツ人農民や職人の狭い窓の家を……ノックする……ユダヤ人、吸血鬼」を激しく攻撃した。彼は今の運動が奏功しなければ、「われわれの軀《むくろ》から復讐者が立ち上がり、ユダヤ人の圧制者やその取り巻き連中の恐怖に対して、〝目には目を、歯には歯を〟」の原則を履行するだろう、と議会で約束した。ユダヤ人の不法──我が物顔ではびこっている──に対する報復の主張は、職人や学生の間でとりわけもてはやされた。

ウィーン大学はナショナリズムと反ユダヤ主義の特別な温床だった。学生組合や学生友愛会が、ユダヤ人を学外に追いだすと公言して、その先頭に立っていた。多くのユダヤ人学生が卓越した専門家や剣の使い手になる必要があると考えた理由の一つにそれがあった。友愛会は警戒してヴァイトホーフェン原則を設けた。それは、ユダヤ人との決闘はあり得ない、ユダヤ人は名誉を重んじないので、自分たちのような生きかたを期待すべきではないというものだった。「ユダヤ人を侮辱するということは不可能である。それゆえにユダヤ人はどんな侮辱をこうむろうと賠償を求めることはできない」。もちろん、ユダヤ人をひどい目にあわせることは可能であるが。

いっそう危険な人物と見えたのはドクター・カール・ルエーガーだった。キリスト教社会党の創設者、人当たりのよさとウィーン訛りの持ち主で、信奉者はボタンホールに白いカーネーションを挿していた。彼の反ユダヤ主義は、より慎重に考慮されており、民衆の扇動もさほどあからさまではなかった。ルエーガーは信念からというよりも、むしろ必要から反ユダヤ主義者としての役割を演じていたのだ。「狼、豹、虎も、人間のかたちをした餌食の動物と比べたら、まだしも人間的であります……われわれは古いキリスト教オーストリア帝国が新しいユダヤ帝国に取って代わられるのに反対します。それは個々人に対する憎しみからではありません。貧しい者、一介のユダヤ人に対する憎しみからではありません。そうではないのです、皆さん。われわれが憎むのは、ユダヤ人の手に握られている圧倒的な巨大資本に限られているのです」。身の程を思い知らせるべきはユダヤ人銀行家——ロスチャイルドとエフルッシ——だった。

ルエーガーは大変な人気を博し、一八九七年にはついに市長に任じられた。ある種の満足感をこめて、彼はこう記している。「ユダヤで餌付けするのは優れたプロパガンダの手法であり、政治の世界で成功をおさめている」。その後、ルエーガーは権力の座へ上昇する過程で、あれほど激しく攻撃したユダヤ人との和解に達している。「誰がユダヤ人かはわたしが決めることだ」という独善的な言いぐさを残して。それでもなお、ユダヤ人は相当の懸念を抱いていた。「ウィーンが反ユダヤ主義の扇動家によって統治される世界で一つだけの大都市であるということは、その名声や利益に資するものと考えられるだろうか?」。反ユダヤ的な法令こそなかったが、ルエーガーの二十年にわたるレトリックの駆使は、偏見の合法化という罪をもたらした。

一八九九年、根付がウィーンに着いた年、議会では、ある代議士がユダヤ人を撃ったら賞金をもらえるよう求める演説をした。この極悪非道な言説も、ウィーンの同化したユダヤ人からは、あまり騒ぎたてないほうがよいのではないかという意見で迎えられた。

反ユダヤ主義について読みあさっていたら、もう一冬は費やすのではないかという思いをわたしは抱く。

扇動を抑えにかかったのは皇帝だった。「余は我が帝国ではいかなるユダヤ人迫害も許さない」。皇帝はいった。「余はユダヤ人の忠誠を深く確信している。彼らは常に余の保護を期待してよい」。当時、もっとも有名だったユダヤ人説教師、アドルフ・イェリネックはこう宣言している。「ユダヤ人は骨の髄まで忠誠な臣民であり、オーストリア人である。ユダヤ人にとって、双頭の鷲は救いの象徴であり、オーストリアの色が自由の旗を飾っているのである」

カフェにたむろするユダヤ人青年たちは、それとは若干異なる見かたをしていた。彼らはオーストリアに暮らしていたが、それは帝国の一員であり、官僚制の重圧下にあるということだった。そこでは、いかなる決定も果てしなく先延ばしされる一方、すべてが〝帝国と王国《カイザーリッヒ・ウント・クーニックリッヒ》（オーストリア－ハンガリー二重帝国をいう）〟、k&kのもとにあることを求められた。ハプスブルク家の双頭の鷲、あるいはフランツ・ヨーゼフ皇帝の肖像を見ずしてウィーンを歩きまわることは不可能だった。その口ひげ、頬ひげ、勲章を連ねた胸、そして、葉巻を買う店の窓や、レストランの給仕長のデスクの上から見据えてくる祖父のような目。また、若く裕福なユダヤ人であれば、親類縁者の誰かの目に留《と》まらずしてウィーンを歩きまわることは不可能だった。何かをやらかせば、風刺的な雑誌のネタにされる恐れもあった。ウィーンには噂話と戯文家が――そして、親類縁者が――あふれていた。

カフェの大理石のテーブルの周辺や、真摯な青年たちの間では、時代性というものがしきりに議論されていた。ユダヤ人金融業者の息子、ホフマンスタールは、時代性とは「多様性と不確定性である」と論じた。それは〃動くこと、滑ること《ダス・グライテンデ》〃にのみ存する、というのだ。「他の世代が堅固であると信じたものは、実際は〃ダス・グライテンデ〃にほかならない」。時代性はそれ自体が変化していた。部分と断片、憂愁と叙情に反映されるものであって、壮大、堅固、あるいは会社乱立時代やリングシュトラーセのオペラの楽音に反映されるものではなかった。「安定などというものは」ユダヤ人喉頭学教授の恵まれた息子、シュニッツラーはいっている。「どこにも存在しない」

憂愁は、シューベルトの『別れ』の徐々に徐々に消え入っていく音によく似合う。愛ゆえの死が、それに対する反応の一つだった。ヴィクトルの知人の間では、自殺はごくありふれたことだった。シュニッツラーの娘、ホフマンスタールの息子、ルートヴィヒ・ウィトゲンシュタインの兄弟三人、グスタフ・マーラーの弟が、すべて自殺している。死は現世から、俗流から、策謀や噂話から離れて、〃ダス・グライテンデ〃に流れていく手立てだった。シュニッツラーが『自由への道』で自らを撃つ理由をあげたリストには「恩寵、借金、人生に退屈して、純粋な愛情から」が含まれている。一八八九年一月三十日、皇太子、ルドルフ大公が若い愛人のマリー・ヴェッツェラを殺害したのちに自殺したことで、自殺は帝国の承認を得た。

分別あるエフルッシの子女は誰もそこまではいかないだろうと思われていた。憂愁はその居場所を得ていた。カフェに。それは家に持ち帰るべきものではなかった。

しかし、さまざまなほかのものが家に持ち帰られた。

一八八九年六月二十五日、ヴィクトルの姉、長い顔で不器量だが魅力的なアナが、パウル・ヘルツ・フォン・ヘルテンリートと結婚するため、カトリックに改宗した。彼女は将来の夫候補の長いリストを持っていたが、今、由緒正しい家柄の男爵にして銀行家を見出したのだ。その相手がキリスト教徒であるにしても。フォン・ヘルテンリート家は、フランス語を常用する――わたしの祖母はそれを是認するような口調で話していたが――一族だった。改宗はそう珍しいことではなかった。わたしは一日を費やし、ザイテンシュテッテンガッセのシナゴーグに隣接するユダヤ人コミュニティーの公文書保管所のウィーン・ラビネート（ラビの職、身分、任期）の記録を調べる。そこには、ウィーンで誕生し、結婚し、埋葬されたすべてのユダヤ人の名前があった。わたしがアナの記録を捜していると、文書係が振り向く。「そのかたの結婚のことはおぼえていますよ」彼女はいう。「一八八九年ですね。そのかたはとてもしっかりした署名をされています。自信にあふれた署名を。用紙を突き破りそうな勢いの」

わたしはさもありなんと思う。アナは行く先々で問題を起こしかねない類《たぐい》の人物のように思われる。一九七〇年代にわたしの祖母が父のために作成した家系図には、鉛筆書きの注釈がある。アナには二子があった、と祖母は記している。結婚後、愛人と東方へ駆け落ちした美しい娘と、「結婚せず、何もしなかった」息子と。「アナは」祖母は続けている。「魔女だ」。

アナが銀行家と結婚して十一日後、跡継ぎのシュテファン――口ひげをきれいに蠟で固め、銀行家の人生を歩むべく訓練を受けていた――が、父親のユダヤ系ロシア人の愛人、エスティアと駆け落ちした。エスティアはロシア語と――これは注釈つきの家系図に記されているのだが――「怪しげなドイツ語」しか話せなかった。

シュテファンはただちに勘当された。金銭的援助を受けることもなく、家産で養われることもなく、家族と連絡をとることもなくなった。まるで旧約聖書にあるような追放だったが、父親の愛人との結婚に対するウィーン人の見かたに沿ったものであるのは明らかだった。そこでは罪に罪が重なっていた。子としての背徳に裏切りが重なっていた。それに、愛人の言葉の不全の問題もあった。わたしはこれをどう解釈したらいいのかわからない。父親と息子、どちらにより厳しい結果となったのか、それとも、双方に等しく厳しい結果となったのか？

勘当されて、夫妻はまずオデッサに向かった。そこには、まだ友人もいて、通用する名前もあった。それから、ニースに移った。所持金が尽きるまで、コートダジュール沿いのリゾートを転々としたが、行く先はだんだんと地味になっていった。一八九三年、オデッサの新聞は、シュテファン・フォン・エフルッシ男爵が福音ルーテル教会の信仰を受けいれたと報じた。彼は一八九七年までロシアの銀行の海外取引部門の出納係として働いた。一八九八年には、パリ十区の安宿から手紙を出している。夫妻にはイニャスの計画を遂行すべき子どもも相続人もいなかった。それにしても、シュテファンはエスティアとともに零落の旅を続ける間も、ウィーンからの電報を待ちながら安宿を転々とする間も、あの立派な口ひげを保っていたのだろうか。

一方、ヴィクトルの世界も、本をバタンと閉じるように、ふっつり終わってしまった。

若き学者、二十二歳のヴィクトル
1882年

カフェの朝もどこへやら、突然、大規模かつ複雑な国際ビジネスの責めを負うことになったのだ。株や、サンクトペテルブルク、オデッサ、パリ、フランクフルトへ送る荷といったことで新しい経験をさせられた。貴重な時間が兄によって空費された今、ヴィクトルは自分に何が期待されているかを急ぎ学ばなければならなかった。しかも、それはほんの第一歩にすぎなかった。ヴィクトルは結婚して、子どもをもうけなければならなかった。とくに男子を。権威あるビザンチウムの歴史を書こうという夢は失われた。彼は今、相続人になっていた。

ヴィクトルが反射的に鼻眼鏡を外して額から顎へと顔を拭う神経症的なチックになったのは、この時点だったのかもしれない。彼は心から余念を払おうとしていた。あるいは、公的な顔を整えつつあった。といおうか、私的な顔を拭い、それを自分の手におさめつつあったようだ。

ヴィクトルはエミー・シェイ・フォン・コロムラ女男爵が十七歳になるのを待って求婚した。彼は相手がまだ子どものころから知っていた。彼女の両親、パウル・シェイ・フォン・コロムラ男爵と英国生まれのエヴェリナ・ランダウアーは一家の友人であり、彼の父親の仕事仲間であり、リングシュトラーセの隣人でもあったからだ。ヴィクトルとエヴェリナは同年代というだけでなく、きわめて親しい間柄だった。二人はともに詩を愛し、舞踏会でともにダンスをし、シェイ家のチェコスロヴァキアの地所、ケヴェチェシュへ狩猟にいっていた。

ヴィクトルとエミーは、一八九九年三月七日、ウィーンのシナゴーグで結婚した。彼は三十九歳、彼女は十八歳で、どちらも愛していた。ヴィクトルはエミーを、エミーはある芸術家のプレーボーイを愛していた。この若いお飾りのような娘はもちろんのこと、誰とも結婚する気のない男を。エミーはヴィクトルを愛していたわけではなかったのだ。

結婚当日、読書室での朝食のあと、欧州各地から贈られたしかるべき祝いの品々とともに並べられたのは、祖母からの名高い一連の真珠、ジュールとファニーからのルイ十六世の机、従兄のイニャスからの大風の中をゆく二隻の船の絵、叔父のモーリスとベアトリスからの金鍍金《めっき》の額縁におさめられたベッリーニの『聖母子』の模写、氏名不詳の誰かからの大粒のダイヤモンドだった。そして、従兄のシャルルからはガラス戸棚。中に敷いた緑色のビロードの上には根付が陳列されていた。

その後、結婚から十週間がたった六月三日、イニャスが亡くなった。それはあまりに突然だった。病み衰える間もなかった。わたしの祖母によれば、彼はパレ・エフルッシで、片手をエミリーに、もう一方の手を愛人に握られて息を引き取った。これはまた別の愛人に違いないとわたしは気づく。息子の妻でもなければ、義理の姉妹でもない別人に違いない。

わたしは死の床にあるイニャスの写真を持っている。引き締められた口もとは、いまだに強い意志を感じさせる。彼はエフルッシ家の墓所に埋葬された。それはドリス式の小さな礼拝堂で、ウィーン共同墓地のユダヤ人向け区画にエフルッシ一族を根づかせようという独特の発想から彼が築いたものだった。彼は父親である家長、ヨアヒムをそこに改葬していた。父親と並んで眠りにつき、息子たちにも場を残しておくという行いには、聖書を思わせるものがある。彼は遺言で、十七人の使用人に遺産を贈った。側近のジークムント・ドーネバウム（千三百八十クローネ）はじめ、執事のヨーゼフ（七百二十クローネ）、門番のアロイス（四百八十クローネ）、メードのアデルハイトとエマ（百四十クローネ）にも。彼は自分のコレクションから甥のシャルルに贈る絵を一枚選ぶようヴィクトルに頼んだ。わたしは思いがけず、その優しさに気づく。叔父から若い文人肌の甥への形見と、四十年前の手帳。ヴィクトルは何点もの重い金鍍金の額縁の中から何を選びだしたのだろう？

かくて、ヴィクトルは若い妻とともに、エフルッシの銀行と責任とを受け継いだ。ウィーンにオデッサ、サンクトペテルブルク、ロンドン、パリを加えた責任を。この相続には、パレ・エフルッシ、ウィーンの種々雑多な建物、美術の一大コレクション、二連のEが彫りこまれた金の食器一式、パレで働いていた十七人の使用人に対する責任が含まれていた。

エミーは新居、ヴィクトルの〝ノーベルシュトック〟を見せられた。その折の彼女の評言は要を得たものだった。「オペラ座のロビーみたいね」。夫妻はパレの中でも主要な二階ではなく、その上階に住まうことにした。絵画を描かれた天井も、戸口まわりの大理石も少ない階に。イニャスの部屋は時たまのパーティー用にとっておかれた。

新婚の夫妻、すなわち、わたしの曾祖父母は、リングシュトラーセをながめるバルコニー、新世紀をながめるバルコニーを得た。そして、根付――托鉢《たくはつ》の鉢に伏せるように眠っている僧や、耳を掻いている鹿――も新たな住まいを得た。

15　「子どもが描いたような大きな四角い箱」

ガラス戸棚には行き場が必要だった。夫妻はイニャスの記念に〃ノーベルシュトック〃をそのまま残すと決めた。ありがたいことに、ヴィクトルの母エミリーは、ヴィシーのホテルに戻ることにしてくれた。そこでなら、鉱泉水が飲めるし、メードたちにわがままがきくからだ。それで、パレの全フロアが夫妻の自由になった。もちろん、すでに絵画や家具調度があふれ、使用人――エミーの新しい小間使い、アナというウィーン娘も含め――が大勢いたにしても。

ヴェニスでの長いハネムーンのあと、夫妻はある決定を迫られた。これら象牙の美術品を客間に入れるべきか？　ヴィクトルの書斎は十分な広さがなかった。では、読書室は？　彼はその案を却下した。では、食堂の隅の象嵌《ぞうがん》細工の食器戸棚の隣は？　それらの場所にはそれぞれに問題があった。ここは「純粋に帝政時代風」な住まいではなかった。パリでシャルルが家具調度と絵画の距離を微妙に測っていたのとは違っていた。四十年にわたって贅沢に買い集めた家財道具が蓄積されているだけだった。

美しい品々をおさめた大型のガラス戸棚は、ヴィクトルにとって特別な難問だった。それはパリからきたものだった。それがでんと居座って、よその土地、異なる生活を思い起こさせるのを彼は望まなかった。問題は、ヴィクトルとエミーがシャルルの贈り物を十分に理解していなかったことだった。それらみごとな小さな彫刻は、実に手がこんでいて、滑稽味もあったし、好意を寄せている従兄のシャルルがたいへんな気前のよさを見せてくれたということはわかっていた。しかし、ベルリンの親類からの孔雀石と金鍍金の時計と一対の地球儀、それに『聖母子』はすぐにところを得た——客間、読書室、食堂——のに対し、この大型のガラス戸棚はすんなりとはいかなかった。あまりに風変わりで、厄介で、大きさも手に余ったからだ。

目を見張るような美人で、すばらしくおしゃれな十八歳のエミーは、明確な自説の持ち主でもあった。これら結婚祝いの品々をどこにおさめるべきか、ヴィクトルは彼女の心意を尊重した。

エミーはほっそりした姿態、薄茶色の髪、美しい灰色の眼をしていた。加えて、ある種の聡明さ、自然な立ち居振る舞いができるという資質にも恵まれていた。エミーの挙措は際立っていた。スタイルがよく、ウエストの細さを強調する服を好んでまとっていた。

若く美しい女男爵として、エミーは社交上のたしなみをいくつも身につけていた。都会と田舎という二つの土地で育ち、それぞれに応じた技芸も持ちあわせていた。彼女はウィーンでの幼時をシェイのパレで過ごした。その新古典主義の荘厳な建築は、ヴィクトルとの新居からは早足で十分ほどの距離で、ひどく不機嫌に見えるゲーテの彫像の先、オペラ座の向かいにあった。エミーには、一般にはピップスで通っていたフィリップというかわいらしい弟と、ゲルティとエヴァという、まだ幼い二人の妹がいた。

エミーは十三歳になるまで、ひたすら従順な英国人女性の家庭教師についていた。教師は勉強部屋の平穏無事を保つことには熱心だったが、ただそれだけに終始した。その形式ばった教育は、結果として未知の世界を山ほど残すことになった。エミーが実際的知識に欠ける分野は広く——歴史もその一つだった——そういうことに話が及ぶと、独特の笑いで応じるだけだった。

エミーが堪能だったのは言葉だった。英語もフランス語も惚れ惚れするほど巧みで、家ではその二カ国語を両親と交互に話していた。いずれの言葉の子どもの詩もいくつか知っていたし、『スナーク狩り』（ルイス・キャロルのナンセンス詩）と『ジャバウォッキー』（同上）の大部分を暗誦できた。ドイツ語を話すのはもちろんのことだった。

八歳になって以降、ウィーンでの平日の午後には必ずダンスを学ぶ時間があった。エミーはすばらしく上達した。舞踏会では、鮮やかな絹の帯を巻いたウエストのせいもあって、熱心な青年たちの憧れのパートナーとなった。また、夜食の席で両親の友人たちがオペラや演劇の話をするとき、興味深そうな笑みを浮かべることもおぼえた。そういう折に仕事の話は一切しない一家だった。一家の日常には大勢の親類縁者が出入りしていた。中には、若手作家のシュニッツラーのように、前衛派に属する者もいた。

エミーは他人《ひと》の話に熱心に耳を傾ける術《すべ》を心得ていた。質問したり、笑ったりする時機を察知することができた。あるいは、小首をかしげて他の客のほうを振り向いたり、話し相手に自分のうなじをのぞかせる時機を。彼女には数多くの崇拝者がいた。しかし、そのうちのある者は、突然の金切り声を聞いていた。エミーはかなりの癇癪持ちでもあった。

ウィーンで暮らしていくため、エミーはどんな装いをしたらいいのかをおぼえなければならなかった。十八しか年齢《とし》の違わない母親のエヴェリナも、着こなしは申し分なかったが、着る物は白に限られていた。一年中、帽子からブーツに至るまで白一色で、埃っぽい夏にはそのブーツを日に三度履き替えた。エミーの衣裳道楽は両親が甘やかした結果でもあったが、一つには、本人にその方面の素養があったからだった。素養といってしまうと、あまりに平板に過ぎるかもしれない。それは、もっとのっぴきならない、もっと専門に近いものだった。彼女はほかの娘たちとは違って見えるように、自分が着ているものの一部に手を加える術を知っていた。

エミーは若いころ、さまざまな扮装をした。わたしは週末のパーティーのアルバムを見つける。そこには、巨匠たちの絵画に描かれた人物に扮装した娘たちが写っている。エミーはビロードと毛皮をまとったティツィアーノのイザベラ・デステ、一方、ほかの従姉妹たちはシャルダンやピーテル・デホーホの召使いの娘に扮していた。わたしはエミーが社交の場で優越的な立場にあると書きとめる。別の写真には、結婚式の仮面をつけ、ルネサンス期のヴェニス人に扮した、若くハンサムなホフマンスタールと、十代のエミーが写っている。全員がハンス・マカルトの絵の人物に扮したパーティーの写真もあった。それは、羽毛つき、つば広の帽子をかぶる格好の機会でもあった。

エミーのもう一つの生活というのは結婚前後のころ、チェコスロヴァキアはケヴェチェシュのシェイ家の田舎の別荘でのものだった。そこはウィーンから列車で二時間ほど。帯状の柳の木立、樺の木の森、小川が散らばる平坦な野の風景の中に、だだっ広く、何の変哲もない十八世紀の邸宅（わたしの祖母の言によれば「子どもが描いたような大きな四角い箱」）が建っていた。その地を流れる大河、ヴァー川が、地所の一方の境界をなし、遠方を嵐が通り過ぎるのが見えても、音は聞こえないというほど、視界がひろがっていた。水泳ができる湖のほとりには、ムーア風の雷文《らいもん》の更衣室が並び、馬小屋や犬も多く見られた。エミーの母のエヴェリナはゴードンセッター（スコットランド原産の大型犬）を飼っていた——木枠に入れられた最初の雌犬は、オリエント急行で到着した。あの豪華列車が短時間、当地に停車したのだ。父が飼っていた狩猟用——野兎や山鶉《やまうずら》——のジャーマンポインターもいた。エヴェリナは狩猟を好み、出産の時期が近づいても、猟場の番人のほかに助産婦を従えて山鶉狩りに出かけるほどだった。

ケヴェチェシュで、エミーは馬に乗った。鹿に忍び寄って撃ったり、犬を連れて出歩いたりもした。わたしは彼女の生活の二つの局面を結びあわせるのに四苦八苦し、少々呆然とする。わたしは世紀末ウィーンのユダヤ人の暮らしを撮った写真を持っている。完全な光沢を保ち、フロイトとカフェの辛辣で知的な会話の後景が写っている。多くの美術館関係者や大学人と同じく、わたしもどちらかというと

「二十世紀の坩堝《るつぼ》としてのウィーン」のほうに心ひかれる。今、わたしは物語のウィーンの部にさしかかり、マーラーに耳を傾け、シュニッツラーやルースを読み、自分自身のユダヤ的なるものを感じている。

わたしがその時代に抱くイメージは、ユダヤ人が鹿狩りをしたり、各種の獲物に対する各種の猟犬の長所を論じたりするところまではひろがらない。写真帳にさらに加えるべき物が見つかったと父が電話してきたのは、わたしが海辺にいたときのことだ。父が自身の役割に、あるいは、このプロジェクトで自身も放浪することにかなり満足しているのがわかる。父は昼食かたがた、わたしの工房にやってきて、スーパーの袋から一冊の白い小型本を出してみせる。これが何なのかよくわからないが、と父はいう。おまえの〝文庫〟に入れておくべきものだ、と。

本はとても柔らかい白いスエードで装丁され、背は日にさらされ摩損している。表紙には1878と1903という日付が記されている。本にかけられた黄色い絹のリボンを、解《ほど》いてみる。

中には、一枚に家族一人の姿をきれいにペン描きしたカードが十二枚おさめられている。それぞれのカードが銀で縁取られ、分離派(十九世紀末ドイツ、オーストリアの反体制的芸術家グループ)風の模様を丁寧にデザインした枠で囲まれている。また、それぞれにドイツ語、ラテン語、英語の謎めいた四行連句、詩や歌の断片と思われるものが記されている。エミーと弟のピップスがパウル男爵とエヴェリナの銀婚式の記念に贈ったものに違いない、というのがわたしたちの苦心の末の結論だ。白いスエードは、白に並々ならず執着してきた姉弟の母親のためだ。帽子、ドレス、真珠、そして、白いスエードのブーツ。

銀婚式の記念に贈られたペン画のカードの一枚は、ピアノでシューベルトを弾く制服姿のピップスが描かれている。彼は家庭教師陣にも恵まれ、エミーが受けられなかった教育を受けた。美術と演劇で広い友人の輪を持ち、数カ国の首都をめぐり歩き、姉と同様、完璧な着こなしを誇った。わたしの大叔父、

ピアノを弾くピップス。ヨーゼフ・オルブリッヒの分離派的なアルバムの絵　1903年

イギーの子どものころの記憶によると、一族が夏を過ごしたビアリッツ（フランス南西部のリゾート地）のホテルで、ピップスの化粧室をのぞいたことがあった。衣裳箪笥の扉が開いていて、八着のまったく同じスーツがレールに吊るしてあるのが見えた。すべてが白だった。それは何かの顕現だったのか、天国の幻影だったのか。

　ピップスは、当時、大成功をおさめたドイツ系ユダヤ人作家、ヤコブ・ヴァッサーマンの小説に主役として登場している。バカンの『三十九階段』のリチャード・ハネーの中欧版という趣の作品だ。趣味のよいわれらのヒーローは、皇族の友人で、アナーキストを出し抜いてみせる。インキュナブラ（西暦一五〇一年以前に活版印刷された本）とルネサンス美術に造詣が深く、珍しい宝石を取り戻し、誰からも愛される。興奮でひりつきそうな感じがする本だ。

　このアルバムのペン描きのスケッチの別の一枚は、舞踏会で踊るエミーを写している。細身の青年のリードに合わせ、上体をそらせてフロアをめぐる姿を。そのすらりとした相手がヴィクトルでないのはまず間違いない。従兄の一人ではないかと思われる。さらに別の一枚はパウル・シェイを描いている。その姿は、ひろげた《ノイエ・フライエ・プレッセ》にほとんど隠れ、椅子の後方には、一羽の梟《ふくろう》が深い沈黙を守りながら止まっている。エヴェリナは泳いでいる。縞模様の水着の両脚はケヴェチェシュの湖の水中に消えている。どの一枚にも、ブランデーやワインやシュナップス（アルコールの強い蒸留酒）の瓶、それに音楽の数小節が描きこまれている。

カードはヨーゼフ・オルブリッヒの手になるものだ。急進的な分離派運動の核となった美術家で、梟のレリーフと金色の月桂冠のドームを備えたウィーンのパヴィリオンの設計にあたった。その静かで優美な隠れ家の壁を、彼は「白く輝き、神聖で純潔」と記述している。しかし、あらゆるものが厳しい吟味にさらされるウィーンにあっては、それも酷評された。マフディー（イスラム教の救世主）の墓だ、火葬場だ、とおどけていう者がいた。線条細工のドームは「キャベツの球《たま》」とされた。わたしはオルブリッヒのアルバムをしかるべく吟味するが、それはヒントが失われたパズルのようなもので、何とも不可解だ。なぜ、ブランデーなのか？　なぜ、音楽の数小節なのか？　それはきわめてウィーン風で、洗練された目でケヴェチェシュでの田園生活を描いている。それはエミーの世界、家族間でジョークが行き来する暖かい世界に通じる窓といえる。

こんなものがあったのに、どうして今まで気がつかなかったのですか？　わたしは父に問う。ベッドの下のスーツケースには、ほかにも何か入っているのではないですか？

16 〝リバティーホール〟

エミー・フォン・エフルッシのウィーンでの結婚生活がどんなものだったかは、だいたい想像がつく。それは、彼女が少女時代を過ごしたパレから歩いて十分ほどのところで、まったく毛色の違う家族と送る生活、同時に、独自の揺るぎないリズムを持った生活だった。

新しいリズムは、ハネムーンから帰った直後から始まった。そのとき、エミーは自分が身ごもっているのに気づいた。わたしの祖母のエリザベトは、結婚後九カ月で誕生した。ヴィクトルの母のエミリー――わたしの持つ肖像では、真珠をつけて上品ではあるが打ち解けがたいという印象――は、その後間もなく、ヴィシーで亡くなった。享年六十四。彼女はイニャスの立派な墓所に戻ることなく、ヴィシーで埋葬された。この最後の別離は彼女が意図したものなのか、とわたしは訝《いぶか》る。

エリザベトのあと、三年たってギゼラが生まれ、イニャス――若いイギー――は第三子だった。彼らは注意深いユダヤ人の両親によって、注意深くウィーンの子女らしい名前をつけられた。エリザベトは敬慕された今は亡き皇后にちなみ、ギゼラは皇帝の息女、ギゼラ皇女にちなんでいた。男子のイギーは、それほど曲《きょく》がなかった。イニャス・レオンというのは、亡き祖父と、父の従兄、すなわち裕福で子なしで決闘好きのパリ人、それに亡き大伯父のレオンにちなんでいた。パリ人たちには娘しかいなかった。

ありがたいことに、ようやくエフルッシの息子が生まれたというわけだった。広いパレでは、子ども部屋や勉強部屋を声の届かないところに設けることができた。

パレでは昼間は昼間のペースがあった。使用人にとっては緩急こもごものペースが。彼らが廊下を行き来して運ぶ物はいくつもあった。化粧室にお湯を、書斎に石炭を、居間に朝食を、書斎に朝刊を運びつづけなければならなかった。のみならず、覆いをした皿、洗濯物、電報、日に三度の郵便物、伝言、晩餐用の燭台、ヴィクトルの化粧室へ届ける夕刊もあった。

エミーの小間使い、アナにも、決まったパターンがあった。始まりは、七時半にお湯を入れた銀の缶と紅茶の盆をエミーの寝室に持っていくとき。ようやく終わるのは、深夜、エミーの髪にブラシをかけ、水のグラスとチャコールビスケット（消化を助けるために木炭を混ぜたビスケット）の皿を持ってくるときだった。

パレの中庭では、四輪馬車が、お仕着せの御者とともに、終日、侍していた。馬車馬は黒毛のリナルダとアラベラの二頭。二台目の馬車も、子どもたちをプラーター公園やシェーンブルン宮殿に連れていこうと、御者ともども待機していた。門番のアロイスはいつでも門を開けられるよう、リングシュトラーセに面した大きな扉のそばに立っていた。

ウィーンはすなわち晩餐会を意味した。さまざまな物の配置をめぐって果てしない議論が繰りひろげられた。毎日午後になると、執事と助手の使用人が巻き尺を持ってテーブルを置きにかかった。パリから鴨を無事に取り寄せられるかどうかで、また議論が持ちあがった。前日、木箱に詰めて、オリエント急行に乗せるとしたらという話だった。準備には花屋も加わった。晩餐会には、中をくりぬいてパフェを詰めた果実をつけた鉢植えのオレンジの木の列が彩りを添えた。子どもたちは客が次々に到着するのをのぞき穴から見るのを許された。

午後には、お茶の客を迎えることもあった。ティーテーブルには、大きな銀の盆にのせた銀のサモワール（ロシアの湯沸かし器）が置かれた。手近なところにティーポット、クリーム入れの壺、砂糖入れのボウル。そして、オープンサンドイッチとデメルの冷菓をのせた盆。デメルはホーフブルク宮殿に近いコールマルクトの菓子の殿堂だった。淑女は毛皮を、将校は軍帽と剣を玄関の広間に置き、紳士はシルクハットと手袋を持って入ったのち、自分の椅子の脇の床に置いた。

　一年を通じてのパターンもあった。

　一月は冬のウィーンから逃れる好機だった。エミーはヴィクトルとともにニースやモンテカルロへ向かった。子どもたちはあとに残された。夫妻はフェラ岬に建てられたピンク色のヴィラ・イル＝ド＝フランス――今はヴィラ・エフルッシ＝ロッチルド――にヴィクトルの叔父のモーリスと叔母のベアトリスを訪ねた。そして、フランスの絵画、フランス帝政時代の家具調度、フランスの磁器のコレクションを讃美した。改良された庭園を讃美した。そこでは、アルハンブラ宮殿を模して、丘の斜面の一部が削られ、水路が掘られていた。二十人の庭師は全員が白を着ていた。

　四月はヴィクトルとともにパリに出かけた。子どもたちはあとに残された。夫妻はイエナ広場のエフルッシ邸のファニーのもとに滞在した。エミーには数多くの買い物があり、ヴィクトルにはエフルッシ社の事務所で過ごす日々があった。しかし、パリは昔のパリならずだった。

　一九〇五年九月三十日、《ガゼット》の愛される所有者、レジョン・ドヌール勲章佩用《はいよう》者、美術家の支援者、詩人の友人、根付の蒐集家、ヴィクトルの敬愛する従兄、シャルル・エフルッシが五十五歳で死去した。

　招待を受けなかった人は葬儀の参列を遠慮するよう請う知らせが新聞に載せられた。棺《ひつぎ》持ち――兄たち、テオドール・レナック、ド・シェヴィニエ侯爵――は涙にくれた。故人の「生来の繊細さ」や公正さ、礼節に触れた死亡記事が多数書かれた。《ガゼット》は黒枠で囲まれた追悼記事を掲載した。

シャルル・エフルッシなる愛すべき善人、最高の知性の急な病《やまい》と死去――九月の末日――を知った人々は誰しもが茫然自失し、深い無念をおぼえたに違いない。パリ人の社交界、とくに美術と文学の世界で、彼はその魅力的で確信に満ちた物腰に、あるいは高尚な精神や優しい心情に傾倒した人々と数多《あまた》の友情を育《はぐく》んだ。彼の門を叩いた者ならば、彼のすばらしい雅量、若い美術家に対する兄さながらの歓迎ぶりを目にしたであろう。彼は近づいてくる者すべてと――これは何のためらいもなく断言できるが――友となった。

プルーストは死亡記事の担当者に追悼の一文を書き送っている。《ガゼット》のその記事を読むと、「エフルッシ氏を知らなかった人も彼を愛するようになるであろう。知っていた人は思い出で満たされるであろう」とされている。シャルルは遺言で、エミーに金のネックレスを遺《のこ》した。ルイーズには真珠のチョーカーを、ギリシャ語学者に嫁いでいた姪のファニー・レナックには地所を遺した。

そして、衝撃的なことに、シャルルの兄で、〝モンダン〟、決闘者、〝女好き〟のイニャス・エフルッシも心臓を病み、六十歳で死去した。乗馬の名手として記憶され、早朝のブローニュの森では〝ロシア流〟に鞍を置いた彼の葦毛が見られた。几帳面で、しかも寛大な彼は、遺言でエリザベト、ギゼラ、イギーの幼いエフルッシ三姉弟にそれぞれ三万フランを遺し、エミーの妹、ゲルティとエヴァにまでなにがしかを遺した。兄弟はモンマルトルの一家の墓に葬られた。亡くなって久しい両親と、二人が愛した妹の傍らに。

夫妻がパリを訪れたあと――シャルルとイニャスがいたころの精彩が欠けて、むなしさは一入《ひとしお》だった――程なく夏がきた。次の予定は、ユダヤ人金融業者にして博愛主義者のグートマン家、ヴィクトルとエミーの友人の同家とともに七月に始まった。同家には五人の子どもがいた。それで、エリザベト、ギゼラ、イニャスも、ウィーンから五十マイルにある田舎の邸宅、シュロス・ヤイトホーフで何週間かを過ごすよう招待された。ヴィクトルはウィーンに留《とど》まった。

八月は、パリの従兄夫妻、ジュールとファニーとともに、スイスのシャレー・エフルッシに滞在した。子どもたちとヴィクトルも同伴した。たいしてすることもなかった。子どもたちを静かにさせておく。パリの話を聞く。ロシア帝国旗が翻る舟小屋からルツェルン湖へボートを出す。漕ぎ手は使用人だ。ジュールとともに自動車に乗って、ルツェルンの馬術競技会の障害飛越を見にいく。そのあと、フーゲニでアイスクリームを食べる。

九月と十月、エミーは子どもたち、両親、ピップスと大勢の親類縁者とともにケヴェチェシュに滞在した。ヴィクトルは一度くるたびに数日ずつ泊まっていった。水泳、散歩、乗馬、狩猟の日々。ケヴェチェシュでは、エミーより十二歳、十五歳下の妹、ゲルティとエヴァの教育のために呼び寄せられた風変わりな人々の集団が形成されていた。そこには、本物のパリ人のアクセントを教えるフランス人小間使い、読み書きと算術を教える年配の男性教師、ドイツ語とイタリア語を教えるトリエステからきた女性教師、さらには音楽とチェスを教える芽の出ないコンサートピアニスト（ミノッティ先生）が含まれていた。エミーの母親は英語の書き取りを教え、いっしょにシェークスピアを読んだ。また、年配のウィーン人の靴職人もいて、エヴェリナが特別にこだわる白いスエードのブーツをつくっていた。健康を損ね、療養のため当地にやってきた彼は、日当たりのよい快適な部屋を与えられ、彼女の履き物を手がける一方、犬たちの世話をしながら、余生を過ごしていた。

旅行家のパトリック・リー・ファーマーは、一九三〇年代に欧州を徒歩で横断したとき、ケヴェチェシュに滞在して、いまだに英国の牧師館の雰囲気が保たれていると記している。さまざまな言語の本の山、鹿の角製、銀製の変わった品々が散らばった机。そこは完璧な英語で客を図書室へ迎え入れる〝リバティーホール（客が好き勝手に振る舞える家）〟であるとピップスはいっていた。ケヴェチェシュは、大きな家に大勢の子どもが満ちているときに生じる自足感を放射していた。わたしの父の青い紙のフォルダーの中に、『大公《デル・グロースヘルツォーク》』という戯曲の黄ばんだ原稿がある。第一次世界大戦前のある夏、応接間で身内の全員によって上演されたものだ。ただし、二歳以下の赤ん坊と犬は立ち入りを許されなかったが。

ミノッティ先生は毎晩、食事のあとでピアノを弾いた。子どもたちは〝キムス・ゲーム〟をした。いろいろな物――トランプのケース、鼻眼鏡、貝殻、一度は恐ろしいピップスのピストルまでも――を盆にのせ、三十秒間は覆いをしないでさらしておく。再びリネンをかけてから、何があったか思いだせる物を書きだすのだ。エリザベトはうんざりしつつも、毎度、勝利をおさめた。

ピップスは世界各地の友人を招待して滞在させた。

十二月はウィーンにいてクリスマスを迎えた。一家はユダヤ教ではあったが、たくさんのプレゼントを交換して祝った。

エミーの生活は、石ほどではないにしても、琥珀ほどには固まって変わることがなかったようだ。どうやら、わたしが一年前に出発したとき、捉われまいと心に決めた時代時代の物語、一般的でも特殊でもある一連の物語がまだまだ続く気配だ。パレをめぐっているうちに、肝心の根付はずいぶん遠くなってしまったようだ。

わたしはウィーンのペンション・バロネスでの滞在を延長する。宿の人が親切にも眼鏡を修理してくれたが、世界は少々ゆがんだままだ。いつになったら正視できるのだろう。ロンドンの叔父がわたしのために情報を探し、祖母のエリザベトがパレでの生い立ちを書きつけた十二ページの手記を提供してくれていた。わたしは本来の場所で読むためにそれを持ってきた。よく晴れて、息を呑むほど冷たい朝、わたしはそれを携え、ゴシック様式の窓から光が流れこむカフェ・ツェントラルに赴く。メニューを手にした作家のペーター・アルテンベルクといった趣の客がいる。あらゆるものがきわめて清潔で、注意が行き届いている。すべてが一変する前はここがヴィクトルの第二のカフェだったのだ、とわたしは思う。

　カフェ、この通り、そしてウィーン自体がテーマパークとなっている。世紀末を描く映画のセット、華麗なる分離派。厚い外套の御者を乗せた四輪馬車が、ごろごろ走りまわる。給仕は往時の口ひげを生やしている。シュトラウスが至るところにいて、チョコレートショップからあらわれる。わたしはマーラーが入ってくるのを、あるいはクリムトが議論を始めるのを待ち望む。そして、何年も前、大学にいたときに観たつまらない映画のことを思いだす。それはパリが舞台で、ピカソが通り過ぎたり、ガートルード・スタインとジェームズ・ジョイスがペルノー（フランス原産のリキュール）を飲みながら議論を交わしたりしていた。これが、今、わたしがここで抱える問題なのだと気づく。次から次へと陳腐な想像に攻めたてられるのが。わたしのウィーンは他人のウィーンの中へ拡散していく。

　わたしはオーストリアのユダヤ人作家、ヨーゼフ・ロートの十七篇の小説を読んでいた。そのうちのあるものはハプスブルク帝国末期のウィーンを舞台にしている。『ラデツキー行進曲』でトロッタが財産を預けるのは、絶対に確実なエフルッシ――ロートはEphrussiをロシア式にEfrussiと綴っている――銀行だ。『蜘蛛の巣』では、イニャス・エフルッシ自身が裕福な宝石商として描かれている。「長身痩軀で、常に黒を着ている。高い襟のコートからは、ヘーゼルナッツほどの大きさの真珠で留められた黒い絹の襟飾りがわずかにのぞく」。彼の妻、美しいエフルッシ夫人は「淑女。ユダヤ人。けれども、やはり淑女」だ。誰もが安楽な生活を送っている、と主人公のテオドールはいう。彼は若く辛辣なキリスト教徒で、一家に家庭教師として雇われている。「エフルッシ家はその最たるものだ……金色の額縁に入れられた絵がホールに掛けられ、緑と金色のお仕着せの使用人がお辞儀をして、中へ案内してくれる」

現実がわたしの手から滑り落ちていく。シャルルがプルーストのパリに登場したように、ウィーンのわたしの一族の生活は屈折したかたちでさまざまな本に登場する。エフルッシへの反感は、小説の中に繰り返しあらわれてくる。

わたしはつまずく。同化し、適応したユダヤ人一族の一員であるということはどんな意味を持つか、自分は理解していないと気づいたのだ。わたしはまったく理解していない。彼らが何をしなかったかはわかっている。彼らはシナゴーグにはいかなかった。だが、誕生や結婚はラビネートの記録に残されている。彼らがイスラエル文化協会に会費をおさめ、ユダヤの慈善事業に寄付をしたのもわかっている。わたしは共同墓地のユダヤ人向け区画にあるヨアヒムとイニャスの墓所を訪ねたことがある。壊れた鋳鉄製の門が気になり、修理費を支払うべきかどうかを考えた。シオニズムは彼らにはあまり魅力がなかったようだ。ヘルツルが寄付を求める手紙を書き送って無視されたときに投げつけた無作法な評言を思いだす。山師エフルッシ。彼ら一族にしてみれば、冒険的で熱烈なユダヤ主義には当惑するばかりで、自分たちを放っておいてほしいと思ったからなのか、とわたしは訝る。それとも、ここツィオンシュトラーセやモンソー通りに築いた新たな故郷に自信を持ったあらわれなのか。彼らは、他人には、なぜ、別のツィオンが必要なのかわからなかったのだろう。

同化というのは、むきだしの偏見に直面しなくてすむということを意味したのか？ 自らの社交の限界がどこにあるかを知って、その分を守るということを意味したのか？ パリと同様、ウィーンにもジョッキー・クラブがあった。ヴィクトルは会員だったが、ユダヤ人は役職につくことを許されなかった。これはまったく苦にはならなかったのか？ 非ユダヤの既婚女性はユダヤ人の家を訪ねたりはしない、ユダヤ人の家に名刺を置いてきたりはしない、無聊《ぶりょう》の午後に立ち寄ったりはしないということは広く了解されていた。ウィーンでは、メンズドルフ伯爵、ルビンスキー伯爵、若きモンテヌーヴォ公爵ら非ユダヤの独身男性のみが名刺を置いてから訪問することを認められた。しかし、彼らも結婚すれば、いかに晩餐がすばらしくても、いかに女主人がきれいでも、足を踏み入れることはなかった。これは問題ではなかったのか？　こういったことには無礼さが透けて見えるように思われるのだが。

わたしは今回の訪問最終日の午前を、ユーデンガッセのシナゴーグの隣のウィーン・ユダヤ人コミュニティーで記録をあたって過ごす。近くには警察署がある。直近の選挙では、極右が第三位の投票数を得たばかりだ。シナゴーグが標的にされるかどうかはわからない。ともかくも何かと脅威が多いので、ここでは複雑な警備システムを通らなければならない。ようやく中に入って、文書係が二つ折り判の記録を一冊ずつ引きだし、書見台に積み重ねるのを見まもる。出生、結婚、死亡の一件一件、改宗の一件一件。ユダヤ人のウィーンのすべてが忠実に記録されている。

一八九九年、ウィーンにはユダヤ人の孤児院、病院、学校、図書館、新聞雑誌があった。シナゴーグは二十二を数えた。わたしは自分がその一つも知らないことに気づく。エフルッシ家は完全に同化して、ウィーンの中に没していた。

17　若くてかわいい女

エリザベトの手記はわたしを元気づけてくれる。一九七〇年代、息子のために淡々とした筆致で書かれた十二ページ。「わたしが生まれた家は、リングの角に、外見は変わりないまま、今も建っています……」彼女は家事の切り盛りの詳細を書き、馬車を引く馬の名前を記している。そして、パレの部屋から部屋へとわたしを案内してくれる。ようやく、エミーが根付をどこに隠したかがわかりそうだ。

エミーが子ども部屋を出て右に曲がり、そのまま廊下を進むと、中庭に沿った調理室、食器洗い場、食料貯蔵室、銀器保管室――そこでは終日、明々《あかあか》と灯がともっていた――を通り、執事の部屋と使用人の大部屋に向かった。廊下の端にはメードの部屋が並んでいた。窓は中庭に向けてしか開かなかった。中庭のガラス張りの屋根から黄色い光が漏れてきたが、新鮮な空気は入らなかった。彼女の小間使いのアナの部屋はそこのいずれかだった。

エミーが左に曲がると、そこは自分の応接間だった。そこには薄緑色の錦のカーテンが吊るされていた。絨毯は淡い黄色。家具はルイ十五世当時のもので、ブロンズを象嵌した木の椅子、太い縞模様の絹のクッションがあった。予備のテーブル何卓かには、それぞれにお決まりの小さな装飾がついていた。ひとまわり大きなテーブルは、その上でお茶をいれる複雑な作法を演じられるようになっていた。一度として弾かれたことのないグランドピアノ、ルネサンス様式のイタリアのキャビネットもあった。キャビネットには折りたたみ式の扉がつき、内部には絵が描かれていた。小さな引き出しは子どもが遊ぶためのものではないが、実際にはそうなっていた。エリザベトがアーチの両側の金色のねじれた柱の間に立って、上のほうを押すと、小さな秘密の引き出しが吐息のような音とともに出てきた。

各部屋には灯りがついていて、銀器や磁器や磨かれた果樹材が輝いたり反射したりする光が揺れていた。一方で、菩提樹の影が落ちていた。春の間は、毎週、ケヴェチェシュから花が送られてきた。従兄のシャルルの根付をおさめたガラス戸棚を置くには申し分のない場所だったが、それはここにはなかった。

応接間は図書室に続いていた。パレのこの階では、そこが最大の部屋だった。下の階のイニャスの広い続きの間と同じく、ここも黒と赤に塗られていた。やはり黒と赤のトルコ絨毯が敷かれ、壁際には大型の黒檀の書棚が並び、煙草色の革張りの大きな肘掛け椅子とソファーが置かれていた。天井から吊るされた巨大な真鍮のシャンデリアの下には、象牙を象嵌した黒檀のテーブル、その両脇には地球儀があった。ここはヴィクトルの部屋で、ラテン語やギリシャ語の史書、ドイツ語の文学書、詩集、辞書など何千冊もの蔵書が壁からあふれそうになっていた。本箱は、目の細かい金の網で覆い、時計の鎖につないだ鍵をかけたものもあった。しかし、ここでもガラス戸棚は見当たらなかった。

図書室の続きは食堂だった。壁には、イニャスがパリで買い求めた狩猟の図柄のゴブラン織りのタペストリーが掛けられていた。窓は中庭に面していたが、カーテンが引かれていて、部屋はいつも薄暗かった。ここのダイニングテーブルに金の晩餐用食器一式が並べられたに違いない。皿の一枚一枚、ボウルの一個一個の真ん中に小麦の穂と二連のエフルッシのEが、そして、帆に風をはらんで黄金の海を滑走する船がくっきりと刻まれていた。

金の食器一式は、イニャスの発想に違いなかった。至るところに彼の選んだ家具調度があった。ルネサンス様式のキャビネット、彫刻を施したバロック様式の櫃《ひつ》、ブール細工（木、金属などの手のこんだ細工）の大きな机。絵画も至るところにあった。巨匠の作品多数、聖家族一点、フィレンツェのマドンナ一点。十七世紀オランダの優れた画家の作品もあった。ウーウェルマン、コイプ、それにフランス・ハルス流のもの。また、ハンス・マカルトの数点を含め、〝乙女〟を描いた絵も数多かった。「ビロード、絨毯、豹の毛皮、小間物、孔雀の羽根、櫃、リュート」（不機嫌なムージル）に囲まれた部屋で、似たようなドレスを着た、似たような娘たち。そのすべてが重厚な金色、または重厚な黒の額縁に入れられていた。しかし、これらの絵画の間にも、根付を収納したパリのガラス戸棚は見当たらなかった。すばらしく劇的なディスプレー、まさに宝庫ともいうべきものなのに。

ここにあるすべてのもの、ご大層な絵画やキャビネットのどれもが、ガラスで囲まれた中庭から漏れてくる光の中で揺るぎないものに見えた。ムージルはそういう雰囲気を感知していたのだ。古い大邸宅の中で、忌むべき新しい家具は、父祖伝来の古くて立派な家具のそばに無造作に置かれていた。派手一方の成り金が有するパレの部屋は、すべてがあまりに画然としていて、「家具と家具の間の空間にも、あるいは、壁に掛けられた絵の優越的な位置にも広がりがほとんど知覚できないし、消え去った大きな音の柔らかくもはっきりしたこだまも広がりがほとんど知覚できない」。

わたしはシャルルと彼の宝物を思い、それを転々とさせたのは彼の情熱だったのだと知る。シャルルは物の世界に抵抗できなかった。それらに触れ、それらを調べ、それらを買い、それらを並べなおす。根付のガラス戸棚をヴィクトルとエミーに贈ることで、彼の客間には新しい何かへの空間が生まれた。彼は自分の部屋を流動の中に置いていたのだ。

パレ・エフルッシはまさにその対極にあった。灰色のガラス屋根の下の邸宅全体が、逃れることのできないガラス戸棚のようなものだった。

長い廊下の両端には、ヴィクトルとエミーの私室があった。ヴィクトルの化粧室には、戸棚、整理簞笥、長大な鏡が備えられていた。彼の家庭教師、ヴェッセル先生の等身大の石膏の胸像も置かれていた。「彼が非常に敬愛していた人物。ヴェッセル先生はプロイセン人で、ビスマルク及びドイツのあらゆるものを熱烈に称賛した」。室内には、相談もなく、もう一つ見過ごせないものが持ちこまれていた。それはずいぶん大きな――そして、およそ不似合いな――イタリアの『レダと白鳥』の絵だった。エリザベトは手記の中でこう書いている。「父が夜のお出かけのために糊のきいたシャツとディナージャケットに着替えるのを見にいくたびに――それはとても大きな絵でしたが――じっと見入ったものです。この絵に何かまずい点があるのか、わたしにはわかりませんでした」。ヴィクトルはここには骨董品を置く場所はないとすでに宣告していた。

エミーの化粧室は廊下の反対の端にあった。角部屋になっていて、窓からはリングシュトラーセの向こうにヴォティーフ教会が望め、ショッテンガッセを見下ろせた。そこには、ジュールとファニーから贈られたルイ十六世の美しい机が置かれていた。弓のように曲がった脚は代用金箔の金具で飾られ、端は金鍍金の蹄《ひづめ》になっていた。引き出しは内側に柔らかい革が張られ、エミーはそこに便箋とリボンで縛った手紙の束を入れていた。また、全身が映る三面鏡があったので、着替えのときには、自分の姿を限なく見ることができた。のみならず、部屋の大半が映せた。それに、化粧台と洗面台。銀の縁のガラスの鉢と、そろいの銀の蓋のガラスの水差しが備えられていた。

そこで、ようやく、黒い漆塗りの戸棚――イギーの記憶では「背の高い人と同じくらいの高さ」――が見つかる。中の棚には緑色のビロードが張られている。エミーはそのガラス戸棚を自分の化粧室に置いていた。背面が鏡張りで、従兄のシャルルから贈られた二百六十四点の根付をおさめた戸棚を。そこがわたしの斑《まだら》の狼の行き着いた先だった。

これには大きな意味があった。と同時に、何の意味もなかった。誰が化粧室へ入ってくるというのか？　そこは社交的な場とはいいがたいし、ましてサロンなどではなかった。黄楊《つげ》材の亀と柿、象牙の湯浴みする娘は、緑色のビロード張りの棚に置かれていた。これは、エミーが催す招待会で披露される機会もないということを意味した。ヴィクトルが言及することもなかった。ここにガラス戸棚を持ってきたのは、始末に困ってのことではなかったのか？

あるいは、根付を一般の好奇の目から引き離そう、マカルトの絵の華美さから引き離そうという判断だったのか？　エミーが興味をそそられたので、自分が完全に占有する一室に運びこんだのか？　リングシュトラーセ流の悪影響から守るためだったのか？　金鍍金の家具や金箔ばかりのエフルッシの閲兵場には、身近に置いておきたいというものはあまりなかった。根付は内輪の部屋で内輪で愛《め》でる物だった。エミーは単に――文字どおり――舅《しゅうと》のイニャスに触れられたくなかったのか？　パリの魅惑の片鱗を？

そこはエミーの部屋だった。彼女はそこで長い時間を過ごした。一日に三度――ときには、それ以上――着替えをした。競馬に出かけるときは帽子をかぶったが、広いつばの下で小さな巻き毛を一つずつピンで留めるのに四十分かかった。刺繍した長い夜会服に、複雑な留め金がついた軽騎兵風のジャケットを羽織るとなると、いつまでかかるかわからなかった。パーティー、買い物、晩餐、訪問、プラーター公園での乗馬、舞踏会、それぞれに向けた装いがあった。化粧室での時間はすべて、その日のコルセット、ドレス、手袋、帽子を調節したり、一つを脱ぎ捨てては、また別のものを着こむのに費やされた。ドレスの中には縫いなおさなければならないものもあった。そうなると、アナが足もとにひざまずいて、エプロンのポケットから針と糸、指貫を取りだした。エミーは毛皮も持っていた。縁を飾る黒貂《てん》。首に

エミーと皇族　ウィーン、1906年

北極狐を巻いた写真も残っている。別の一枚には、六フィートほどもある熊のストールがドレスに巻きついているのが写っている。アナがあれやこれやの手袋を取ってくるのに、一時間はかかったかもしれない。

エミーは盛装して外出した。一九〇六年の冬、ウィーンの街頭で彼女がある皇族と話している写真がある。二人は微笑み、彼女は桜草のようなものを手渡している。彼女が着ているのは細かい縦縞のスーツだ。縁に横縞の飾り布がついたAラインのスカート、それにマッチした体にぴったりのズワーブ（フランス歩兵の制服に似せた婦人服）のジャケット。それは散歩用の装いだ。ヘレンガッセを歩くためのその身支度に一時間半はかかったのではないか。パンタレット（裾に飾りがついたパンツ）、上質なバチスト（平織り薄地の綿、麻布）、または模様織りのクレープのシュミーズ、ウエストを締めつけるコルセット、ストッキング、ガーター、ボタンつきのブーツ、小さな金属板の留め金つきのスカート、次に、高いスタンドカラーとレースのジャボ（胸もとに垂らす襞飾り）がついたブラウスかシュミゼット（胸飾り布）――それなら腕まわりがかさばることはない――それから、前のボタンを留めたジャケット、鎖で吊るした小型のパース――小物入れ――、装身具類、スーツと合う縞模様のタフタのボウがついた毛皮の帽子、白手袋、花。香水はなし。彼女は香水をつけなかった。

化粧室のガラス戸棚は、年に二回、春と秋に行われる行事、来たるべきシーズンに備えて衣裳を選ぶ行事の見張り番を務めた。婦人たちが新しいデザインの服を見るために仕立屋に赴くということはなかった。先方が服を持ってきたからだ。仕立屋の主人、シュースター氏がパリに出かけて選んだドレス。それがいくつかの大箱に注意深く詰められ、白髪、黒服の年配の紳士然とした同氏に伴われて届けられた。箱は廊下に積み重ねられ、彼はそこに控えた。箱はアナの手で一つずつエミーの化粧室に運びこまれた。エミーが試着すると、シュースター氏が意見表明のために招じ入れられた。「もちろん、彼は褒めてばかりいました。でも、ママがもう一度着てみたいというほど気に入ったものがあるのを見ると、有頂天になってこういいました。ドレスが〝切に奥さまを求めております〟」。子どもたちはこの瞬間を待っていた。そして、それを聞くと、発作のように笑いこけながら、子ども部屋へ駆けこんだ。

エミーがヴィクトルと結婚した直後に、客間で撮った写真がある。すでにエリザベトを身ごもっていたに違いないが、それとはわからない。長い白のスカートの上に短いビロードのジャケットというマリー・アントワネット風の装いをしている。簡素と無頓着の間の遊び。その巻き毛は、一九〇〇年春の〝流行〟とされたものにのっとっている。「髪型は以前ほどこわばった感じではない。切り下げ前髪は禁じられている。髪はまずカールさせて大きなウェーブにしてから、後ろへ梳いたり、縒《よ》りあわせたりして、程々に高いロールにする……髪の房が自然な環の形を保ったまま、額に落ちかかるのはかまわな

パレ・エフルッシの客間でマリー・アントワネット風の装いをしたエミー　1900年

い」と、ある新聞記者は書いている。エミーは羽根のついた黒い帽子をかぶっている。上面に大理石を張ったフランス風の整理箪笥に片手を置き、もう一方の手でステッキを持っている。化粧室から出てきたばかりで、また舞踏会に向かうところに違いない。自分がいかに豪奢かを自覚し、自信満々にこちらを見据えている。

　エミーには崇拝者がいた——わたしの大叔父のイギーによれば、数多くの崇拝者が——他人のために服を着るのは、脱ぐのに劣らぬ喜びだ。結婚当初から、彼女には何人かの愛人がいた。

　といっても、ウィーンでは珍しいことではなかった。そのあたりはパリとは多少様子が違っていた。ウィーンはレストランに〝個室〟がある都会だった。そこでは、シュニッツラーの『輪舞』でのように、食事をしながら誘惑することが可能だった。「レストラン〝ツム・リートホーフ〟の個室。控えめで心地よい上品さ。ガスストーブが燃えている。テーブルには食べ残したもの——クリームペーストリー、果物、チーズなど。ハンガリーの白ワイン。〝夫〟はソファーの隅に深くもたれて、ハバナ葉巻をくゆらしている。〝若くてかわいい女〟は傍らの肘掛け椅子に座って、いかにもうれしそうにペーストリーからホイップクリームをすくいとっている……」。世紀の変わり目のウィーンでは、〝かわいいお嬢さん"、つまり「良家の青年たちと戯れるのが何より大事な単純な娘たち」を礼賛する空気があった。そこには際限のない戯れがあった。ホフマンスタールの台本によるシュトラウスの『ばらの騎士』――その中では、衣裳を変えるのも、愛人を変えるのも、帽子を変えるのも、すべてかりそめのお楽しみとされている――は、一九一一年に初演され、広範な人気を得た。シュニッツラー自身も、性的な交際までも記した日記の中で、二人の愛人の要求に応じつづけるのには問題があると打ち明けている。

ウィーンでは、性は避けがたいものだった。舗道には娼婦がひしめいていた。《ノイエ・フライエ・プレッセ》の裏面には彼女たちの広告が載せられていた。あらゆる物、あらゆる人間が提供されていた。カール・クラウスは自分の雑誌《炬火《ファケル》》にその例を示している。「旅の道連れ求む。若くて気が合う独身のキリスト教徒。返事はハプスブルガーガッセ局留め"さかさま69"へ」。性はフロイトによって論議された。一九〇三年に刊行されてカルト本となったオットー・ヴァイニンガーの『性と性格』では、女は生来、道徳観念がなく、指導を必要とする、とされた。性はクリムトの『ユディト』『ダナエ』『接吻』では輝くものであり、シーレのよじれた体では危険なものであった。

ウィーンでモダンな女性である、"当世風"の女性であるというのは、家庭生活にある程度の自由があることと了解されていた。エミーのおばやいとこたちの中には、便宜的な結婚生活を送っている者もいた。たとえば、おばのアニー。ハンス・ヴィルチェック伯爵が彼女のいとこ、双子のヘルベルトとヴィトルト・フォン・シェイ・フォン・コロムラ兄弟の実の父親だということは誰もが知っていた。探検家で北極探検の資金提供者であるヴィルチェック伯は美男で非常に魅力的な人物だった。故ルドルフ大公の親友で、大公にちなんで名づけた島を所有していた。

わたしはロンドンへの帰還を遅らせる――ようやくイニャスの遺言の手掛かりを得て、彼が財産をどのように分配したかを見たいと思ったからだ。ウィーンの系図学会、アドラー協会は、水曜日の夕六時過ぎから会員とそのゲストにのみ開放される。協会の事務所は、フロイトが住んでいたアパートのすぐ先の家の二階、大広間の先にある。わたしは頭を下げて低いドアをくぐり抜け、歴代ウィーン市長の肖像が掛けられた長い廊下に入っていく。左側には死亡記録、死亡記事の箱詰めファイルをおさめた本箱、右側にはディブレット貴族名鑑とゴータ年鑑（ヨーロッパの王侯貴族の系譜を記載した年鑑）が並ぶ。ほかの物もすべて整序されている。ようやく、ファイルを運んだり、原簿をコピーしたりして、研究に取り組んでいる人々が見えてくる。系図学会というのが普段はどんな様子なのか定かでないが、ここでは思いもかけない哄笑が響いたり、研究者が大声で呼び交わしたり、むずかしい筆跡の解読に助けを求めたりしている。

わたしは曾祖母のエミー・フォン・エフルッシ、旧姓シェイ・フォン・コロムラの一九〇〇年ごろの交友関係について恐る恐る尋ねてみる。それについて学生のような冗談が飛び交う。百年前のエミーの交友は秘密でも何でもない。元の愛人はすべて知られている。騎兵将校をあげる人もいれば、遊蕩で知られたハンガリーの王子をあげる人もいる。妻が夫と愛人、いずれとでもその日を過ごせるように、二つの家に同じ服を用意しておいたというのはエフルッシ家のことではなかったか？ 噂は今も続いている。ウィーン人にはまったく秘密がない。わたしは自分が英国人であることを痛感させられる。

わたしは、性豪の父、性豪の兄を持つヴィクトルを思う。彼が図書室のテーブルで、ベルリンから送られてきた茶色い本の小包を銀のペーパーナイフで開けているのが見える。葉巻に火をつけようと、チョッキのポケットに手を突っこみ、そこに入れておいたマッチを探っているのが見える。水がプールに流れこみ、また流れだすように、エネルギーが家の中に満ちたり干《ひ》いたりするのが見える。わたしに見えないのは、エミーの化粧室でガラス戸棚をのぞきこみ、鍵をあけて、根付を取りだしているヴィクトルだ。彼がそこに座りこみ、アナの介添えで着替えをするエミーと話を交わしていたのかどうかは定かでない。二人がいったい何について話をしたのかも定かでない。キケロのことか？ 帽子のことか？

毎朝、ヴィクトルが事務所へ出かける前に身づくろいしながら、手で顔をさすっているのが見える。彼はリングシュトラーセに出ると右へ進み、最初の角を右折してショッテンガッセに入り、また最初の角を左折して事務所に着く。そこには側近のフランツを伴うようにしている。フランツが控え室のデスクにつくので、中のヴィクトルは誰にも邪魔されずに本を読むことができる。銀行業務に関わる数字を正確に表にまとめてくれる行員のおかげで、ヴィクトルは傾斜したきれいな筆跡で歴史に関するメモをつくることができる。彼は中年のユダヤ人で、若く美しい妻を愛している。

アドラー協会でもヴィクトルに関する噂は皆無だ。

わたしは十八歳のエミーを思う。リングシュトラーセの角のガラス張りの大邸宅に、根付のガラス戸棚とともに落ちついたばかりのエミーを。わたしは十九世紀のインテリアに囲まれた女性についてヴァルター・ベンヤミンが記した一文を思いだす。「その住まいのインテリアに彼女が深く包みこまれている様は、磁石ケースを思わせるかもしれない。菫《すみれ》色のビロードの深い襞に、アクセサリーつきの磁石をおさめたケースを」

18　むかしむかし

パレ・エフルッシの子どもたちには乳母と保母がついていた。乳母たちはウィーン人で親切だった。保母たちは英国人だった。そのため、子どもたちの朝食も英国風になり、いつもポリッジ（オートミールを水やミルクで煮た粥）とトーストだった。昼食は重めでデザートが出た。それから午後のお茶があり、バターとジャムつきのパン、小さなケーキが出た。あとは夕食で、ミルクと「お通じをよくするために」とろ火で煮た果物が出た。

エミーの招待会がある特別な日には、子どもたちは顔出しするようにといわれた。エリザベトとギゼラは糊のきいたモスリンのドレスを着て帯を結んだ。やや太目のイギーは、気の毒にも黒いビロードの小公子風のスーツにレースのカラーという服装を強いられた。ギゼラは大きな青い眼の持ち主で、お客の婦人たちの特別なペットになった。一家がシャレー・エフルッシを訪れたときには、シャルルからルノワールの小さなジプシーに擬せられた。とてもかわいかったので、エミー（気がきかなかった）は赤いチョークで肖像を描かせたが、アマチュア写真家のアルバート・ロートシルト（ロスチャイルドのドイツ語読み）男爵などは、撮影のため自分のスタジオに連れてくるようにと頼むほどだった。子どもたちは毎日の散歩のため、英国人の保母に伴われ、馬車でプラーター公園に出かけた。公園の空気はリングシュトラーセほどには汚れていなかった。黄褐色の厚手の外套、エフルッシの記章をつけたシルクハットの使用人も、歩いてあとをついてきた。

子どもたちが母親と顔を合わせるのは、決められた二時間だけだった。日曜日の午前十時半、英国人の保母と家庭教師が英国系の教会の朝の礼拝に出かけると、ママが子ども部屋にやってきた。エリザベトは短い手記の中でこう書いている。「日曜日の午前のすばらしい二時間……ママはその朝、手早くお化粧をすませ、装いもとてもシンプルなものにしました。黒いスカート。もちろん、床までの丈があります。それにグリーンのシャツブラウス。高くて硬い白いカラーと白い袖口がついていました。髪は頭のてっぺんにきれいに巻きあげていました。ママは美しく、すてきな香りがしました……」

ギゼラとエリザベト　1906年

母子はいっしょになって、濃い栗色の表紙がついた重い絵本を取りだした。エドマンド・デュラックの『夏の夜の夢』『眠り姫』、そして何よりも、恐ろしい野獣が登場する『美女と野獣』。毎年、クリスマスには、英国の祖母がロンドンで注文してくれたアンドルー・ラングの新しい『童話集』が届いた。『ねずみいろの童話集』をはじめ『むらさきいろ』『べにいろ』『ちゃいろ』『だいだいいろ』『くさいろ』

『ももいろ』と。一冊が一年は持った。一人一人に気に入りの物語があった。『白いオオカミ』『花さく島の女王』『〈こわいもの〉をみつけた子ども』『花をつんでどうなった』『脚の悪いキツネの話』『街角の音楽隊』

『童話集』を声に出して読むと、一話に三十分とかからなかった。どの物語も「むかしむかし」で始まった。中には、林の外れの小屋が登場するものがあった。それはケヴェチェシュの樺と松の林を思わせた。また、白い狼が登場するものもあった。それは家の近くで猟場の番人に撃たれ、初秋の朝、馬小屋のそばの庭で子どもたちやいとこたちに見せられた狼を思わせた。あるいは、パレ・シェイの扉に浮き彫りにされた青銅の狼の頭を。人が通るたびに鼻をこすられる狼を。

これらの物語には不思議な人物が登場した。たとえば、フィンチ（ヒワ・アトリ類の小鳥の総称）の群れを帽子や腕に止まらせた鳥使い――それはフォルクスガルテン門外のリングシュトラーセで子どもたちの輪の中に立っている男を思わせた。あるいは行商人。それはボタンや鉛筆、葉書の籠を黒いコートから吊るした物乞いを思わせた。その男はフランツェンスリングに出る門のそばに立っていたが、子どもたちは父親から礼儀正しくしないといけないといわれていた。

多くの物語に、ドレスとティアラで着飾って舞踏会に出かけるお姫さまも登場した。それはママのようだった。多くの物語に、舞踏室のある魔法の宮殿が登場した。それはクリスマスに蠟燭で照らされる階下の部屋のようだった。すべての物語が「おしまい」の一言とママのキスで終わった。そのあと、まる一週間、もうお話はなかった。エミーは読み聞かせるのがすばらしく上手だった、とイギーは述懐している。

子どもたちが決まって母親に会える別の機会は、母親が外出のために着替えをするときで、しかも、彼らが化粧室に立ち入るのを許されたときだった。

エミーはまず、友人を迎えたり訪ねたりするのに着ていた日中の服を脱いだ。そして、晩餐会やオペラ、パーティー、そして何よりも舞踏会のための衣裳を着た。衣裳は長椅子にひろげられ、どれを着ていくかについて、専門家のアナとの間で延々と議論が続けられた。イギーは目を輝かせて、エミーの生き生きした様子について話してくれた。ヴィクトルが廊下の端の部屋でオウィディウスやタキトゥス――それに『レダ』――に没頭している一方で、反対の端の部屋ではエミーが自分の母親のシーズンごとのドレスについて詳述していた。丈がどんなふうに変化したか、重さと垂れ具合で動きかたにどんな影響が出たか、暮れがたに肩を覆うモスリン、紗《しゃ》、チュールのスカーフの間にはどんな違いがあるか。彼女はパリのファッションも、ウィーンの最新流行も知っていたし、その二つをどう活かすかも知ってい た。とくに帽子を選ぶのは巧みだった。皇帝に拝謁するときには、大きなリボンがついたビロードの帽子。黒い毛皮の縁飾りのコラムドレスを着るときには、駝鳥の羽根つきの毛皮のトーク（つばなしの婦人帽）。どこかの小さな舞踏室で行われる慈善の催しでは、並み居るユダヤ婦人の中でも最高の帽子。つばに紫陽花《あじさい》をあしらった非常に大きなもの。エミーはケヴェチェシュから母親にあて、黒いマカルト帽をかぶった写真入りの葉書を送っている。「きょう、ターシャが鹿を撃ちました。お風邪はいかがですか？わたしの新しいお澄ましの写真、お気に召しましたか？」

着つけの時間、アナはエミーの髪にブラシをかけ、コルセットの紐を締め、無数のホックを留め、さまざまな手袋、ショール、帽子を吟味して取ってきた。その間に、エミーは宝石を選び、大きな三面鏡の前に立ってみた。

また、それは子どもたちが根付で遊ぶことを許される時間でもあった。黒い漆塗りの戸棚の鍵がまわされて、扉が開けられた。

19　旧市街の雛形

子どもたちは化粧室で好みの彫刻を選ぶと、薄黄色の絨毯の上で遊んだ。ギゼラは日本の踊り子がお気に入りだった。錦の着物に扇をかざし、足を踏みだした姿の踊り子が。イギーは狼がお気に入りだった。からみあう黒い脚、横腹に連なる斑紋、きらりと光る眼ともつれた毛の狼が。彼は縄で縛った薪《たきぎ》の束も好きだった。物乞いも好きだった。施しを受ける椀にかぶさるように眠っているので、禿頭のてっぺんばかりが見えている物乞いが。魚の干物もあった。鱗《うろこ》としなびた眼。小さな鼠が駆け寄って独り占めしようとしていた。黒い玉がはめこまれた眼。一方の前足で蛸を押さえながら、魚にかじりついていた。エリザベトはお面が好きだった。さまざまな顔のぼんやりした記憶を映したお面が。

それら象牙と木の彫刻を並べてみることもあった。十四匹の鼠を一列に連ね、三頭の虎や物乞いをその先に、さらに子ども、お面、貝殻、果物と。

色で並べることもあった。暗褐色の花梨《かりん》から、ほのかに光る象牙の鹿までを。あるいは、大きさでも。もっとも小さいのは、自分の尻尾を噛んでいる黒い象嵌の眼の鼠。それが、皇帝の治世六周年を祝うために発行された赤紫色の切手よりも少し大きいくらいだった。

全部をごたまぜにしてしまうこともあった。そうなると、姉はもう錦の着物の娘を見つけられなくなった。あるいは、親子の犬のまわりに何頭かの虎を置いて取り囲むこともできた。姉は犬を助けださなければならなくなり――実際にそうした。あるいは、木の湯船の中で体を洗っている女を見つけることもあった。それよりもいっそう好奇心をそそる紫貝らしきものもあった。貝殻を開いてみると、一糸まとわぬ男女があらわれた。あるいは、蛇身の魔女によって鐘の中に捕らわれた男を見せて、弟を怖がらせることもできた。長い黒髪が何重もの輪になった魔女。

そして、それらの彫刻の物語をしてくれるよう母親に頼むと、母親はそのうちの一つを選んで語りはじめた。子どもとお面の根付を手に取りながら。母親は物語が上手だった。

根付はあまりに数が多く、実際に数えることはできなかったし、全部を見たかどうかもあやしかった。次から次へと出てくるのが、鏡張りの戸棚におさめられた玩具の問題点だった。それは一つの完全な世界だった。完全な遊びの空間だった。すべてを元に戻す時間がくるまでは。ママが着替えを終え、扇とショールを選び、お休みのキスをすると、根付を元に戻さなければならなかった。

根付がガラス戸棚に戻り、刀を鞘から半ば抜いた侍が正面の警護に立つと、錠に差しこまれた小さな鍵がまわされた。アナがエミーの首のまわりの毛皮のティペット（両端を前に垂らす襟巻き）を整え、袖の垂れ具合にやきもきするうちに、乳母がきて、子どもたちを子ども部屋へ連れ帰った。

ウィーンの化粧室では根付は玩具になっていたが、ほかの場所では大いに珍重されていた。根付は欧州の至るところで蒐集されていた。草分けの蒐集家によって集められた最初のコレクションは、オテル・ドゥルオーのオークションで相当額で競《せ》り落とされた。美術商のジークフリート・ビングは、今はメゾン・ド・ラール・ヌーヴォーというギャラリーを擁し、パリの有力者になっていたが、可能なかぎり、根付を入手しようとしていた。彼は今や専門家で、故フィリップ・ビュルティ（根付百四十点）、故エドモン・ド・ゴンクール（根付百四十点）、故M・ガリー（根付二百点）のコレクションの販売カタログに序文を書くほどになっていた。
ドイツでの根付の歴史の嚆矢《こうし》となる書は、一九〇五年にライプツィヒで刊行された。挿絵に加えて、保管のしかた、さらには陳列のしかたまでを助言したものだった。そこでは、いっさい展示せず、施錠して保管し、ときどき取りだすというのが最善の方針とされていた。とはいえ、われわれは関心を分かちあう同好の士を、何時間かを美術に捧げられる同好の士を持たなければならない、と著者は述べている。しかし、それは欧州では不可能だった。もし、同好の士に見せるべく根付を所有するとなれば、奥行きの浅いガラス戸棚を用意して、根付を二列に並べなければならない。戸棚の背面には、鏡か緑色のフラシ天（ビロードの一種）を張らなければならない。リングシュトラーセを見下ろす化粧室に置かれたガラス戸棚にはそんな心得もあるはずはなく、その結果、アルバート・ブロックハウス氏の権威ある大部の書中で非難にさらされている。彼はこう書いている。

それらをガラス縁のガラスケースにしまっておくことで、埃にさらされないようにするのは当を得ている。埃は穴を埋めて、浮き彫りの作品の肌理《きめ》細かさを損ね、光沢を失わせ、彫刻の魅力の大半を奪い去る。根付を骨董品、装身具、その他の物とともにマントルピースの上に置いたりしたら、不注意な使用人に壊されたり、持ち去られたりする恐れがある。悪意はなくても、よその女性が訪ねてきた折に、服の襞にまぎれこんで、どこか未知の行く先に運ばれてしまう恐れもあるのだ。ある晩、わたしの根付の一つが、そんな旅をした。あるご婦人がそうとは知らず、外へ持ちだした末に、ようやく気づいて返してくれたのだ。

やはり、根付にはそこ以上に安全を感じられる場所はなかった。不注意な使用人は、エミーのパレでは長続きしなかった。彼女は盆の上にクリームをこぼした娘を叱責した。客間の仕掛けつきのテーブルを壊したら、それはすなわち解雇を意味した。化粧室では、家具の埃を払う役目の使用人がいたが、子どもたちのためにガラス戸棚を開けるのを許されていたのはアナだけだった。ただ、アナがそうするのは、夜に備えて女主人の衣裳をひろげる前に限られていた。

根付はもはやサロンの生活の一部でもなければ、研ぎ澄まされた機知のゲームの一部でもなくなった。その彫刻の質や、古色蒼然ぶりに言及する者もいなくなった。根付は日本とのつながりを失い、〝ジャポニスム〟は色褪せ、論評も途切れた。まったくの玩具、まったくの飾り物と化していた。子どもが手に取れば、小さすぎるということもなかった。そこ、すなわち化粧室では、エミーの秘められた生活の一部になっていた。そこは、彼女がアナの手を借りて服を脱ぎ、ヴィクトルや友人、愛人との次の約束のために服を着る空間だった。そこには独自の敷居があった。

エミーは根付と長く暮らし、子どもたちがそれで遊ぶのを目にするうちに、それはあまりにも私的な贈り物で、陳列しておく価値があるのかという思いを深めた。彼女の親友、マリアンヌ・グートマンも根付をいくつか——正確には十一点——持っていたが、すべて田舎の屋敷に置いていた。二人はいっしょになって根付を笑った。しかし、夥《おびただ》しい数の自由奔放で圧倒的ともいえる異国の彫刻を、ユダヤ教徒コミュニティーの婦人たち——誰もがドレスに小さな黒いリボンをつけている——にどう説明したらよいというのか？　まっとうな仕事を得ようとガリツィアのユダヤ人村から出てきた娘たちを助けるために寄り集まった婦人たちに？　それは不可能と思われた。

再び四月になり、わたしはパレに戻る。エミーの化粧室の窓から、菩提樹の葉の落ちた枝越しに、ヴォティーフ教会の向こう、ヴェーリンガーシュトラーセをながめやる。五番目の角を曲がると、ベルクガッセ一九番地のフロイト博士の家がある。彼はそこで、エミーの亡き大おば、アナ・フォン・リーベンのことを、ツェツィーリエ・Mのケースとして詳しく書きとめた。彼女は顔面の激痛と度忘れに悩まされる〝拒絶ヒステリー症〟で、「誰もどう処置していいかわからないので」彼のもとへ送られてきた。彼女は五年にわたって診療を受けたが、あまりに多くをしゃべるので、フロイトはそれを文章に書いてみるよう説得しなければならなかった。ヒステリーの研究に於いて、彼女は彼の先生になった。

著述に励むフロイトの背後には、さまざまな症例《ケース》と、遺物の箱《ケース》があった。エトルリアの鏡やエジプトのスカラベ（古代エジプトで護符などに用いられた黄金虫の像）、ミイラの肖像、ローマのデスマスクなどをおさめた紫檀やマホガニーの箱、木とガラスの棚がついたビーダーマイヤー様式のガラス戸棚が、葉巻の煙に包まれていた。わたしはこの時点で、自分の特別な興味の的、すなわち世紀末のガラス戸棚に、むなしく取りつかれているのに気がつく。そういえば、フロイトの机の上にも、獅子の形をした根付があった。

わたしの時間管理術はまったくなっていない。日本の様式を「シンメトリーの放棄」と捉えたアドルフ・ロースの著作を読むのに一週間を費やした。そこでは、それがいかに物や人を平たくしているかが述べられている。「花を描いても、押し花になってしまう」というわけだ。わたしは彼が一九〇〇年の分離派の展覧会を立案したのを知る。そこには日本の工芸品の大規模なコレクションも出品されていた。ウィーンでは日本を避けることはできない、とわたしは思う。

そのあと、わたしは談論風発のカール・クラウスを仔細に検討してみる必要があると判断した。彼の雑誌《ファケル》の表紙の独特の色を見るため、古書店で一部を買い求めた。なるほど、〝炬火《ファケル》〟と称する非妥協的、風刺的な雑誌にふさわしい赤だった。しかし、その赤も九十年以上を経て褪せているのではないかと気がかりだった。

わたしは、根付がウィーンの知的生活総体の錠を開ける鍵になるのでは、となお期待する。一方で、自分がカゾボン（フランスの古典学者・神学者）のような人間になるのでは、表やメモを作成するばかりで人生を費やすのでは、と懸念する。ウィーンの知識階級は訳のわからない物を好み、一つの物に目を凝らすのに特別な楽しみをおぼえていたということをわたしは知る。毎晩、エミーの着替えに合わせて子どもたちがガラス戸棚を開けているとき、ロースは食卓用の塩入れのデザインに苦しみ、クラウスは新聞広告や《ノイエ・ツァイトゥング》の社説の一節に悩み、フロイトは失言を気づかっていたかもしれない。しかし、エミーがアドルフ・ロースの読者ではなかったという事実、クリムト（「熊にふさわしいお行儀の熊」）やマーラー（「騒音」）を嫌っていたという事実、ウィーン工房（「くだらないもの」）からは何一つ買わなかったという事実からは逃れようがない。彼女は「展覧会へは一度も連れていってくれませんでした」。わたしの祖母の手記にはそう書いてある。

一九一〇年には些事、断片もが当世風であったこと、エミーは今様のウィーン人であったことをわたしは知る。それにしても、彼女は根付をどう思っていたのだろう？　彼女は根付を蒐集したわけでもなく、追加しようともしなかった。もちろん、エミーの世界には、手に取ったり、あちこち動かしたりするものがほかにあった。化粧室には飾り物も多くあった。マイセンのカップとソーサー、マントルピースの上のロシアの銀や孔雀石。それはエフルッシからすれば素人くさい代物《しろもの》だった。ぽっちゃりした山《やま》鶉《うずら》のようなプットが空中を舞うのに伴う低いうなりとでもいおうか。叔母のベアトリス・エフルッシ‐ロッチルドがフェラ岬の別荘用にファベルジェ（ロシアの宝石商）に注文した時計とは大違いだった。

しかしながら、エミーは物語を愛した。そして、根付は小さくも聡《さと》い象牙の物語だった。彼女は三十になっていた。リングシュトラーセの外縁の子ども部屋にいたころ、母親に童話を読んでもらっていたころから、まだ二十年しかたっていなかった。その彼女は今、《ノイエ・フライエ・プレッセ》の下段、毎日の文芸欄を読んでいた。

罫線の上はニュースだった。ブダペスト発のニュース、〝ウィーンの神さま〟ことカール・ルエーガー市長の最新の声明。そして、折り目の下が文芸欄だった。そこには、毎日、表現力豊かで格調高いエッセーが掲載されていた。オペラやオペレッタに関するものもあったし、取り壊し中の特別な建築物についてのものもあった。古いウィーンの民間人、たとえばナッシュ市場の果物売りのゾフェル夫人や、おしゃべり屋でポチョムキンの町の通行人ともいうべきアダバイ氏の言行録もあった。毎日、それとなく、けれども自己陶酔的に、金線細工のような言いまわしが撚りあわされて、デメルのペーストリーのような飾られた甘さをにじませていた。そこに寄稿しはじめたヘルツルは「自分の魂と恋に落ち、それゆえに、自分自身や他人を判断する基準を失ってしまった」コラムニストたちについて語っているが、実際にそういう例が見かけられる。彼らはユーモアやジョークを交え、思うがままにウィーンをスケッチしていた。「感覚という毒を――静脈注射のように――注入されたのだろう……コラムニストはそれに頼る。彼は都市をその住人にとって見慣れないものに変えてしまう」というのはヴァルター・ベンヤミンの言葉だ。ウィーンでは、コラムニストたちが街をセンセーショナルなフィクションに変えていた。

わたしは根付をそういうウィーンの一部として考える。多くの根付が、それ自体、日本についての文芸欄なのだ。そこに描かれているのは、日本を訪れた人々によって記された叙情的な哀歌の中にあらわれる日本人だ。ギリシャ生まれのジャーナリスト、ラフカディオ・ハーンは『知られざる日本の面影』『仏陀の国の落穂』『影』で彼らについて書いている。『面影』や『落穂』のエッセーの一つ一つが、記憶を詩的によみがえらせたものだ。「朝早い行商人の呼び声が始まる――〝だいこやい！　かぶやーかぶ！〟――大根その他の変わった野菜の売り手である。〝もややーもや！〟――炭火を起こすのに用いる焚きつけの小枝を売る女の悲しげな呼び声」

エミーの化粧室のガラス戸棚には、つくりかけの樽が描く弧の中におさまった樽職人がいた。汗まみれで取っ組みあっている草相撲の力士は、暗色の栗材を彫ったものだ。酔って衣《ころも》をはだけた老僧。床を拭く若い女中。籠を開けた鼠捕りの男。手にとって掲げてみれば、根付は昔の江戸の雛形だ。毎日、《ノイエ・フライエ・プレッセ》の罫線の下のウィーンという舞台を歩いている旧市街の雛形にも似て。根付がエミーの化粧室の緑色のビロードを敷いた棚に鎮座しているのに対し、毎日の文芸欄では、ウィーンそのものがしたい放題をして、ウィーンそのものについての物語を語っていた。

この馬鹿げたピンクのパレの麗人は気むずかしかったけれども、窓からショッテンガッセを見やりながら、子どもたちに物語をすることはいとわなかった。みすぼらしい四輪馬車の年配の御者の物語、花売りと学生の物語。根付は今や、幼年時代の一部、子どもたちの物の世界の一部だった。その世界は、彼らが触れられる物と触れられない物から成りたっていた。ときどきしか触れられない物と、毎日触れられる物があった。ずっと自分が持ちつづける物と、今は自分が持っていても、やがて妹や弟に渡るであろう物があった。

子どもたちは使用人が銀器を磨いている銀器保管室への立ち入りを許されなかった。晩餐会があるときは食堂への立ち入りも許されなかった。銀のホルダーにおさまった父のグラスに触れることも許されなかった。父はそのグラスでロシア風の紅茶を飲んだ――それはもともと祖父のグラスだった。パレにある多くの物が祖父の遺品だったが、中でもこれは特別だった。フランクフルトやロンドンやパリから、紐で縛られた茶色の小包で父の本が届くと、図書室のテーブルに置かれた。子どもたちは、やはりそこに置いてある銀の鋭利なペーパーナイフにも触れることも許されなかった。ただ、あとで小包に貼ってあった切手をもらってアルバムにおさめることはできた。

その世界には、子どもたちの耳につくものがあった。そういう音は大人の音感に届かない範囲で振動していた。大おばさんたちの来訪中、彼らは糊づけされたようにじっとして、客間の緑と金色の時計（人魚が絡まっていた）が遅々とした一秒一秒を刻む音を聞いていた。彼らの耳に中庭で馬車馬がうごめく音が聞こえてきた。それはようやく公園に出かけられるということを意味した。中庭を覆うガラス屋根を打つ雨の音が聞こえれば、出かけられないということだった。

子どもたちの鼻につくものもあった。それは彼らの生活の風景の一部になっていた。父親が図書室で吸う葉巻の煙のにおい。母親であれば、子ども部屋の前を通って届けられる昼食のシュニッツェル（子牛肉のカツレツ）の皿のにおい。食堂のちくちくするタペストリーの背後のにおい。彼らはそこに忍びこんで隠れることがあった。そして、スケートのあとのホットチョコレートのにおい。エミーがときどき、それをつくってくれた。チョコレートが磁器の皿で運ばれてくると、彼らはそれをクローネ金貨ほどの大きさに割ることを許された。その黒いかけらは、エミーが紫色の炎にかけた銀のソースパンの中で溶けていった。そのあと、それが青みがかってくると、温かいミルクを注ぎ、砂糖を入れてかき混ぜるのだった。

子どもたちの目にこの上なく鮮明に映るものもあった――それはレンズを通して対象を見る鮮明さだった。一方で、かすんで映るものもあった。先へ先へと続く廊下、果てしない廊下。金色の額縁の絵、大理石のテーブルが次々に閃光を放つ廊下。中庭に沿った廊下を駆け抜ければ十八ものドアを通過することになった。

根付はパリのギュスターヴ・モローの世界からウィーンのデュラックの絵本の世界へ移動した。それは独自のエコーをつくりだした。日曜の朝の物語の一部、『アラビアン・ナイト』の一部、船乗りシンドバッドの旅やウマル・ハイヤームの『ルバイヤート』の一部になった。それは化粧室のドアの奥に置かれたガラス戸棚にしまいこまれた。その化粧室は廊下沿い、中庭から長い階段を上がったところにあった。その中庭は門番が控えるオーク材の両開きの扉の奥にあった。その扉は『アラビアン・ナイト』の一部である通りに面したパレ、おとぎ話の宮殿にあった。

20　ウィーン万歳！　ベルリン万歳！

新世紀は十四年の歳月を重ね、エリザベトも十四歳となった。この真面目な少女は、もう大人とともに晩餐の席につくのを許されていた。そこに居並ぶのは「名士、高官、教授、高級将校」で、彼女も政治談議に耳を傾けたが、求められないかぎり、発言はしないよう釘を刺されていた。彼女は毎朝、父親について銀行に出かけた。一方、自分の寝室を図書室に変えつつあった。新しい本には、鉛筆できれいなEEの文字と番号を記入した。

ギゼラはおしゃれが好きな十歳の美少女、イギーはやや太りすぎで、それを気にする九歳の少年になっていた。彼は算数が不得手だったが、図画は大好きだった。

夏がくると、子どもたちはエミーとともにケヴェチェシュへ旅立った。エミーは新しい衣裳を注文した。黒いプリーツのブラウス。お気に入りの鹿毛、コントラに乗るためのものだった。

一九一四年六月二十八日、日曜日、ハプスブルク帝国の後継者、フランツ・フェルディナント大公が、サラエヴォで若いセルビア人民族主義者によって暗殺された。木曜日の《ノイエ・フライエ・プレッセ》はこう書いている。「この事件の政治的意味があまりに過大視されている」

次の土曜日、エリザベトはウィーンに葉書を書き送った。

ケヴェチェシュの湖での水浴

一九一四年七月四日
大好きなパパ
新学期の先生がたを手配してくださってありがとうございます。きょう、午前中はとても暖かく、みんなで湖に泳ぎにいきました。でも、だんだん寒くなってきて、今は雨が降りそうです。ゲルティとエヴァとヴィトルトといっしょにピスツァンにいきましたが、わたしはあまり好きではありませんでした。トニが子犬を九匹産みましたが、一匹は死んでしまいました。わたしたちが残った子犬に瓶でミルクをやっています。ギゼラは新しい服を喜んでいます。キス千回の愛をこめて。
あなたのエリザベト

七月五日、日曜日、ドイツ皇帝は対セルビア問題でオーストリアに支援を約束した。ギゼラとイギーはケヴェチェシュの川の絵葉書を送った。「大好きなパパ。わたしのドレスはとてもよく似合います。暑いので、わたしたちは毎日泳いでいます。すべてうまくいっています。ギゼラとイギーから愛とキスをこめて」
七月六日、月曜日、ケヴェチェシュは寒く、子どもたちは泳ぎをやめた。「きょうはお花の絵を描いています。ギゼラから愛とたくさんのキスをこめて」
七月十八日、土曜日、母子はケヴェチェシュからウィーンに戻った。七月二十日、月曜日、英国大使モーリス・ドゥ・バンセンは、ロシア大使が二週間の休暇に発《た》ったと本国政府に報告している。同日、エフルッシ一家は〝長い一月《ひとつき》〟を過ごすためにスイスへ発った。

ロシア帝国旗は今も舟小屋の屋根に翻っていた。ヴィクトルは息子が長じてロシアの兵役につかなければならなくなるのを懸念して、ロシア皇帝に国籍の変更を願い出た。この年、ヴィクトルはフランツ・ヨーゼフ一世の臣民となった。八十四歳のオーストリア皇帝、ハンガリー及びボヘミア王、ロンバルディア‐ヴェネシア王、ダルマチア、クロアチア、スラヴォニア、ガリツィア、ロドメリア、イリュリア王、トスカナ大公、エルサレム王、アウシュヴィッツ公の臣民に。

七月二十八日、オーストリアはセルビアに宣戦布告した。七月二十九日、皇帝は宣言した。「余は我が臣民を信頼する。いかなる嵐のときも、団結と忠誠をもって、常に玉座のまわりに集まってきた臣民を。祖国の名誉、威厳、力のために、常に最大の犠牲を払う用意をしてきた臣民を」。八月一日、ドイツはロシアに宣戦布告した。三日、ドイツはフランスに宣戦布告し、翌日、中立のベルギーに侵攻した。そして、一組のカード全体が崩れ落ちた。合従連衡がはかられ、イギリスはドイツに宣戦布告した。八月六日には、オーストリアがロシアに宣戦布告した。

ウィーンから帝国内のあらゆる言語で動員令が発せられた。列車は徴用された。ジュールとファニーのエフルッシ夫妻の若いフランス人使用人たちは、磁器を扱わせれば注意深く、湖でボートを漕がせれば巧みだったが、全員が召集された。エフルッシ家は異国で動きがとれなくなった。

一家でウィーンへ戻るべく、エミーはオーストリア総領事のテオフィル・フォン・ジェイガー――彼女の愛人――の援助を得ようとチューリッヒに赴いた。多数の電報が行き交った。保母、メード、それにトランクをより分けなければならなかった。列車はあまりに込みあい、荷物はあまりに多く、時刻表も――スペインの宮廷行事のように確実、毎朝十時半に子ども部屋の窓の外を行進するウィーン市民軍のように規則正しいk&k鉄道ではあったが――不意に役立たなくなった。

そういう事態のすべてが残酷さを秘めていた。フランス、オーストリア、ドイツの親類たち、ロシアの市民たち、イギリスのおばさんたち、そして、気になる血族、領有権、遊牧民的な愛国心の欠如といったもののすべてが脇に追いやられた。一家族が一時《いっとき》にどれほど多面的でいられるものだろう？　ピップス叔父も召集された。アストラカン（ロシア産の子羊の毛皮）の襟の軍服姿が美々しかったが、彼もフランスやイギリスの親類たちと戦うことになった。

ウィーンでは、この戦争に、この国から無関心と麻痺を一掃する戦争に、熱烈な支持が寄せられた。英国大使はこう言及している。「国民も報道もこぞって、憎いセルビア人に躊躇なく天誅を、と騒ぎたてている」。作家もその興奮に加わった。トーマス・マンは『戦時の思考《ゲダンケン・イム・クリーゲ》』というエッセーを書いた。詩人リルケは『五つの歌《フュンフ・ゲザンゲ》』で軍神の復活を祝った。ホフマンスタールは《ノイエ・フライエ・プレッセ》紙上で愛国詩を発表した。

シュニッツラーは同調しなかった。八月五日には簡単にこう書いている。「世界大戦。世界は破滅する。カール・クラウスは皇帝が〝世界の善き終わり〟になるのを望んでいる」

ウィーンはお祭り状態だった。帽子に花の小枝をつけた若者が三々五々、新兵の徴募に向かった。公園では軍楽隊が演奏していた。ウィーンのユダヤ人社会も昂揚していた。オーストリア系ユダヤ人同盟の月刊の会報の七、八月号はこう弁じている。「この危機のとき、われわれは十全の資格を有する国民であることを考えねばならない……われわれは自らの自由のために、子弟の血と財産をもってドイツ皇帝に感謝を捧げたいと思う。われわれは国家に対し、自らが他に劣らぬ真の国民であることを証明したいと思う……幾多の惨害はあろうとも、この戦争ののち、もはや反ユダヤの扇動はあり得ないのである……われわれは完全なる平等を主張し得るだろう」。ドイツがユダヤ人を解放するだろうというのだった。

ヴィクトルはそうは思わなかった。それは自らを滅ぼしかねない大災厄だった。パレの家具調度すべてを防塵布で覆わせ、使用人は一時の手当を与えて帰宅させ、家族はシェーンブルンに近い友人のギュスターヴ・シュプリンガーの家へ、それからバートイシュルに近い山中の親類のもとへ送った。自身はホテル・ザッハーで史書を紐解いて戦争が終わるのを待った。しかし、銀行の経営は続けなければならなかった。戦時にフランス（エフルッシ社、パリ八区、ラルカード通り）、イギリス（エフルッシ社、ロンドン、キング通り）、それにロシア（エフルッシ、ペトログラード（サンクトペテルブルクの当時の呼称））に目配りするのは容易なことではなかった。

「この帝国はもはやこれまでだ」。ヨーゼフ・ロートの『ラデツキー行進曲』に登場する伯爵はいっている。

　皇帝がおやすみといったとたん、われわれは無数の破片に分解するだろう。バルカン諸国はわれわれ以上に強力になるだろう。誰もが自分の小国家を築き、ユダヤ人までがパレスチナの王と称するだろう。ウィーンは民主主義の汗で悪臭を放ち、わたしなどはもうリングシュトラーセに居られなくなるだろう……ブルク劇場では、ユダヤのごみみたいな芝居を上演して、一週間とはいえ、ハンガリーの便器製造屋を貴族にしておくほどだから。いいか、諸君、われわれが撃ちはじめないかぎり、万事休することになる。いいか、終生そうなるのだぞ。

ウィーンでは、その秋、多数の宣言が発せられた。戦況がまずまずの展開を見せると、皇帝は帝国の赤子《せきし》たちに言葉を寄せた。新聞は「われらが敬愛するフランツ・ヨーゼフ一世皇帝陛下から、世界大戦の時にあたって、赤子に下されたる書」として掲載した。「皆は余の臣民という珠玉である。将来を幾《いく》度《たび》となく祝福されたるものである」

六週間後、ヴィクトルは戦争は終わりそうもないと悟って、ホテル・ザッハーから戻った。エミーと子どもたちも結局、バートイシュルから呼び戻された。家具調度からは防塵布が取り払われた。子ども部屋の窓の外の通りは活気にあふれていた。デモをする学生たち――ムージルは日記に「カフェで歌など歌っていることの醜悪さ」を書いている――あるいは、軍楽隊とともに行進する兵士たちの騒々しさは並大抵ではなかった。エミーが子ども部屋を邸内のもっと静かなほうへ移そうかと考えるほどだった。だが、それは実現しなかった。邸宅は家族向けに設計されてはいなかったのだ。彼女がいうには――わたしたちみんな、ガラス箱に入れられて陳列されているようなものです。あなたのお父さまがなさったこととはいえ、通りで暮らすほうがいいくらいです。

学生たちが叫ぶスローガンは毎週のように変わった。初めは「セルビアは死ね！」だった。そのあと、ロシア人がそれに取って代わった。「一発でロシア人一人やっつけろ！」。それからフランス人という具合に、一週間を経るごとにますます多彩になっていった。当然のことながらエミーは戦争を心配した。のみならず、その喚声が子どもたちに及ぼす影響を心配した。子どもたちは音楽室の小さなテーブルで食事をするようになった。音楽室はショッテンガッセに面していて、いくらか静かだった。

イギーはショッテンギムナジウムに通うようになった。そこは角を曲がったところにあるベネディクト会経営の「とてもいい学校」で、ウィーンの「最高の二校」の一つだった、とわたしは本人から聞かされた。高名な詩人の名を連ねた壁の銘板がそれを物語っていた。教師はカトリックの修道士だったにもかかわらず、生徒の多くはユダヤ人だった。学校はとくに古典に重きを置いていたが、数学、代数、微積分、歴史、地理の授業もあった。語学も教えていた。しかし、言葉を学ぶというのは、エフルッシ家の子どもたちにはあまり意味のないことだった。母親には英語とフランス語、父親にはドイツ語と、言葉を切り換えながら話していたのだから。ロシア語は少しかじる程度だったが、イディッシュ語はまったく話さなかった。子どもたちは家の外ではドイツ語以外はしゃべらないようにいわれていた。ウィーンの外国語風の名前を持つ店は、梯子に乗った人間でも手の届かない位置にその店名を掲示していた。

　女の子二人はショッテンギムナジウムには通わなかった。ギゼラは自宅のエミーの化粧室と隣り合う勉強部屋で家庭教師に教わっていた。エリザベトはヴィクトルと交渉した結果、今は個人教授を受けていた。エミーはそれに反対した。不適当、かつ面倒な計らいだとひどく立腹して、客間で金切り声をあげた。何かを、おそらくは磁器を割ったのをイギーが聞きつけている。エリザベトは同年配の少年たちがショッテンギムナジウムで教わるのと同じカリキュラムを忠実にたどった。午後には学校の図書室にいって、独りだけで学校の教師の授業を受けることを許された。大学に進学しようとすれば、この学校の最終試験に合格しなければならなかったのだ。エリザベトは十歳のときから、黄色い絨毯を敷いた勉強部屋をいずれは出ていくことになると知っていた。部屋のすぐ外のフランツェンリングの向こうには大学の講堂が望めた。講堂は二百ヤードしか離れていなかった――しかし、一少女にとって、それは一千マイルも同然だった。この年、大学には九千人以上の学生がいたが、そのうち女子は百二十人に過ぎなかった。わたし自身が試してみたが、エリザベトの部屋から講堂の中をのぞくことはできない。しかし、窓は見えるし、雛壇式の座席や正面の講義台に身を乗りだす教授の姿は想像がつく。教授は講義を進めている。学生は夢見心地でノートをとっている。

イギーはいやいやながらショッテンギムナジウムに通っていた。家からは三分で駆けこめたというが、わたしが学生鞄をかけて試してみたわけではない。ギムナジウムの一九一四年のクラスの写真が残っている。三年生の写真だ。灰色のフランネルのスーツにネクタイ、あるいはセーラー服の少年が三十人、机に屈みこんでいる。二つの窓は、五階の高さがある中庭の空間に向かって開いている。顔をしかめている道化者が一人。修道士の長衣姿の先生は、奥のほうで厳しい佇《たたず》まいを見せている。写真の裏には彼らのサインがある――ゲオルク、フリッツ、オットー、マックス、オスカー、エルンストたちの。イギーは美しいイタリック体でサインしている。イニャス・v・エフルッシ。

奥の壁の黒板には、幾何の証明が走り書きされている。その日、彼らは円錐の表面積の出しかたを学んでいたのだ。イギーは毎日、宿題を抱えて家に帰ってきた。彼はそれがいやでたまらなかった。代数と微積分は苦手だったし、数学は大嫌いだった。その後七十年を経ても、修道士の先生一人一人の名前と、彼らが教えていた不得手な課目をおぼえていて、わたしに説明することができた。

イギーはスローガンに送られるように家に帰ってきた。

ウィーン万歳！　ベルリン万歳！
あと十四日もしたならば
ペテルブルクに乗りこむぞ！

それより過激なものもあった。それらはヴィクトルにはとても受けいれられなかった。今はもちろん、オーストリア人でウィーンを愛していたが、もともとロシア生まれでサンクトペテルブルクを愛していたからだ。

イギーにとって、戦争とは兵隊ごっこを意味した。とくに優秀な兵隊であることを証明したのは、いとこのピッツ——マリー＝ルイーズ・フォン・モテシツキー——だった。パレの隅には、見せかけのドアの背後に隠された使用人用の階段があった。それは百三十六段ある広い螺旋階段で、屋上へと続いていた。上がりきったところでドアを手前に引き開けると、突然、女人像柱や葉薊《はあざみ》の飾りの上に出て、あらゆるものを、ウィーン全市を見渡すことができた。大学からゆっくり時計まわりにまわると、ヴォティーフ教会、聖シュテファン大聖堂、そして、オペラ座、ブルク劇場、市庁舎の塔やドームを次々と過ぎて大学に戻った。思いきって手すり壁の縁に這い上がれば、ガラス越しに中庭を見下ろすこともできた。あるいは、フランツェンリングやショッテンガッセを小走りに急ぐ市民男女を撃つこともできた。弾丸には、サクランボの種や、硬い紙を巻いたものが使えたし、鼻水を吹き飛ばしてもよかった。真下には、カンヴァスの日よけを張ったカフェがあり、格好の標的になった。黒いエプロンのウェイターが見上げて怒鳴ってきたら、あわてて隠れなければならなかったが。

また、隣のリーベン家のパレの屋上によじ登ることもできた。リーベン家には、多くの親類が暮らしていた。

あるいは、様子をうかがってから、階段を下りて地下室——筒型円天井になっていた——に忍びこむこともできた。地下にはウィーンを横切ってシェーンブルンに通じるトンネルがあった。議事堂に通じるトンネルも。話に聞く秘密のトンネル、つまり、リングシュトラーセの広告塔が入り口になっているネットワークにも通じているということだった。そこに拠って暮らしを立てている〝下水道漁り〟の話も伝わっていた——通行人のポケットから舗道の鉄格子越しにこぼれ落ちてくる硬貨を拾って生活しているという影のような人々の話も。

戦時中、一家はそれなりの犠牲を払うことになった。一九一五年、ピップス叔父はベルリンでドイツ軍最高司令部との連絡将校を務めていた。そこで、リルケが後方の事務の仕事につくのを手助けした。四十五歳のパパは兵役を免除された。執事のヨーゼフを除いて、パレには男の使用人がいなくなった。年齢《とし》のいっているヨーゼフは召集されなかったのだ。メードの小さな一団、それに料理人とアナは居残っていた。アナはもう十五年も一家に仕えていた。誰が何を必要とするか予測する能力も、他人《ひと》の怒りを静める能力も身につけているようだった。彼女は何でも知っていた。女主人が昼食会から帰ってきて普段着に着替えるときなど、メードにはついつい何でも漏らしてしまうものなのだろう。

そのころの邸内は、以前と比べて、ずいぶんひっそりしていた。ヴィクトルは使用人の友人を招くことが間々あった。彼らが非番の日曜日に呼んで、茹で肉や焼き肉の昼食をともにしていたのだ。しかし、それもなくなって、使用人の大部屋は潮が引いたようなありさまだった。馬丁も御者もいなければ、馬車馬もいなくなった。それで、プラーター公園に出かけようとすれば、ショッテンガッセの客待ち場で辻馬車を拾うか、路面電車に乗らなければならなかった。「パーティーはなし」になった。実際には、極端に数が少なくなって、様相も変わったということだったが。舞踏会用のドレス姿は見られなくなったが、晩餐会やオペラ座へ出かけることは絶えなかった。エリザベトは手記の中でこう書いている。「ママがお客を招待するのはお茶のときだけで、お客とブリッジをしていました」。デメルでは今でもケーキを売っていたが、招待会であまり多くを並べてみせるのは慎まなければならなかった。

エミーは今も毎夕、盛装していた。生活の基準を失わないようにするのが大事だったからだ。シュースター氏がお得意の女男爵のドレスを買いつけるため、毎年恒例のパリ訪問をすることは、さすがにかなわなくなっていた。しかし、女主人を熟知しているアナが、ワードローブをやりくりしたり、最近の新聞雑誌を精読してドレスを仕立てなおしたりするのに手腕を発揮していた。この年の春に撮ったエミーの写真がある。裾を引くような黒いドレスと、羽毛飾りのついた黒毛皮のピルボックス（縁なしで円形の婦人用帽子）、ウエストには一連の真珠という装いだ。もし、裏に日付が記されていなかったら、戦時下のウィーンで撮られたとは信じられないだろう。これが最新の社交シーズンのドレスだったのだろうか、とわたしは思うが、それは確かめようもない。

以前と変わらず、ギゼラとイギーは夕刻になると化粧室にやってきて、エミーと話をした。二人は自分でガラス戸棚の錠を開けるのを許されていた。十歳の少女、八歳の少年にしても、絨毯の上で根付で遊ぶのはあまりに幼いので、もうすることもなかっただろう。だが、もし、その日が面白くない一日で、ゲオルク先生に怒鳴りつけられたとしたら、やはりガラスの奥深く手を突っこんで、薪《たきぎ》の束や子犬たちを見つけようという気になったのではないか。

外の通りには大勢の人がいた。ロシア軍による恐るべき大量追放で駆逐されたユダヤ人――ガリツィアからだけで十万の難民――がいた。公園などに建てたバラックに泊まっている者もいたが、そこは家族向きではなかった。多くはレオポルトシュタットに行き場を見出したが、劣悪きわまる条件下での暮らしを強いられていた。多くが物乞いをしていた。葉書やリボンを載せた粗末な盆を持った行商人とは違っていた。売るべき物を何も持ってはいなかったからだ。イスラエル文化協会は救済の努力の組織化に乗りだした。

しかし、地元に同化したユダヤ人は、これら新参者への懸念を深めた。彼らの素行には野卑な嫌いがあると思われた。その話しかた、衣服、習慣は、ウィーン人の〝教養〟にはそぐわないものだった。彼らが同化の足を引っぱるのではないかという危惧が生じた。「東方ユダヤ人の立場は非常に厳しいものである。ウィーンに着いたばかりの東方ユダヤ人ほどつらい運命に直面している者はいない」。ヨーゼフ・ロートはこれらのユダヤ人について記している。「彼らのために何かしようという人間は皆無である。一区に腰を落ちつけた彼らの親類縁者や同教信徒は、すでに〝土地っ子〟になっていた。〝土地っ子〟は東方ユダヤ人と関係づけられることを望まず、まして、間違ってそう思われたりするのは論外というふうだった」。おそらく、これは新たにきた者がさらにあとからきた者に対して抱く危惧だったのだろう。彼らにしてもいまだに移動の過程にあったのだ。

通りは以前と様相を異《こと》にしていた。リングシュトラーセはもともと遊歩道という趣が強かった。偶然の出会い、カフェ・ラントマンのテラスでのコーヒーの一杯、友人への挨拶、遊歩道での密会の期待。そこでは、人々が途絶えることなく、緩やかに流れていた。

ところが、ウィーンには今、二つの速度があるようだった。一つは、行進する兵士の歩調。傍らを子どもたちが駆けて追いすがっていた。もう一つは、速度というよりも停止。食料、煙草、新聞を売る店の外に並んで順番を待つ人々がいた。誰もがこの〝行列〟の現象を話題にした。警察はさまざまな商品で行列ができたときのことを記録している。一九一四年秋は小麦粉とパンで。一九一五年初頭は牛乳とじゃが芋で。一九一五年秋には油で。一九一六年三月にはコーヒーで。その翌月は砂糖で。その翌月は卵で。一九一六年七月は石鹼で。そのあとはあらゆる物で。街は硬化症に陥っていた。

街の物流も変わりつつあった。買い溜めの話が聞こえてきた。部屋に食料の箱を山積みにしている金持ちの話。噂によれば、〝コーヒーハウスの常連〟で暴利をむさぼる者がいるということだった。うまくやる者だけが、食料にありつけた。農民はもとより別だったが。食料を得るために、人々は次から次へと物を手放した。そうして家から出ていく物が通貨となった。ウィーンのブルジョアの燕尾服を着た農民、シルクのドレスを着たその妻の話が聞こえてきた。農家はピアノ、磁器、飾り物、トルコ絨毯で満たされた。ピアノ教師がウィーンを去り、新しい生徒に従って田舎に赴いたという噂が流れた。

公園も様相を異にしていた。管理人も掃除人も前より数が減っていた。リングシュトラーセをまたぐ公園で、小径《こみち》に水をまいていた人間ももういなかった。小径はいつも埃が舞っていたが、今はさらに埃っぽかった。

エリザベトはもうじき十六歳だった。ヴィクトルが図書室で本を装丁するとき、いっしょになって、自分の本に大理石模様の表紙をつけ、背をモロッコ革で綴じるのを許されていた。それは通過儀礼のようなもの、読書の重要性を刻みこむ手立てだった。また、彼女の本を父親の本から切り離し——これはわたしの蔵書、それはあなたの蔵書というふうに——同時に、結びつける手立てでもあった。ピップス叔父はベルリンから帰ってくると、演出家の友人、マックス・ラインハルトから自分にきた手紙を書き写す仕事を彼女に与えた。

十一歳のギゼラは、午前中に日が差す居間で、図画のレッスンを受けはじめた。彼女は絵がとても上手だった。九歳のイギーは、レッスンに加わることを許されていなかった。彼は帝国軍の制服(「歩兵用の淡青色のズボン、ボスニア人の頭には真っ赤なトルコ帽」)を知っていた。紫色の絹の紐で閉じる小型の革のノートに、その軍服の短い上着のさまざまな色をスケッチした。忘れられた根付の戸棚がある化粧室では、エミーが彼を呼び入れ、自分が着るドレスについて助言をさせた。

イギーはドレスの絵を描きはじめた。ただし、内緒で。

イギーは表紙に船の絵がついた八つ折りのマニラ紙の本に物語を書いた。一九一六年二月のことだった。

漁師のジャック。I・L・E作

ささげる言葉。ママにこの小さな本を愛をこめておくります。

まえがき。このお話はどっちみち完全ではないでしょう。でも、一つ、うまくいっていることがあると思います。本に登場する人たちをはっきり描けたことです。

第一章。ジャックとその一生。ジャックは短い一生の間、ずっと漁師だったわけではありません。少なくとも、お父さんが死ぬまでは……

三月、イスラエル文化協会は、ウィーンのユダヤ人あてに公開書簡を送った。「ユダヤの同胞市民よ！　我らの父、兄弟、息子たちが、明白なる義務を遂行すべく、栄《は》えある軍隊の勇敢な兵士として、血と命を捧げている。家に留まった者も、同じ義務の自覚のもとに、愛する祖国の祭壇に喜んで財産を供えてきた。しかして今、再び、国家の求めが我らに愛国のこだまを巻き起こすであろう！」ウィーンのユダヤ人は戦時公債に五十万クローネを追加して拠出した。

噂は風土病のようなものだった。クラウスは書いている。「噂についてどう思う？／わたしは心配している／ウィーンを駆けめぐっている噂が、いくつもの噂となってオーストリアを駆けめぐっている。それは口から口へと伝えられているはずなのに、誰一人、はっきりしたことをいえない」

四月、ウクライナ西部の戦闘で生き残り、今は休暇中の兵士の一団が、ウィーンの劇場の舞台に登場して、戦闘のありさまを再現してみせた。クラウスは現実の事件を矮小化したこの見世物に批判的で、戦争の劇化の傾向を遠慮会釈なく攻撃している。問題は「いくつもの領域が渾然となって、ともに流動している」ことだった。戦時中、ウィーンではさまざまな境界が曖昧になっていた。

エフルッシ家の子どもたちにとって、それは取りもなおさず、見るべきものがたくさんあるということ

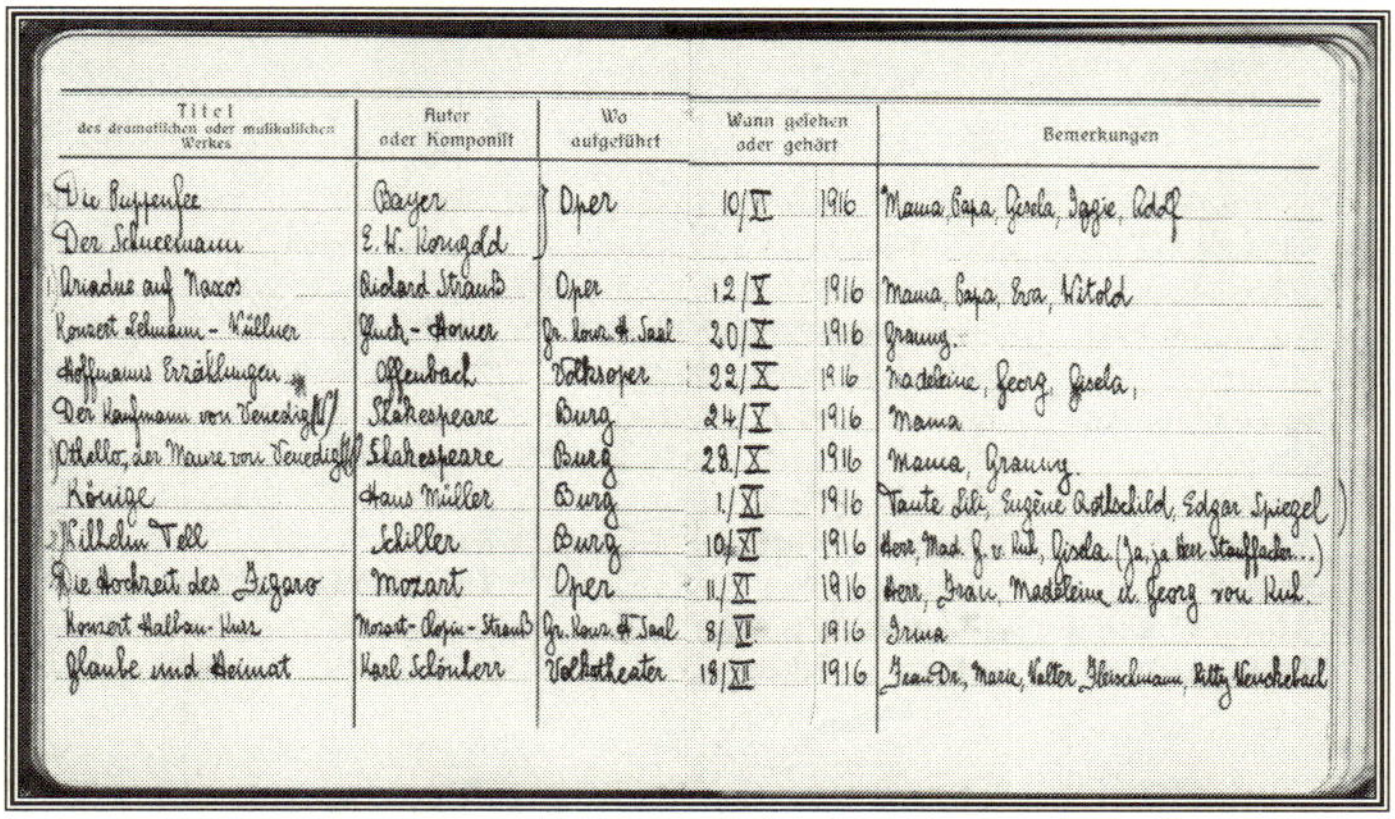

Titel des dramatischen oder musikalischen Werkes	Autor oder Komponist	Wo aufgeführt	Wann gesehen oder gehört		Bemerkungen
Die Puppenfee	Bayer	Oper	10/XI	1916	Mama, Papa, Gisela, Iggie, Adolf
Der Schneemann	E. W. Korngold				
Ariadne auf Naxos	Richard Strauß	Oper	12/X	1916	Mama, Papa, Eva, Witold
Konzert Schumann-Kullner	Gluck-Horner	Gr. Konz. H. Saal	20/X	1916	Granny.
Hoffmanns Erzählungen	Offenbach	Volksoper	22/X	1916	Madeleine, Georg, Gisela,
Der Kaufmann von Venedig	Shakespeare	Burg	24/X	1916	Mama
Othello, der Mohr von Venedig	Shakespeare	Burg	28/X	1916	Mama, Granny
Könige	Hans Müller	Burg	1/XI	1916	Tante Lili, Eugène Rothschild, Edgar Spiegel
Wilhelm Tell	Schiller	Burg	10/XI	1916	Herr, Mad. G. v. Ruh, Gisela. (Ja, ja Herr Stauffacher...)
Die Hochzeit des Figaro	Mozart	Oper	11/XI	1916	Herr, Frau, Madeleine u. Georg von Ruh.
Konzert Halban-Kurz	Mozart-Chopin-Strauß	Gr. Konz. H. Saal	8/XII	1916	Irma
Glaube und Heimat	Karl Schönherr	Volkstheater	18/XII	1916	Frau Dr., Marie, Walter Fleischmann, Kitty Neuchebach

オペラや演劇通いを記録したエリザベトの手帳　1916年

とだった。バルコニーはすばらしく見晴らしのきく地点だった。

五月十一日、エリザベトはワグナーの『マイスタージンガー』を聴きに、いとこととともにオペラ座に赴いた。「神聖なドイツの芸術」。彼女は小さな緑色の手帳にそう書いている。その手帳に、自分が出かけたコンサートや演劇について記録していた。愛国心を発露して「ドイツの」に下線を引いている。

七月、子どもたちはヴィクトルに連れられて、プラーター公園にウィーン戦争博覧会を見にいった。それは本国での戦争遂行の努力に注目を引こうと開催されたもので、士気昂揚と資金獲得の一助を目指していた。いちばんの呼び物は、軍用のドーベルマンが日課の訓練を披露してみせるドッグショーだった。いくつもの展示場で、子どもたちは鹵《ろ》獲《かく》された大砲を見ることができた。写実的な山岳地帯の戦場のパノラマもあった。それを見れば、イタリア国境で戦っている若者を思い浮かべることができた。手足を失った兵士によるコンサートもあった。チューバを吹奏しているのは、義足の兵士だった。シガレットルームも付設されていて、帰り際、兵士に煙草を寄付することができた。

本物そっくりの塹壕も初めて展示された。クラウスが辛辣に記しているが、「驚くべき迫真性をもって塹壕の生活」を再現するという触れ込みだった。

八月八日、ケヴェチェシュ滞在中のエリザベトは、母方の祖母、エヴェリナが著した暗緑色の詩集を贈られた。初版は、一九〇七年、ウィーンで刊行されていた。エヴェリナ本人による献辞が記されていた。「ここにある古い歌は、わたしから消え去っていました。それがあなたに鳴り響くならば、わたしにも再び鳴り響くでしょう」

ヴィクトルは銀行で自分の務めを果たしていた。後方に残っている有能な若者の多くとともに、縁の下の力持ち的な仕事をしていたのだ。彼は財政支援に関しては寛大で愛国的だった。戦時公債を大量に買いこみ、さらに買い足した。グートマンをはじめとするヴィーナー・クラブの友人からは、自分たちがそうしているように、資金をスイスに移動しておくよう助言されたが、そうはしなかった。それは愛国心に欠ける行為だった。晩餐の席で、額から顎まで顔を撫でながら、彼はこういった。どんな重大局面でも、役立つことを待ち望んできた人間には機会が訪れるものだ、と。

ヴィクトルは帰宅すると、書斎で長い時間を過ごすようになった。「図書の蒐集は」彼はヴィクトル・ユーゴーを引用してこういっている。「信頼の行為である」。彼の元に届く本はめっきり減った。ペテルブルク、パリ、ロンドン、フィレンツェからは皆無だった。ベルリンの新しい業者から送られてくる本は、質の点で彼を失望させた。彼がそこで葉巻をくゆらせながら、どんな本を読んでいたかは、わかる由《よし》もないのだが。ときには、盆に用意された夕食が運びこまれることもあった。彼とエミーの間柄は必ずしも良好ではなかった。子どもたちは彼女が声を荒らげるのを前よりも頻繁に聞くようになった。

戦前は、夏がくるたびに、梯子とバケツとモップで中庭の屋根を清掃する作業が行われていた。ところが、男手がなくなって、中庭を覆うガラスは二年も清掃されないままだった。差しこんでくる光も、前よりどんよりしていた。

境界は曖昧になっていた。子どもにとって、愛国心とは明確であって、同時に不明確なものだった。通りや学校では、「イギリス人は嫉妬深く、フランス人は復讐に飢え、ロシア人は強欲だ」という話が聞こえてきた。一族のネットワークが不通になって、出かけられる先も月を追って少なくなってきた。手紙はやりとりできても、イギリスやフランスの親類と会うことも、以前のように旅行することもできなくなった。

夏になっても、一家はルツェルン湖畔のシャレー・エフルッシに出かけることはできなかった。それで、長い休暇の間、ずっとケヴェチェシュに滞在していた。しかし、それは、少なくとも、きちんと食べられるということを意味した。野兎の肉のロースト、猟獣や猟鳥の肉のパイ、プラムのダンプリング。それはできたてにホイップクリームをかけて食べるのがおいしかった。九月になると、狩猟パーティーがあった。前線で敵を撃っていた親類たちが休暇をとり、山鶉《やまうずら》を撃ちにやってきた。

十月二十六日、ケルントナーシュトラーセのマイスル&シャドン・ホテルのレストランでカール・フォン・シュテュルク首相が暗殺された。事件には広く世の耳目をひく点が二つあった。一つは、暗殺者が急進的社会主義者のフリッツ・アドラーであったということ。フリッツは社会民主党指導者ヴィクトル・アドラーの息子にほかならなかった。もう一つは、首相がマッシュルームスープ、すりつぶした蕪《かぶ》を添えたボイルドビーフ、プディングという質素なランチをとっていたことだった。食前にはスプリッツァー（白ワインをソーダで割ったもの）を飲んでいた。ほかにも、エフルッシ家の子どもたちが大いに興奮した点があった。夏の初めに両親とともにイシュラー・トルテ、つまりアーモンドとチェリーを詰めたチョコレートケーキを食べたのが、まさにそのレストランだったのだ。

一九一六年十一月二十一日、フランツ・ヨーゼフ一世が死去した。

新聞全紙が黒枠で報じた。皇帝崩御《ほうぎょ》、カイゼル・フランツ・ヨーゼフ——お隠れに！　数紙は皇帝独特の懐疑的な表情の彫版を載せた。《ノイエ・フライエ・プレッセ》は文芸欄を外した。《ヴィーナー・ツァイトゥング》はもっとも視覚に訴える反応を見せた。白紙の一ページに死亡公告のみというのがそれだった。週刊誌もいっせいに追随したが、《ボンベ》はその例外だった。ベッドの娘が紳士を見て驚いているという図を載せた。

フランツ・ヨーゼフは八十六歳、一八四八年から帝位にあった。めっきり冬めいた日、ウィーンを長大な葬列が進んだ。街路に沿って兵士が立ち並んだ。皇帝の棺《ひつぎ》は、黒い羽根飾りをつけた馬八頭が引く霊柩車に載せられていた。その両側を、胸を勲章で埋めた年配の皇族、近衛兵の代表が行進した。棺のあとに従うのは、新帝のカールと、地面に垂れるベールをつけた后《きさき》のツィタ、その間にいるのは四歳の皇子オットーだった。皇子は白い服に黒い飾り帯をかけていた。大葬は、ブルガリア、バイエルン、ザクセン及びヴュルテンベルク王、さらには五十人の皇族男女、四十人の王子王女の参列のもと、大聖堂で執りおこなわれた。そのあと、葬列は曲がりくねりながら、ホーフブルク宮殿に近いノイエマルクトのカプチン派教会へと進んでいった。行く先は、その地下の帝室納骨堂だった。教会には脚本どおりに入場し——近衛兵が三度ノックし、二度は拒否される——しかるのち、フランツ・ヨーゼフは皇后エリザベトと早世の長子、自殺したルドルフの間に葬られた。

エフルッシ家の子どもたちは、おいしいケーキを食べたケルントナーシュトラーセの角のマイスル＆シャドン・ホテルに連れていってもらって、一階の窓から葬列をながめていた。ひどく寒い日のことだった。

ヴィクトルは三十七年たったのちでも、羽根飾りのついた柔らかい帽子が居並ぶマルクトの光景をおぼえていた。彼の父親が貴族に列せられたのは、それより四十六年前のことだった。フランツ・ヨーゼフがリングシュトラーッセを、ヴォティーフ教会、議事堂、オペラ座、市庁舎、ブルク劇場を開設してから一世代を経たのちだった。

子どもたちはそれまでに見た皇帝の行列のことを思った。彼らはウィーンとバートイシュルで何度となく皇帝の馬車を見かけていた。皇帝と連れのシュラット夫人が同乗していたのを思いだした。夫人は彼らに手を振った。手袋をはめた右手が小さく控えめに揺れ動いた。彼らは魔女といわれた厳格な大おば、アナ・フォン・ヘルテンリートを訪ねたあと、家族の中で繰り返されたジョークを思いだした。それは、大おばさんとその質問から無事に逃げだすことができたら、ほかの誰かがそれをいう前に、皇帝の言葉をいわなければならないというものだった――「結構、結構、余は満足じゃ」

十二月初め、化粧室で重要な顔合わせがあった。エリザベトが初めて自分のドレスのスタイルを選ぶことを許されたのだ。それまでにも何着ものドレスをつくっていたが、自ら決定を下すのを認められたのは今回が初めてだった。それこそ、服が大好きなエミーとギゼラとイギーが、そして、彼らの面倒をみていたアナが待ちに待っていた瞬間だった。化粧台の上には布の見本帳が置かれていた。エリザベトはボディス（婦人用胴着）の上に蜘蛛の巣模様のドレスという案を示した。

イギーはぞっとした。エリザベトが自分の望みを述べたとき、周囲が呆れて物もいえなくなったその様子を、七十年後に東京で物語ってくれた。「要するに、エリザベトはまるでセンスがなかったということだ」

一九一七年一月十七日、新たな布告が発せられた。有罪判決を受けた不当利得者の氏名を、新聞の一覧と居住地区の掲示板に載せるというものだった。それは多少なりとも退蔵物資を吐きださせる圧力となった。多くの不当利得者の名前があげられたが、そのうち、だんだんと削除されていった。物資隠匿者、高利貸し、東方ユダヤ人、ガリツィア人、ユダヤ人と。

三月、皇帝カール一世は学校の休日を新設した。十一月二十一日をもって、フランツ・ヨーゼフが死去し、自らが帝位についたのを記念する日としたのだ。

四月、エリザベトはシェーンブルン宮殿のレセプションに列席した。帝国防衛のために斃《たお》れた兵士の未亡人のために何かを、という婦人委員会が開いたものだった。それがどんなものだったか、正確なところはわからない。しかし、国の舞踏場に盛装の婦人百人もが集まった華麗な写真が残っている。そこでは、ロココ様式の漆喰細工と鏡のもとで、無数の帽子が大きな弧を描いている。

五月、ウィーンでは十八万体もの玩具の兵士を集めた展覧会が開かれた。夏の間、市内ではあらゆるものが勇壮一色に染められた。一年を通じて、新聞には空白のスペースが絶えなかった。検閲で情報や論評が削除されたのだ。

根付があるエミーの化粧室とヴィクトルの化粧室の間の廊下は、ますます長くなっていくようだった。エミーが午後一時の食卓に姿を見せないこともたびたびで、そんなときはメードが彼女の席を取り除かなければならなかった。その間、誰もが気がつかないふりをしていた。午後八時にも、席を取り除くことが間々あった。

食料も次第に大きな問題となってきた。二年ほど前から、パンと牛乳とじゃが芋には行列ができていたが、今では、キャベツとプラムとビールがそうなっていた。家庭の主婦は想像力を働かせるよう慫慂《しょうよう》された。クラウスは料理上手のゲルマンの主婦を描写している。「きょうは材料がたっぷりあるわ……何だってそろってる。ヒンデンブルクのエクセルシオール・ブランドのココアクリームスープのキューブでつくった健康的なスープ、代用のコールラビ（茎が球状に肥大した野菜）を添えた、おいしい代用の兎肉、パラフィンからつくったポテトパンケーキ……」

硬貨も変わった。戦前は、クローネ金貨、あるいは銀貨が鋳造されていた。戦争の三年を経て、それは銅貨に変わった。この夏、さらに鉄貨に変わった。

カール一世はユダヤ系の新聞で熱烈に歓迎された。《ブロッホ週刊新聞》によると、ユダヤ人は「帝国のもっとも忠実な支持者であるばかりでなく、絶対的なオーストリア人なのである」

一九一七年の夏、エリザベトはアルタウッセ（オーストリア中部の山村）にあるオッペンハイマー女男爵の田舎の邸宅に、親友のファニーとともに滞在した。ファニー・レーヴェンシュタインは幼時を欧州各地で過ごし、エリザベトと同じだけの言葉を話した。二人とも十七歳で、詩を熱愛し、絶えず何かを書いていた。二人の興奮を呼んだのは、詩人のフーゴ・フォン・ホフマンスタールと作曲家のリヒャルト・シュトラウスが、前者の二人の息子ともども滞在していたことだった。邸宅の宿泊客には、歴史家のヨーゼフ・レートリヒもいた。エリザベトが六十年後、彼について書いたところによると、「オーストリアとドイツの敗戦が迫っているという予言で、ファニーとわたしはとても不愉快な印象を受けました。わたしたちは最終的な勝利という公式声明をまだ信じていましたから」

十月、《ライヒスポスト》は、オーストリア＝ハンガリーに対する国際的陰謀がある、レーニンもケレンスキー（ロシア革命後の臨時政府首相）もノースクリフ卿（イギリスの新聞王）も皆ユダヤ人であると主張した。ウッドロー・ウィルソン大統領もユダヤ人の「影響を受けて」行動している、と。

十一月二十一日、先帝の一周忌、学童は一日休みをもらった。

一九一八年の春、状況は非常に悪化していた。そんな中で、クラウスが《ファケル》に書いた評によれば、「名高い社交サークルのまぶしいばかりの中心」をなすエミーは、前にも増してまぶしい存在になっていた。彼女には新しい愛人がいた。騎兵連隊に所属する若い伯爵で、一家の友人の息子だった。彼はケヴェチェシュの常連の客で、自分の馬を連れてくるほどだった。また、たいへんな美男子で、年齢もヴィクトルよりエミーにずっと近かった。

その春、『わたしたちの皇帝ご夫妻《ウンザー・カイザーパール》』という帝国の学童向けの本が刊行された。フランツ・ヨーゼフの大葬での新帝夫妻と皇子について述べたものだった。「情愛深いご夫妻は、ご長子が母君自らの手で紹介されるよう取りはからわれました。この写真から、まるで魔法のように、統治者ご夫妻と人々の間に理解の絆が生まれました。母君のお優しいしぐさが帝国をうっとりさせたのです」

四月十八日、エリザベトとエミーはブルク劇場へ『ハムレット』を観にいった。信じられないほどの美男子、アレクサンダー・モイシが主役を演じていた。「人生でこれほど感銘を受けたことはなかった」。エリザベトは緑色の手帳にそう記している。エミーは三十八歳で、妊娠二カ月だった。

一家に吉報がもたらされたのは、その春のことだった。エミーの妹二人が婚約したのだ。二十七歳のゲルティはタイボーと結婚することになった。ハンガリーの貴族で、姓はトゥローツィ・ドゥ・アルショー・ケレシュテグ・エ・トゥロチー・セントー・ミハイ。二十五歳のエヴァはジェナーと結婚することになった。こちらはそこまで風変わりではないヴァイス・フォン・ヴァイス・ウント・ホルステンシュタイン男爵という名乗りだった。

六月、ストライキの波が起きた。小麦粉の配給量は今や一日わずか三十五グラム、コーヒーカップ一杯を満たすだけだった。パンを積んだ何台ものトラックが、女子どもの大群に待ち伏せされた。七月には牛乳が姿を消した。授乳中の母親や慢性病患者に取り置かれるということだったが、そういう人々にしても実際に入手するのは困難だった。多くのウィーン人は、郊外の畑でじゃが芋を漁って、ようやく生き延びていた。政府はリュックサック携行の可否について論議した。都市生活者がリュックサックを持ち歩くのを認めるべきか？　もし、認めるなら、鉄道駅での検査を実施するべきか？

中庭には鼠が出没した。もちろん、それは琥珀の眼をした象牙の鼠ではなかった。

ユダヤ人に対するデモの数も増えていた。六月十六日、ウィーンでドイツ人集会が開かれた。皇帝への忠誠を誓い、汎ドイツ同盟という目標を再確認するものだった。ある演説者が問題の解決法を提示した。国家の傷を癒やすためのユダヤ人虐殺を、というのがそれだった。

六月十八日、警視総監からヴィクトルに、パレの中庭に部下を駐在させたいという申し入れがあった。そこには、ガソリン不足で使用されていない車が置いてあった。警察としては不穏な事態に備えをしておきたいが、人目にはつかないところで、という趣旨だった。ヴィクトルは受諾した。

脱走が増える一方だった。ハプスブルクの軍隊では抗戦するより降伏する者のほうが多かった。二百二十万もの兵士が捕虜になった。それは捕虜になった英国兵の十七倍の数だった。

六月二十八日、エリザベトはショッテンギムナジウムから学年末の成績表を受け取った。宗教、ドイツ語、ラテン語、ギリシャ語、地理歴史、哲学、物理の七科目が〝秀〟、数学一科目が〝優〟だった。七月二日には、先帝の頭像の印を押された大学入学許可書を交付された。印刷された〝男子〟という文言は線を引いて消され、代わりに青インクで〝女子〟と記されていた。

暑い日が続いた。エミーは妊娠五カ月の身で盛夏を迎えようとしていた。生まれてくる子が愛され、かわいがられるのは当然と思われた――一方で、悩みの種にもなりそうだった。

ケヴェチェシュの八月。庭の手入れにあたっているのは老人二人だけだった。長いヴェランダの薔薇は放置されていた。九月二十二日、ギゼラ、エリザベトとゲルティ叔母はオペラ座に『フィデリオ』を聴きにいった。二十五日には、ブルク劇場に『ヒルデブラント』を観にいった。エリザベトは観客の中に大公がいたと記している。ブラジルがオーストリアに宣戦布告した。十月十八日、チェコ人はプラハを奪取して、ハプスブルク家の支配を覆し、独立を宣言した。十月二十九日、オーストリアはイタリアに休戦を求めた。十一月二日午後十時、凶暴なイタリア人捕虜がウィーン郊外の収容所から脱走して市内に乱入した、というニュースが流れた。十時十五分、ニュースはさらに迫真性を帯びてきた——脱走した捕虜は一万から一万三千人で、ロシア人捕虜も合流したというのだ。リングシュトラーセ沿いのカフェに伝令が走り、将校たちに警察本部へ出頭するよう命じてまわった。多くの将校がそれに従った。二人の将校は、オペラ座を去ろうとしていた人々に向かい、ただちに帰宅して扉の錠をかけるよう大声で呼びかけた。十一時には、ウィーン防衛について警察首脳が軍と協議した。午前零時には、報道はひどく誇張されたものだったという内務大臣の声明が発表された。明けがたには、脱走云々は流言飛語だったと確認された。

十一月三日、オーストリア=ハンガリー帝国は崩壊した。翌日、オーストリアは連合国との休戦協定に署名した。エリザベトはいとこのフリッツ・フォン・リーベンとブルク劇場に出かけて『アンティゴネ』を観た。十一月九日、ドイツ皇帝ヴィルヘルム二世が退位した。十一月十二日、皇帝カール一世がスイスへ逃れ、オーストリアは共和国となった。宮殿に押し寄せる人波は終日絶えることなく、その多くが赤い旗や幟《のぼり》を押し立てていた。群衆はさらに議事堂へと向かった。

十一月十九日、エミーは男子を出産した。

金髪で青い眼をしたその男の子は、ルドルフ・ヨーゼフと名づけられた。ハプスブルク帝国が崩壊した今、男子につける名前としては、これ以上ないというほどに物悲しいものだった。

周囲の状況は困難をきわめていた。インフルエンザが猛威を振るい、与えるべきミルクもなかった。エミーは病床に臥《ふ》していた。イギーが生まれてからは十二年、最初の子であるエリザベトが生まれてからは十八年がたっていた。戦時中に妊婦でいるというのは並大抵のことではなかった。五十八歳のヴィクトルは、自分がまた父親になることに驚かされた。生まれてきた子をめぐる複雑な事情と驚きの中でも——複雑な事情というのは多岐にわたったが——エリザベトがもっとも心を痛めたのは、赤ん坊の実の母親ではないかと多くの人に思われたことだった。というのは、彼女はもう十八歳になっていたし、母親も祖母もずいぶん若くして子どもをもうけていたからだ。あれやこれやと噂が飛び交った。エフルッシ家は体面の維持に努めた。

エリザベトは当時を回想した短い手記の中で、そういう不安な状態について書いている。「細かいことはほとんどおぼえていません。ただ、たいへんな心配と恐ればかりでした」

しかし、「その一方で」エリザベトは最後に意気揚々と一行を付け加えている。「わたしは大学の受講手続きをすませました」。彼女は脱出した。リングシュトラーセの一方の側から反対側へと行き着いた。

21　文字どおりのゼロ

一九一八年のウィーンの冬は、ことさら寒さが厳しかった。終日、火を燃やしておけるのは、客間の隅の白い磁器のストーブだけだった。ほかのどこもが――食堂も、図書室も、寝室も、根付のある化粧室も――凍えていた。アセチレンランプは不快なにおいを発していた。その冬、森では焚きつけにしようと木を切るウィーン人の姿が見かけられた。ルドルフが生後二週間になったかならずの時点で、《ノイエ・フライエ・プレッセ》はこう報じた。「一部の窓の奥で、かすかな光の揺らめきが見えるだけだ。街は闇の中に横たわっている」。ほとんど考えられないことだったが、コーヒーが切れて、「肉のエキスと甘草《かんぞう》の味がする……名状しがたい合成品のみ。消えることのない金気《かなけ》に慣れられるなら、お茶のほうが、といっても、もちろん、ミルクなし、レモンなしだが、わずかにましだった」。ヴィクトルはそれを飲むことを拒んだ。

敗戦後の何週間かの一家の生活を想像しようとすると、まず、通りを飛んでいく紙屑が浮かんでくる。かつてのウィーンは常に整然としていた。それが、今は、ポスターやプラカード、ビラやデモがあふれかえっていた。戦前、イギーはアイスクリームのコーンの包み紙をプラーター公園の砂利道に落として、保母に小言をいわれ、肩章をつけた男たちに続けざまに叱られたことがあった。その彼が、今は、痙攣して騒々しく刺々《とげとげ》しいこの街の破片を蹴り飛ばしながら学校へ通っていた。とんがり帽子をかぶったような形の高さ十フィートの円筒形の広告塔は、いらだったウィーン人がキリスト教徒住民、同胞市民、苦闘する兄弟姉妹に宛てた公開書簡を貼りつけておく場所になっていた。しかし、冗長なものは片端から破り捨てられ、貼り代えられていった。ウィーンは不安に包まれ、声高になっていた。

新生児を抱えたエミーは、産後の何週間かを苦しみながら過ごした。本人もルドルフも日増しに弱るばかりだった。英国の経済学者、ウィリアム・ベヴァリッジは、オーストリアの敗北から六週間後にウィーンを訪れ、こう書いている。「自分の赤ん坊に何とか最初の一年を乗りきらせようと哺育している母親たちは、英雄的ともいえる努力をしている。しかし、それは母親自身の健康を犠牲にしてなされているのであって、しかも、多くはむなしい結果に終わっている」。エミーとルドルフを、さらにはギゼラとイギーをウィーンからケヴェチェシュへ疎開させようという話も出たが、車はガソリンがなく、列車も混乱状態だった。やむなく、一家はパレに留まった。リングシュトラーセに背を向け、幾分なりとも静かな部屋を選んで。

開戦時、パレは、公共のスペースに囲まれた私邸ということで、どこか無防備な感じがしていた。今、平和にはなったが、戦争中よりもむしろ脅威が強まったように思われた。誰が誰と戦っているのか分明でなく、革命に向かうのかどうかも分明ではなかった。復員兵や捕虜が、ロシアの革命とベルリンの労働者の抗議運動の直接的な見聞を携えて、ウィーンに戻ってきた。夜間には、〝自由射撃〟――無差別発砲――があちらこちらで起きた。オーストリアの新しい国旗は赤、白、赤だったが、若く騒々しい一部の集団は、それをいったん裂いて縫いあわせれば、格好の赤旗になるのに気がついた。

旧帝国の隅々から、今は国を失った文官たちがウィーンへやってきた。だが、自分たちが苦心の報告を送っていた帝国の省庁はすべて閉鎖されていた。街頭では、胸に勲章をつけた傷痍軍人ばかりでなく、戦争神経症で震えの止まらない者も数多く見られた。木でつくった玩具を売っている尉官や佐官の姿もあった。その一方で、帝室のモノグラム（頭文字などを図案化したもの）入りのリネン類の大きな包みが、なぜか市民の所帯に流れこんでいた。また、帝室の鞍、その他の馬具が市場にあらわれた。警護部隊が宮殿の地下蔵に入りこみ、ハプスブルク家が貯えたワインを見る見る飲み干したとも噂された。

人口二百万弱のウィーンは、臣民五千二百万を擁する帝国の首都から、市民六百万の小国の首都に転落した。そのような激変には、とても順応できるものではなかった。何かと話題になるのは、オーストリアは独立国として存続できるのかということだった。存続は経済的な問題であるのみならず、心理的な問題でもあった。オーストリアは自らの縮小といかに折りあっていくかを知らないように見えた。一九一九年のサン＝ジェルマン＝アン＝レー条約で明確化した〝カルタゴの平和〟――敗者に苛酷で懲罰的な和平――は、帝国の分割を意味するものだった。それによって、ハンガリー、チェコスロヴァキア、ポーランド、ユーゴスラヴィア及びセルブ・クロアート・スロヴェーン国の独立が認められた。イストリアは離れた。トリエステも離れた。ダルマチアの島々のいくつかも切り取られた。オーストリア＝ハンガリーは長径五百マイルほどのオーストリアになった。懲罰的な賠償が科せられた。軍は兵員三万の志願兵によって再編された。ウィーンはほろ苦い冗談の種にされた。縮んだ体に大きな頭の〝水頭症〟である、と。

多くの事物が変わり、氏名や住所も変わった。新たな時代精神の中で、帝国の称号はすべて廃された――もはや〝フォン〟はなかった。士爵、男爵、伯爵、侯爵、公爵もなかった。以前、郵便局員、鉄道員は、自分の肩書きにk&kと加えることができたが、それも終わりになった。ただし、ことさら肩書きを重んじる国のオーストリアであれば、その他の肩書きが急増したのは当然のことだった。たとえ無一文になっても、前と変わらず、講師、教授、評議員、教育委員、商学士、取締役と呼んでもらえそうだった。それは女性でも同じだった。

街路もまた変わった。フォン・エフルッシ家が住んでいるのは、ハプスブルク家の皇帝にちなんで名づけられたウィーン一区フランツェンリング二四番地ではなかった。エフルッシ家は今、皇帝から解放された十一月十二日にちなんで改名されたウィーン一区デル・リング・デス・ツヴォルフテン・ノーヴェンバス二四番地に住んでいた。エミーはこの改名の経緯がフランス的に過ぎると異を唱えた。この分では最後には共和国通り《ルー・ド・ラ・レパブリク》になってしまうのではないか、と。

何が起きても不思議ではなかった。クローネの価値の下落で、新政府は飢えたウィーン人の食料のために帝国の美術コレクションを売るのではないかという憶測が飛び交った。シェーンブルン宮殿は「国際借款団に売られ、賭博の殿堂にされる」。植物園は「アパート建設のため撤去される」ことになっている云々《うんぬん》。

経済の崩壊に伴い、「銀行、工場、宝石、絨毯、美術作品、不動産を買おうと、世界中から声の大きな連中が乗りこんできた。ユダヤ人も遅れてはいなかった。外国の強欲漢、詐欺師、偽造屋がウィーンに流れこみ、寄生虫のような厄介者がそれについてきた」。一九二五年のサイレント映画『喜びなき街』は、そういう状況を背景にしている。車のヘッドライトが、夜になっても絶えない肉屋の前の行列をかすめて通る。「多くの人が一晩じゅう待ったのち、手ぶらのまま追い返される」。鉤鼻の「国際的相場師」が鉱山会社の株の暴落を企む一方で、男やもめの公務員（それ以上に哀れなウィーン人の典型があっただろうか？）は年金で株を買い、すべてを失う羽目になる。グレタ・ガルボ演じるその娘は、眼がくぼみ、空腹で弱っているが、キャバレーで働くしかない。救いをもたらすのは、ハンサムな紳士の赤十字社員で缶詰の食料を持ってきてくれる。

その時期、反ユダヤ主義はウィーンでいっそうの広がりを見せた。当然、「東方ユダヤ人の襲来」に抗議する喚声を伴ったデモの騒ぎが聞こえただろうが、みんながそれを笑っていたのをイギーはおぼえている。自慢の制服に身を包んだ若者のグループ、ダーンドル（ゆったりしたスカート）や革ズボンという農民の衣裳のオーストリア人の集団誇示行動に笑いを誘われたのだ。そういうパレードが次から次へとひっきりなしに続いた。

　恐ろしいのは、蛮行を伴ういがみあいだった。それは復活した汎ドイツ学生友愛会ブルシェンシャフテンと、ユダヤ人学生や社会主義学生との間で、大学の階段で繰りひろげられるものだった。イギーはギゼラとともに客間の窓からそういう流血の争いをながめていた。それを見とがめた父親が怒りで蒼白になったのをイギーはおぼえていた。「おまえたちが見ているのに気づかれてはならん」彼は怒鳴った——大声を上げることのない人が怒鳴ったのだ。

「オーストリア・アルプスをユダヤ人で汚すな」というスローガンのもと、ドイツ＝オーストリア山岳会はユダヤ人会員を排除した。登山者は山小屋で一夜を明かしたり、ストーブでコーヒーを沸かすことができたが、何百もの山小屋の利用権を握っているのは山岳会だった。

　多くの仲間と同じように、イギーとギゼラも、初夏の間、山へハイキングに出かけた。グムンデン（オーストリア中部の観光保養地）までは汽車に乗り、そこから、めいめいリュックサックを背負い、ステッキ、寝袋、チョコレート、紙袋入りのコーヒーと砂糖を携えて出発した。ミルクやハードロール（皮の硬いロールパン）、三日月形にスライスしたイエローチーズは農家から入手できた。都会から解放されるのは気分が浮き立つものだった。イギーがわたしに語ったことがある。一度、ギゼラの友人を伴ってハイキングに出かけたとき、アルプスの高地で夕闇に閉ざされてしまった。冷えこみが強まる中、ようやく山小屋に行き着いた。そこでは、学生たちがストーブを囲み、にぎやかに騒いでいた。彼らはわたしたちに会員カードを見せるよう求め、それから、出ていけといった。ユダヤ人は山の空気を汚すというのだ。

わたしたちは承知した、とイギーはいった。闇の中、谷を下ったところで納屋を見つけた。だが、友人のフランツィはカードを持っていたので、山小屋に留まった。わたしたちは二度とその話をしなかった。

反ユダヤ主義について語らずにすますことは可能だった。しかし、聞かずにすますことは不可能だった。ウィーンでは、政治家が何をどこまでいえるかについて、合意が成立してはいなかった。一九二二年、ある出版物によって、それが試される事態が起きた。その出版物とは、小説家にして扇動家のヒューゴ・ベタウアーの『ユダヤ人なき街《ザ・シティー・ウィズアウト・ジューズ》——明後日についての小説《ア・ノヴェル・アバウト・ザ・デイ・アフター・トウモロー》』だった。彼は人を辟易させるこの小説で、戦後の貧窮とデマゴーグの出現に苦悩するウィーンの物語を語っている。そのデマゴーグ——市長のドクター・カール・ルエーガーを彷彿させるドクター・カール・シュヴェートフェガーという人物——は、簡単な手法で大衆を糾合する。「今日《こんにち》の矮小なオーストリアを見てみようではないか。新聞は誰の手中にあるのか？　その結果、世論は誰の手中にあるのか？　ユダヤ人の手中にあるのだ！　不運な一九一四年以来、巨万の富を積みあげてきたのは誰か？　ユダヤ人である！　大量の通貨の流通を管理しているのは誰か？　大銀行の重役席についているのは誰か？　あらゆる産業の実質的な支配者は誰か？　われわれの劇場を所有しているのは誰か？　ユダヤ人である！……」。首相には解決策が、単刀直入な解決策があった。オーストリアはユダヤ人を叩きだすというのがそれだった。異人種間結婚でできた子を含むユダヤ人全員を、列車に乗せて整然と国外へ追放する。ひそかにウィーンに留まろうと企むユダヤ人も、死の苦痛のもとで、同様に処置する。「午後一時、ユダヤ人を乗せた最後の列車がウィーンを発ったと告げる汽笛が鳴った。六時……オーストリアにもうユダヤ人はいないと知らせる教会の鐘が響いた」

家族の別離という愁嘆場を冷ややかに記述し、封印列車がユダヤ人を運び去る絶望的な駅の場面を織りこんだこの小説は、同時に、活性化の原動力であったユダヤ人が去ったウィーンがくすんだ田舎町へ没落する様をも描きだしている。最後にユダヤ人を呼び戻すまで、ウィーンには劇場もなく、新聞もなく、噂もなく、金《かね》もないのだ。

ベタウアーは一九二五年にナチスの青年に暗殺された。犯人の裁判では、オーストリア国家社会主義労働者党（オーストリア・ナチス党）の指導者が弁護に立ち、分裂したウィーンの政治状況の中で、幾分かでも党に威信をもたらそうとした。その夏、若いナチス八十人が「ユダヤ人、出ていけ！」と叫びながら、混みあうレストランを襲撃した。

この時期の惨状の一端は、インフレの影響に見てとれる。早朝、バンクガッセのオーストリア＝ハンガリー銀行の建物を通れば、印刷機が紙幣を増刷するガチャガチャという音が聞こえると噂された。あるいは、インクがまだ乾いていない紙幣を渡されるとも。銀行家の中には、通貨を全面的に切り替えて再出発すべきであると論じる者もいた。新通貨としてはシリングが取り沙汰されていた。

「冬の間、通貨単位とゼロとが雪となって天から降ってくる。何十万、何百万と。だが、その無数の雪片の一つ一つが手の中で融けていく」。ウィーンの小説家、シュテファン・ツヴァイクは一九一九年という年について、小説『変身の魅惑』の中でそう書いている。「金《かね》は眠っている間に融け、市場へ出直そうと靴を履き替えている間に（木の踵で、すぐに駄目になる）飛び去ってしまう。誰も立ち止まりはしないのに、けっして間に合うことはない。生活は足し算、掛け算の数学になっていく。狂ったように旋回する数字、最後に残った財産も強欲な黒い真空の中に巻きこむ渦……」

ヴィクトルは自分の真空をのぞきこんだ。ショッテンガッセの先の事務所の金庫の中には、権利書や債券、株券の束が積み重ねられていた。今では、それが紙屑同然になっていた。さらに、連合国の懲罰的な和解条件のもと、敗戦国の国民として、ロンドンとパリの全資産、四十年以上かけて積みあげてきた預金、ある都市では会社の建物、別の都市ではエフルッシ社の株を没収された。また、ボルシェヴィキの猛火が燃えさかる中、ロシアでの資産――サンクトペテルブルクに保管していた金《きん》、バクーの油田の株、ヴィクトルがいまだにオデッサで所有していた鉄道や銀行や土地――も消滅した。それはとてつもない金額の喪失というにとどまらず、さまざまな形態の資産の喪失を意味した。

そして、より私的なことに触れれば、戦争たけなわの一九一五年、シャルルの長兄でシャレーの所有者であるジュール・エフルッシが死んだ。ヴィクトルに贈ると約束されていたジュールの莫大な資産は、ヴィクトルが敵国民であるという理由で、すべてフランスの親類に渡った。帝政時代風の家具調度も、川岸に張りだした柳を描いたモネの絵も。「かわいそうなママ」とエリザベトは書いている。「長いスイスの夜はむなしく過ぎるだけ」

一九一四年、開戦前に、ヴィクトルは二千五百万クローネの現金性資産、ウィーン周辺に散らばるいくつかの建物、パレ・エフルッシ、〝百名画〟のコレクション、数十万クローネの年収を有していた。それは今日《こんにち》では四億ドルに相当する。しかし、彼が五万クローネで賃貸に出していたパレの二つのフロアも、今はもう収入をもたらしてはいなかった。そして、資金をオーストリアに残すという彼の判断も、破滅的な結果につながった。この急造の愛国的オーストリア市民は、一九一七年も遅くなってから戦時公債に大金を投じたのだが、それもまた紙屑同然になったのだ。

ヴィクトルは一九二一年三月六日と八日、旧友の金融業者、ルドルフ・グートマンとの危機対策の会合で、すべてが深刻な状態にあることを認めた。「証券取引所ではエフルッシがウィーン一との評判を得ています」。グートマンは四月四日、また別のドイツの銀行家、シーペル氏なる人物に書き送っている。エフルッシ銀行は今も底力を有するとされ、バルカン諸国へ延びた営業圏のせいで役立つビジネスパートナーと位置づけられた。グートマン家も銀行に資本参加し、二千五百万クローネを投入した。また、ベルリン銀行（ドイツ銀行の前身）は七千五百万クローネを提供した。ヴィクトルは今、家族経営の銀行の半分を所有するだけだった。

ドイツ銀行の文書保管室に収納されているのは、無数の書類のファイルだ。パーセンテージの線上を用心深く行き来した軌跡、その中にはヴィクトルとの商談の報告も。しかし、マニラ紙の陰影を通じて聞こえてくるのは、かすかに震えるヴィクトルの声だ。揺れ動く声音に疲労が感じられる。事業は「文字どおりのゼロ」になっていた。

この喪失感、遺産を守れなかったという感覚は、ヴィクトルを深く蝕《むしば》んだ。彼は相続人だった。その彼が相続した財産を失ったのだ。彼の世界が各所で閉ざされた——オデッサ、サンクトペテルスブルク、パリ、ロンドンでの生活は終わり、ウィーンだけが残った。水頭症のようなリングシュトラーセのパレだけが。

エミーと幼いルドルフを含めた子どもたちは、必ずしも窮迫したというわけではなかった。食料や燃料のために何かを売らなければならないということはなかった。しかし、彼らが所有する物といえば、広い家の中にある物に限られた。根付は今も化粧室の漆塗りの戸棚の中に置かれていた。アナがエミーの化粧台の花を替えにくるとき、ついでに埃を払っていた。壁には今もゴブラン織りのタペストリーとオランダの巨匠たちの絵が掛けられていた。フランス製の家具は今もきれいに磨かれ、時計は今もねじを巻かれ、蠟燭の芯は今もきちんと切られていた。セーブル焼きは今も銀器保管室の隣の磁器のクロゼットにおさめられ、リネンを敷いた棚に一式ずつ並べられていた。二連のEとみごとな総帆の船をあしらった金の正餐用食器一式は、今も金庫にしまわれていた。中庭には今も自動車が置かれていた。しかし、パレの内部の物質的生活に前ほどの流動性はなくなっていた。世界は〝転覆〟を経験していた。それは生活を構成する物に、ある種の重みをもたらしていた。物は保存しなければならず、ときには、愛玩しなければならなかった。それがただの背景になってしまう前に、せわしない社交生活の中のまぶしくも朧《おぼろ》な影になってしまう前に。数えることができない物、測ることができない物が、ようやく正しい価値を認められるようになってきた。

巨大な崩落が起きていた。物は以前のほうがはるかに良質で豊富だった。おそらく、それがノスタルジアの初めての兆しだったのだろう。物を取っておくのと失うのは対極にあるとは限らないという考えにわたしは傾く。大昔、決闘の介添え人を務めた記念の品である銀の嗅ぎ煙草入れをなくすことはないだろう。恋人から贈られたブレスレットをなくすことはないだろう。ヴィクトルとエミーはあらゆる物——あらゆる所有物、引き出しいっぱいに詰められた物、壁いっぱいに掛けられた絵——を取りおいてはいたが、将来のさまざまな可能性に対する感覚は失っていた。彼らはそうして衰えていったのだ。

ウィーンはノスタルジアに囚《とら》われていた。ノスタルジアは彼らの邸宅の重いオーク材の扉を打ち破った。

22　自らの人生を変えねばならない

エリザベトの大学での新学期は混沌としたものだった。ウィーン大学の財政状況は危殆《きたい》に瀕しており、広くオーストリアに、とくにウィーンに向けて、支援を求めるアピールが発せられていた。「速やかなる援助が得られなければ、本学が小規模な専門学校の水準にまで落ちこむのは避けがたいことである。教授陣は薄給にあえいでいる……図書館は機能を果たせずにいる」。教授の年収では、自分のスーツと下着、妻子の衣服も買えなかった、と客員の教員が述べている。一九一九年一月には、講堂の暖房用燃料がないという理由で、講義が中止になった。しかし、それに対抗するように、可能性を追求する熱い学術的雰囲気も高まった。皮肉なことに、学ぶにはすばらしい時代となった。オーストリア——あるいはウィーン——学派の経済学、理論物理学と哲学、法律、精神分析（フロイトとアドラーの影響下にあった）、歴史と美術史。いずれの学派も、強烈な対抗意識と結びついた非凡な学識を代表していた。

エリザベトは哲学、法律、経済を選択した。それは、ある意味では、非常にユダヤ人らしい選択だった。その三分野すべての教授団で、ユダヤ人の存在が際立っていたからだ。法律では教授団の三分の一がユダヤ人だった。ウィーンで法律家を目指すのは、知識人の仲間入りをするということだった。彼女はまさにそういう風情だった。白い絹クレープのブラウス、首には黒い蝶形リボンという服装、率直で、積極的で、集中力のある知的な十八歳。感情の起伏が激しい母親との間に絶対的な境界を画しているのはそういう点だった。あるいは、ゆっくりとよみがえりつつあるパレの家庭生活、子ども部屋、生まれたばかりのやかましい弟、喧騒といったものとの間に。

エリザベトは、大学では〝ミスター自由主義者〟として知られる手ごわい経済学者、ルートヴィヒ・フォン・ミーゼスのもとで学ぶことを選んだ。ミーゼスは社会主義国家の欺瞞を力説することで評判を得つつある若手学者だった。ウィーンの街頭で共産主義者と行き逢ったら、経済論争を吹っかけて、相手が間違っているのを証明しようとさえした。彼は〝聴講者制限〟の小さなセミナーを始めた。そこでは、選ばれた弟子だけがレポートを提出した。一九一八年十一月二十六日、ルドルフ誕生の一週間後、エリザベトは〝カーヴァーの利息の理論〟を題に初めての発表をした。著名な自由市場経済学派の起源ともなったセミナーでの研鑽の厳しさは、学生たちが後々まで記憶しているほどだった。エリザベトの学生時代の小論、『インフレーションと金融難《インフラツイオン・ウント・ゲルトクナツプカイト》』（イタリック体の手書き、十五ページ）、『資本《カピタル》』（同、三十二ページ）、『ジョン・ヘンリー・ニューマン』（三十八ページ）は今、わたしの手もとにある。

しかし、エリザベトの情熱はむしろ詩に向けられていた。自作の詩を祖母や友人のファニー・ルーヴェンシュタイン－シャルフェネックに送っていた。ファニーはエゴン・シーレの絵をはじめとする現代美術を扱う活気に満ちた画廊で働いていた。

エリザベトとファニーはライナー・マリア・リルケの抒情詩に恋していた。その詩に心を奪われていた。『新詩集』二巻を暗記し、次の詩が発表されるのを待ち焦がれていた。リルケの沈黙は耐えがたかった。リルケはパリでロダンの秘書をしていたことがあった。戦後、二人はロダン美術館を訪ねて敬意を表すべく、リルケのロダン論の本を携えて旅に出た。エリザベトは本の余白に鉛筆の走り書きでその折の興奮を書き残している。

リルケは当時の急進的な大詩人だった。〝事物詩〟の中で、直接的な表現と熱情的な感覚を結合させた。「〝事物〟は明確である。〝芸術的な事物〟は、それよりもなお明確でなければならない。あらゆる偶然から去り、曖昧さから離れて……」。リルケはそう書いている。彼の詩は直観にあふれている。それは事物が現前する瞬間でもある――ダンサーの最初の動作は、ぱっと燃え上がるマッチの光だ。あるいは、夏の空に変化が見られる瞬間、初対面であるかのように誰かを見なおして、はっとする瞬間。

そして、リルケの詩は危険に満ちている。「すべての芸術は、危険をくぐり抜けた結果であり、誰もその先にはいけない最果《さいは》てに至るまでを経験した結果である」。それが芸術家である所以《ゆえん》なのだ、と彼は一息入れるように述べている。「恐る恐る水面《みなも》に乗りだし／あふれんばかりの水に優しく抱かれる」寸前の白鳥のように、人生の危機に直面すれば、誰もが動揺は避けられないにしても。

「自らの人生を変えねばならない」。リルケは『古拙的なアポロのトルソー《アーケイック・トルソー・オブ・アポロ》』の詩でそう書いている。

エリザベトにとってリルケがどれほど重きをなしていたかをわたしが知ったのは、彼女が九十二歳で没したのちのことだ。何通かの手紙があると知ってはいたが、それはあくまで話に聞くだけで、それはいってみれば輝きを包みこんだ巻物のようなものだった。わたしは冬の午後、パレ・エフルッシの中庭で竪琴を抱くアポロの像の前に立ち、リルケの詩をつっかえながら思いだしていたとき、その手紙を見てみなければならないと思った。

エリザベトは叔父のピップスからリルケに紹介されていた。開戦時、ドイツで立ち往生していたリルケを救出したのがピップスだった。彼はリルケをケヴェチェシュに招く手紙を書いた。「この家はいつもあなたに開かれています。あなたがお気楽に自己紹介してくだされば、みんな大喜びするでしょう」。ピップスは気に入りの姪が詩を送るのを許してほしいと請うている。エリザベトは一九二一年の夏、リルケに――固唾を呑む思いで――手紙を書き、詩劇『ミケランジェロ』を同封して、それを彼に献呈していいかと問うた。次の春まで長い空白があったが――彼が『ドゥイノの悲歌』を完成させるために生じた空白だった――その後、彼は五枚にわたる返事を書き、それを機に二人の文通が始まった。ウィーン在住の二十歳の学生と、スイス在住の五十歳の詩人との間で。

その文通は断りで始まった。リルケは献呈を辞退したのだ。ことがうまく運べば、この詩が刊行されるかもしれないが、もし、そうなったら、その本は「わたしとの変わらぬ絆の象徴となるでしょう……あなたの〝処女作〟の良き助言者になることは喜びでありましょう。しかし、それはあなたがわたしの名をあげないという限りでの話です」。しかし、と手紙は続いている。わたしはあなたが書くものに関心を持ちつづけるでしょう。二人は五年にわたって手紙をやりとりした。リルケからは十二通の非常に長い手紙がきた。それは、最近の詩や翻訳の原稿の写し、さらには温かい献辞を添えた何篇もの詩をちりばめて、六十枚にも及んだ。

エリザベト・エフルッシ博士、詩人、法律家
1922年

もし、図書館に赴いて、リルケの著作を積み上げてみたら、一ヤードかそこらの嵩《かさ》にはなるだろう。その大半は手紙で、手紙の大半は、ジョン・ベリーマンの辛辣な表現を借りると、「地位はあるが満たされないご婦人がた」に宛てたもののように思われる。若い詩

人で女男爵でもあるエリザベトは、彼の数多の文通相手の中でとくに珍しい存在ではなかった。しかし、大変な手紙の書き手であるリルケの手紙の中でも、エリザベト宛てのものは、とくにすばらしい。感情豊かに相手を教え励まし、滑稽味もあり、真剣でもある。彼が〝書く友情〟と呼ぶものの証《あかし》になっている。それが翻訳されたことはなかったが、最近になって、英国のリルケ研究者によって書き写された。わたしは詩人本人をいったん脇に置き、手紙のコピーをテーブルの上にひろげる。このドイツの博士号を持つ学生に書き送ったしなやかでリズミカルな文章の翻訳に挑んだ二週間を、心楽しく過ごした。

リルケは友人であるフランスの詩人、ポール・ヴァレリーの作品を翻訳したが、ヴァレリーが一篇の詩も書かなかった期間、〝大いなる沈黙〟について、エリザベトへの手紙に書いている。手紙には、完成したばかりの翻訳も同封した。リルケは、パリを話題に取りあげ、最近のプルーストの死にどれほど心を動かされたかを述べている。彼の死によって、ロダンの秘書として働いたパリでの歳月を思い起こし、もう一度、彼《か》の地に戻って勉強したいという望みを抱いた、と。そして、エリザベトにプルーストを読んだかと問い、読んでおくように勧めている。

また、リルケはウィーンでのエリザベトの修行ぶりをとくに注意深く見まもっている。大学で学んでいる法律と詩という二つの学問の対照に興味をそそられたのだ。

いずれにしても、わたしはあなたの芸術的な才能については何の心配もしていません。あなたの才能は大切なものと思っています……あなたが法学の博士号を得て、どの道に進む決断をされるのか、わたしには予見できませんが、この先考えられる二つの仕事は実に対照的ですね。精神生活が多様になればなるほど、霊感が育《はぐく》まれる機会も多くなります。予言することのできない霊感、内部から湧き起こる霊感が。

リルケはエリザベトの近作の詩『一月の宵』『ローマの夜』『オイディプス王』を読んだ。「三作すべてがいいのですが、わたしはどちらかというとオイディプスをほかより上に置きますね」。この詩の中で、エリザベトは国を追われて放浪の旅に出る王を描いている。マントにくるまり、両手で目を覆った王を。「余の者たちは宮殿に戻り、すべての灯が一つ、また一つと消えていった」。エリザベトは王の放浪について強い感情を喚起するため、父親とともに、また、彼の蔵書の『アエネイス』とともに長い時間を過ごした。

エリザベトが勉強を終えて、なお時間があったなら、もっと深く文学に親しむこともできただろう。しかし、リルケからはこんな助言があった。「ヒヤシンスの青に見入るのです。そして、春に！」。彼はエリザベトの詩と翻訳について具体的な助言をした。結局のところ、「役に立つのは、慰め、いつくしむ庭師ではなく、剪定鋏《せんていばさみ》と鋤《すき》を持った人間なのです。叱責なのです！」。渾身の作品を完成させたときにおぼえる感動を、彼はエリザベトにも分かち与えている。そのまま漂い去ってしまいそうな危険な浮力を感じるでしょう、と彼は書いている。

手紙の中にも、リルケは叙情性をにじませている。

ウィーンでは、吹く風が物憂くなって、身を切られる寒さもなくなったとき、春を感じるのだろうと思います。都会では期待のうちに何かを感じることがしばしばあります。薄暗い光、思いがけなく柔らかい影、きらりと光る窓――都会にいることにとまどうかすかな感覚……わたしのパリと（たいしたことはない）モスクワだけでの経験ですが、さまざまな春の息吹がそういったものに溶けこんでいるのです。あたかも風景画のように……

そして、署名して手紙を結んでいる。「ひとまず、ごきげんよう。あなたのお手紙の温情と友情に深く感謝します。どうぞ、お元気でお過ごしください！　あなたの友、RM・リルケ」

リルケからそんな手紙をもらったときの思いはいかばかりか、考えてみてほしい。パレの朝食の部屋に郵便物が持ちこまれ、父親はベルリンから届いたベージュ色の本のカタログを開け、母親は新聞の文芸欄に読みふけり、弟妹は静かに何かを論じあっている。その中で、スイスから届いた手紙の封筒に、やや右に傾いて環を描くような筆跡があるのを目にしたときのことを想像してほしい。封筒を切り開いて、リルケが送ってくれた『オルフォイスへのソネット』中の一篇や、ヴァレリーの訳詩を見出したときのことを想像してほしい。「まるでおとぎ話のようでした。わたしはそれが自分のものだとは信じられませんでした」。その晩、エリザベトは窓際に寄せた机からリングシュトラーセを見やりながら、そう返事を書いている。

二人は面会の計画を立てた。「短い時間でしょうが、ただ短いというだけでない真実の一瞬にいたしましょう」。リルケはそう書いたが、二人がウィーンで会うことはかなわなかった。そのあと、パリでもエリザベトが時間を間違え、リルケが着く前に発たなければならなかった。わたしは二人が交わした電報を見つける。十一時十五分、モントルー（スイス、レマン湖畔の保養地）、オテル・ロリウスのリルケから、パリ、ラブレー通り三番地、エリザベト・エフルッシ嬢へ（返信料金支払い済み）。四十分後に彼女の返信、翌朝、彼の返信。

その後、リルケは患って、旅には出られなくなった。彼がサナトリウムに入って治療を受けている間、交流に中断が生じた。そして、死の二週間前に最後の手紙。さらにその後、スイスのリルケ未亡人が小包で、エリザベトが彼に送った手紙を送り返してきた。一つになった往復書簡は、一通の封筒におさめられた。それは、エリザベトの長い生涯の間、引き出しからまた別の引き出しへ移されることはあっても、終始、大切に保管された。

ピップス叔父は「いとしい姪のエリザベトへ」のプレゼントとして、ベルリンの書家に頼んで『ミケランジェロ』を上質皮紙に書き写し、彩色してもらった。それを緑色のバックラム（膠などで固めた木綿などの布）で装丁し、中世のミサ典書のように仕上げた。その本は、リルケの『時禱詩集』の初期の版、各節の冒頭の文字が洋紅色で印刷された版と優しく共鳴するものだった。わたしの父はその本が手もとにあったのをおぼえていて、探しだし、工房に持ってきてくれた。わたしは今、それを机の上に置いている。開いてみると、リルケの題辞があり、それからエリザベトの詩が始まっている。万能の彫刻家についてのこの詩は相当の出来だと思う。リルケ信奉者の面目躍如というところだ。

祖母のエリザベトが八十歳のとき、わたしは十四歳かそこらだった。わたしが彼女に自作の詩を送りはじめると、彼女はお返しに徹底的な批評と詩の読みかたのヒントを送ってくれた。わたしはいつも詩を読んでいた。わたしは本屋の娘にひそやかではあるが熱烈な憧れを抱いていた。土曜の午後になると、その本屋で小遣いをはたいてフェイバー（英国の出版社）の薄手の詩集を買っていた。それで、いつも詩集をポケットに入れていたのだ。

エリザベトの批評は歯に衣着せぬものだった。彼女は感傷を、「不正確な感情」を嫌っていた。また、その詩が一応の形式は備えていても、それが韻律に合っていなければ意味がないと考えていた。だから、本屋の黒髪の娘を歌ったわたしのソネット連作も意味がないということだった。しかし、彼女がもっとも軽蔑したのは、曖昧さだった。感情の激発の中での真実を曇らせるものだった。

エリザベトが亡くなったとき、詩の本の多くはわたしが受け継いだ。彼女には独自の番号システムがあり、リルケの『時禱詩集』は２６番、ロダン論は２８番、シュテファン・ゲオルゲ（ドイツの詩人）はＥ

36番、彼女の祖母の詩集は63番と64番になっている。わたしは父に大学の図書館へいってもらう。そこに彼女の蔵書の一部が残っているので、彼女がそれをいつごろ読んだのかを調べてもらうために。わたし自身は動きがとれない。彼女が持っていたフランスの詩集、プルーストの十二巻の小説、リルケの初期の版に隈《くま》なく目を通し、余白に書かれた評言、忘れられた抒情詩の断片、失われた手紙を求めているうちに、いつしか深更になっている。ソール・ベローの『ハーツォグ』の主人公が、代わりに本に挟んでおいた紙幣を振りだすのに幾夜も費やしたのを思いだす。

しかし、さまざまな物を見出してみると、自分は余計なことをしたのかとも思う。ミサ典書のような黒と赤の卓上日記の七月六日、日曜日のページの裏に、リルケの詩が彼女の手で筆写されているのを見つける。リルケの『エフェメリデン』のあるページには、半透明になった竜胆《りんどう》の押し花の栞《しおり》。ヴァレリーの『魅惑』に挟みこまれたウィーンのパンウィッツ氏の住所。『スワン家の方へ』には、ケヴェチェシュの居間の写真。わたしは本の表紙の日焼け具合を判定し、書きこまれた注に留意し、寄せられるであろう関心を査定する古書商のような気分になる。それは彼女の読書の領域への侵入、奇妙で不穏当な感が拭えない侵入というに留まらず、ありきたりのつまらない行動に近くなる。わたしは現実の遭遇を乾燥させてドライフラワーにしようとしているのだ。

わたしはエリザベトが根付や磁器といった物の世界にはあまり感覚を働かせなかったのを思いだす。それは、朝、どの服を着るかで騒いだり悩んだりするのを好まなかった人にふさわしい。彼女が最後に住んでいたフラットでは、壁の大半が本で埋められていた。わずかに、小さな白い棚に、陶製の小さな犬と蓋つきの壺三つが倒れないように置いてあるだけだった。彼女はわたしが陶芸の道に進むのを支持してくれた――わたしが初めて窯《かま》をつくろうとしたときには、気前よく小切手を切ってくれた――が、それは物をつくって生活を立てていくという考えをおもしろがってのことだった。しかし、彼女が愛したのは詩だった。堅固で、明確で、消滅することのない物の世界を叙情的に歌うことだった。その彼女であれば、自分の本をわたしが物神化していると知ったら嫌悪するのではないか。

ウィーンのパレ・エフルッシでは、三つの部屋が一列に連なっていた。一方の端は、図書室といった趣のエリザベトの部屋だった。彼女はそこで詩やエッセー、手紙を書いていた。詩人肌の祖母エヴェリナや、ファニーや、リルケに宛てた手紙を。反対の端はヴィクトルの図書室だった。中央がエミーの化粧室で、大きな鏡、ケヴェチェシュから送られてきた花を飾った化粧台、根付をおさめたガラス戸棚を備えていた。その戸棚も前ほど頻繁に開けられることはなくなっていた。

その当時は、エミーにとっては辛苦の歳月だった。彼女は四十代初めになっていた。まだ気にかけてやらなければならないが、よそを向いてしまった大きな子どもたちがいた。彼らはそれぞれに母親のことを心配はしていたが、母親が着替えをするときにやってきて、話をしたり、日々の秘密を打ち明けたりすることはなくなっていた。一方で、子ども部屋には、ものごとをややこしくするばかりの幼い子がいた。エミーは中立地帯ともいうべきオペラ座に子どもたちを連れていった。一九二二年五月二十八日には、イギーと『タンホイザー』へ。一九二三年九月二十一日には、ギゼラと『トスカ』へ。十二月には家族全員で『こうもり』へ。

その辛苦の歳月、ウィーンでは盛装する機会がそう多くはなくなっていた。といって、アナの忙しさが減じたわけでもなかった――小間使いというのは、常に忙しいものだった――が、化粧室はもう家庭生活の中心ではなかった。そこはひっそりしていた。

わたしはその部屋を思い、「ガラス戸棚の中にも似た震えるような静けさ」に触れたリルケの一文を思いだす。

23 ELDORADO 5-0050

年長の子ども三人は、ウィーンを離れた。

最初に発ったのは詩人のエリザベトだった。一九二四年、彼女はウィーン大学の女子学生では初めて法学の博士号を授与された。そのあと、ロックフェラー奨学金を得て渡米した――家を去ったのだ。彼女、すなわち、わたしの祖母は、才気も集中力もあるひとかどの人物で、アメリカの建築と理想主義についての一文をドイツの雑誌に寄稿したりもしている。摩天楼に寄せる情熱と現代哲学とがいかに調和しているかというのが、その論旨だった。彼女はアメリカから帰ると、政治学を研究するためにパリに移った。そのころ、ウィーンで出会ったオランダ人と恋に落ちた。相手は最近、彼女のいとこと離婚したばかりで、その前妻との間にできた小さな男の子連れだった。

次に去ったのは美人のギゼラだった。彼女は恵まれた結婚をした。相手は裕福なユダヤ人一家の出で、スペインの銀行家のアルフレド・バウアーという好男子だった。二人はウィーンのシナゴーグで式をあげた。宗教との関わりが薄いエフルッシ家はとまどった。何をしたらいいのか、立ち居振る舞いに確信が持てなかったのだ。若いカップルのためのパーティーが開かれた。イニャスの自慢の天井のもと、金《こん》色《じき》の舞踏室で催されたその披露宴のために、パレの中心となっているフロア全体が開放された。新婚旅行用の長いカーディガン、プリントのスカートに巻いた銀のベルト、暗い感じの黒白のドレス、黒っぽいビーズのネックレスを身につけたギゼラは、さして苦心もしていないのにスマートだった。満面の笑みをたたえるギゼラと、顎ひげをたくわえたハンサムなアルフレド。一九二五年、二人はマドリードに移っていった。

その後、エリザベトは若いオランダ人、ヘンドリク・ドゥ・ヴァールに短い手紙を送った。その週の金曜日にパリに立ち寄ると聞いたが会えないだろうか？　電話をくれるなら、番号はゴベリウス12‐85、という内容だった。ヘンクは背が高く、髪は薄くなりかけていた。上等なスーツ――極細のチャコールグレーの縞が入ったグレー――を着て、片眼鏡をかけ、ロシアの煙草を吸っていた。コーヒーやココアを輸入する商人一家の一人息子として、アムステルダムのプリンセン運河沿いで育った。よく旅に出かけ、ヴァイオリンを弾きこなす魅力的で滑稽味にあふれた人物だった。そして、彼もまた詩を書いた。二十七歳、引っつめた髪、エフルッシ女男爵にして博士にふさわしい黒縁の円眼鏡をかけたわたしの祖母。彼女が、それまで、そういう男に求婚されたことがあったのかどうかは定かでないが、いずれにしても、彼女はヘンクを慕っていた。

わたしはウィーンのアドラー協会の文書室で二人の結婚通知を見つける。印刷された文面はむしろさりげないもので、エリザベト・フォン・エフルッシとヘンドリク・ドゥ・ヴァールが、すでに結婚したことを告げている。そして、一方の隅にヴィクトルとエミーの名前、もう一方の隅にドゥ・ヴァールの両親の名前が記されている。わたしの祖父母――一方はオランダ改革派教会、もう一方はユダヤ教――は、パリの聖公会（英国国教会に始まるキリスト教の教派）の教会で結婚していた。

エリザベトとヘンクは、パリ十六区スポンティニ通りのアパートを買い、最新のアールデコ調の家具を入れた。ルールマンの肘掛け椅子や絨毯、ウィーン工房の極端に現代風の金属製電気スタンドやあり得ないほど軽いガラス食器類。また、ヴァン・ゴッホの絵の大きな複製を掛け、一時は、客間にシーレの風景画を置いていたこともあった。それはエリザベトの友人ファニーのウィーンの画廊で購入したものだった。わたしはそのアパートの写真を二枚持っている。部屋をつくりあげていく二人のこの上ない喜びを感じることができる。物を受け継ぐよりも、新しく買い入れる喜び。だから、金箔も、〝聖母マリア〟も、オランダの整理簞笥もなければ、家族の肖像も一枚もなかった。

状況が次第に好転する中、二人はそのアパートでヘンクの息子ロベルトと、幼い男児二人、すなわち、結婚後まもなく生まれたわたしの父ヴィクター——彼の祖父ヴィクトルと同じく、ロシアの父祖の名前をとってターシャと呼ばれた——と、わたしの叔父コンスタント・ヘンドリクとともに暮らした。彼らは毎日、ブローニュの森で遊んだ。状況はさらに好転し、家庭教師、料理人、メード、それにお抱え運転手まで雇うほどになった。エリザベトは詩を書き、《フィガロ》に寄稿し、オランダ語に磨きをかけた。

ときどき、雨模様の折などに、エリザベトは子どもたちをテュイルリー庭園の端にあるジュ・ド・ポーム美術館へ連れていった。その細長く明るい展示室で、彼らはC・エフルッシ蒐集のマネやドガやモネを見た。それは伯父のシャルルを記念して、ファニーとその夫テオドール・レナックが美術館に贈ったものだった。俊英の学者、テオドールは、結婚して一族に加わっていた。パリには親類縁者が多かったが、シャルルの世代は、自らが選んだ国への寄進を遺して、すでに世を去っていた。レナック家はギリシャの寺院をみごとに再現したヴィラ・ケリロスをフランスに遺し、大叔母のベアトリス・エフルッシ゠ロッチルドはフェラ岬のピンク色の邸宅をアカデミー・フランセーズへ遺していた。カモンド家は美術品のコレクションを、カーン・ダンヴェール家はパリ郊外の城を贈っていた。ユダヤ人が初めてモンソー通りに邸宅を建ててから七十年、彼らはこの寛大な国へなにがしかの返礼を贈っていたのだ。

二人の結婚は、信仰心の強い時期にあっては世の関心をひくものだった。ヘンクは厳格な家庭——黒いスーツとドレスが定めというような——で育ったが、メノー派（プロテスタントの一派）に転向していた。ユダヤ教徒であることに何の疑問も抱かなかったエリザベトは、キリスト教神秘主義の本を読んで、改宗を口にするようになっていた。結婚のための、あるいは隣人と折りあうための便宜的な改宗でもなく、カトリックへの改宗——ウィーンのヴォティーフ教会の向かいで育ったユダヤ人少女なら当然の選択といえるかどうかはわからないが——でもなく、英国国教会への改宗を。二人はパリの聖公会の教会に赴いた。

アングロ－バタヴィア貿易会社をめぐる状況が悪化する中、ヘンクは自身の資金のみならず、他人の資金までも失った。とくに、放縦ないとこで幼友だちでもあるピッツの財産まで失った。ピッツは有望な表現派の画家となり、フランクフルトで自由気ままな生活を送っていた。一家にとって、これほど巨額の損失は、悪夢というしかなかった。メードもお抱え運転手も解雇し、家具調度はパリの倉庫に預けた。出口の見えない議論が重ねられた。

ヘンクの資金運用の無能さは、岳父のヴィクトルのそれとは性質が違っていた。ヘンクは数字を躍らせることができた。わたしの父の話によると、ヘンクは三列に並んだ数字をさっと足していって、次に別の一列を引き去り、微笑みながら、その（正確な）総計を出してみせた。彼は金《かね》に対しても同じ早業ができると信じていた。すべて帳尻が合うはずだと信じていた。市場が動き、船が港に入り、その結果、自分のシャグリーン革（粒起なめし革）のシガレットケースのように、カチッと音を立てて富がおさまるだろう、と。要するに、彼は自分の能力に欺かれていたのだ。

一方、ヴィクトルは数字の列を支配できるなどとは端《はな》から考えてもいなかったと思う。エリザベトは遅まきながら、自分の父親と同じように金運のない男と結婚したと気づいてどう思ったのだろうか。

そして、ショッテンギムナジウムを卒業したイギーが、三番目に家を去った。わたしは彼の卒業写真を持っている。初めは見分けられなかったが、突然、後列のダブルのスーツを着た小太りの若者が彼だとわかった。株式仲買人といった風情。蝶ネクタイ、胸もとにハンカチの若者が、どうしたらさりげなく、しかも自信ありげに見えるかを模索しているようだ。たとえば、片手をポケットに突っこんで立ったらいいのか？　両手をポケットに突っこんだほうが、よりよいのか？　それとも、これがもっとも魅力的なのか？　片手をチョッキの内側に入れるクラブの会員のようなポーズが？

イギーは学校教育の修了を祝って、グートマン家の幼友だちと、自動車旅行に出かけた。その豪華さが伝説に残る大型車、イスパノ－スイザで、ウィーンから北イタリアとリヴィエラをまわってパリに向かう旅行に。どこかの冷たくも明るい峠道で、ドライブ用の帽子をかぶり、ゴーグルをかけ、ドライブ用のコートにくるまった三人の若者が、幌を下ろした車の後部に座っている。荷物は彼らの前に積まれている。運転手は宙に浮いているように見える。車のボンネットは写真の左のほうに、トランクは右のほうにはみだして見えていない。前後が急な下りとなった頂《いただき》を梃子《てこ》の支点にして、辛うじてバランスをとって浮いているような印象を受ける。

もし、学究肌の人間であれば、エリザベトを姉に持つのはつらいものがあっただろう。だが、イギーは本の虫ではなかった。当時、家計はまだ傾いているというほどではなかった——優雅な四十五歳となったエミーは、また衣裳道楽を始めていた——が、イギーは気を入れて修行する必要があり、映画館で果てしなくまわるフィルムを観て午後の時間をつぶしてばかりもいられなくなった。ヴィクトルとエミーは彼の将来に関しては何の迷いもなかった。イギーは銀行に入るものとされ、毎朝、父親とともに歩いて事務所に出かけていた。そして、波を切って進む小さな船と〝グゥオード・ホネストゥム〟のモットーが入った紋章、ヨアヒムからイニャスとレオンへ、さらにヴィクトルとジュールへ、そして今、イギーへと世代を越えて受け継がれる紋章のもとの席についていた。結局のところ、エフルッシ一族全体でも、若い男子といえば、イギー一人になっていたのだ。ルドルフはまだかわいらしい七歳の子どもだった。

イギーが特段、数字に強いわけではないという事実は一蹴された。ケルンの大学で財政の勉強を続けさせるという計画が立てられた。その計画には、ピップス――今は魅惑的な映画女優と再婚していた――に、叔父として目を光らせてもらえるという利点もあった。イギーは独り立ちへのはなむけとして小型の自動車をもらった。車におさまった彼は、ご満悦の表情だ。彼は厳しい試練――まる三年に及ぶドイツ語の講義――を生き延びて、フランクフルトの銀行で働きはじめた。それは「銀行業務のさまざまな局面に通じる機会を与えてくれました」。彼は後年の手紙で淡々と述べている。

イギーはその当時のことをほとんど語らなかった。大恐慌の時代、ユダヤ人がドイツで銀行家をしているというのは「賢明とはいえないこと」だった、と述べたのはその例外だ。当時は、ナチスの興隆期だった。ヒトラーへの投票は鰻上り、準軍事組織SA（突撃隊）の隊員数は四十万へと倍増、そして、都会では街頭での衝突が日常茶飯事になっていた。一九三三年一月三十日、ヒトラーは首相に任命された。一カ月後、国会議事堂が炎上する事件が起きて、何千人もが〝予防拘禁〟された。新たに収容所が設けられたが、中でも最大のものはバイエルンの一隅、ダッハウにあった。

一九三三年七月、イギーはウィーンに戻って、銀行業務につくよう求められた。

ドイツに留まるのは「賢明とはいえないこと」だったが、それがオーストリアに戻る好機というわけでもなかった。ウィーンは騒擾状態にあった。オーストリア首相、エンゲルベルト・ドルフスは、増大するナチスの圧力に直面して、議会を停止していた。警察とデモ隊の間で激しい衝突が起こり、ヴィクトルが銀行にさえいけない日があった。そんなとき、彼は図書室で夕刊が届けられるのを辛抱強く待っていた。

イギーは姿をあらわさなかった。出奔したのだ。数ある家出の理由は、銀行に端を発し——ドアマンにいつもにやにや笑いかけられた——ウィーンへと絡みつき、さらに自分の一家へと絡みついていた。パパ、昔からの料理人のクララ、彼女の得意のポテトサラダを添えた子牛肉のパイ、自分のシャツにやきもきするアナ、ビーダーマイヤー様式のベッドを備えた自分の部屋。勝手知った長い廊下沿い、化粧室の先のその部屋は、六時になるとベッドの上掛けを整えて、自分を待っていた。

イギーはパリに逃れた。「三流のファッションハウス（服のデザイン・制作・販売をする店）」で働き、ティーワゴンをスケッチすることから学びはじめた。夜はアトリエで裁断のしかたを勉強した。鋏が玉虫色の絹布のうねりをどのように滑っていくか、感じがつかめるようになってきた。勉強が終わると、友人のアパートの床で四時間の睡眠、起きたらコーヒー、そしてデッサンに戻り、昼食は十五分、コーヒー、また仕事という生活を続けた。

イギーは貧しかった。服をなるべくすっきりと粋に着こなすこつや、裾を詰めたり、折り返して縫ったりする方法を学んだ。ウィーンの両親からは、とくに小言もないまま少額の仕送りが続いていた。ヴィクトルにしてみれば、イギーが社業を継がないという事情を友人たちに説明するのは——そして、イギーはパリで何をしているのかと問われて口ごもるのは——心痛むことだったに違いないが、一方で息子に同情を感じていたのではないだろうか。家を出るのが、あるいは出ないのがどういうことか、ヴィクトルにはわかっていたに違いない。同じように、家に留まるのがどういうことか、エミーにはわかっていたに違いない。

イギーは二十八歳になっていた。エミーと同様、服飾に資質があった。根付とアナと母親とともに化粧室で過ごした夕べの時間。ドレスをさすってみたり、袖口と首のレースの細部を比べてみたりした時間。ギゼラとの着付け遊び、奥の隅の納戸《なんど》に置かれた古着のトランク。客間の寄せ木張りの床で読み返した《ヴィーナー・モード》の古い号。帝国のある連隊と他の連隊のズボンの裁断のしかたの違い、絹クレープを斜《はす》にした着かたについて、イギーなら教えることができただろう。そして今、自分が思っていたような人間ではないと自覚したにしても、彼はようやく第一歩を踏みだしたのだ。

だが、辛苦の九カ月ののち、イギーは再び出奔して、ニューヨークへ、少年へ、ファッションへと向かった。これはあまりによくできた三位一体で、彼は晩年になってから、苦笑交じりに、こう語っている。ニューヨークへの旅は、いってみれば、一つの人生からもう一つの人生への試練の航海、何とか自分自身に行き着くための航海だった、と。

わたしがそういう経緯の一端を知ったのは、東京で初めてイギーの住まいに泊まったときのことだ。彼はわたしにもう少しましな格好をさせようと皮肉を交えて働きかけてきたのだが、その折の話にそれが出たのだ。服そのものが重要ではないにしろ、服装がどうして重要になるのかをわたしがはじめて理解したのは、蒸し暑い六月、イギーのマンションでのことで、旅で薄汚れたわたしは、真剣に、かつ興味津々で耳を傾けた。イギーと、その友人のジローは、銀座の真ん中の大きなデパート、三越にわたしを連れていって、きちんとした服を買ってくれた。夏向きのリネンのジャケットと襟のついたシャツをそれぞれ二、三着。わたしのジーンズと襟なしのシャツは、家政婦のナカノ夫人に持ち去られた。と思うと、縁を縫いなおし、きちんと折りたたんで袖口を小さなピンで留めたうえで戻ってきた。ただ、そのまま戻ってこなかった物も二、三あった。

ずっとあとになって東京を再訪した折、ジローは自分が見つけた小型のカードをわたしにくれた。「I・レオ・エフルッシ男爵は、ここにパリ、モリノー改めドロシー・クチュール社との提携を発表させていただきます」。住所は五番街六九五、電話番号はELDORADO 5-0050。それはうってつけの番号と思われた。ファッションはイギーにとっての黄金郷《エルドラド》だったからだ。彼はここでは本名のイ

I. LEO EPHRUSSI

takes pleasure to invite you to see his exclusive
Paris and New York Lines
of Smart Accessories
shown for the first time in California

Studio Huldschinsky
8704 Sunset Blvd.
West Hollywood
CR. 1-4066

Belts, Bags, Ceramic Jewelry
Compacts, Handknit Suits and Blouses

イギーの招待状　1936年

ニャスを省いてレオに代えているが、男爵の名乗りはそのまま使用している。

ドロシー・クチュール《Couteaur》社――ナボコフから援用したドロシーに、〝クチュール《Couture》〟のもじりを合わせた名前――のために、イギーは「斜めに襞をとったベージュの透きとおったクレープのフロック（ワンピースのドレス）に、やはりベージュの地に茶色の燕の模様の目新しいシルクのクレープのコートを合わせたスマートな装い」の〝フリー－スウィンギング・コート〟をデザインした。それはまさに茶色い鳥の群れだった。イギーはおもに「スマートなアメリカの女性のための洗練されたイブニングドレス」をデザインしたが、「カリフォルニアでは初登場のスマートなアクセサリー。ベルト、バッグ、セラミックの装身具とコンパクト」にも触れている。それは彼の財政的苦境か、あるいは抜け目なさを物語るものだろう。一九三七年三月十一日の《ウィメンズ・ウェア・デイリー》には「生地と生地の興味深い同盟関係を強調するイブニング・アンサンブルの好例。真珠色の繻子《しゅす》のようなジャージーにギリシャの風情を映したイブニングドレス、表面に飾り襞がついた華やかな赤のシフォンのコート。スカーフをコートのベルトとして使えば、ルダンゴート（前開き、ベルトつきのコート）を思わせる」とある。

「生地と生地の興味深い同盟関係」というのは、すばらしい言いまわしだ。「ルダンゴートを思わせる」コートのイラストにも、わたしは長い時間、見とれていた。

イギーがどれほど楽しんでいたかにあらためて気づいたのは、米海軍の信号旗をベースにしたクルーズ用の服のデザインを見たときだった。ショートパンツやスカートの娘たちが、日焼けしたたくましい水兵たちによって、信号旗のように掲げられている。コードを解読すれば、娘たちが身につけているのは「私的通信の要あり」「すべての障害除去」「当方、炎上中」「もはやこれまで」を意味する信号だとわかる。

ニューヨークには、欧州から逃れてきた窮乏ロシア人、オーストリア人、ドイツ人があふれていた。イギーもその一人だった。ウィーンからのささやかな仕送りもついには途絶え、デザインで得られる収入も微々たるものだったが、彼は幸せだった。初めての大恋愛を経験したのだ。相手はロビン・カーティス。骨董商で、年齢は少し下、細身で色白だった。ロビンの妹といっしょに住んでいたアッパー・イーストサイドのアパートで撮った内輪の写真では、ピンストライプのスーツを着た二人が写っている。イギーは椅子の肘掛けに腰を下ろしている。背後のマントルピースの上には家族写真が見える。メキシコやLAで撮ったほかの写真では、二人はトランクス姿で戯れている。まさにカップルだ。

イギーはほんとうに出奔してしまったのだ。

エリザベトはウィーンへ戻るのをよしとしなかった。しかし、家計がいよいよ逼迫してきたので——ヘンクは顧客に見捨てられ、約束は履行されず等々で——男の子たちを連れてイタリア側チロルの美しい村、オーバーボーゼンの農家へ移った。祭日になると騒々しい鼓笛隊が繰りだし、竜胆《りんどう》の生える草地がひろがる村。そこは美しい土地で、きれいな空気に子どもたちの顔色も驚くほどよくなった。中でも、パリでの生活費と比べて、何もかもがきわめて安上がりなのがありがたかった。子どもたちは短期間、地元の学校に通っていたが、彼女は自分で教えると決意した。ヘンクはパリとロンドンに留まり、自分の貿易会社の損失を取り戻そうと奮闘していた。「彼がわたしたちに会いにきても」わたしの父が思いだして語った。「お父さんはとても疲れているんだから静かにしていなさい、といわれたよ」

エリザベトはときどき、子どもたちをウィーンに連れ帰り、彼らの祖父母と、今はティーンエイジャーになった叔父のルドルフに会わせた。ヴィクトルと孫たちは、お抱え運転手が運転する黒塗りの長い車の後部座席に乗って出かけた。

エミーは体調――心臓の具合――が今ひとつ優れず、丸薬を服用しはじめていた。そのころ撮った数枚の写真では、ずいぶん老けて見え、やや唐突に中年が訪れたかの感がある。とはいえ、あいかわらず、白い襟のついた黒いマントを美しく着こなし、白くなった巻き毛には帽子を斜めに留めている。あいかわらず、アナがかいがいしく世話をしていたに違いない。そして、エミーは今も恋に落ちていた。

エミーがいうには、自分はまだおばあさんになる用意はできていなかった。しかし、彼女はわたしの父に、ハンス・クリスチャン・アンデルセンの童話、『豚飼い王子』『エンドウ豆の上に寝たお姫様』の絵葉書のシリーズを送ってきた。短いメッセージを添えた都合何十枚もの葉書が、毎週、欠けることなく届いた。一枚ごとに「あなたのおばあさんからキス千回の愛をこめて」とサインされていた。エミーは今も物語を語らずにはいられなかったのだ。

ある年から翌年にかけてエリザベトら三姉弟が次々に家を去ったが、その家で育ったルドルフは今、長身でハンサムな若者になっていた。乗馬ズボンに軍用の厚手の外套という格好で、パレの客間の戸口を枠にして写っている写真がある。彼はサキソフォンを吹いた。その音色は、ますますうつろになっていく部屋部屋に朗々と響いたに違いない。

　エリザベトと子どもたちは一九三四年七月、ウィーンのパレに二週間滞在した。その間に、オーストリアSS（ナチスの親衛隊）によるクーデター未遂があり、ドルフス首相が官邸で暗殺された。事件はナチスの蜂起の引き金になった。それは多数の死傷者を出して鎮圧され、新首相のクルト・シュシュニックは差し迫った内戦の危険の解消を宣誓して就任した。わたしの父は、パレの子ども部屋で目を覚まし、窓辺に駆け寄って、消防車が鐘を鳴らしながらリングシュトラーセを走っていくのを見たのをおぼえている。わたしはさらに多くを思いだすように促したが（ナチスのデモは？　武装警察は？　決定的な危機は？）、父は暗示にかかってはくれなかった。彼にとって、一九三四年のウィーンは、消防車がすべてだったのだ。

　ヴィクトルは銀行家であると装うことさえ、ほとんどしなくなっていた。その結果なのか、あるいは代理人のシュタインハウザー氏の有能さのゆえなのか、銀行は順調に経営されていた。ヴィクトルは今も毎日、銀行に出かけていた。そこで、ライプツィヒやハイデルベルクから届く、活字の詰まった長いカタログにじっくり目を通していた。彼は活版印刷初期の本、インキュナブラの蒐集を始めていた。とくに情熱を燃やしたのは――帝国の崩壊以来、拍車がかかったのは――ローマ史だった。書物はショッテンガッセを見下ろす図書室の、網目の扉がついた背の高い本箱におさめられていた。その鍵は懐中時計の鎖につながれていた。初期に印刷されたラテン語の史書は、蒐集するのが特段にむずかしかった――しかも、高価だった――が、彼は帝国に傾倒していた。

　ヴィクトルとエミーは休暇をともにケヴェチェシュで過ごした。しかし、彼女の両親が他界してからは、そこも何とはなしに寂れていた。厩舎には馬が二頭だけ、猟場の番人も減り、大がかりな週末の遊猟会ももう開かれなくなった。エミーはかつて子どもたちとそうしていたように、川の湾曲部に向かって散歩に出かけ、そよ風の吹く柳の木立を抜けて、夕食前に帰ってきた。しかし、心臓の問題を抱えた今は、歩みもひどくゆっくりしたものになっていた。湖での水泳も廃れて、岸辺では葦がさらさらと鳴っていた。

エフルッシ家の子どもたちはあちらこちらに散っていた。エリザベトは今もアルプス地方にはいたが、スイスのアスコナに移り、機会があれば子ども連れでウィーンを訪ねていた。アナが大騒ぎして彼らを迎えた。イギーは今、ハリウッドでクルーズ用の服のデザインをしていた。ギゼラとその家族は、スペイン市民戦争の勃発で、マドリードを去ってメキシコに渡っていた。

一九三八年、エミーは五十八歳になっていたが、首に巻いた真珠のネックレスをウエストにまで垂らして、なお十分に魅力的だった。ウィーンは混沌として、住むにはどうかという状況だったが、パレの生活は不思議なほど変わりなかった。その静止状態を支えていたのは、八人の使用人だった。何ごともないまま、午後一時には食堂のテーブルが整えられ、八時には夕食のために再び整えられた。ただし、ルドルフはあらわれなかった。あの子はいつも出かけているから、とエミーはいっていた。

七十八歳のヴィクトルは、自身の父親とそっくりになっていた――従兄のシャルルの死亡記事の肖像ともよく似ていた。わたしは、若いころより造作が一段と大きくなった晩年のスワンを思う。エフルッシ一族も独特の鼻が目につく。顎ひげをきれいに刈りこんだヴィクトルの写真を見つめるうちに、今のわたしの父と似ていることに気づく。あとどのくらいたったら、わたしもまたそれに似てくるのだろう。

ヴィクトルは情勢を案じて、毎日、新聞を数紙読んでいた。案じるのも当然だった。年来、ドイツとオーストリアの国家社会主義労働者党によるあからさまな圧力と、ひそかな資金調達が強化されていたからだ。ヒトラーは、オーストリア首相シュシュニックに対し、収監されているナチス党員の釈放と政府への登用を要求した。シュシュニックは応諾した。強まるばかりの圧力に、耐えきれなくなったのだ。

一方で、ナチス・ドイツに対しオーストリアの独立を維持するか否かの国民投票を三月十三日に実施すると決めた。

ヴィクトルは三月十日、木曜日に、ユダヤ人の友人とともにケルトナーリングのヴィーナー・クラブ（戸口を出て左折し、五百ヤード進んだ左側）へ昼食をとりに出かけた。その午後は、今、何が起きているのかについてのくすぶった議論に費やされた。歴史はヴィクトルに救いの手を差し伸べているとは見えなかった。

第三部　ウィーン、ケヴェチェシュ、タンブリッジウェルズ、ウィーン

一九三八――一九四七

24 「大行進に理想的な場」

一九三八年三月十日、国民投票への期待はいやが上にも高まっていた。前夜、オーストリア首相はインスブルックで、古《いにしえ》のチロルの英雄を引き合いに出しつつ、決然とした調子で演説した。「皆さん――そのときが到来したのです！」。その日は、目の覚めるような晴朗な一日だった。トラックからまかれたビラが至るところで見られた。そして、〝賛成！〟を大書したポスターも。「シュシュニックとともに、自由なオーストリアを！」。建物の壁や舗道には、白で祖国戦線の十字が塗りつけられた。街頭には人があふれ、若者のグループの隊列はスローガンを唱えて行進した。「シュシュニック万歳！　自由万歳！」。そして、「〝死ぬまで赤‐白‐赤！〟」。ラジオはシュシュニックの演説を繰り返し流しつづけた。イスラエル文化協会は賛成のキャンペーンを支援するために五十万シリング――八万ドル――という巨額を提供した。国民投票はウィーンのユダヤ人にとって砦となるものだった。

十一日、金曜日の夜明け前、ウィーンの警察本部長はシュシュニックを起こし、ドイツ国境で軍の動きがあると報告した。鉄道輸送は途絶していた。その朝も陽光が燦々と降りそそいでいた。それがオーストリア最後の日となったのだ。ベルリンから最後通牒を突きつけられた日。親ヒトラーの閣僚、アルトゥル・フォン・ザイス‐インクヴァルトに地位を明け渡すべく首相の辞任を強要するドイツに対して、ロンドン、パリ、あるいはローマの支持が得られないかと、ウィーンが最後のあがきをした日。

三月十一日、イスラエル文化協会はシュシュニックのキャンペーンに三十万シリングを追加拠出した。軍隊がドイツから越境してきたという噂、国民投票は延期されたという噂が流れた。

パレの図書室には、ダイヤルに各国首都の名前が記された印象的な茶色いラジオ――大型の英国製――が置いてあったが、ヴィクトルとエミーは午後中、そこでじっと耳を澄ませていた。ルドルフまでもがそれに加わった。四時半になると、アナがヴィクトルのお茶のグラスに、レモンと砂糖を載せた磁器の皿を持ってきた。エミーには紅茶と、心臓病の丸薬を入れた青いマイセンの小箱。ルドルフにはコーヒーを。十九歳の彼は強情な人間になっていた。アナは書見台つきのテーブルに盆を置いた。七時、ラジオ・ヴィエナは国民投票の延期を告げた。数分後には、親ナチスのザイス＝インクヴァルトを除く内閣総辞職を伝えた。ザイス＝インクヴァルトは内務大臣として留任した。

八時十分前、シュシュニックが放送を行った。「オーストリアの皆さん！　本日、われわれは深刻かつ重大な局面に直面するに至りました……ドイツ国政府が我が連邦大統領に最後通牒を送付してきたのであります。それは、ドイツ政府によって選ばれた候補者を首相に指名するよう求めるものでありますこ……さもなくば……ドイツ軍はまさに今、我が国境を越えるでありましょう……われわれは、この瀬戸際に於いても、ドイツ民族の血を流すことを望まぬがゆえに、我が軍に命じました。侵攻が行われた場合にも、実質的な抵抗を試みることなく後退して、数時間のうちの次なる決定を待て、と。そういうことで、わたしは今、ドイツ語で、心からの祈りを込めて、オーストリアの皆さんにお別れを申しあげなければなりません。神よ、オーストリアを守り給え」。そのあと、かつてのオーストリアの国歌、『神よ、守り給え』が流された。

それでスイッチが入ったようなものだった。通りでは騒音の流れが湧き起こり、ショッテンガッセにも人声《ひとごえ》がこだました。人々は叫んでいた。「一つの民族《アイン・フォルク》、一つの帝国《アイン・ライヒ》、一人の総統《アイン・フューラー》」。そして、「ヒトラー万歳《ハイル・ヒトラー》、勝利万歳《ジーク・ハイル》」。さらに声を張りあげた。「ユーデン・フェレケン！」――ユダヤは消えろ！　ユダヤ人に死を！

褐色のシャツの洪水だった。タクシーのクラクションが鳴り響き、武器を手にした男たちが街頭に繰りだした。なぜか、警察官も鉤十字の腕章をつけていた。何台ものトラックがリングシュトラーセを突っ走り、邸宅や大学を通り過ぎて市庁舎へ向かった。トラックには鉤十字が乗っていた。路面電車にも鉤十字が乗っていた。大勢の青少年が電車にしがみついて、叫んだり、手を振ったりしていた。

誰かが図書室の灯りを消した。暗闇になれば姿も見えなくなるとでもいうように。だが、騒音は家に、部屋に、そして、彼らの肺腑にまで押し寄せてきた。誰かが下の通りで殴打されていた。連中は何をしているのか？　こんなことが起きるはずはないと思っていられるのはいつまでのことか？

友人の中には、スーツケースに必要品を詰めて、通りに出ていった者もいた。彼らは、恍惚状態のウィーン市民の渦巻く集団を押し分け、ウィーン西駅にたどり着いた。プラハ行きの夜行列車は十一時十五分発だったが、すでに満員になっていた。制服の男たちの群れが列車を移動しながら、人々を引きずり下ろしていった。

十一時十五分には、官庁の手すり壁からナチスの旗が垂らされた。零時半には、ミクラス大統領も屈服し、新内閣を承認した。午前一時八分には、クラウスナー少佐なる人物がバルコニーに立ち、「オーストリアが解放され、オーストリアが国家社会主義になったことを、この祝祭のときに、深い感動をもって」宣言した。

チェコ国境では、徒歩、または車の人々の列ができていた。ラジオはドイツの軍隊行進曲、『ヴァーデンヴァイラー』や『ホーエンフリートベルク』を流していた。スローガンがまき散らされた。ついに、ユダヤ人の店の窓が割られた。

その晩初めて、通りの物音がエフルッシ家の中庭に入りこみ、壁や屋根に反響する叫びとなった。と思うと、階段を、二階の部屋へ通じる三十三段をドンドン駆け上がる足音が聞こえた。

何者かがドアを拳で叩き、何者かがベルを押しつづけた。十人足らずの一種の制服――鉤十字の腕章を巻いた者もいれば、よく目にする格好をした者もいた――の集団。その一部は、まだ少年だった。ヴィクトルとエミーとルドルフは図書室に押しこめられた。

その最初の晩、闖入者《ちんにゅう》者の群れは部屋から部屋へと移っていった。二、三人が、客間のフランス調で統一された家具調度や磁器を見つけ、喚声を中庭に響かせた。エミーのクロゼットをかきまわしていた者は笑い声を上げげた。ある者はピアノに触れ、何かの曲を荒々しく弾いた。書斎に入りこんだ数人は、引き出しをこじ開け、机を手荒にいじりまわし、隅の小卓から文書を吹き飛ばした。彼らは図書室に入りこむと、地球儀を台から叩き落とした。この発作的な騒動、混乱、急襲は、まだ略奪というほどのものではなかった。筋肉を伸ばしたり、拳を叩きつけたり、体をほぐしたりするのが先のようだった。廊下にいた連中は、見たり、調べたり、探ったりして、ここが何なのかを突きとめようとしていた。

やがて、彼らは食堂からほろ酔いのファウヌスが支えていた銀の燭台を、マントルピースから孔雀石の小動物を、ヴィクトルの書斎の机から銀のシガレットケースとクリップで挟んだ紙幣を取った。さらに、客間で時を告げていたピンクの琺瑯《ほうろう》と金のロシア製の小さな時計。図書室にあった支柱つきの金のドームの大きな時計。

彼らは年来、この邸宅の前を通り過ぎてきた。窓に映る顔をちらちらながめ、門番が門を開けて四輪馬車を入れる間に中庭をのぞきこんできた。それが今、ついに中に足を踏み入れたのだ。これがユダヤ人の暮らしぶりか。ユダヤ人はわれわれの金《かね》をこんなふうに使っていたのか――部屋という部屋に物が詰めこまれ、まさに裕福というにふさわしかった。土産になりそうな物もいくつか。再分配の一端。ほんの手始め。

彼らが最後にたどり着いたのは、角のエミーの化粧室だった。根付をおさめたガラス戸棚がある部屋。エミーが化粧台として使っていた机の上のあらゆる物を、彼らは払い落とした。小型の鏡、磁器、銀の箱、ケヴェチェシュの牧場《まきば》から送られてきた花。エミーがそれを花瓶に挿していた。彼らは机を廊下に引きずりだした。

彼らはエミー、ヴィクトル、ルドルフを壁際に押しやると、三人がかりで机を持ち上げ、手すり越しに放り投げた。木や金鍍金《めっき》や寄せ木細工が裂ける音とともに、机は下方の中庭の板石に衝突した。その机——パリのファニーとジュールからの結婚祝い——は長い時間をかけて落下した。ガラス屋根でいったん跳ね返る音がした。割れた引き出しから、手紙が中庭じゅうに飛び散った。おまえら、我が物顔しやがって、この外国のクソったれども。次はおまえらの番だ、このいまいましいユダヤ人め。

それは蛮行だった。認可されていない非アーリア人追放運動だった。だが、認可は必要なかった。物が破壊される音は、ひたすら待ったことへの報酬だった。その夜は、そういった報酬があふれていた。これまで長い長い時間がかかっていた。その夜は、祖父母が孫に語り継ぐ物語となった。ある晩、ユダヤ人が自分たちの仕業のすべて、貧者から盗んだ物すべてに対して、とうとう責任をとらされた物語。通りが清められ、暗がりの隅々までが灯りに照らされた物語。というのは、ユダヤ人が悪臭漂う掘っ立て小屋から帝都へ塵芥や汚物を持ちこんだからだ。そうして、ユダヤ人がわれわれの物を奪っていったからだ。

ウィーン全市で、扉が打ち壊された。子どもたちは両親の後ろやベッドの下、戸棚の中に隠れた——

父や兄が逮捕され、打擲《ちょうちゃく》され、外に引きずりだされて、トラックに乗せられる音、母や姉が罵倒される声から逃れられるところに。ウィーン全市で、人々は本来、自分に帰すべき物、当然、自分に属する物を自由勝手に奪い取った。

よその騒擾で眠れないというわけではなかった。ベッドにいけなかったのだ。闖入してきた男や少年たちはようやく去るというときに、また戻ってくるといった。それは本気だと思われた。エミーが身につけていた真珠を、彼らは剝ぎ取った。指輪や腕輪も奪った。立ち止まって、足もとに唾を吐きかけた者もいた。彼らは足音も荒く階段を駆け下り、叫びながら中庭に出た。一人は、壊した物の破片に駆け寄って、蹴りをくれた。あちこちの戸口から全員がリングシュトラーセへ飛びだした。大きな時計は外套の腕の下に抱えられていた。

雪が降りかけていた。

三月十三日、日曜日、灰色の夜明け。それは国民投票が行われるはずの日だった。自由で、独立した、社会主義的な、ドイツ人による、キリスト教徒による統一されたオーストリアをつくるための投票が。ウィーンの街頭では、四つん這いになってごしごし洗い流す人々――子どもや年配者、リングシュトラーセの新聞売店の所有者、ギリシャ正教徒、自由主義者、篤信家や過激派、ゲーテを読み、〝ビルドゥング〟を信じる老人、ヴァイオリン教師とその母親――の姿があった。それを取り囲んでいるのは、SS、ゲシュタポ、ナチス党員、警察官、それに長年、隣近所で暮らしてきた一般人で、前者を嘲り、唾を吐きかけ、怒鳴りつけ、殴りつけ、傷つけていた。シュシュニックの国民投票のスローガンを洗い流させて、ウィーンを再び浄化し、整備しようというわけだった。われわれは総統に感謝する。総統はユダヤ人に仕事をつくってくださったのだから。

ある写真を見ると、ぴかぴかのジャケットを着た青年が、石鹼水の水溜まりでひざまずいている中年の女性を監視している。青年はズボンの裾をまくりあげて、水に濡れないようにしている。それが不潔なるもの、清浄なるものの対比だった。

家は土足で踏みにじられた。図書室では、わたしの曾祖父と曾祖母が押し黙ったまま座っていた。アナが床から一家の写真を拾い上げ、壊れた磁器や寄せ木細工の破片を掃きだし、絵をまっすぐに掛けなおし、絨毯の汚れを拭い、開きっぱなしのドアを閉じようとしていた。

終日、ルフトヴァッフェ（ナチス政権下のドイツ空軍）の飛行隊がウィーン上空を低く舞っていた。ヴィクトルとエミーは茫然自失の態《てい》だった。日曜の朝、越境してきたドイツ軍の第一陣が、群衆と花に迎えられたというのに、どこに行くべきかも知らなかった。ヒトラーが母親の墓参のために帰郷するという噂が流れた（ヒトラーはオーストリアのブラウナウ出身）。

終日、逮捕劇が続いた――旧来の政党の支持者、著名なジャーナリスト、金融業者、公務員、ユダヤ人の逮捕が。シュシュニックは監禁された。その夜、ナチス党員に先導された松明《たいまつ》行列が市中を巡った。酒場では、『世界に冠たるドイツ』《ドイッチユラント・ユーバー・アレス》（ドイツ国歌）の高唱が響いた。ヒトラーがリンツ（オーストリア北部の都市）からウィーンに乗りこむまで六時間を要した。それほどの時間がかかったのは、大群衆のためだった。

三月十四日、月曜日、ヒトラーが到着した。「……夜の帳《とばり》がウィーンに落ちかかる前、風が死に絶え、多くの旗が厳粛な祝祭の中で静まるとき、偉大なる時が現実となって、統一されたドイツ国民の総統がオストマルク（ナチスドイツに併合されたあとのオーストリアの呼称）の首府に入った」

ウィーンの枢機卿はオーストリアじゅうの鐘を鳴らすよう命じた。午後には、パレ・エフルッシの向かいにあたるヴォティーフ教会の鐘も鳴りはじめ、リングシュトラーセを踏みしだくドイツ国防軍の足音とあいまって、パレを揺るがした。旗が林立した。鉤十字の旗と、鉤十字を描いた旧オーストリア国旗が。子どもたちは菩提樹によじ登った。書店の窓には、早くも新しい欧州を示した地図が飾られていた。アルザス－ロレーヌからズデーテン地方、バルト海沿岸、チロルにまで伸張した確たるドイツ国家の地図が。

三月十五日、火曜日、早くに動きだした群衆はショッテンガッセを過ぎ、パレ・エフルッシを過ぎ、リングシュトラーセに沿って、一方向に流れていった。ホーフブルク宮殿前のヘルデンプラッツ、すなわち英雄広場に向かって。その広場と通りを、二十万人が立錐の余地もなく埋め尽くした。彫像や木の枝、柵に押しつけられる者も数多かった。周囲の建物の手すり壁の上の人影が、シルエットとなって空に浮かんだ。十一時、ヒトラーがバルコニーに姿をあらわした。その声はほとんど聞こえなかった。演説が結びにさしかかると、さらなる大歓声で、数分間の中断を余儀なくされた。その模様はやや離れたショッテンガッセにも聞こえた。演説の結びはこうだった。「今、わたしはドイツ国民に我が生涯最高の業績を報告するに至った。総統として、ドイツ国首相として、わたしは我が郷土とドイツ国との併合を、歴史に先駆けて宣言する」。《ノイエ・バスラー・ツァイトゥング》はこう記している。「ヒトラーを迎えた現場の熱狂ぶりは筆舌に尽くしがたいものがあった」

リングシュトラーセはこのためにつくられたかのようだった。大群衆のために、熱狂の閲兵のために、無数の制服のために。一九〇八年、一学生だったヒトラーは、ヘルデンプラッツを完全なものとすべく、二基の巨大なアーチの建造を構想した。建築上のクライマックス、「大行進に理想的な場」にしようとしたのだ。遠い昔、彼はハプスブルク帝国の盛儀を見物していた。そして、今、リングは再び『千一夜物語』の魔法」にかけられた。しかし、『千一夜』の中には、間違った言葉を口にすれば、手に負えない事態が生じて、目の前で誰かが何か恐ろしいものに変身していくという物語もあった。

一時半、ヒトラーは、兵士とトラックが行進し、頭上を四百機が飛行するという一大誇示行動の観閲に戻った。国民投票――予定されていたものとは別で、今回は正当なものとされた――が実施されるという発表があった。「われわれの総統たるアドルフ・ヒトラー、及び、一九三八年三月十三日に達成されたオーストリアとドイツの再統合を承認しますか？」。薄桃色の投票用紙の〝賛成〟には大きな円、〝反対〟には小さな円が描かれていた。ウィーン人がこの投票について熟考するのを促すべく、路面電車は赤い幕で包まれ、聖シュテファン大聖堂は赤い布をかけられ、古いユダヤ人街、レオポルトシュタットはナチスの旗で覆われた。この「適正な」国民投票で、ユダヤ人は投票の資格なしとされた。

　恐怖がひろがった。人々は街頭で捕らえられ、トラックに放りこまれた。何千人もの活動家、ユダヤ人、厄介者がダッハウに送られ

1938年3月14日、ウィーン　議事堂、オペラ座からリングシュトラーセ沿いにパレ・エフルッシ方向を望んだ光景

た。最初の数日間、去っていく友人からの伝言、逮捕された人々についての絶望的な電話が交錯した。エミーの親類のフランクとミッツィ・ウースターは去った。一家ときわめて親しいグートマン家も十三日に発《た》った。ロートシルト家も去った。ヴィクトルの仕事仲間で、数多《あまた》の晩餐会での友人、ベルンハルト・アルトマンもすでに去っていた。すべてを置き去りにして門を出ていくのは、けっして容易なことではなかったが。

場合によっては、金《かね》を使って警察署から人を出すことができた。ヴィクトルはチェコスロヴァキア国境を越えなければならない親類の夫婦を手助けしてやった。しかし、彼もエミーも決心がつきかねていた。友人は二人に発つよう勧めた。立ちすくんだのはヴィクトルだった。家を、父や祖父の家を去ることはできなかった。銀行を去ることはできなかった。図書室を去ることさえできなかった。

家にいたほかの者は家族を残して出ていった。ユダヤ人とよしみを通じていると思われることなど誰が望む？　残ったのは三人の使用人だけだった。料理人とアナ。アナは男爵と女男爵用のコーヒーを何とか入手していた。それに門番のキルヒナー氏。門の脇の小部屋に住んでいた彼は、身よりがいないようだった。

市街は刻一刻と姿を変えていった。ドイツの兵員が数を増し、角という角に軍服が立つようになった。通貨はライヒスマルクに切り替えられた。ユダヤ人が所有する店は、ペンキで〝ジュード〟と記され、出入りするところを目撃された客は非難の的にされた。ユダヤ人四兄弟が所有する巨大なシフマン百貨店は、衆人環視のもと、ＳＡによって手際よく空《から》にされていった。

人々は姿を消していった。誰がどこにいるかを知るのも、だんだんとむずかしくなってきた。三月十六日、水曜日、ピップスの旧友で作家のエゴン・フリーデルは、突撃隊員が自分のアパートの建物に到着して、門番に尋問しているのを目撃すると、部屋の窓から飛び降りた。三月、四月で、ユダヤ人の自殺者は百六十人にのぼった。ユダヤ人は劇団やオーケストラから追放された。ユダヤ人の国家及び地方公務員は全員解雇された。百八十三人のユダヤ人教師が職を失った。ユダヤ人弁護士及び検事は全員、職を解かれた。

権利放棄や譲渡の強要、ユダヤ人財産の恣意的な接収、街頭でのユダヤ人の殴打は、さらに容赦ないものへと、日々、変質していた。いくつかの計画が立案され、それに基づく指示が出されているのは明らかだった。若いSS中尉、アドルフ・アイヒマンはウィーン到着の二日後、すなわち三月十八日、金曜日、ザイテンステットガッセのイスラエル文化協会の急襲に加わった。そして、ユダヤ人社会とシュシュニックの国民投票キャンペーンを結びつける文書が押収される間に、自分が必要とする物を手に入れた。そのあと、さらに協会の図書室や文書室そのものが差し押さえられた。アイヒマンは、計画中のユダヤ問題調査研究所のためのユダヤ、ヘブライ関連の資料の収集に関わっていたのだ。

ウィーンのユダヤ人に対して計画が進められていることが明らかになった。三月三十一日、公法下ではユダヤ人のいかなる組織も承認されないこととなった。英国系の小さな教会の牧師がユダヤ人に洗礼を施していた。改宗すれば、脱出の選択肢が増えるでしょう、というのだ。牧師館の前には行列ができた。牧師は追い詰められた人々を一人でも多く救うため、キリスト教入信の指示を十分ほどに短縮した。

四月九日、ヒトラーはウィーンを再訪した。その車列は市街を通過し、リングシュトラーセに入った。正午、今はアドルフ・ヒトラー・プラッツとなった広場に建つ市庁舎のバルコニーにゲッベルスがあらわれ、国民投票の結果を報告した。「わたしはこの日を大ドイツ国成立の日と宣言する」。九九・七五パーセントが〝合邦《アンシュルス》〟を是認する票を投じていた。

四月二十三日、ユダヤ人経営の店のボイコットが宣せられた。同日、ゲシュタポがパレ・エフルッシにあらわれた。

25 「二度とはない好機」

今回のことをどう書いたものか？　わたしは回顧録の類《たぐい》、ムージルの日記を読みかえし、当日、翌日、翌々日の群衆の写真をながめる。ウィーンの各紙を読みくらべる。火曜日、ヘルマンスキー・ベーカリーではアーリアパンを焼いた。水曜日、ユダヤ人の弁護士たちが解任された。木曜日、非アーリア人は蹴球クラブ、シュヴァルツ＝ロットから締めだされた。金曜日、ゲッベルスは自由なラジオ放送を停止した。アーリア剃刀が発売された。

わたしはスタンプが押されたヴィクトルの旅券と、一族の間で交わされた手紙を何通か持っている。それらを自分の細長い机の上に並べる。そして、何度となく繰り返して読み、彼らの声を聞こうとする。それはどんな事態だったのか、ヴィクトルとエミーはリングシュトラーセの自宅にいて、何を感じていたのか。わたしはあちこちの文書館でとってきたメモを綴じたフォルダーを持っている。しかし、ロンドンでは、図書館では、それを成し得ないと気づく。そこで、ウィーンに、パレに立ち戻る。

わたしは二階のバルコニーに立つ。今回は根付を持ち帰っている。三つある薄茶色の栗の一つで、象牙製の白い小さな虫がついているものを。ポケットの中を転げまわるそれが気になってしかたがない。わたしはバルコニーの手すりをしっかりつかみ、大理石の床を見下ろし、落下していったエミーの化粧台のことを思う。ガラス戸棚の中で安泰だった根付のことを思う。

　ビジネスマンの一団がオフィスでの打ち合わせのためにリングシュトラーセ側の通路を入ってくる物音が聞こえる。話し声と笑い声。彼らとともに、通りの騒音のごくかすかな反響が入ってくる。そういう物音に触発され、わたしはイギーを思いだす。イギーは年老いた門番のキルヒナーさんのことを話してくれた。彼は子どもたちを喜ばせるために、派手な身振りで低く頭を下げて、パレ・エフルッシの門扉をさっと開けてくれた。ナチスがきた日、その彼は都合よくといおうか、リングシュトラーセ側の門を大きく開け放したまま外出していた。

　隙のない制服姿のゲシュタポが六人、徒歩でまっすぐ入ってきた。

　彼らはきわめて礼儀正しく仕事に取りかかった。ユダヤ人のエフルッシがシュシュニックのキャンペーンを支持していたと信じるに足る理由があるとして、各部屋を捜索するよう命じられていたのだ。

　捜索。捜索とはこういうことだった。引き出しの一つ一つをこじ開け、戸棚という戸棚の中身を引っぱりだし、装飾品を一つ残らずあらためるのだ。邸内にどれほど多くの家財道具があり、どれほど多くの部屋にどれほど多くの引き出しがあったのだろう？　ゲシュタポは手順がよかった。けっして急がなかった。それは単なる蛮行とは違っていた。彼らは客間の小卓の引き出しを隈なく探り、書類をまき散らした。書斎は分解された。彼らは証拠を求めて、ファイルしたインキュナブラのカタログの最後まで目を通し、手紙をふるいにかけた。イタリア製キャビネットの引き出しすべてに探りを入れた。図書室の書棚から本を引きだし、調べたあと、床に放りだした。リネン類のクロゼットの奥深くまで手を突っこんだ。壁から絵を取り外し、カンヴァスを張る木枠まで調べた。子どもたちが隠れて遊んでいた食堂のタペストリーを、壁からめくり上げた。

　ゲシュタポは一家の住まいや調理室、使用人の大部屋など二十四もの部屋を調べ終わると、金庫や銀器保管室、皿が一式ごとに積み重ねられた磁器の収納庫、それぞれの鍵を要求した。さらに、隅の納戸《なんど》の鍵も。そこには帽子箱、トランクに加え、子どもの玩具、育児書、古いアンドルー・ラングの童話を詰めた木箱がしまってあった。加えて、ヴィクトルの化粧室の鍵も。そこには、エミーや、父親や、昔の家庭教師のヴェッセル先生からの手紙が保管されていた。善きプロイセン人の先生は、彼にドイツの価値を教え、シラーを読ませた。ゲシュタポは銀行の執務室の鍵も持ち去った。

そういったすべてのもの、山ほどのもの――初めはオデッサから、次いでサンクトペテルブルク、スイス、南仏、パリ、ケヴェチェシュ、ロンドン等々の休日から伸張していった一族の地理――が調べあげられ、書きとめられた。あらゆる物象、あらゆる事件が疑われた。ウィーンのユダヤ人一族すべてが、そのような精査にかけられたのだ。

長時間の捜索の末に、粗雑な審議があり、ユダヤ人、ヴィクトル・エフルッシはシュシュニックに五千シリングを寄付したかどで告発された。それは彼を国家の敵とするものだった。彼とルドルフは逮捕され、二人とも連れ去られた。

エミーは邸宅の奥の二部屋だけの使用を認められた。わたしはその部屋に入ってみる。天井は高いが、狭くて、非常に暗い。ドアの上の不透明な窓が、中庭からのわずかな光を通すだけだ。彼女は大階段の使用を許されず、以前の居室への立ち入りも許されなかった。使用人ももういなかった。持ち物といえば――その時点では――衣類だけだった。

ヴィクトルとルドルフがどこに引致されたのかはわからない。わたしは記録を見つけることができなかった。エリザベトにもイギーにも聞きそびれた。

二人がゲシュタポの本部として接収されていたホテル・メトロポールに連行された可能性はある。洪水のようなユダヤ人の流れを受け止める場所はほかにも数多くあった。彼らが乱暴されたのはいうまでもなかった。加えて、ひげ剃りや洗顔も禁じられたので、より貶《おとし》められているように感じられた。ユダヤ人らしくないユダヤ人をことさら侮辱することが重要だったのだ。時計の鎖、もしくは靴やベルトを取りあげて、片手でズボンを押さえながらよろめくよう仕向ける。そうやって尊厳を剝ぎとるのは、誰しもを東欧のユダヤ人の小村へ引き戻す手立てだった。原初の像――財産を背負い、腰を屈め、ひげ面でさまよい歩く――に帰《き》せしめるというわけだった。最後には、ウィーンの街頭でも売られているシュトライヒャー（ナチスの政治家）のタブロイド紙、《シュテュルマー》の漫画同然にすることが想定されていた。ゲシュタポは読書用の眼鏡までも取りあげた。

父子は三日にわたって、ウィーンのどこかの監獄につながれていた。ゲシュタポは署名を求めた。署名には書式があった。従わなければ、父子ともダッハウ送りということだった。ヴィクトルは署名して譲渡した。パレとその中身、ウィーンに存するその他の財産すべてを。一族の刻苦精励の集積、百年にわたって蓄えた財産を。そのあと、父子はパレ・エフルッシに戻ることを許された。徒歩で開いたままの門を通り、中庭を横切り、隅の使用人用の階段を二階へ上がり、今は自分たちの住まいとなった二つの部屋に向かった。

そして、四月二十七日、ウィーン一区、ドクター・カール・ルエーガーリング一四番地、元パレ・エフルッシの資産は、完全にアーリア化されたと宣言された。そのような栄誉に浴した初めての例の一つとされた。

わたしは彼らに与えられた部屋の外に立つ。中庭の反対側の化粧室や図書室が、恐ろしく近くに見える。それが流浪の始まりのとき、とわたしは思う。そのとき、家郷はともにあるのに、はるかに隔たっていたのだ。

邸宅はもう彼らのものではなかった。そこには人があふれていた。制服の人間もいれば、私服の人間もいた。そういう連中が部屋数を数え、物や絵のリストをつくり、何もかも持ち去った。アナは邸内のどこかにいた。接収品を紙や木の箱に詰めるのを手伝うように命じられた。ユダヤ人のために働くなど恥と思え、ともいわれた。

接収は美術品ばかりではなく、小さな装飾品や、テーブル、マントルピース上の金鍍金の品、さらにはエミーの冬のコートをはじめとする衣類、日常用の陶磁器を入れた木箱、ランプ、傘やステッキの束にまで及んだ。何十年もの間に、たとえば結婚祝いや誕生祝い、あるいは土産として、この家に運びこまれた物、そして、引き出しや箱、ガラス戸棚、トランクにおさめられた物が、今また運びだされた。それは思いがけないコレクションの解体、家や家族の解体だった。大事な品が持ち去られ、よく馴染《なじ》み、愛していた家族の品が単なる物になった瞬間だった。

ユダヤ人が所有していた美術品の価値を鑑定するにあたり、資産処理局が指名した鑑定官が、ユダヤ人家庭から絵画、書籍、その他の品を収奪するのをしきりに促した。何が貴重なのか、美術館の専門家が見積もりにあたった。〝アンシュルス〟の初期、美術館や画廊は、根を詰めて忙しく働く物音で満たされた。手紙を書いたり、写したり、リストをつくったり、由来や帰属についての疑問を記したり。そして、あらゆる絵画、あらゆる家具調度、あらゆる小芸術品がランクづけされた。一つ一つの物に、さまざまなレヴェルから交錯する視線が注がれた。

わたしはこれらの書類を読んで、パリのシャルルを思う。調査や目録づくりに情熱を燃やして勤《いそ》しんだ一人の美術愛好家を。学究としての人生を。自分が愛した画家、漆器、根付のコレクションについての知識を糾合するための放浪を。

一九三八年春のウィーン以上に、美術史家が有用とされ、その意見が重視された時期はなかった。そして、〝アンシュルス〟により、公共機関ではすべてのユダヤ人が失職する羽目になったので、しかるべき候補者には絶好の機会がめぐってきた。たとえば、〝アンシュルス〟の二日後には、勲章の管理官だったフリッツ・ドゥヴォーチャックが美術史博物館の館長に就任した。奪取した美術工芸品の配分について、彼はこう断じている。「大多数の地域で……それを推し進める二度とはない好機」である、と。ドゥヴォーチャックは正しかった。美術品の大半は、国家の資金調達のために売られたり、競売にかけられたりした。一部は、総統が自らの出生地に近いリンツに計画している新しい美術館へ寄贈されることになった。国立美術館行きのものもあった。ベルリンでは状況を緊密に監視していた。「総統は接収後の資産の利用について自ら決定される意向である。美術工芸品に関しては、まず、オーストリアの小さな町々に自らのコレクションとして処理させることを考慮しておられる」。絵画、書籍、家具の一部は、ナチの息がかかったコレクションとして取り置かれた。

パレ・エフルッシでは、鑑定が進行中だった。この大いなる宝庫のあらゆる物に光があてられ、調べあげられた。それは蒐集家のやりかただった。ガラス天井の中庭から差しこむ灰色の光の中で、ユダヤ人一家から接収した物すべての価値を解き明かさなければならなかった。

ゲシュタポは、コレクションに通底する審美眼には、やや辛辣な目を向けているが、エフルッシの絵画三十点については、「美術館級」と評価している。巨匠の作品三点は、美術史博物館の〝絵画陳列室〟へ、六点はオーストリア・ギャラリーへ直送された。巨匠の作品一点は画商に売却され、テラコッタ二点と、その他の絵画三点は蒐集家と取引された。さらに、十点はミヒャエラープラッツの別の画商に一万シリングで売却された。等々。

「事務所には不向きな芸術的で高級な作品」の多数は、美術史博物館や自然史博物館に送られた。その他の「不向きな」作品は、〝動産集積所〟に運ばれた。その巨大な物資保管所をほかの組織が訪ねて、好ましい物を自由に選ぶことができた。

ウィーンでも最高級の絵画は写真に撮られ、その写真は革装丁のアルバム十冊に貼られた。アルバムはベルリンに送られて、ヒトラーの上覧に供された。

そして、関連の書簡（イニシャル判読困難）、RK19694B、一九三八年十月十三日、ベルリン発にはこんな記載がある。「親衛隊全国指導者兼ドイツ長官〔原文のまま〕は、一九三八年八月十日付書簡のとおり、一九三八年九月二十六日にオーストリアで接収、押収された資産や美術品に関する目録七通を受領した。写真のアルバム十冊とカタログも当方の手中にある。目録と証明書添付」。そして、「ユダヤ人、ルドルフ・グートマン所有の庭園及び森林を含む邸宅」と「ハプスブルク・ロートリンゲン家の家産である地所七カ所と、オットー・V・ハプスブルクの別荘四カ所、邸宅一カ所」のほかに、ウィーンで接収した美術品があり、その中には以下の資産が含まれていた。「ヴィクトル・V・エフルッシ、№.57、71、81―87、116―118、120―122……接収は諸機関、すなわち、オーストリア、SS、党、軍、レーベンスボルン（SSが設置した母性養護ホーム）、その他の利益とすべく実施された」

ヒトラーがアルバムに目を通し、望ましい物を選んでいる間に、また、これらの問題が論議され、接収と押収の違いが考慮されている間に、ヴィクトルの蔵書が持ち去られた。史書、ギリシャ語とラテン語の詩、オウィディウスとウェルギリウス、タキトゥス、英語とドイツ語にフランス語の小説群、子どもを怖がらせるドレの挿絵がついたダンテのモロッコ革装丁版、辞書と地図帳、パリから送られたシャルルの本、インキュナブラ。オデッサとウィーンで買った本、ロンドンとチューリッヒの業者から送られた本、彼の読書歴のすべてが、図書室の棚から取りだされ、選り分けられ、木箱に詰められた。木箱は釘付けされ、階段伝いに中庭に運び下ろされ、トラックの荷台に積みこまれた。誰か――イニシャル判読困難――が、書類に走り書きの署名をすると、トラックは咳きこむような音とともにエンジンを始動させ、オーク材の門扉の間を通り抜け、リングシュトラーセに出て姿を消した。

ユダヤ人の珍しい蔵書を鑑定する特別な組織があった。わたしは一九三五年のヴィーナー・クラブ──ヴィクトル・V・エフルッシ会長──の会員名簿を調べている際、彼の友人十一人が蔵書を持ち去られていることに気づく。

木箱の一部は国立図書館に運ばれた。そこで、書籍は司書や学者によって入念に調べられてから配分された。美術史家並みの仕事に、司書や学者は息つく暇もない日々だった。そういう書籍の一部はウィーンに留まり、一部はベルリンに行き着いた。また、リンツに計画されている〝総統図書館〟や、ヒトラー個人の蔵書に振り分けられるものもあった。さらに、一部はアルフレート・ローゼンベルク・センター用に取り置かれた。ナチズム初期のイデオローグ、ローゼンベルクは、国家の一大権力だった。「現代の世界革命の真髄は、人種の覚醒にある」。ローゼンベルクは自著で仰々しく述べたてている。「ドイツのユダヤ人問題は、ユダヤ人の最後の一人が大ドイツ圏を去ったときに、初めて解決されるのである」。誇張した言辞を連ねた何冊かの著書は、『わが闘争』に次ぐ人気を集め、何十万部と売れた。彼の持ち場の任務の一つは、フランス、ベルギー、オランダの「所有者なきユダヤ人資産」から研究資料を接収することにあった。

ウィーン全市で、以下のような事態が起きていた。ユダヤ人が国を去る許可を得るための〝出国税〟の資金を調達しようにも、ほとんど売る物がないという事態。いきなり物を持ち去られるという事態。それは暴力による場合、よらない場合があったが、いずれにしても、公用語らしきもの、署名された書類、犯罪的行為や国の非合法活動への関与の許可といったものを伴っていた。資料は山ほど残っている。グートマンのコレクションのリストは何ページにも及んでいる。ゲシュタポはマリアンヌの根付、遊ぶ少年や犬や猿や亀といった十一点も持ち去っている。遠い昔、彼女がエミーに見せたものも。

このように人々を住んでいた場所から引き離す作業はいつまでかかったのか？　ウィーンの競売専門

会社ドロテウムは、競《せ》りに次ぐ競りを行った。連日、接収した資産が競売にかけられた。連日、さまざまな物品が、安く買おうという人々、コレクションに加えようという蒐集家を引きつけた。アルトマンのコレクションの競売には五日を要した。それは一九三八年六月十七日、金曜日の三時に、ウエストミンスターの鐘がついた英国の祖父の時計をもって始まった。落札価格はわずか三十ライヒスマルクだった。参加者は連日、二百五十人といういうきりのいい数に達した。

それはこのようなやりかたで行われた。オストマルク、すなわちドイツ国の東部地域では、たしかに、物が注意深く取り扱われていた。銀の燭台は一基ずつ重さを量られた。フォークとスプーンは数を数えられた。ガラス戸棚は開けられた。磁器の人形の基部のしるしまでがあらためられた。巨匠たちの絵画の解説には、学術的な疑問符が付せられた。絵画の寸法が正確に測りなおされた。そういう作業が進む間に、かつての所有者は肋骨をへし折られ、歯を叩き割られていた。

ユダヤ人は、彼らがかつて所有していた物ほど重要ではなかったのだ。それは、どれほど物に注意を払い、大切に扱って、それにふさわしいドイツの居場所を与えるかの試験だった。ユダヤ人なしで、どのように社会を運営していくかの試験だった。ウィーンは再び「世界の終焉に備える実験基地」となった。

ヴィクトルとルドルフが釈放されて三日後、ゲシュタポは一家の住まいを〝洪水雪崩調整局〟の事務所に割り当てた。パレの主要階、金と大理石と天井画で飾られたイニャスの住まいは、アルフレート・ローゼンベルクの事務所として引き渡された。彼は国家社会主義労働者党の知的、イデオロギー的教育及び教化の監督に関して総統から全権委任を受けていた。

わたしは思い描く。上等な服を着た痩身のローゼンベルクが、イニャスの客間のブール細工の巨大な机に乗りだすようにして、リングシュトラーセを見渡している。その前には書類が並べられている。彼の事務所は、国家の知的方向づけの調整に責任を負っており、なすべきことは山ほどある。考古学者、著作家、学者、誰もが彼の承認を必要としている。頃は四月で、菩提樹が若葉をつけている。彼の前の三連の窓の外、新緑の天蓋の向こうには、大学に翻る鉤十字の旗が見えている。そして、ヴォティーフ教会の前に立てられたばかりの新しい旗竿にも鉤十字の旗が翻っている。

ローゼンベルクは新しいウィーンの事務所に腰を落ちつけた。頭上には、ツィオンのユダヤの誇りに対するイニャスの微妙な賛歌――同化に対する生涯かけての賭け――があった。イスラエルの女王として戴冠するエステルの荘厳な金箔の絵がそれだった。そして、頭上の左手には、ツィオンの敵が打ち滅ぼされる絵。しかし、ツィオンシュトラーセではユダヤ人の姿は絶えようとしていた。

四月二十五日、儀式とともに大学が再開された。革の半ズボン姿の学生が正門前の階段の両側に並んで、ナチスの大管区指導者、ヨーゼフ・ビュルケルを迎えた。大学には割り当て制度が導入された。学生及び教授団で、ユダヤ人枠として認められたのはわずか二パーセントだった。向後、ユダヤ人学生は許可証なしでは入校できないとされた。医学部教授団百九十七人のうち、百五十三人が解雇された。

四月二十六日、ヘルマン・ゲーリングは「富の移転」を開始した。五千ライヒスマルク以上の資産を有するユダヤ人は当局に申告する義務を負い、背けば逮捕されることになった。

翌朝、ゲシュタポがエフルッシ銀行に乗りこんできた。彼らは三日を費やして、銀行の記録を調べあげた。新しい規則――施行から三十六時間を経たばかりの規則――のもとでは、会社はアーリア人株主に優先的に譲渡されなければならなかった。しかも、割引して譲渡されなければならなかった。ということで、二十八年にわたってヴィクトルの盟友だったシュタインハウザー氏は、ヴィクトルから株を買い取る意思があるかどうかを問われた。

予定されていた国民投票からわずか六週間後のことだった。

戦後、銀行での役割についてのインタビューで、シュタインハウザー氏は、はい、と答えている。当然のことながら、彼は株を買い取った。「彼らは〝出国税〟を払うための現金が必要でした……彼らは、至急、持ち株を売りたいといってきました。それが現金を手に入れるいちばん手っ取り早い方法だったからです。価格はですね、エフルッシ・アンド・ヴィーナーの価格がわかったのですが、〝非常に適切〟なものでした……五十万八千ライヒスマルク……それに、当然のことですが、四万のアーリア化税」

ということで、一九三八年四月十二日、エフルッシ社は会社登記を取り消した。記録には、〝抹消〟とのみあった。三カ月後、その名前はバンクハウス・CA・シュタインハウザーに変わっていた。新しい名称のもとで再評価が行われた。新しい非ユダヤ人所有者のもとでの資産価値は、ユダヤ人所有者のもとでの六倍に跳ね上がった。

もはやパレ・エフルッシはなく、ウィーンのエフルッシ銀行もなくなった。エフルッシ一族はウィーンから一掃された。

わたしが結婚についての詳細を調べるため、ウィーンのユダヤ人文書室を訪ねたのは今回の訪問でのことだ。かつて、アイヒマンがその文書を差し押さえていた。わたしは台帳を繰って、ヴィクトルを見つける。彼のファーストネームに公式の赤いスタンプが押してある。それは〝イスラエル〟と読める。すべてのユダヤ人が新たな名前を名乗らなければならないという法令が布告されていた。誰かがウィーンのユダヤ人のリストの氏名を逐一見なおして、スタンプを押していた。男には〝イスラエル〟、女には〝サラ〟と。

わたしは間違っていた。一家は抹消されたのではなく、書きなおされていたのだ。その事実に、わたしはとうとう泣きだしてしまう。

26 「一回の旅行に限り有効」

ヴィクトルとエミーとルドルフは、ドイツのオストマルクを去るのに何をしなければならなかったか？　人々は好ましいと思う大使館や領事館の前に行列をつくった――だが、どこでも答えは同じだった。割り当てはすでに一杯になっています。英国では難民、亡命者、貧窮ユダヤ人があまりに多く、リストは数年先まで追加の余地がなかった。しかもそういう行列は危険を伴っていた。というのは、SSや、地元警察や、遺恨を抱いた連中が巡回していたからだ。警察のトラックに乗せられ、ダッハウに連れ去られるかもしれないという恐怖の鼓動は止むことがなかった。

彼らは創設されたさまざまな税を払い、国外移住にかかる懲罰的な認可料を払うだけの資金を必要とした。一九三八年四月二十七日現在で何を所有しているか、資産の申告書を必要とした。それはユダヤ人資産申告事務所で集約された。ユダヤ人は国内外の財産、不動産、事業用資産、貯蓄、所得、年金、貴重品、美術品について申告しなければならなかった。それから、財務省へ出向いて、相続税や建築税を完納していることを証明し、所得、商取引高、年金の資料を示さなければならなかった。

それで、七十八歳のヴィクトルも、古都ウィーンの旅を始める羽目になった。関係事務所を次から次へと訪ね歩いたが、あるところではすげなく断られ、別のところでは立ち入りも許されなかった。事務所に行き着くために行列をして、中に入ってからもまた行列をした。受付の机の前に立てば、怒声で質問を浴びせられた。赤インクのパッドには、国外退去を認めるか否かをあらわすスタンプが置いてあった。それに、税金や、理解しなければならない布告や規約があった。〝アンシュルス〟からわずか六週間後のことだった。新しい法令、机の向こうの新しい役人は、存在価値を認めてもらおう、オストマルクでの自らの有用性を証明しようと躍起になるあまり、混乱に拍車をかけていた。

アイヒマンは、ユダヤ人問題の処理を促進するため、プリンツ－オイゲン－シュトラーセのアーリア化されたロートシルト邸にユダヤ人移民センターを設けた。彼は組織の効率的な運営法について学んでいた。上司がそれに強い感銘を受けるほどだった。新しいセンターは、持てる富と市民権を携えて出頭してきた人間を、数時間後には出国許可以外、何も持たせずに出立させることを可能にした。

人々は自らの書類の影法師のようになった。書類が有効になるのを待ち、海外からの支援の手紙が着くのを待ち、地位が約束されるのを待った。すでに国外に出た人々は、贈り物や、金銭や、血縁の証明や、一か八かの賭けや、公用箋に書いてあることすべてを求められた。

五月一日、十九歳のルドルフは米国への移住の許可を得た。友人がアーカンソー州パラグールドのバーティグ・コットン社の仕事を斡旋《あっせん》してくれたのだ。ヴィクトルとエミーは古い家に取り残された。アナを除いて、使用人は全員が去っていた。そこから三人が完全な静止状態へ向かっていったわけではなかった。すでにそこに行き着いて凍りついていたからだ。ヴィクトルはふだん使っていなかった階段を下りて中庭に出ると、アポロ像を通り、新しい役人や古い入居者の視線を避けつつ門外に出て、警備に立っているSAの脇を過ぎ、リングシュトラーセに出た。しかし、どこにいけたというのか？

カフェ、事務所、クラブ、親類縁者のところへはいけなかった。もう、カフェも、事務所も、クラブも、親類縁者の家もなかったからだ。もう、公衆用のベンチに座ることもできなかった。ヴォティーフ教会前の公園のベンチには、〝ユダヤ人の使用禁止〟の文字が刷りこまれていた。ホテル・ザッハーに入ることも、カフェ・グリンシュタイドルに入ることも、カフェ・ツェントラルに入ることも、プラーター公園や書店にいくことも、床屋にいくことも、公園を横切ることもできなかった。路面電車に乗ることもできなかった。映画にもいけなかった。オペラ座にもいけなかった。ユダヤ人やユダヤ人らしく見える人間は放りだされた。ユダヤ人が歌ったりする曲は聴けなかっただろう。たとえ、いけたとしても、ユダヤ人が書いたり、ユダヤ人が弾いたり、ユダヤ人が歌ったりする曲は聴けなかっただろう。マーラーも、メンデルスゾーンも。オペラもアーリア化されていた。ノイヴァルデックの路面電車の終点にはSA隊員が配置されていて、ユダヤ人がウィーンの森を散策するのを妨げていた。

ヴィクトルはどこにいけたというのか？　ユダヤ人はどこに出かけられたというのか？

誰もが去ろうとしていたとき、エリザベトが戻ってきた。彼女はオランダの旅券を持っていた。それは、ユダヤの知識人、好ましからざる人物として逮捕される可能性に対する盾となるものではあったが、きわめて危険な行動であることは間違いなかった。それでも、彼女は怯《ひる》まなかった。両親に対する各種の許可の問題を解決しようと働いた。ゲシュタポを装って、ある官吏との面会に漕ぎつけ、〝出国税〟を支払う手立てを探り、担当各部門と交渉した。新たな当局者の言辞に脅かされることもなかった。法律家として、適切な対応をしようとした。そちらが公式的に出るというなら、こちらも公式的に応じましょう。

ヴィクトルの旅券は、彼が一歩一歩、出発に近づいていったことを示している。五月十三日の「本旅券所持者は移民である」というスタンプには、ドクター・ラッフェゲルストの署名が付されている。五日後の五月十八日には、「一回の旅行に限り有効」のスタンプが押されている。その晩、国境でのドイツ軍の動きと、チェコスロヴァキア軍の一部動員が報じられた。五月二十日、オーストリアでもニュルンベルク法が施行された。ドイツではすでに三年にわたって存在してきた同法は、ユダヤ人を分別《ぶんべつ》しようというものだった。もし、当人の四人の祖父母のうち三人がユダヤ人なら、当人もユダヤ人である。ユダヤ人は非ユダヤ人と結婚することも、性交することも許されず、ドイツ国旗を掲げることも許されない。四十五歳以下の非ユダヤ人を使用人とすることも許されない。

アナは中年の非ユダヤ人の使用人だった。十四歳のときからユダヤ人に、エミーとヴィクトルと四人の子どもに仕えていた。彼女はウィーンに留まって、新しい雇い主を探さなければならなかった。

五月二十日、ウィーンの出入国管理官は、ヴィクトルとエミーに最終的な許可を与えた。

二十一日の朝、エリザベトと両親はオーク材の扉を通り抜けると、左に折れてリングシュトラーセに出た。駅まで歩かなければならなかった。三人はそれぞれスーツケースを携行していた。《ノイエ・フライエ・プレッセ》は、当日の天候を温暖な摂氏十四度と報じている。リング沿いの道筋は、彼らがそれこそ何度となく通ったものだった。エリザベトは両親と駅で別れた。自分はスイスにいる子どもたちのもとに戻らなければならなかった。

ヴィクトルとエミーは国境に着いたが、チェコスロヴァキアへ入るのは至難の業だった。ドイツ侵攻の危険が差し迫っていたからだ。二人は引きとめられた。〝引きとめられた〟というのは、列車から降ろされ、電話のやりとりや書類の審査の間、何時間も待合室で立たされ、あげくに、百五十スイスフランとスーツケースの一つを巻きあげられたことをいう。そのあと、ようやく越境を許された。その日遅く、エミーとヴィクトルはケヴェチェシュに到着した。

ケヴェチェシュは複数の国境に近かった。以前から、それが魅力の一つになっていた。欧州各地から友人や家族を迎えるのに格好の地で、作家や音楽家の狩猟用や無礼講用の別荘が多かった。

一九三八年夏、ケヴェチェシュは以前と変わりなく、雄大と卑近が入り交じっていた。平原をよぎって夏の嵐が近づいてくるのが見え、川岸で柳の木立が風になぶられるのが見えた。薔薇はますます野放図に生い茂っていた。その月に撮った写真を見ると、エミーがヴィクトルにもたれかかるようにして写っている。わたしが持っている写真で、二人が触れあっているのはその一枚だけだ。

家は閑散としていた。四人の子どもはあちらこちらに散っていた。エリザベトはスイスにいた。ギゼラはメキシコに、イギーとルドルフはアメリカにいた。郵便物を待ち、新聞を待ち、ただただ待ちつづける毎日だった。

ケヴェチェシュでのヴィクトルとエミー
1938年8月18日

国境は再検討下にあり、チェコスロヴァキアは分裂含みだった。ケヴェチェシュは危険と隣り合わせていた。その夏、チェコスロヴァキア西端のズデーテン地方は重大局面を迎えていた。ヒトラーは同地方のドイツ人居住域のドイツへの編入を認めるよう迫っていた。混乱に拍車がかかり、戦争の脅威が高まっていた。ロンドンでは、チェンバレン（英国首相）が宥和《ゆうわ》的、戦術的対応を試み、要求は満たされるだろうとしてヒトラーの説得に努めていた。

七月の九日間、エヴィアンで難民問題を議題にした国際会議が開かれた。米国を含む三十二ヵ国が会合したが、ドイツを非難する決議案を通すことはできなかった。ただ、オーストリアからの難民流入を食い止めたいスイス警察が、国境検問所でユダヤ人を特定できる何らかのしるしを導入するようドイツ政府に要請し、この点については合意が成立した。ユダヤ人の旅券はいったん無効として、警察署に送り、そこで〝J〟のスタンプを押したうえで返却するということになったのだ。

九月三十日早朝、チェンバレン、ムッソリーニとフランス首相エドゥアール・ダラディエは、ヒトラーとともにミュンヘン協定に署名した。戦争は回避された。チェコスロヴァキアの地図の薄く陰をつけた地域は一九三八年十月一日に譲渡され、濃い陰をつけた地域では住民投票が認められた。国土が切り刻まれるというのに、プラハには政府が存在しないも同然だった。当日、チェコの国境警備隊は持ち場を離脱し、オーストリアとドイツの難民は退去を命じられた。最初のユダヤ人迫害が起きた。大混乱が生じた。二日後、ヒトラーはズデーテン地方に入り、歓呼で迎えられた。六日、親ヒトラーのスロヴァキア政府が成立した。新しい国境は、ヴィクトルとエミーの家からわずか二十二マイルだった。十日、ドイツはズデーテン併合を完了した。

ウィーンでヴィクトルとエミーがリングシュトラーセに足を踏みだし、国外へ脱出すべく駅に向かってから、まだ四カ月しかたっていなかった。今は、ドイツ兵が国境を固めていた。

十月十二日、エミーが亡くなった。

エリザベトも、イギーも、〝自殺〟という言葉は使わなかったが、エミーはやっていけなくなったのだ、とどちらもがいった。それ以上遠くにはいきたくなかったのだ、と。彼女は夜のうちに死んでいた。緑がかった青色の磁器の箱に心臓病の丸薬を入れていたが、それを大量に服用していた。

書類のファイルの中に、四つ折りにされたエミーの死亡証明書がある。片脚立ちのライオンの紋章がついたチェコスロヴァキア共和国の五クローネの栗色の印紙が貼られ、押印されたものだ。しかし、そこに書き入れられた日付には、チェコスロヴァキアは実質的にはもう存在していなかった。スロヴァキア語の記述によると、ヴィクトル・エフルッシの妻で、パウル・シェイ及びエヴェリナ・ランダウアーの娘であるエミー・エフルッシ・フォン・シェイは、一九三八年十月十二日、五十九歳で死亡した。死因は心臓の欠陥だった。証明書には〝フレドリク・スキプサ、登録官〟という署名がある。左下隅には、こんな手書きのメモがある。故人はドイツ国民であり、この記録はドイツ国の法律に従ったものである。

わたしはエミーの自殺について思う。彼女はドイツ国民であることも、ドイツ国内で暮らすことも望まなかったと思う。エミー——美しく、風変わりな、怒れる女性——にとって、完全に自由であった人生の中の一つの場所が、身動きのとれない罠になってしまうのは耐えがたいことだったのではないだろうか。

エリザベトは二日後に電報で知らせを受けた。アメリカのイギーとルドルフは三日後だった。エミーはケヴェチェシュに近い村落の教会の墓地に埋葬された。わたしの曾祖父ヴィクトルは独りになった。

わたしは工房の長いテーブルに一九三八年以降の青い手紙を並べてみる。十八通ほどのその手紙は、冬をよぎるかすかな痕跡ともいえる。ほとんどがエリザベトと叔父のピップス、パリの親類との間で交わされたもので、各人の所在地や出国許可を得る方法を確かめたり、保証金の調達のしかたを提案するものだった。どうしたらヴィクトルをスロヴァキアから連れだせるか？　財産はすべて接収され、本人は片田舎で立ち往生していた。一九四〇年まで有効のオーストリアの旅券はあったが、もはや独立国として存在しない国のものでは紙切れも同然だった。追放された身のヴィクトルが、ドイツ領事館でドイツの旅券を申請するわけにはいかなかった。チェコの市民権を申請しようとしたが、その国も消えてしまった。彼が持っている証明書の類といえば、ウィーン市民であることを示すもの、一九一四年にロシアの市民権を放棄してオーストリアの市民権を取得したことを明らかにするものしかなかった。しかも、それはハプスブルク時代のものだった。

十一月七日、一人のユダヤ人青年がパリのドイツ大使館に入りこんで、ドイツの外交官、エルンスト・フォン・ラートを撃った。八日、ユダヤ人に対する集団的懲罰が宣せられた。ユダヤ人の子弟はアーリア人の学校に通えず、ユダヤ人の新聞は発行を停められた。九日夜、ラートがパリで死亡した。ヒトラーは自然発生的な示威行動は抑えるべきでない、警察は撤退するべきだと判断した。

〝水晶の夜（暴動で散乱したガラス片が水晶のように輝いたということからそう呼ばれる）〟は恐怖の一夜だった。ウィーンではユダヤ人六百八十人が自殺し、二十七人が殺害された。オーストリア、ドイツ各地でシナゴーグが焼き討ちされ、商店は略奪され、ユダヤ人は暴行されて監獄や収容所へ送られた。

手紙、といっても薄手の航空郵便だが、それらはますます絶望的な色合いを深めている。ピップスはスイスからこう書いている。「わたしの手紙は、相互に文通ができない友人や親戚の情報仲介所のようなものになっています……信頼できる筋から聞いたところによると、早晩、ユダヤ人男性はすべて、ポーランドのいわゆる〝保護区〟に送られるということで、わたしはそれを非常に懸念しています」。彼はヴィクトルの英国への入国をとりなしてくれるよう友人に懇願している。また、エリザベトは英国当局に手紙を書き送っている。


チェコスロヴァキア、とくに当人が現住所としているスロヴァキアに於ける政治的激変の結果、当人の身辺はもはや安全とはいえません。移民はもとより住民のユダヤ人に対する恣意的な措置が講じられましたが、ドイツの支配に対する国全体の屈従で、ごく短期のうちに、ユダヤ人に対する〝合法的〟措置が完全に正当化されてしまいました。

一九三九年三月一日、ヴィクトルはプラハのイギリス旅券事務所から「一回の旅行に限り有効」の査証を受け取った。同日、エリザベトと息子たちはスイスを離れた。母子は列車でカレーに向かい、そこからフェリーでドーヴァーに渡った。三月四日、ヴィクトルはロンドン南方のクロイドン空港に降り立った。エリザベトが迎えに出ていて、彼をタンブリッジウェルズ、マデイラ・パークのセントアーミンズ・ホテルへ案内した。ヘンクが一家のためにそこの部屋を予約していた。

ヴィクトルはスーツケース一つだけ携え、エリザベトがウィーンの駅で別れたときに見たのと同じスーツを着ていた。時計の鎖には、今もパレの図書室の本箱の鍵をつけていた。早い時代に印刷刊行された史書をおさめた本箱の鍵を。

ヴィクトルは亡命者だった。彼の詩人と哲人の国は、今や判事と刑吏の国になっていた。

27　世の営みへの涙

ヴィクトルは、わたしの祖父母、父、伯父、叔父とともに、タンブリッジウェルズの借家で暮らした。その郊外の家はセントデーヴィッド荘と呼ばれていた。水蠟樹《いぼたのき》の生け垣の間の木の門からポーチまで、矢筈敷きの煉瓦の小径《こみち》が続いていた。家屋は切り妻の頑丈なつくりだった。薔薇の花壇と菜園があった。ロンドン南方三十マイル、ケント州のありふれた町のありふれた家で、落ちついて安らげる印象だった。

一家は、日曜日の朝にはチャールズ殉教王教会へ礼拝に出かけた。息子たち——八歳、十歳、十四歳——は、校長の厳格な指示のおかげで外国訛りをからかわれずにすむ学校へ通った。彼らは榴散弾の破片や兵士のボタンを集めたり、ボール紙で精巧な城や船をつくったりした。週末には橅《ぶな》林へ遊びにいった。

それまで料理をしたことがなかったエリザベトも、食事のしたくをするようになった。今は英国に住んでいる以前の料理人が、便箋何枚にも及ぶ手紙を送ってきた。ザルツブルガーノッケルン（巨大なスフレ菓子）やシュニッツェルのレシピに、細かすぎるほどの指示が添えられていた。「立派なご婦人なら、フライパンをゆっくり傾けましょう」

エリザベトは家計費を捻出するため、近所の子どもたちのラテン語の家庭教師をした。また、息子たちそれぞれに一台八ポンドの自転車を買い与えるため、翻訳の仕事もした。その傍ら、再び詩を書こうとしたが、もう書けなくなっていた。一九四〇年には、ソクラテスとナチズムについての小論——三ページの憤怒の書——をものし、アメリカの友人で哲学者のエリック・フェーゲリンに送った。各地に散らばった家族との通信も絶やさなかった。ギゼラとアルフレドとその息子たちはメキシコにいた。ルドルフはあいかわらずアーカンソーの小さな町にいた。彼はエリザベトに《パラグールド・ソリフォーン》の切り抜きを送ってきた。それは「故国にいたならばエフルッシ男爵となっていた長身の美青年、ルドルフ・エフルッシがサキソフォンで新曲を吹く」という記事だった。ピップスとオルガはスイスにいた。ゲルティ叔母はチェコスロヴァキアから逃れて、今はロンドンに住んでいた。しかし、エヴァ叔母とジェナー叔父はケヴェチェシュで会ったきりで、依然、消息不明だった。

わたしの祖父のヘンクは、八時十八分の列車でロンドンに通勤して、オランダの商船隊の現在の位置と本来の位置を整理する仕事を手伝っていた。

ヴィクトルはキッチンのそばの椅子に座っていた。そこが家の中で唯一暖かい場所だったからだ。毎日、《タイムズ》で戦争のニュースを追い、木曜日には《ケンティッシュ・ガゼット》を購読していた。また、オウィディウス、とくに流浪の詩『哀歌』を好んで読んでいた。読んでいる最中は、顔を手で拭い、その詩から受ける感動を子どもたちに見られないようにしていた。ブラッチンドン・ロード沿いの短い散歩と午睡を別にすれば、ほぼ終日、何かを読んで過ごしていた。たまに、一日がかりで町の中央のホール中古書店へ歩いていくことがあった。そこでは、店主のプラットリー氏に温かく迎えられ、ゴールズワージー、シンクレア・ルイス、H・G・ウェルズの並ぶ書棚に手を走らせた。

子どもたちが学校から帰ってくると、ときどき、アエネアス（トロイの英雄）とそのカルタゴへの帰還を語って聞かせることがあった。壁にはトロイの情景が描かれていた。アエネアスは自らが失ったものの面影と向きあって、涙を禁じ得なかった。「スント・ラクリマエ・レールム」。アエネアスはいった。「ここには世の営みへの涙がある」。ヴィクトルはそれをそう読んだ。彼が前にしているキッチンのテーブルで、子どもたちは代数の勉強や「鉛筆の一日を書いてみましょう」という宿題をすませにかかったり、「修道院の解体　勝利か悲劇か」を書きとめたりしていた。

ヴィクトルはウィーンで買えた平たいマッチがないのを残念がった。それはチョッキのポケットにぴったりおさまった。また、小型の葉巻がないのを残念がった。彼はロシア流に紅茶をグラスにつぎ、砂糖を入れて飲んだ。一度、家族の一週間分の配給量をいっぺんに入れて、かき混ぜたことがあった。みんながロをぽかんと開けて見まもった。

一九四四年二月、イギーがアメリカの軍服姿で、すなわち第七軍団司令部の情報将校としてタンブリッジウェルズにひょっこりあらわれ、みんなを喜ばせた。子どものころ、英語、フランス語、ドイツ語を交互に駆使していた彼は、今や、貴重な存在となっていた。エフルッシ兄弟は二人とも、アメリカの市民権を取得して、陸軍に入隊していた。ルドルフは一九四一年七月、ヴァージニアで、イギーは一九四二年一月、真珠湾攻撃の一カ月後、カリフォルニアで。

次にイギーの姿が見られたのは、一九四四年六月二十七日、連合国のフランス上陸から三週間後、《タイムズ》の一面の写真でだった。シェルブールでドイツ陸海軍の将軍たちが降伏する場面を写したものだった。ドイツ側はびしょ濡れの外套姿で、やや禿げあがってきたI・L・エフルッシ大尉と、こざっぱりしたJ・ロートン・コリンズ少将と向かいあっている。壁にはノルマンディーの地図がピンで留められ、こぎれいな机が置いてある。コリンズ少将の発言のイギーによる翻訳を聞き逃すまいと、誰もがやや前のめりになっている。

一九四五年三月十二日、ヴィクトルが亡くなった。ウィーンがソ連によって解放される一カ月前、ドイツ軍最高司令部が無条件降伏する二カ月前だった。享年八十四。「オデッサで生まれ、タンブリッジウェルズで没す」。死亡証明書にはそう記されている。それを読みながら、わたしは付け加える。欧州の中心、ウィーンで暮らす。チャリング公共墓地にある彼の墓は、ヴィシーにある自身の母の墓からは遠く離れていた。ドリス式の柱に支えられたウィーンの父や祖父の墓所からも遠く離れていた。ウィーンの墓所は、王朝にも比すべきエフルッシ一族を、オーストリア－ハンガリーという新たな故国に永久に宿らせるという自負のもとに築かれたものだった。ヴィクトルの墓は、ケヴェチェシュからはさらに遠く離れていた。

　終戦から程なく、エリザベトはタイボー叔父からドイツ語でタイプさ

ノルマンディー上陸作戦中のイギー　1944年

れた長文の手紙を受け取った。十月にスイスのピップスから転送されてきたものだった。ほとんど透明な用紙に、恐ろしい知らせが記されていた。

わたしは何ごとであれ、繰り返すのは好まないが、ジェナーとエヴァのことは、もう一度書いておかなければならない。二人が亡くなった災難は、考えるだけでも恐ろしい。二人がコマーロム（ハンガリーの国境都市）からドイツへ送られる前に、ジェナーは帰郷を認められ、証明書を手に入れていた。だが、彼はエヴァを置いていくのを望まなかった。ともに留まることを認められるだろうと思っていたのだ。ところが、二人はドイツ国境で即座に引き離され、着ていた上等な服はすべて取りあげられた。二人とも一月中に亡くなった。

ユダヤ人のエヴァはテレージエンシュタットの強制収容所へ送られ、そこで発疹チフスにかかって死んだ。非ユダヤ人のジェナーは強制労働収容所へ送られ、極度の消耗で死んだ。

タイボーはケヴェチェシュの隣人たちの消息をさらに続けている。わたしの知らない一家の友人や親類縁者の名前が連ねられている。サム、シーバート氏、エルヴィン・シュトラッサー一家、ヤノシュ・トゥローツィの末亡人、戦時中に追放されたのか、収容所で消えたのか「そのとき以来、行方不明の二番目の息子」。彼は自分の周囲の惨状についても書いている。焼き尽くされた村、飢餓、インフレ。田舎には、もう一匹の鹿もいなかった。ケヴェチェシュに隣りあう地所、タヴァルノクは「焼け落ちたままで何もない。みんなが去って、タポルカニーに老婦人が一人いるだけだ。わたしは着ている物をのぞけば無一物だ」

タイボーはウィーンのパレ・エフルッシを訪ねていた。「ウィーンでは、無事だったものもいくつかあった……アナ・ヘルツ（マカルト作）の絵はまだそこにあった。ほかにも、エミーの肖像（アンジェリ作）やターシャのお母さんの絵（やはりアンジェリ作ではないか）、家具数点、花瓶等々。あなたのお父さんとわたしの本はほとんど全部がなくなっていて、ほんの何冊かが見つかっただけだった。ヴァッサーマンの献辞がついたものも数冊あった」。家族の肖像数点、献本数冊、家具数点。誰がそこにいたかに言及はない。

一九四五年十二月、エリザベトはウィーンに戻って、誰が、何が残っているかを突きとめよう、そして、自分の母親の肖像を救いだして持ち帰ろうと決意した。

エリザベトは自分の旅を題材にした小説を書いた。それは刊行されなかった。わたしは彫心鏤骨《るこつ》の跡がうかがえる二百六十一ページのタイプ原稿に目を通したが、そもそも刊行は無理だったと思う。あまりの感情の生々しさが、読み心地を悪くしているのだ。その中で、彼女自身は、〝アンシュルス〟以来、初めてアメリカからウィーンに戻ろうとしているユダヤ人教授、クノー・アドラーとして登場している。それは遭遇の物語だ。教授が列車で国境にさしかかり、旅券の提示を求められたとき、役人に対して本能的に反応する場面を、彼女はこう描いている。

クノー・アドラーの喉のどこかの神経にさわったのは、その声、その抑揚《そう》だった。いや、喉の下方、息と滋養物が体の深部に押しこまれるあたり、おそらくは太陽神経叢の中の意識もなく制御もできない神経だ。それはその声の質、そのアクセントの質だった。柔らかいのに粗く、迎合的なのにどこか無作法、ある種の石——表面が粗い粒状、海綿質で、油を帯びた石鹼石——のような感触で耳に感じられるオーストリア人の声。「オーストリア旅券検査局です」

亡命した教授は爆撃された駅に到着すると、あてもなく徘徊して、貧しい住民や荒れ果てたランドマークのむさ苦しさ、強欲さに順応しようとする。オペラ座、株式取引所、美術アカデミー――すべて破壊されている。聖シュテファン大聖堂は焼け落ちて骨組みだけになっている。パレ・エフルッシの前で、教授は足を止める。

ようやく、彼はリングに面したそこに着いた。右手には自然史博物館の巨大な建物、左手には議事堂の傾斜路、その向こうには市庁舎の尖塔。そして、彼の前にはフォルクスガルテン、ブルクプラッツの柵。彼はそこにいた。すべてがそこにあった。けれども、車道の向こうの木々で縁取られていた小径は、今はむきだしになって、わずかに数本の裸の幹が残っているだけだった。それを別にすれば、すべてが元のままだった。時間軸のずれが、幻覚と妄想を生んで彼の目をくらませてきたが、突然、それが焦点を合わせはじめた。彼は現実となり、すべてが現実となり、明々白々な事実となった。彼はそこにいた。木々だけがそこになかった。この破壊の痕跡は比較的軽微なものだったが、予想もしていなかっただけに、不相応なほどの強い悲哀を引き起こした。彼は早足で道路を横切り、公園の門を入ると、荒れ果てた並木道のベンチに腰を下ろして泣いた。

エリザベトの幼年時代は、家の前の菩提樹の天蓋のような枝葉を透かして外をながめることに費やされた。五月になると、彼女の寝室は花の香りで満たされた。

一九四五年十二月八日、エリザベトは六年半ぶりで旧宅に足を踏み入れた。巨大な門扉は蝶番《ちょうつがい》が外れて垂れかかっていた。そこは今、アメリカの占領軍当局の事務所になっていた。米軍司令部／法律評議会資産管理分会。中庭にはオートバイやジープが停まっていた。中庭のガラス屋根のガラスの大半は割れていた。隣の建物に爆弾が落ちて、ファサードのあらかたを打ち壊し、パレの女人像柱を損ねていた。その背後には子どもの像が隠れていた。床には水溜まり。それでも、アポロ像は今も台座の上で竪琴を抱いていた。

エリザベトは三十三段ある家族用の階段を上って、かつての住まいを訪ねた。ノックすると、ヴァージニア出身の魅力的な中尉が中へ通してくれた。

住まいは今、いくつもの事務室になり、各室に机やファイリングキャビネットが備えられ、速記者が控えていた。壁にはリストやメモが留められていた。図書室には、暖炉の上に、占領下のウィーンの巨大な地図が掛けられていた。ソ連、アメリカ、連合国の占領区域が色分けされたものが。あたりには、煙草の煙の帳《とばり》が下り、話し声とタイプライターの騒音が渦巻いていた。エリザベトは興味と同情とかすかな疑惑の空気で迎えられ、各室を案内された。疑惑というのは、ここが――ここ全体が――一家族の家だったのかというものだ。アメリカの事務室は、その前のナチスの事務室の上に浮いているという印象だった。

壁には、今も何点かの絵が掛けられていた。重い金鍍金の額縁におさめられた〝乙女〟、霧に包まれたオーストリアの風景のスケッチが数点、母のエミーの肖像が三点、祖母が一点、大叔母が一点。重量級の家具も元のままだった。ダイニングテーブルと椅子、書き物机、衣裳簞笥、ベッド、大型の肘掛け椅子。わけもなく残されたと思われる物もあった。図書室には父の机があった。床には何枚かの絨毯。しかし、そこが空《から》の家であることは間違いなかった。より正確にいえば、空にされた家であることは。

納戸も空だった。マントルピースも空だった。銀器保管室も空で、それゆえに安全だった。ピアノはなかった。イタリア製のキャビネットも、寄せ木細工の小さなテーブルもなかった。図書室の書棚も空だった。地球儀も、時計も、フランス製の椅子も消えていた。母の化粧室は埃にまみれていた。そこにはファイリングキャビネットが一台置かれていた。

化粧台も鏡もなくなっていたが、黒い漆塗りのガラス戸棚は残っていた。ただし、中は空だったが。親切な中尉は協力的で、エリザベトがニューヨークで学んだことがあると知ると一段と打ち解けた。ゆっくり見てまわってください、と彼はいった。何かこれというものがないか探してみてください。われわれがお役に立てるかどうかはわかりませんが。ひどく冷えこむ日だった。中尉は煙草を勧めながら、まだここに住んでいて、よく事情を知っているかもしれない老女がいるといった。そして、手を振って、部下を呼んだ。伍長がその老女を探しに送りだされた。

老女はアナという名前だった。

28　アナのポケット

二人の女がいる。一人は年老いている。若いほうも、もう中年で、髪が白くなっている。二人は戦後に再会する。一別以来、八年がたっている。

二人はいくつもの古い部屋の一つ、今は書類整理に追われて騒々しい事務室で会う。あるいは、湿った中庭で会う。わたしに見えるのは二人の女だけで、それぞれが物語を抱えている。

四月二十七日。〝アンシュルス〟から六週間後、門番のオットー・キルヒナーが開け放したリングシュトラーセ側の門からゲシュタポが入ってきた日。それがアーリア化の始まりだった。アナは、もうユダヤ人のもとで働いてはならないといわれた。国のために働くのだ、と。彼女は以前の入居者の所有物を整理して、それらを木箱に詰めるのを手伝った。仕事は山ほどあった。銀器保管室で銀器を詰めるのがその手始めだった。

至るところに木箱があり、ゲシュタポがリストをつくっていた。アナが何かを包むと、そのたびに合印がつけられた。銀器の次は磁器だった。彼女の周囲の人間は、住まいをばらばらに分解するのに忙しかった。ヴィクトルとルドルフが逮捕され、連行された日のことだった。エミーは自室から締めだされ、中庭の向かい側の部屋に移された。

ゲシュタポは銀器を持ち去った。「それに、お母さまの宝石類も、磁器も、お母さまの衣裳も」。それに、アナが（毎週、図書室、玄関、客間、男爵の化粧室と）ねじを巻いてまわっていた時計も、図書室の本も、客間のかわいらしい磁器製の道化師の人形も。ありとあらゆるものを。彼女はエミーと子どもたちのために取っておけるものはないかと探してみた。

「貴重品を運びだすことはできませんでした。それで、奥さまの化粧室から小物を三つ四つずつ、こっそり持ちだしたんです。お嬢さまがたが子どものころに遊んでいらっしゃった小さな玩具《おもちゃ》――おぼえておいででしょう――わたしは通りかかるたびに、それをエプロンのポケットに入れて、自分の部屋に持ってきたんです。そして、ベッドのマットレスの下に隠しました。あの大きなガラスケースから全部持ってくるには二週間かかりましたよ。どんなにたくさんあったか、おぼえておいででしょう！

連中は気がつきませんでした。とても忙しかったので。大物をみんな持ちだすのに追われてたんです――男爵の絵、金庫にしまってあった金の器一式、応接間のキャビネット、彫刻、お母さまの宝石類。それに、男爵があんなにお好きだった古い本。でも、連中は小物には気がつかなかったんです。それで、わたしはあれを持ちだしました。マットレスの中に入れて、その上で眠りました。お嬢さまがお戻りになった今、お返しするものがあるというのはそういうことなんです」

一九四五年十二月、アナはエリザベトに二百六十四個の日本の根付を引き渡した。

この根付の物語で、それは三つ目の落ち着き場所だった。

パリのシャルルとルイーズから、すなわち、印象派の絵画で飾られた柔らかい黄色の部屋のガラス戸棚から、ウィーンのエミーと子どもたちへ、すなわち、絡みあった物語と盛装へ、あるいは幼年時代と空想へ。そして、思いがけなくアナの部屋の寝具へと。

根付は転々としてきた。日本から着いて以来、何度も値踏みされてきた。手に取られ、ためつすがめつされ、重さを量られ、また置かれて。美術商がそうしてきた。蒐集家がそうしてきた。そして、子どもたちがそうしてきた。しかし、アナのエプロンのポケットに、布巾《ふきん》や糸巻きとともにおさめられた根付のことを思うと、あまり手厚い扱いを受けてきたとは考えられない。一九三八年四月、〝アンシュルス〟が宣言されて、まだ興奮さめやらぬころ、美術史家は目録づくりに打ちこみ、ベルリンへ送るゲシュタポのフォルダーに写真をせっせと貼りつけていた。司書は司書で書籍のリストを書きだすのに精出していた。彼らなりに国のために芸術作品を守ろうとしていた。一方、ローゼンベルクはユダヤ人の獣性についての自説を証明するためにユダヤ関係の資料を必要としていた。誰もがそれぞれ懸命に仕事をしていた。アナの献身と勤勉に見向きする者はいなかった。根付は、ともに眠るアナによって、それまでに示されたことがないほどの敬意をもって扱われた。そして、彼女は飢餓と略奪、さらには戦火とソ連の侵攻を生き延びた。

　根付は小さくて硬い。かけたり割れたりしにくい。一つ一つが世を転々としてもいいようにつくられている。「根付は持ち主の手に余らないよう工夫されている」。ある手引きにはそう書いてある。根付は内へ内へとおさまろうとしているようだ。たとえば、鹿は体の下に脚を折り敷いている。樽職人はつくりかけの樽の内側にしゃがみこんでいる。鼠たちは榛《はしばみ》の実に群がっている。あるいは、わたしの気に入りの作品では、僧が托鉢の鉢に伏せるようにして眠っている。その背中は連続した一本の線になっている。だが、下手をすると痛みを感じさせられることもある。たとえば、象牙製の豆の莢の端はナイフのように鋭い。わたしはマットレスの中に隠された根付を思う。そのマットレスで、ゆくりなくも日本の黄楊《つげ》や象牙とオーストリアの馬の毛（マットレスの詰め物に用いられた）が出合ったのだ。指だけでなく、全身での感触。

アナにとって、根付の一つ一つが記憶を搾りとられることへの抵抗だった。持ちだされた一つ一つが現況に対する抵抗であり、よみがえる物語であり、手放すわけにはいかない未来だった。ウィーン人の〝ゲミュートリッヒカイト（快適さ、居心地のよさ、情操の豊かさ）〟信仰——感傷的な物語にそそぐ心地よい涙、何でもくるんでしまうペーストリーやクリーム、幸福から転落していくメランコリー、使用人の少女とその恋人がいる甘美な光景——が、この上なく堅固な場を見出したのだ。わたしはブロックハウス氏が使用人の不注意を懸念していたのを思い、それがいかに間違っていたかを思う。

感傷もなければ、ノスタルジアもなかった。それはもっと硬質なもの、文字どおり硬いものだった。それは一種の信頼だった。

わたしはアナの物語を遠い昔に聞いた。東京で、本箱の間に置かれた長いガラス戸棚の中で灯りに照らされた根付を初めて目にしたときに。イギーはわたしにジントニックを勧め、自分はスコッチのハイボールを手にしていた。そして、それは秘められた歴史なのだといった——小声でささやくように。今にして思えば、彼が声をひそめたのは、その物語を語るのをためらったからではなく、物語自体が秘密めいていたからだ。

わたしはその物語を知った。だが、ウィーンを三度訪れるまで、その物語を感じることはなかった。三度目の訪問の折、わたしはカジノ・オーストリアの社員とともにパレの中庭に立っていた。彼が秘密の階を見たくないかと聞いてきた。

オペラ階段を上がったところで、彼は左手のパネルの一部を押した。わたしたちは頭を下げてドアをくぐり抜け、その階に足を踏み入れた。外側に向いた窓のない部屋がいくつも続いていた。リングシュトラーセに立ってみれば、視線は街路の高さからイニャスの住まっていた階へと自然に移っていく。そして、すぐ上の階の部屋の見取り図を描いていくが、そのいずれもが圧縮されているのがわかる。窓はといえば、中庭に向いた曇りガラスの小さな四角いものがあるだけだ。壁の一部のように偽装されるほど目立たない階。その階に出入りするには、大階段に通じる大理石のパネルのように偽装されたドアをくぐるか、中庭の隅の使用人用の階段を上がるかだ。そこは使用人の部屋が連なる階なのだ。

アナが眠っていた場所は、今、会社のカフェテリアになっている。わたしはウィーンの平日のランチタイムのざわめきの中に立ち、何かしっくりこないつまずきのようなものを感じる――ページをめくっているうち、自分が内容を理解もせずに読んでいると気づいたときのような。そうなると、元へ戻って、読みなおさなければならない。すると、言葉はますます馴染みのないものになり、頭の中で奇妙に響くように感じられる。

プロジェクトを温めているこの建物の責任者が尋ねてきた。この建物の採光の方法に気がつきましたか？　オペラ階段にはどんなふうに光が入ってくると思いますか？　ということで、使用人用の螺旋階段を上り、小さな扉を開けてみると、鉄製の連絡路や梯子だらけの屋上の全景が見える。屋上を横切り、女人像柱の上方の手すり壁に寄って下をのぞけば、それを見ることができる。そう、隠された光井《こうせい》を。

彼は図面を取ってきて、この建物が隣の建物とどのように連結しているかを示す。地下室へ通じる地下通路により、正面の門を通らずに、馬の飼い葉や藁を運びこめたということも。

はめこまれたり、かぶせられたり、石膏やペンキを塗られたりしたこの家、大理石と金の家には、玩具の劇場のように軽いところがある。ファサードの背後には隠された空間が続いている。〝ポチョムキン的〟なところも。大理石の壁も、木摺《きずり》（塗り壁などの下地にする板）と漆喰の人造だ。

それは隠された子どもの玩具、パレの上の手すり壁での秘密のゲーム、トンネルや地下室でのかくれんぼ、エミー宛ての愛人たちの手紙がおさめられたキャビネットの秘密の引き出しのある家だった。見えざる人々、知られざる暮らしの家でもあった。隠された調理室から料理があらわれ、隠された洗濯室へリネンが消えた。人々は階と階の間の押しこまれた風通しの悪い部屋で眠った。

それは自分の出自を隠す場所、物を隠す場所だった。

わたしは一族の手紙のファイルと大ざっぱな案内図を携えて旅を始めた。一年以上が過ぎた今も、隠された物を探しつづけている。それは忘れられた物ばかりではない。ゲシュタポのリストや日記、日誌、小説、詩、新聞の切り抜き。遺言書や船の積み荷目録。銀行家とのインタビュー。パリの裏部屋で耳にした噂話、世紀の変わり目のウィーンで親類縁者のためにつくられた服の布地の見本。絵画や家具調度。わたしは百年前のパーティーの出席者のリストも探しだす。

わたしは自分の金色《こんじき》の一族の形跡についてはかなりのことを知っている。しかし、アナについてはそれ以上何も見つけられない。

アナは何かに書かれてもいないし、物語に映りこんでもいない。エミーの遺言で遺産を分与されてもいない。そもそも遺言がなかったのだ。アナは商人や婦人服の仕立て屋の元帳にも形跡を残していない。

わたしは探しつづけるしかない。図書館では、思いがけず、前へ、横へとつながる手がかりに出くわす。脚注や付録のメモを見れば、事実――たとえば、かつてシャルルの客間に敷かれていた黄金色の絨毯の年代、パレ・エフルッシの天井画の画家についての何か――を確認しようと努める。バサノ通りのルイーズの館《やかた》。ジュールとファニーの邸宅の反対側で、金色の石と渦巻きの装飾に彩られたシャルルの最後の住まいの先にあったその館は、ナチスがパリの仮収容所として用いた。それはドランシー収容所の三つの付属施設の一つだった。ユダヤ人被収容者は、ローゼンベルク機関が国家の官公吏のために収奪した家具その他の物件の分類、清掃、修理にあたらされていた。

そして、恐ろしい内容の括弧《かっこ》つきのメモに出合う。ルノワールが描いたルイーズ・カーン・ダンヴェールの娘二人の肖像――シャルルがルノワールへの謝礼をつりあげようとしたことから、発注から完成まで延々と揉めた。その青いドレスの少女は国外に移送され、アウシュヴィッツで死んだというのだ。さらに、ファニーとテオドール・レナックの息子であるレオンとその妻のベアトリス・カモンド、夫妻の二人の子どもも移送された。一家は一九四四年、アウシュヴィッツで死んだ。

パリの黄金の丘のユダヤ人に対する古くからの中傷、悪意に満ちた非難は、遅れてではあったが、ぞっとするような花を咲かせたのだ。

わたしはここで、この館で、足もとをすくわれる。根付がアナのポケット、アナのマットレスで生き延びたのは、人を侮辱するものではないか。わたしはそれが象徴へ転化するのに耐えられない。なぜ、根付が隠れ場所でこの戦争をやり過ごせたのか？ 隠れていた人々の非常に多くが、やり過ごせなかったというのに？ わたしはもう人と所と物を紡ぎあわせることができない。これらの物語がわたしを解《ほど》いてしまう。

ほぼ三十年前、日本でイギーに初めて会ったときにその物語を聞いて以来、わたしが探しつづけてきたことどもがある。その一つに、アナを取り巻く空間がある。フレスコ画の人物を取り巻くような空間が。アナは非ユダヤ人だった。エミーが結婚して以来、彼女のもとで働いてきた。「アナはいつも身近にいた」。イギーがよくそういっていた。

一九四五年、アナは根付をエリザベトに引き渡した。エリザベトは六歳のころに好きだった柿、象牙の鹿、鼠、鼠捕り屋、お面と、その他すべてを革の小型のアタッシェケースに入れて、英国に持ち帰った。それらはパリの客間やウィーンの化粧室では大きなガラス戸棚いっぱいにひろがっていたが、融通無碍《むげ》でもあるのだ。

わたしはアナのフルネームも知らないし、その身がどうなったかも知らない。わたしは問うことができたにしても、問うてみようとは思わなかった。アナはただアナだった。

29 「すべて、公正明朗に」

エリザベトは根付をごた混ぜにして詰めこんだ小型のアタッシェケースを持ち帰った。今は英国が家だった。彼女が家族をウィーンに連れ帰って住まわせようとしていたのは疑いないところだった。米軍から復員して仕事を探していたイギーも同じことを思っていた。しかし、ウィーンへの帰還を果たしたユダヤ人は稀だった。〝アンシュルス〟の時点で、オーストリアには十八万五千人のユダヤ人がいた。帰国したのは、そのうちの四千五百人に過ぎなかった。オーストリアのユダヤ人六万五千四百五十九人が殺害されていた。

誰も責任を問われなかった。戦後に樹立された民主的な新オーストリア共和国は、一九四八年にナチ党員の九〇パーセントに、一九五七年にはSSとゲシュタポに恩赦を施した。

亡命者の帰還は、残留者へのいやがらせになると思われた。エリザベトが書いたウィーンへの帰還の小説は、彼女がどう感じていたかを理解する一助となる。小説には、それが顕著にあらわれている対立の一瞬がある。ユダヤ人教授は、なぜ戻ってきたのか、オーストリアに何を期待しているのかをただされる。「あなたが去ると決断したのは少しばかり早すぎた。つまり、あなたは追放される前に辞めてしまった――そして、国を去った」。それは根源的な迫力ある質問だ。あなたは帰ってきて何をしようというのか？　われわれから何かを取ろうと帰ってきたのか？　告発者として帰ってきたのか？　われわれに恥をかかせようと帰ってきたのか？　そして、それらの質問に通底する震え声があった。あなたの戦争はわれわれの戦争よりもひどかったのか？

生き延びた人々にとって、返還はむずかしい問題だ。エリザベトは小説中のもっとも微妙な場面でそれを描いている。蒐集家のカナキスが「椅子の真向かいの壁に掛けられた、がっしりした黒い額縁の絵二点」に気づき、「目蓋《まぶた》に皺を寄せて、かすかに微笑む」場面だ。

「その絵をほんとうにおぼえておいでですか？」新しい所有者が声を上げる。「たしか、あなたのご家族のお知り合いだったE男爵のものだったんですよ。あなたも彼の家でご覧になったことがあったかもしれませんね。残念ながら、E男爵は外国で亡くなられました。イギリスでだったと思いますが。男爵の相続人たちは、失われた財産で行方のわかったものを取り戻してから、すべて競売にかけて売りはらったんです。現代風な家では古風な物は役に立たないということなんでしょうか。わたしはその絵を競売場で手に入れました。この部屋でご覧になっている物の多くと同じように。すべて、公正明朗にです。この時代には、あまり需要がないんですよ」

「弁明なさる必要はありません、先生」カナキスは答える。「わたしは先生のお買い物におめでとうと申しあげるだけです」

「すべて、公正明朗に」は、エリザベトが繰り返し聞かされることになる言葉だった。壊滅した社会の優先権のリストでは、財産を接収された人々への返還の問題は、最下位近くに置かれているということを思い知らされた。ユダヤ人の財産を私《わたくし》のものとした人々の多くは、今、新オーストリア共和国の尊敬される市民となっていた。その政府もまた、賠償を拒否していた。政府の見解では、一九三八年から一九四五年までの間、オーストリアは占領下にあったからだ。オーストリアは戦争の主体というよりも、むしろ「最初の犠牲者」だったというのだ。

オーストリアは「最初の犠牲者」として、国に損害を与えようとするものに対して抵抗しなければならない。オーストリアの法律家で戦後の初代大統領となったカール・レナー博士は、それを明言した。一九四五年四月には、こう書いている。

ユダヤ人から盗んだ財産の返還は……個々の被害者に対してでなく、集団的な返還基金に対してなされる「のが当然である」。そのような近い将来を予見して準備しておくことは、亡命者が突然の大洪水となって帰還してくるのを防ぐために必要である……多くの理由で、非常に周到な注意が払われねばならない状況があり……基本的には、国はユダヤ人がこうむった損害には責任を負うべきではないのである。

一九四六年五月十五日、オーストリア共和国が、差別的なナチスのイデオロギーを利用したいかなる取引も無効と見なすと宣する法案を成立させたときには、道が開かれたように思われた。しかし、その法律は遺憾ながら実効を伴わなかった。もし、強いられたアーリア化政策のもとで資産を手放したにしても、それを買って取り戻すよう求められるかもしれない。もし、美術品を取り戻したとしても、それがオーストリアの文化遺産として重要と考えられるならば、国外に搬出することはできない。しかし、それらの重要な作品を美術館に寄付するならば、ほかのさほど重要でない作品には許可が下りるかもしれない、というふうだったのだ。

何を返還し、何を返還しないかを判断するのに、政府機関はもっとも権威のある手持ちの資料を利用した。それはゲシュタポが集約したものだったが、徹底した仕事ぶりは特筆されるほどだった。

ヴィクトルの本のコレクションの接収に関するファイルには、蔵書がゲシュタポに渡ったことが記されているが、「その内容のすべてを書きとめた記録はない。しかし、接収を確認する書類に、大小二つずつの本箱及び回転式の書棚の内容すべてが記されているとするなら、その数はそう多くはなかった可能性がある」

そして、一九四八年三月三十一日、オーストリア国立図書館からヴィクトル・エフルッシの相続人に百九十一冊が返還された。百九十一冊の本で二つの書棚が埋まったが、それは彼の図書室を構成していた何百ヤードもの書棚のうちの数ヤードに過ぎなかった。

あとはうやむやのままだった。エフルッシ氏はどこかに記録を保存していなかったのか？　彼は没後もとがめられた。判読困難な署名をされた書類のせいで、ヴィクトルの生涯かけての蔵書は失われてしまったのだ。

美術品のコレクションの接収に関するファイルもある。それには、二つの美術館の館長の間で交わされた書簡が含まれている。彼らはゲシュタポが作成した目録を持っていた。「ウィーン一区、ルエーゲリング一四番地、銀行家エフルッシ」の絵画がどうなったかの解明を委ねられていたのだ。「目録によれば、特別な価値を有する美術品コレクションというわけではなく、いかにも金満家の住宅の壁面の装飾といった印象です。様式から見れば、一八七〇年代の趣味によって蒐集されたことは明らかと思われます」

受取はないが、「それらの絵画は売られていません。そもそも、売れるような代物でもありません」とある。これ以上、打つ手はないということを言外にほのめかしているのだ。

書簡を読んでいると、わたしは無性に腹が立ってくる。こういった美術史家連中が「銀行家エフルッシ」や彼の壁面の装飾を好まないというのが問題なのではなく、用いられている文言が、ゲシュタポの

「ユダヤ人エフルッシ」に酷似していて気分が悪いのだ。文書保管所が過去を閉じこめるのに利用されるというのは、こういうことなのだ。ここには受取もなく、署名を読みとることもできない。わずか九年前のことなのに、彼らの同僚の手を借りて行われたことなのに、とわたしは思う。ウィーンは小さな都市だ。問題を解明するのに、何本の電話が必要というのだろう？

わたしの父の幼少時代の区切り区切りには、エリザベトが手紙を書く姿があった。一家の資産を取り戻すという薄れゆく希望の背後にあるものに対して、次から次へと手紙を書いていたのだ。要求を思いとどまらせるために合法を装った手段を持ちだすという妨害に怒りを燃やしていたこともある。何といっても、彼女は法律家だった。しかし、手紙を書きつづけた最大の理由は、四人の兄弟姉妹全員が切迫した財政状態にあり、欧州に残っているのは彼女独りという事情だった。

絵画が回収されると、そのたびに売られて、代金は分与された。ゴブラン織りのタペストリーは一九四九年に取り戻され、売られて学費にあてられた。終戦の五年後、パレ・エフルッシがエリザベトに返還された。ウィーンはいまだに四カ国軍の管理下にあって、戦災を受けたパレを売るには時期が悪く、三万ドルの値しかつかなかった。エリザベトは売却を断念した。

かつてヴィクトルの共同経営者であり、オーストリア銀行協会の会長にもなったシュタインハウザー氏は、一九五二年、自らがアーリア化したエフルッシ銀行の歴史について何か知っているかと問われた。翌一九五三年は、同銀行がウィーンに設立されて百年とされていたのだ。「それについては何も知りません」。彼はそう返信している。「祝われるほどのことでもありますまい」

エフルッシの遺産相続人はそれ以上の権利の主張を断念するということに同意して五万シリングを受け取った。当時で約五千ドルに相当する額だ。

わたしは返還交渉疲れともいうべきこのような事例を見出す。人生を費やして何かを追跡するというのがどういうことかを知る。規則や書状や合法性といったものに精力を吸い尽くされてしまうのだ。どこかよその家のマントルピースの上で、パレの客間にあった時計が、台座のまわりに人魚が優美に絡まった時計が時を告げている。販売カタログを開けば、大風の中をゆく二隻の船が見える。ふと気がついてみると、階段に出る扉の前に立っている。リングシュトラーセ沿いの散歩に備えて保母が首にマフラーを巻いてくれている。息を凝らす一瞬の間にも、人生を継ぎあわせることが、離散した家族の崩壊した背景を継ぎあわせることができるのだ。

だが、家族そのものは継ぎあわせることができない。エリザベトはタンブリッジウェルズで一種のセンターの役割を担い、消息を書いたり話したり、甥や姪の写真を送ったりしていた。戦後、ヘンクは国連の救援団体に格好の職を得て、ロンドンで仕事を始めていた。一家の暮らし向きはやや安楽になっていた。ギゼラはメキシコにいた。窮乏生活が続き、家族を養うために掃除婦として働いていた。ルドルフは復員してヴァージニアで暮らしていた。そして、イギーはファッションに――彼のいいかたによると――「見限られてしまった」。再びイブニングドレスに取り組むことはできなくなっていた。ウィーンからパリを経てニューヨークへという糸が、一九四四年、フランスでの戦闘によって断たれていたのだ。

イギーは今、国際的な穀物輸出会社、バンジに勤めていた。期せずしてオデッサのルーツに回帰した格好だった。最初に配属されたベルギー領コンゴのレオポルドヴィルで長い一年を過ごしたが、彼《か》の地の酷暑と残忍性には耐えがたいものがあった。

一九四七年十月、イギーは転属の合間に英国を訪れた。次の配属先については、コンゴに戻るか、日本に赴くかを提示されていたが、どちらも気乗りがしなかった。彼はタンブリッジウェルズに足を伸ばし、エリザベトとヘンク、甥たちに会い、初めて父親の墓に参った。そのあとで、自分の将来について決断するつもりだった。

夕食後のことだった。子どもたちは宿題をすませて就寝していた。エリザベトがアタッシェケースを開けて、イギーに根付を見せた。

取っ組みあう鼠たち。はめこまれた眼を持つ狐。瓢簞《ひょうたん》を抱えた猿。彼のお気に入りだった斑《まだら》の狼。姉弟はいくつかを手に取り、郊外の家のキッチンテーブルの上に置いた。

わたしたちは何もいわなかった、とイギーはいった。わたしたちは三十年前、母親の化粧室で、黄色い絨毯に座って、いっしょにそれに見入っていたのだ。

行く先は日本だ、とイギーはいった。わたしが根付を持ち帰ろう。

第四部　東京

一九四七——二〇〇一

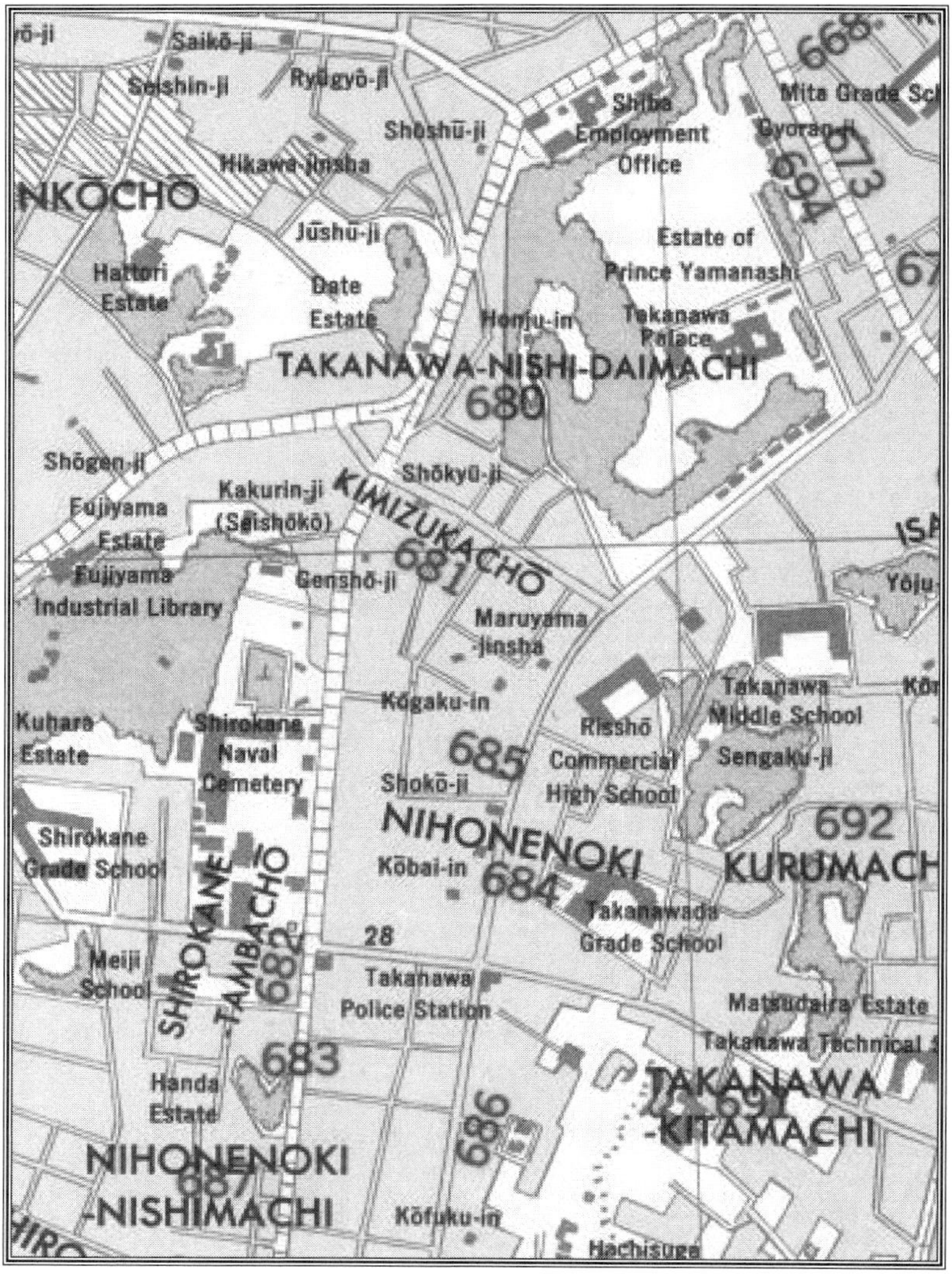

Saikō-ji
Seishin-ji
Ryūgyō-ji
Shōshū-ji
Hikawa-jinsha
Shiba Employment Office
Gyoran-ji
Mita Grade School
NKŌCHŌ
Jūshu-ji
Hattori Estate
Date Estate
Estate of Prince Yamanashi
Honju-in
Takanawa Palace
TAKANAWA-NISHI-DAIMACHI
680
668
673
694
Shōgen-ji
Kakurin-ji (Seishōkō)
Shōkyū-ji
KIMIZUKACHŌ
681
Fujiyama Estate
Fujiyama Industrial Library
Genshō-ji
Maruyama -jinsha
Yōju-
Takanawa Middle School
Kōgaku-in
Kuhara Estate
Shirokane Naval Cemetery
685
Risshō Commercial High School
Sengaku-ji
Shokō-ji
NIHONENOKI
684
Kōbai-in
692
KURUMACHŌ
Shirokane Grade School
SHIROKANE -TAMBACHŌ
682
Takanawadai Grade School
28
Meiji School
Takanawa Police Station
Matsudaira Estate
Takanawa Technical
683
TAKANAWA -KITAMACHI
691
Handa Estate
686
NIHONENOKI -NISHIMACHI
687
Kōfuku-in
Hachisuga

30 タケノコ

一九四七年十二月一日、イギーは東京の極東軍総司令部参謀第一部から、日本への入国を認める軍許可証№.４３５１を受け取った。六日後、彼は占領下の東京に到着した。

羽田空港から乗りこんだタクシーは、道路の大きなくぼみを迂回し、子どもや自転車、だぶだぶのズボン姿の女たちを避けるために迂回しながら、のろのろと市内へ向かった。東京は奇妙な光景を呈していた。まず目に留まったのは、掘っ立て小屋の赤く錆びたトタン屋根の上方で、ところどころ輪になった電線や電話線が四方八方へと伸びているありさまだった。そして、冬の光の中、南西の方角にそびえ立つ富士山だった。

アメリカは三年にわたって東京を爆撃したが、一九四五年三月十日の空襲はとりわけ破壊的だった。焼夷弾で炎の壁がめぐらされ、「天に火の粉がまき散らされた」。十万人が死亡し、十六マイル四方の市街が破壊された。

一握りの建造物を除くすべてが倒壊するか焼失した。残存したものの中には、灰色の石垣と広い濠《ほり》に囲まれた皇居、ごく少数の石やコンクリートづくりの建物、奇妙な〝クラ〟、すなわち商家が家財をしまっておく倉庫、そして帝国ホテルが含まれていた。同ホテルは一九二三年、フランク・ロイド・ライトの設計により完成したもので、池を取り巻くコンクリートの殿堂は、風変わりで派手な糖菓といった印象だった。どこかジャポニスムのアステカ版という趣もあった。それは一九二三年の大震災にも耐え、ほんのかすり傷程度で、ほぼ完全な姿を保った。国会議事堂、いくつかの官庁、米国大使館、皇居の向かいにある丸の内ビジネス街のオフィスビルも同様だった。

すべてが進駐軍当局によって接収されていた。ジャーナリストのジェイムズ・モリス、のちのジャン・モリスは、一九四七年、旅行記『フェニックス・カップ』でこの不思議な地区について書いている。「丸の内は、日本の灰と瓦礫、錆びた缶の海に囲まれたアメリカの小さな島である。そのブロックを歩けば、軍ラジオ局が流す耳障りな音楽が鼓膜を乱打する。非番のGIが間近の壁にもたれて吐く姿が目に入る……ここはデンヴァーではないかと……」

マッカーサー元帥が司令部を置いたのも、この地区のビル群のうちで最大の第一（ナンバーワン）ビル（第一生命館）だった。連合国最高司令官《シュプリーム・コマンダー・アライド・パワーズ》（SCAP）。ヤンキー大名。イギーが着任したのは、天皇が高音のファルセットで敗北宣言の放送を行った二年後だった。放送では、宮廷外では馴染みの薄い言葉づかい、言いまわしを用いて、「帝国の受くべき苦難は固《もと》より尋常にあらず……」という警告が発せられていた。それでも、以後何カ月かの間に、東京は進駐軍に次第に慣れていった。アメリカ側も感性をもって統治すると宣言していた。

東京の米国大使館で撮影された元帥と天皇の写真は、両者の関係をはっきりと示していた。マッカーサーはカーキ色の制服で、開襟シャツにブーツという格好だった。両手を腰にあて、《ライフ》の表現によれば、「勲章もつけていない大柄な米兵」という印象だ。一方、並んで立つ天皇は小づくりで、黒いスーツ、ウイングカラーに縞のネクタイと、しきたりに従ったきちんとした服装だった。いってみれば、感性と作法が交渉に臨もうとしている図だ。日本の新聞は写真を公表するのを拒んだ。しかし、S

CAPが公表されるよう取りはからった。写真が撮られた翌日、皇后はマッカーサー夫人に、皇居の庭園で育った花のブーケを贈った。数日後には、皇室の紋章入りの漆塗りの箱を。用心深く、気づかわしいコミュニケーションが、贈り物とともに始まった。

　タクシーはイギーを皇居の向かいの帝都ホテル（パレスホテルの前身）に送り届けた。日本に入国するための書類を整えるのも、滞在の許可を取るのも容易ではなかったが、到着してから宿泊先を見つけるのが、また一苦労だった。というのは、健在のホテルは二つしかなかったからで、帝都はその一つだった。非軍人の外国人コミュニティーは、ごく小さなものだった。外交団と報道陣を除くと、イギーのようなビジネスマンが一握りと学者がちらほらいるだけだった。イギーが着いたのは、極東国際軍事裁判所で東条英機や秘密警察の長、リュウキチ・タナカ（日本陸軍の謀略に関与した少将、田中隆吉か？　裁判では検察側証人）を含む戦争犯罪人の裁判が始まった時期だった。西側の報道によれば、東条は「恐ろしいほどのサムライの独善性」を持った人物だった。

　SCAPは日本の統治の方法に関して、市民生活のあらゆる細目にまで及ぶ布告を絶えず発していた。それらはしばしばアメリカの感性を反映するものとなっていた。マッカーサーは、神道——過去十五年のナショナリズムの昂揚に深く関与していた——と政治を分離すると決定した。また、商工業を支配する大財閥の解体を求めた。

　天皇は国家の長である……天皇の義務と権力は新憲法によって定められ、その点に於いて国民の基本的意志に責任を負う……国家の至上の権利としての戦争は、これを放棄する……日本の封建制度は廃止される……いかなる貴族の特典も、今後、国家的あるいは市民的政治権力に組みこまれることはない。

マッカーサーは日本の歴史上初めて女性の参政権を認め、工場での一日十二時間労働を八時間に減じるとした。日本に民主主義がもたらされた、とＳＣＡＰは宣言した。一方で、内外の出版物は検閲を受けた。

東京の米軍は、哨舎から大音声で流れるラジオ放送ばかりでなく、独自の新聞と雑誌を持っていた。また、売春宿（ＲＡＡ、もしくは特殊慰安施設協会《レクリエーション・アンド・アミューズメント・アソシエーション》）や、認可されたキャバレー（ある米国人論者の言によると、「長いワンピースのドレスの安物のイミテーション」をまとった娘たちを配したオアシス・オブ・ギンザ）もあった。列車には進駐軍将兵専用の特別車が連結されていた。接収されたある劇場は〝アーニー・パイル（沖縄で戦死した従軍記者）劇場〟となり、兵士たちは映画やレヴューを観たり、図書室や「広い社交室」でくつろぐことができた。進駐軍専用の店、ＯＳＳ（オーヴァーシーズ・サプライ・ストア）やＰＸ（酒保、売店）もあり、米欧の食品、煙草、家庭用品、酒を備えていた。そういう店では、支払いはドル、あるいはＭＦＣ、すなわち軍用手票、軍票に限られていた。

これが占領下の国のありさまで、すべてが頭文字の略語——敗戦国民にも、よそからの新参者にも意味不明な——であらわされていた。

この奇妙な敗残の都市では、街路の名前も変えられて、今はＡ番街十丁目などという名称になっていた。その通りを、軍用ジープや、オフィスに向かうマッカーサー元帥の黒い一九四一年型キャデラックが疾走していた。元帥の車は曹長がハンドルを握り、ＭＰ（憲兵）の白いジープが護衛についていた。それと並んで、石炭や木炭を燃やして推進力にする日本のヴァンやトラックが、煙を吐きながら走っていた。一方で、〝バタバタ〟と呼ばれる三輪車のタクシーが道路のくぼみにはまりこんでいた。上野駅の外には、行方不明の親類や海外からの帰還兵に関する情報を求める掲示が、今も貼りだされていた。

当時の窮乏ぶりは目を覆うほどだった。東京の市街の六〇パーセントが破壊された結果、ありあわせの材料で建てられたぼろ家に人がひしめきあっていた。米軍が最初の十八ヵ月間で建設資材の大半を徴発していたのだ。また、田舎に身を寄せている労働者は、恐ろしく混んだ列車に乗りこむのに、何時間も苦闘しなければならなかった。新しい服を買うのは非常に困難で、戦後何年かたっても、徽章を外した軍服をいまだに着ている復員兵、あるいは、野良仕事などに用いられるだぶだぶのズボン、〝モンペ〟をはいている女の姿を見るのは珍しいことではなかった。

燃料も乏しかった。誰もが凍えていた。浴場では、湯が冷える前の最初の一時間は闇市並みの料金を請求された。職場もたいして暖かくはなかった。それでも、労働者は「ほかにすることもなかったので、急いで退社しようともしなかった。職場の多くは冬には何らかの暖房をしていたので、労働者は職場に留《とど》まっているかぎり、あまり寒い思いをしないですんだ」。ある年の冬はことさら寒さが厳しく、鉄道の役員が、石炭を節約するために蒸気機関車の汽笛を鳴らさないと語るほどだった。

しかし、何といっても食糧が不足していた。そのため、夜明け前に満員列車で出発して、田舎で物と米とを交換する人々がいた。農民は札《さつ》を一フィートほども積みあげているという噂が流れた。あるいは、東京の鉄道駅の近くに出現した青空闇市に通う人々もいた。そこでは、軍の監視も緩く、屋外で何でも買ったり、売ったり、交換することができた。上野駅近くの市場には〝アメリカ横丁〟があり、進駐軍から横流し、あるいは交換で入手した品物を提供していた。軍用毛布はとくに人気が高かった。「木々が葉を落としていくように、日本人は一枚一枚、着物を脱ぎ捨てては売って、食糧に換えた。彼らは惨めな生活ぶりをあらわす皮肉な言いかたを考えだした。〝タケノコ〟。すなわち、皮が一枚一枚剝がれていく竹の若芽にちなんだものである」。難儀に直面したときの決まり文句は「シカタガナイ」だった。「それについては何もできない」という意味だが、「文句はいわない」というニュアンスが強い。

スパムやリッツのビスケットやラッキーストライクといったアメリカ製品の多くは、〝パンパン〟によって闇市に持ちこまれた。「さもしい性悪女《しょうわる》たち……食べ物のために兵士とつきあう女たち……昼間、彼女たちはPXから手に入れた安物の派手なドレス姿で、ぶらぶら歩きまわっていた。声高に談笑したり、ひっきりなしにガムを噛んだり、いかがわしい利得をひけらかして、列車やバスの飢えた市民の怒りを買ったりしながら」

そういう女たちや、それが日本にとって何を意味するかについての議論が巻き起こった。米軍に対する多大の恐怖から、〝パンパン〟を大多数の日本人女性の品位を守るための犠牲と見る向きもあった。この問題は、彼女たちの口紅、衣服、人前でのキスに対する恐怖とも結びついていた。キスは、占領がもたらした因習からの解放の象徴になっていた。

ゲイバーもあった――三島由紀夫が一九五〇年代初めに連載された小説『禁色』（許されざる色）で〝ゲイ・パティ（原文のまま）〟と呼んでいるものだ。ゲイ《gay》は日本語でも〝ゲイ《ge・i》〟と書かれ、すでに広く通用していることがうかがえる。日比谷公園はゲイが相手を求めて声をかける場として有名だった。あまり当てにはならないが、わたしは三島の本を案内書として読んだことがある。「彼は便所の湿った仄暗い灯下へ入った。斯道の人が〝事務所〟と呼んでいる所以《ゆえん》のもの、――この種の事務所の著名なものは東京に四、五個所存在するが――、事務的な黙契が、書類の代りに目くばせが、タイプの代りに小さな身振が、電話の代りに暗号が交換される」

時代は起業の精神を求めていた。若い世代は口語で〝アプレ〟、つまり、戦後派《アプレ・ゲール》と呼ばれた。ある〝アプレ〟は「ダンスホールに通い、身代わりを雇って試験にパスし、正統を外れた営利活動に手を染めるような学生」だった。彼らの行動の鍵となるのは、アメリカの生活水準を達成するという野望だけでなく、非正統的な生き残りの方法だった。彼らはいかに働くかについての規範を破壊した。「戦時中には何でも遅れることが当たり前になったために」と、日本のある評者は〝アプレ〟について書いている。彼らは仕事には遅れ、試験では不正を働いたかもしれないが、無から金《かね》を生みだすやり手として知られるようになった。やり手というのは、アロハシャツ、ナイロンのベルト、ラバーソールの靴を身につけるということを意味した。それらは皇位に結びついている三種類のシンボルにちなみ、皮肉な意味をこめて〝三種の神器〟と呼ばれた。敗戦後の何年かのうちに、若者に狙いを定め、〝百万円貯める方法〟とか、〝無一文から百万長者になる方法〟といった記事を載せた新しい雑誌が多数刊行された。

東京で一九四八年夏にヒットした曲は『東京ブギウギ』だった。その曲は、街頭の拡声器や、ナイトクラブの宣伝で、音高く流された。「東京ブギウギ／リズムウキウキ／心ズキズキ／ワクワク」。これが新聞雑誌のいう〝カストリ〟、つまり、パルプ・カルチャーの始まりだった。それは圧倒的なものになっていく。俗悪、性急、享楽的、野放図なものに。

通りには店がはみだしていた。白衣の復員軍人が、取り外したブリキの義肢と、自分が参加した作戦のリストを前に置いて、物乞いをしていた。至るところを子どもがうろついていた。両親は満州で発疹チフスで死んだという触れ込みの戦争孤児が、野生に戻ったかのように、物乞いをしたり、盗みを働いたりしていた。〝チョコレット〟や煙草をくれと叫んだり、〝和英会話マニュアル〟の一ページ目で習った文句を大声で唱える学童もいた。

サンキュー！

サンキュー・オーフリー！

ハウ・ドゥ・ユー・ドゥー！

あるいは、耳でおぼえたとおりに、「サンキュ！　サンキュ・オフリ！　ハウ・デイ・ドウ？」

パチンコ店の騒音が響いていた。盤面を跳ねまわる無数の小さな金属球が滝となってなだれ落ちる耳障りな音。一シリング相当の額で二十五個の玉が買えた。手先が器用であれば、ストリップライト（電球を一列に並べた樋状の照明器具）の下で、玉を器械に送りこみながら、数時間座っていることも可能だった。賞品――煙草、剃刀の刃、石鹸、缶詰――を店側に売り戻して、カップ何杯分かの玉をもらい、もうしばらく忘我の時間を過ごすこともできた。

　街頭の生活。薄っぺらな黒いスーツ、ウールのオーバーシャツに細いネクタイという格好の酔ったサラリーマンが群れる酒場。その外の舗道で大の字になって寝そべる者。立ち小便する者、唾を吐く者。身長や髪の色についての講釈。毎日ついてまわる「ガイジン、ガイジン」、すなわち、「外国人、外国人」という子どもたちの合唱。東京にはほかにも街頭の生活があった。盲目の按摩《あんま》、畳屋、漬物売り、体の不自由な老女、僧侶。そして、豚肉と唐辛子の串、黄土色の茶、大粒の栗の菓子、塩漬けの魚、海藻のスナックの売り手、こんろの炭火で魚を焼くにおい。街頭の生活には、においや音だけでなく、靴磨きの少年、花売り娘、大道芸人、酒場の客引きがかける声もあった。

　外国人であれば、日本人と親しく交わることは許されなかった。日本人の家に立ち入ること、あるいは日本のレストランにいくことは許されなかった。しかし、街頭では、押しあいへしあいする騒々しい世界の一部でいられた。

　イギーは象牙の僧侶や職人、物乞いを詰めた小型のアタッシェケースを携えていた。しかし、この国については何も知らなかった。

31　コダクローム

イギーが語ったところによると、訪日前、日本に関する本は一冊しか読んだことがなかった。途中、ホノルルで買った『菊と刀――日本文化の型』がそれだった。米国戦時情報局の委嘱を受けた民族誌学者、ルース・ベネディクトの著作で、新聞の切り抜き、翻訳された文献、抑留された日本人とのインタビューを精査してまとめあげたものだ。その明晰さは、おそらく、ベネディクトが直接、日本を訪れたことがないという事実に由来する。自己責任を担う侍の刀と、隠された針金という手段によって美的な形態に仕立てられる菊。書中では、それが心地よいほどシンプルに両極に対置されている。日本人は罪の文化よりも恥の文化を強く有するという彼女のよく知られた論旨は、日本の教育、法律、政治的生活の具体的形態を策定しようとしていた在東京の米官僚の間に大きな影響を及ぼした。ベネディクトの本は一九四八年に日本語に翻訳され、広範に普及した。さもありなんといえよう。日本人にとって、アメリカ人が日本をどう見ているかを知るほど興味をそそられることがあるだろうか？　とくに、アメリカ人女性が日本をどう見ているかを。

わたしはこれを書くにあたって、イギーが持っていたベネディクトの本を前に置いている。彼の几帳面な鉛筆書きのメモ――多くは感嘆符――は、自己鍛錬と幼少期についての最終章の前、七十ページほどのところで終わっている。おそらく、そこで彼の乗機が着陸したのだろう。
イギーの最初のオフィスは、閑散とした広い通りが走る丸の内のビジネス街にあった。夏は途方もなく暑くなったが、一九四七年の最初の冬の寒さも彼の記憶に鮮明だった。各オフィスに小さな〝ヒバチ〟、すなわち、炭をくべるストーブはあったが、薄ぼんやりと熱を感じさせるだけだった。それで多少は温《ぬく》もるのかもしれないが、程よくとまではいきそうもなかった。〝ヒバチ〟を上着の下に抱えてでもいないかぎり、埒《らち》があきそうもなかった。

外が夜の闇に包まれても、各オフィスの照明は非常階段よりは明るいという程度だった。白いワイシャツの袖を二度ほど折り返し、タイプライターに向かって屈みこむ青年たちは、日本の奇跡を生みだすのに奮闘していた。書類の間には、煙草と算盤《そろばん》。誰もが回転椅子に腰掛けていた。曇りガラスと電話を備えた（当時は稀だった）イギーのオフィスでは、書類の束を手に立つ当人の姿が見え隠れしていた。

五時になる直前、イギーが廊下に出ていくと、オフィスの人々は一日が終わったと気がついた。ひげを剃るには湯が必要だった。それで、彼はオフィスの〝ヒバチ〟に薬罐《やかん》をのせて水を沸かした。ひげを剃ってからでないと、外には出られなかった。

イギーは東京のデンヴァー風な地区にあるホテルで暮らすのに嫌気がさして、何週間かのうちに最初の家へ移った。家は東京の南西にある洗足池《センゾク・レーク》のほとりの千束地区にあった。あれは湖《レーク》というより池だった、と彼はいった——そして、念押しした——英国の小さな池ではなく、ソローの大きな池だ、と。引っ越したのは冬のうちだった。庭や水辺の桜の木々のことを聞かされていたが、その木々は春の開花をいっそう印象的にしようというのか、まだ備えをしている様子も見えなかった。しかし、彼の目の前で数週間をかけたドラマが進行した末に、あふれんばかりの桜の花が咲きだした。網膜に目をくらますような白い雲がかかったようだった、と彼はいった。前景も後景も距離も失って、漂っているようだっ

東京・千束での夏のパーティー　1951 年

た、と。

　スーツケース一つか二つだけの生活を長年続けたイギーには、そこが初めての家になった。彼は当時四十二歳で、ウィーン、フランクフルト、パリ、ニューヨーク、ハリウッドに住み、フランス、ドイツの軍の宿舎を転々とした——そして、レオポルドヴィルにも滞在した——が、日本での陽気で解放的な初めての春まで、自分の家でドアを閉めて暮らす生活はしたことがなかった。

　家は一九二〇年代に建てられたもので、八角形の食堂と池を見下ろすバルコニーがあり、カクテルパーティーにはうってつけだった。居間から外の大きな平石に降り立てば、そのまま庭園に出られた。そこには、剪定《せんてい》された松や躑躅《つつじ》、一見不規則なパターンに周到に石を敷きつめたテラス、それに苔庭があった。その種の家にまつわる事情を、日本の若い外交官、イチロー・カワサキ（後年のアルゼンチン大使、河崎一郎か？）はこう記している。「戦前、大学の教授や軍の大佐級になると、このような家を建てて、自ら住まうほどの余裕があった。今日《こんにち》、そういう家は維持費がかかりすぎるのが明らかになって、家主は売るか、外国人に貸すしかなかった」

イギーの東京での初めての家を撮ったコダクローム（カラーフィルムの商品名）の四隅の丸い小判のプリントが何枚か。わたしはそれを手に取って凝視する。「ゾーニング（各地域を工場、住宅など用途別に区画すること）は、日本の都市プランナーがほとんど考慮しない問題である。スラムのような労働者の木造の陋屋《ろうおく》の群れが、御殿のような百万長者の邸宅と直接隣りあっていることも珍しくない」。それはここにもあてはまることだったが、左右の陋屋は木と紙ではなくコンクリートで建てなおされていた。周辺一帯は再出発しようとしていた。寺社、地元の市場、自転車修理屋、道路——道路というよりも轍《わだち》——の外れに固まった店。そこでは、一列に並べられた太くて白い大根、キャベツ、その他の品々を買うことができた。

それでは、片手をポケットに突っこみ、グリーンのシルクのネクタイにタイピンを光らせて、玄関前の階段に立つイギーとともに歩んでみるとしよう。今はずいぶん恰幅がよくなった彼は、いつものように上着のポケットにハンカチを挿している。ポケットチーフとネクタイのコーディネートは、彼のオフィスの若い連中も倣《なら》うところとなっていた。きょう、彼はブローグ（小さな飾り穴があいた短靴）を履いている。英国の地主階級に見えないこともない。両側の剪定された松と屋根の緑色の瓦がなければ、コッツウォールド（イングランド中部の連丘）にいるといっても通りそうだ。中に入り、長い廊下を歩いて左に折れると、白衣を着た料理人のハネダ氏がいる。閃光に目を閉じながら、新しいレンジに向かっている。頭の後ろには、粋に傾けたコック帽。見えている食品は、ハインツのケチャップの瓶一本だけだ。目がくらむほど白い琺《ほう》瑯《ろう》に浮かびあがったコダクロームの深紅色。

廊下の奥の開放された出入り口、飾られた能面の下の口を通ると、居間に入る。天井は羽根板張りだ。傍韓国製、もしくは中国製のすっきりした輪郭の黒っぽい家具の上には、さまざまな品が置いてある。

らには、座り心地のいい低いソファー、予備のテーブルと電気スタンド、それに、灰皿と煙草入れ。韓国製の箪笥の上には、京都の木彫の仏像。それは祝福するように片手をあげている。

竹のカウンターには驚くほど大量の酒が並べてあるが、わたしには何なのか一本も見分けられない。そこは、もともとがパーティーに向いた家だった。膝をついた小さな子どもたち、着物の女たち、それにプレゼントが用意されたパーティー。いくつかの小型テーブルを囲んで座るダークスーツの男たちのパーティー。みんな、ウイスキー片手におしゃべりに興じている。天井から松の大枝を吊るした新年のパーティーや、桜の木の下でのパーティー、それに——風流な——蛍を見るパーティーも催された。

そこでは数多くの親交が結ばれた。日本人、米国人、欧州人の友人たち、お仕着せのメード、カネコ夫人が供する寿司とビール。〝リバティーホール〟の再現だった。

その家はそれなりの風格を備えてもいた。イギーの幼少時代のパレのような騒々しさはなかった。金屏風《びょうぶ》や掛け軸、絵画、中国製のポットといった効果的な室内装飾が、根付の新しい家にふさわしい印象を与えていた。

その家の中心に、イギーの生活の中心に、根付が存在した。イギーは根付をおさめておくガラス戸棚を自ら設計した。戸棚の背後の壁には、花柄の壁紙、薄青色の菊の花柄の壁紙が貼られた。二百六十四個の根付は日本に戻されたというばかりでなく、サロンでの供覧にも戻されたのだ。根付はイギーの手で三段の細長いガラス棚に配置された。隠された照明のせいで、夕闇の中でもガラス戸棚はクリーム、薄いベージュ、アイヴォリーの間《あわい》のさまざまな色で輝いた。夜には部屋全体を照らすこともできた。

根付は日本に里帰りしたのだ。

それによって、異国にあったときの不可思議さは失われた。根付は日ごろ食する物を驚くほど精細に写していた。たとえば、蛤、蛸、桃、柿、筍《たけのこ》。台所の戸のそばに置かれた焚きつけの束は、ソーコー

（藻晃、あるいは藻己か？）の彫った根付と同じように結わえられていた。寺院の池の端で、ほかの亀の背に乗ろうとしている鈍《のろ》くも力強い亀は、友一《トモカズ》の根付さながらだった。丸の内のオフィスに向かう途中で、虎はいうまでもなく、僧侶や行商人、漁師と出くわすこともないが、駅の立ち食い蕎麦屋で見る男は、失望した鼠捕り屋のような渋面を刻みつけていた。

　根付は、掛け軸や、部屋を仕切る金屏風とイメージを共有していた。シャルルのモローやルノワールの絵、あるいは、エミーの化粧台の銀やガラス製の香水の瓶とは違い、根付は室内にともに語るべき相手がいた。根付はもともと、手に取ったり、いじったりする物だった――それが今は、また別の世界の一部になっていた。根付は素材が馴染み深いというだけでなく（象牙や黄楊《つげ》は箸として毎日用いられている）、形も人々の脳裏に深く留められているものだ。根付の一タイプ、〝マンジュウ〟根付は、小さな丸い餡入りの菓子にちなんで名づけられている。それは、日常、お茶とともに食されたり、どこかに出かけたときのささやかな贈り物、〝オミヤゲ〟として渡されたりするものだ。〝マンジュウ〟は中身が詰まっていて、意外に重みがあるが、手に取ってみるとそれを感じさせない。〝マンジュウ〟根付を手に取るときも、親指はそれと同じ感触を予期するだろう。

　イギーの日本人の友人の多くは、根付を触ったことはもちろん、見たこともなかった。ジローは、事業家だった自分の祖父が冠婚葬祭の折に濃い灰色の着物を着ていたのをおぼえていた。首と袖口と袂《たもと》に五つの紋章、白足袋、木製の履き物〝ゲタ〟、腰に巻いて固く結んだ帯、そして紐で吊るした根付――何かの動物？　鼠？　だが、根付はそれより八十年ほど前の明治初期、男の着物が廃《すた》れるのと時を同じくして、日常の使用に供されることはなくなっていた。イギーのパーティーでは、ウイスキーのグラス、枝豆の皿がテーブルのあちらこちらに置かれ、ガラス戸棚が開けられた。根付は再び手に取られ、感嘆され、順にまわされて、大いに喜ばれた。友人たちはそれについて講釈した。一九五一年は十二支の兎年にあたる。だから、コレクションの中でも最高の象牙でできた兎の根付を手に取ってごらん。月光に照らされて波間を跳ねる月の兎は光り輝いて見えるだろう。

根付が社交の場で手に取られるのは、パリでのエドモン・ド・ゴンクール、あるいは、シャルル・エフルッシのサロンでドガやルノワールが触れて以来、当今の高尚な趣味を集め、エロティックな他者から新しい芸術に至るまでの会話が交わされたサロンでのこと以来だった。

今、根付は日本に里帰りしたが、それは人々が書道、詩歌、三味線について祖父母と交わした会話にまつわる記憶となっていた。イギーが迎える日本人の客にとっては、失われた世界の一部だった。その世界は、戦後の生活の厳しさによって、さらに収斂が進んでいた。そう、根付にとがめられているようだった。かつての時代の豊かさを。

根付は新版の〝ジャポニスム〟の一部でもあった。イギーの家は、一九五〇年代の国際的デザイン雑誌に、対応する相手を見出した。そこでは、日本流を重層的に採りいれた現代の家が重点的に扱われていた。仏像、屏風、新たな民芸の潮流から生まれた田舎風の肌理《きめ》の粗い壺を介して、日本が引き合いに出されていた。《アーキテクチュラル・ダイジェスト》誌は、金箔のホール、鏡張りの壁、生糸を装飾に用いた壁、大きな板ガラスをはめた窓、抽象画とともに、そういったものを配置したアメリカの住宅を満載していた。

この東京の家は、日本びいきのアメリカ人の所有で、床の間がしつらえられていた。日本の伝統的な家の重要なアルコーヴ（部屋の一部をくぼませた一郭）、丸木の柱で家のほかの部分とは隔離されたスペースが。掛け軸や鉢のそばには、野の草を盛った籠が置かれていた。気に入りの若手画家、フクイが青ざめた人物と馬を描いた現代日本画が壁に掛けられていた。また、イギーの日本美術に関する書の幅広いコレクションをはじめ、プルーストからジェイムズ・サーバー（米国の漫画家、作家）、大量のアメリカの犯罪物に至るまでの本が書棚に連ねられていた。

　そういう日本美術の中に、ウィーンのパレ・エフルッシにあった絵が数点交じっていた。一八七〇年代、一族の興隆期にイギーの祖父、イニャスが蒐集したものだった。イニャスの援助で中東旅行をしてきた画家が描いたアラブの少年の絵。オーストリアの風景画が二点。奥の廊下に掛けられているのはオランダの小品で、のんびりした牛数頭を描いたもの。食堂のサイドボードの上方には、木陰でマスケット銃を手にする兵士の物悲しい絵。それは、かつて、パレの廊下の端のヴィクトルの化粧室に、『レダと白鳥』の大作とヴェッセル先生の胸像とともに置かれていたものだった。

　また、エリザベトがウィーンから取り戻してきた物の何点かが、イギーの掛け軸の傍らに掛けられていた。それもまた、異文化の交わりだった。日本での〝リングシュトラーセ風〟。

　このころの写真は精彩に満ちている。幸福感を発散している。イギーはどこにいてもやっていける能力を有していた――戦時中の戦友とのスナップでは、破壊された掩蔽壕《えんぺい》で拾ってきた子犬と遊んでいる。日本では、折衷主義の舞台装置のもとで、日本人や西欧人の友人の輪をひろげていった。

　イギーの幸福感は、より便利な麻布の庭園つきの美邸に引っ越して弥《いや》増した。彼はこの地区のイメージ――外交官ばかりの〝ガイジン〟居留地――を嫌っていたが、その屋敷は高台にあって、互いにつながりあった一連の部屋、その前の急な勾配の庭園から成っていた。庭園いっぱいに白い椿が植わっていた。

　その屋敷は、イギーと若い友人のジロー・スギヤマがそれぞれの住まいをしつらえても十分すぎるほどの広さがあった。二人が会ったのは一九五二年の七月だった。「ぼくは丸の内のビルの外で昔の同級生とばったり出会ったんだが、その彼が上司のレオ・エフルッシを紹介してくれたんだ……二週間後、レオから電話があって――ぼくは彼をずっとレオと呼んでいたが――夕食に招待された。ぼくたちは東京會舘のルーフガーデンでロブスター・テルミドールを食べた……そして、ぼくは彼の斡旋《あっせん》で古い三井の会社、住友（原文のまま）に就職した」。二人はそれから四十一年間、ともに過ごすことになった。

ジローは当時二十六歳、細身のハンサムで、流暢に英語を話し、ファッツ・ウォーラー（米国のジャズミュージシャン）とブラームスを愛していた。イギーと出会ったのは、奨学金で三年間、米国の大学に留学して帰国したばかりのときだった。進駐軍当局から発行された彼の旅券には№19というスタンプが押されていた。ジローは自分がアメリカでどういう扱いを受けるか、新聞にどう書かれるか心配だったと述懐している。「一人の日本の青年が、グレーのフランネルのスーツに白のオックスフォードのシャツという装いでアメリカへ旅立った」

ジローは五人きょうだいの真ん中の子として育った。実家は、東京と名古屋の間の都市、静岡で、漆を塗った木製の履き物を製造販売する商家だった。「家では最高級の漆塗りの〝ゲタ〟をつくっていた。祖父のトクジローが〝ゲタ〟で財産を築いて……大きな日本家屋に住み、店では十人もの人が働いていた。その十人全員が住み込みだった」。企業精神に富んだ裕福な一家だった。一九四四年、十八歳のジローは東京に出て、早稲田大学進学予備校に入り、そのまま大学に進んだ。出征するには若すぎた彼は、自分の周辺で東京が潰《つい》えていくのを目《ま》のあたりにした。

わたしの日本の叔父、ジローは、イギーと同じく長きにわたって、わたしの人生の一部となった。東京の住まいの書斎で、彼はイギーとともに過ごした初期の日々のことを語ってくれた。二人は金曜の夜に東京を発《た》って、「東京周辺や、箱根、伊勢、京都、日光といったところで週末を過ごしたり、旅館や温泉に泊まったり、おいしいものを食べたりした。レオは黒い幌がついた黄色いデソトのコンヴァーティブルを持っていたんだ。旅館に荷物を置いたあと、レオがまっさきにしたがったのは、骨董屋にいくことだった——中国のポット、日本のポット、家具……」。そして、週日は仕事のあとで会っていた。

瀬戸内海の船上のイギーとジロー　1954年

「彼は〝資生堂レストランで落ちあって、ビーフカレーか蟹コロッケを食べよう〟とよくいっていた。帝国ホテルのバーで会うことも多かった。家でもしょっちゅうパーティーをやっていたが。みんなが帰ったあと、ぼくたちは夜遅くまで蓄音機でオペラをかけながら、ウイスキーを飲んだものだ」

二人の生活もコダクロームで記録されている――白雪で縁取られたピンクがかったコロッケとでもいう印象の日本アルプス。山中の埃っぽい道路で雀蜂のように輝いている黄色と黒の車が見える。

二人はともに日本を探検した。ある週末は岩魚《いわな》料理が専門の宿へ。また、赤と金の山車《だし》が勢いよく引きまわされる秋の〝マツリ〟を見物に海岸の町へ。上野公園の美術館に日本の美術品の展覧会を観にいくこともあった。欧州の美術館所蔵の印象派の作品の巡回展にも。そこでは、会場の入り口から外のゲートまで行列が延びていた。二人がピサロを観て表に出ると、雨に煙る東京がパリに似て見えた。

しかし、二人の生活の中心のもっとも近くに位置していたのは音楽だった。ベートーベンの交響曲第九番は、戦時中に非常に普及していた。第九番――口語で〝ダイ-ク〟として知られていた――は、大合唱団が歌う『歓喜の歌』とともに、年末の風物の一部としての地位を固めていた。占領下にあって、東京交響楽団は、当局の後援を受け、軍のリクエストから選んだプログラムを演奏していた。一九五〇年代初めには、日本各地で地域のオーケストラが結成されていた。背中にランドセルを背負った学童が、手にはヴァイオリンのケースを提げていた。外国のオーケストラも訪れるようになった。ジローとイギーは頻繁にコンサートに出かけた。ロッシーニ、ワグナー、ブラームス。二人は『リゴレット』を観た。イギーは第一次大戦の最中《さなか》、ウィーンのボックス席で母親とともに観た初めてのオペラがそれだったことを思いだした。そのとき、母親が終幕で大泣きしたことも。

そういう次第で、そこが根付の四番目の落ち着き場所となった。戦後の東京の、剪定された椿の植え込みを見晴らす居間のガラス戸棚が。その中で、根付は夜更けに音高く流れるグノーの『ファウスト』の波に洗われていた。

32　それをどこで手に入れたのか？

アメリカ人の着到は、日本が再び略奪の対象の国、魅力的な品々にあふれた国となったことを意味した。薩摩焼の対《つい》の花瓶、着物、漆塗りや金箔の刀剣、芍薬《しゃくやく》を描いた屏風、青銅の引き手がついた箪笥《たんす》。日本の品は廉価で豊富だった。一九四五年九月二十四日付《ニューズウィーク》に掲載された占領下日本の初の報告は、『ヤンキー、着物狩りを始め、芸者も知らないことを知る』（原文のまま）という見出しだった。戦利品と女を結びつけた怪しげな見出しは、占領というものを要約していた。そのあと、《ニューヨークタイムズ》も『水兵、派手に買いまくる』と報じている。ただのＧＩであれば、煙草、ビール、女に金《かね》を使ったら、ほかに買えるものはほとんどなかったはずだが。

成功した〝アプレ‐ゲール〟の一人が、横浜の桟橋に小さな両替の店を開いて、米兵のドルを円に換えていた。同時に、アメリカの煙草を買って転売していた。しかし、重要なのは、彼が第三の事業として、「日本の安い骨董品」を販売していたことだ。「たとえば、青銅の仏像。真鍮《しんちゅう》の燭台《しょくだい》、香炉。それは焼け跡から探しだしてきたものだった。当時はたいへん珍しい物として、そういう骨董品が羽が生えたようにさばけた」

何を買えばいいかが、どうしたらわかるのか？　兵士の誰もが、「日本の生け花、香《こう》、結婚生活、衣服、茶道、鵜飼いのような対象をめぐっての戦闘に一時間は耐えなければならなかった」。ジョン・ラサーダは一九四六年に刊行された『お茶にきた征服者《ザ・コンカラー・カムズ・トゥ・ティー》――マッカーサー統治下の日本《ジャパン・アンダー・マッカーサー》』で皮肉っぽく述べている。もっと真面目な話をすれば、ティッシュペーパーのような薄い灰色の紙に印刷されたものだったが、日本の美術工芸に関する新しい入門書が出まわっていた。日本交通公社は「日本に興味がある短期旅行者、その他の外国人に、日本文化のさまざまな局面の基礎知識を提供するため」の案内書を何冊か出版した。それには、ほかの題目に交じって、以下のようなものが含まれている。〝日本の花の芸術〟〝広重〟〝着物(日本の衣服)〟〝日本の儀式〟〝ボンサイ(ミニチュアの鉢植えの木)〟。そして、当然のことながら、〝根付――日本のミニチュア美術〟も。

横浜の桟橋の骨董品のセールスマンによるものから、寺院の外に陣取り、白い布の上に何点かの漆器を並べている男たちによるものまで、売りに出された日本に遭遇するのは珍しいことではなかった。すべてが古い物、あるいは、古いという触れ込みの物だった。灰皿、火打ち道具、芸者や富士山、藤を描いた布巾を買うことができた。日本は錦絵のように彩色されたスナップや絵葉書のシリーズにもなっていた。そこでは、桜の花が綿菓子と同じピンクに染まっていた。蝶々夫人とピンカートンのような陳腐なものが、また別の陳腐なものと入り乱れていた。それでも、「大名の時代のエキゾチックな遺物」を容易に買うことができた。日本美術の桁外れのコレクションを有したハウゲ兄弟について、《タイム》が『美術のための円』という記事で書いたように。

日本で勤務した多数のGIのうち、記念品を買いこまなかった者はほとんどいなかった。しかし、蒐集家の天国が手の届く範囲にあったということに気づいたアメリカ人はほんの一握りだった……ハウゲ兄弟は、円がドルに対して十五円から三百六十円にまで上昇したインフレの旋風に素早く反応した。兄弟が円の収穫に励んでいる一方で、戦後の税制に直撃された日本の家族は、〝玉葱の皮〟を剝ぐような生活を送っていた。つまり、破産を免れるべく、長く愛蔵してきた美術品を一つずつ売りはらっていたのだ。

玉葱の皮、あるいは筍。それらには傷つきやすさ、かよわさ、涙といったイメージがあった。衣《ころも》を脱ぎ去るイメージもあった。それは、〝ジャポニスム〟の最初の熱狂の間、パリのフィリップ・シシェルやゴンクール兄弟によって繰り返し語られたことと平行するものだった。どうしたら何を買うことができるか、どうしたら誰を買うことができるかという話に。

イギーは流亡の身であったかもしれなかったが、今もエフルッシの一員であることには間違いなかった。彼も蒐集を始めた。ジローを伴った旅で、中国製の陶磁器――背を弓なりにした馬二頭は唐朝のもの、泳ぐ魚を描いた青磁の皿は十五世紀のもの――を買い集めた。日本のものでは、深紅の芍薬を描いた金屛風、霧が立ちこめた風景を描いた掛け軸、初期の仏教彫刻。やましさはあったが、ラッキーストライクの一カートン分で明朝の碗を買うこともできた、とイギーは振り返っていた。彼はそれを見せてくれた。軽く叩いてみると、すばらしい高音で鳴った。乳白色の釉薬の下に、青い芍薬が描かれていた。どういう人物がこれを売らなければならなかったのか、とわたしは訝《いぶか》った。

根付が〝蒐集品〟となったのは、この占領期の間だった。根付に関する日本交通公社の案内書は一九五一年に出版された。それには、「米海軍横須賀基地前司令官にして、きわめて熱心な根付の専門家、ベントン・W・デッカー少将に貴重な援助をいただいた」と記されている。三十年にわたって刊行されつづけたこの案内書は、根付に対する独自の見かたを披露している。

日本人は生来、指先が器用だ。その器用さは、小さな物を愛好する結果として生まれ、小さな島国での生活で大陸的な気風がないことで発達したとも考えられよう。彼らは幼少のうちに箸を上手に操ることをおぼえるが、箸で食事をする習慣も、手先の器用さをもたらす原因の一つと見なされよう。そのような特質が、日本の美術の美点にも欠点にもつながっている。人々は大規模なもの、あるいは、深く本質的なものをつくりだす素質には欠けている。しかし、繊細な技巧と細心の制作ぶりで仕事を完成させることに於いて、天性を遺憾なく発揮している。

日本の美術品がどう語られてきたかは、シャルルがパリでそれを購入してからの八十年間、変わることがなかった。根付も、早熟な子どもに付与された特性のようなもの、つまり、細心さをもって完遂する能力のゆえに愛《め》でられる存在だった。

しかし、子どもにたとえられるというのは、けっして愉快なことではない。それがマッカーサー元帥によって公式に表明されたとなると、なおさら苦痛なことだった。朝鮮戦争での不服従を理由にトルーマン大統領に解任された元帥は、一九五一年四月十六日、帰国すべく羽田空港へ向かった。「憲兵のオートバイ隊に護衛され……道筋の両側には米軍部隊、日本の警察官、市民がずらりと並んだ。学童が沿道に出られるよう、授業は中断された。郵便局、病院、役所の公務員も参列する機会を与えられた。警視庁の推定では、二十三万人がマッカーサーの出発を見送った。それは静かな大群衆だった」。《ニューヨークタイムズ》はそう書いている。「その静けさに感情が微妙にあらわれていた……」。マッカーサーは帰還後、上院の公聴会で、アングロ - サクソンを四十五歳の大人に擬し、それと比べれば日本人は十二歳の少年のようなものとした。「そこに基本的な概念を植えつけることができるのです。彼らは白紙の状態にきわめて近いので、新しい概念に対しても柔軟で、それを受けいれるでありましょう」

七年間の占領後、自由を回復した国にとって、そういうわれかたは世界に対して不面目なことと感じられた。戦後、日本は急速な再建を進めていた。一部にはアメリカの助成を通じてだったが、おおかたは自らの創造的な技術によってだった。たとえば、ソニーは一九四五年、焼け残った日本橋のデパート内でラジオ修理店として出発した。そして、若い科学者を採用し、闇市で材料を調達しながら、次々に新製品を送りだしていった——一九四六年には電気座布団、翌年には日本初のテープレコーダーというように。

一九五一年の夏に、東京の中心のショッピング街、銀座を歩いたとしたら、品ぞろえ豊かな店がずらりと並んでいただろう。日本は現代世界の中で繁栄へ向かっていた。銀座では、たくみという店を通りかかっただろう。その細長い店舗では、民芸の織元から送られてきた藍染の反物とともに、黒っぽい鉢や碗が棚に積み重ねられていた。一九五〇年、日本政府は人間国宝というカテゴリーを導入した。漆芸、染織、陶芸等に於ける技能が助成金と名声に値する人物——通常は年長者——を認定するものだ。

世の好みは、身体的なもの、直観的なもの、言いようのないものへと回帰していた。僻村でつくられたものが〝伝統的〟とされ、日本固有の産品として売りだされた。日本の観光事業もその時期に始まった。日本国有鉄道からは『記念品探しのヒント《サム・サジェスチョンズ・フォー・スーヴェニア・シーカーズ》』という小冊子が刊行された。「どんな旅行も、家へ持ち帰る記念品がなくては完結しません」。適当な〝オミヤゲ〟、あるいは贈り物を持ち帰るべきだというのだ。それは、糖菓でも、村特産の煎餅《せんべい》や団子でも、箱詰めの茶でも、塩漬けの魚でもよかった。でなければ、手芸品でも、和紙でも、村の窯《かま》で焼いた茶碗でも、刺繍でも。いずれにしても、その紙と紐の包装や付け札の下では、その地方の特性が脈打っていると思われた。そこには日本の地図、贈り物の地理学があった。〝オミヤゲ〟を持ち帰らないというのは、旅行という考えを、ある意味で侮辱するものだった。

東京・麻布のイギー宅の根付をおさめたガラス戸棚　1961 年

根付は今や、明治時代、開国期の日本に属するものになっていた。知識の支配層に於いては、技巧が勝ちすぎているとして、むしろ見下されるようになった。〝ジャポニスム〟の、すなわち、日本の西欧への売り込みの饐《す》えた空気をかすかに帯びているとされた。根付はただただ巧みなだけのものだった。

しかし、どれほど多くの能筆よりも――名僧による爆発的な勢いのある墨痕、それは何十年にもわたって蓄えた集中力を研ぎ澄ました四秒間に込めたものだったが――「合体した清姫と蛇が、僧の安珍が隠れる鐘に巻きついている」小さな象牙の作品のほうに、誰もが驚嘆した。とくに、発想や構成にではなく、そのような小さな物に長期間、集中していられる能力に。田中岷江（江戸時代の伊勢の彫刻師）は、小さな小さな穴を通して、鐘の中の僧をどのように彫ったのだろう？　根付はアメリカ人に大人気だった。

イギーは、東京の《ウォールストリート・ジャーナル》ともいうべき《日本経済新聞》の記事の中で、自分の根付のことを書いた。ウィーンでの子ども時代の根付の思い出、それがメードのポケットに隠され、ナチスの目をかいくぐってパレを脱出した経緯。そして、日本への帰還も。それは欧州で三代を過ごしたあと、幸運にも日本に持ち帰られた。そのコレクションの調査を、根付に関する著述がある上野の東京国立博物館の岡田譲氏に依頼した、とイギーは書いている。気の毒な岡田氏は毎晩毎晩、〝ガイジン〟の家に呼ばれては、彼らの骨董品のコレクションに愛想笑いさせられていたのではないだろうか。「彼は――なぜかはわからなかったが――いかにも渋々という様子で会いにきた。そして、テーブルの上に並べた三百点近い根付にざっと目を通したが、見るのもうんざりというふうだった……岡田氏はわたしの根付の一つをつまみあげた。それから、拡大鏡を用いて二つ目を念入りに調べはじめた。長い時間をかけて、ようやく三つ目を調べ終わると、出し抜けに立ち上がり、それをどこで手に入れたのか、と尋ねてきた……」

それらの根付は日本美術のすばらしい見本だった。当今の流行ではなかったかもしれないが――上野公園にある岡田氏の博物館、東京国立博物館では、来館者は水墨画の寒々しいホールの中に一つだけ根付のガラスケースがあるのを目にしただろう――それこそが真の彫刻だった。

横浜から送りだされてから九十年後、根付を手に取り、誰が彫ったのかを知る人物があらわれたのだ。

33　真の日本

一九六〇年代初めには、イギーは〝長期東京在留者〟となっていた。欧米の友人たちは三年の任期でやってきては帰っていった。彼は占領が終わるのを見届けて、その後もなお東京に留まっていた。イギーは日本語の家庭教師につき、今では流暢に、微妙なニュアンスも踏まえて話せるようになっていた。日本では、日本語の謝罪のいいまわしを二つ三つ、口ごもりながらいえる程度の外国人でも、たいしたものだとお世辞をいわれる。「ジョウズデスネ」。いや、何とうまいんでしょう！　わたしの日本語はといえば、妙にまわりくどい表現、急《せ》きこんだ話しかたをする拙《つたな》いものなのに、過分にほめられるので、それはお世辞だと気がついた。しかし、イギーがきわめて難解な会話をしているのを耳にして、彼はほんとうに日本語が達者なのだとわかった。

イギーは東京を愛していた。スカイラインの変容ぶりを愛していた。一九五〇年代末には、エッフェル塔と競う錆色の東京タワーがそびえたった。煙たい焼き鳥の屋台村と接するように新しいアパート群が建てられた。彼は東京の再生の能力に自身を連動させていた。自らを再生させる機会を得られたのは、思いがけない幸運とも思われた。一九一九年のウィーンと一九四七年の東京の間には奇妙な相関性がある、と彼はいった。どん底を経験したことがなければ、どうしたら何かが築けるかはわからないし、築けたとしても、その価値をはかることはできない。結局、いつも他人まかせになってしまうだろう。

どうして、こんなところに留まっていられるのか？　イギーは在日外国人仲間から繰り返し尋ねられた。同じことばかりしているのに飽きないのか？

イギーは外国人の東京生活がどんなものかを教えてくれた。朝食後、メードと料理人にあれこれ指示してから、午後五時半の一杯目のカクテルまでのあわただしい八時間。さらに、日本でビジネスをやっていこうとするなら、オフィスを構えたうえで、社交的な活動もしなければならなかった。ときには、芸者を呼んでの宴会もあったが、あまりの長さ、退屈さ、経費は、レオポルドヴィルを去ったことを悔やむほどだった。彼は毎夕、きれいにひげを剃ってから、顧客と飲みにいった。一軒目は帝国ホテルのバー、黒っぽいマホガニーとビロード、ウイスキーサワー、ピアニストのバーだった。そして、アメリカンクラブ、プレスクラブ、インターナショナルハウスでの一杯。さらにもう一軒もあったのではないか。訪日した英国の詩人、D・J・エンライトは気に入りの店のリストをあげている。バー・ルノワール、バー・ランボー、ラ・ヴィアン・ローズ、スー・レ・トワ・ド・トーキョー、そして、何といってもラ・ペスト。

仕事がない日には、その八時間を埋めなければならなかった。その間に何ができただろう？　銀座の紀伊國屋に出かけて、西欧の小説や雑誌の新刊が入っていないかを見るか？　それとも、丸善に赴いて、読書用鼻眼鏡の戦前の在庫が残っていないかを見るか？　それは三十年間、ずっと棚に置いてあったものだった。あるいは、デパートの最上階のカフェにでもいくか？

訪日する客もあった。その客を、鎌倉の大仏、徳川将軍を祀った日光の神社――赤い漆と金色《こんじき》の社《やしろ》が杉林の山腹を登っている――に何回案内したことか？　京都の寺院、日光の神社、鎌倉の大仏の階段の前には、記念品店、行商人、〝オミヤゲ〟売りが並んでいた。金閣寺に近い漆塗りの橋のたもと、赤い傘の下では「写真撮ります」という商人がいた。そのそばには、白塗りに簪《かんざし》、模造の衣裳をつけて作り笑いをしている女がいた。

歌舞伎を何回我慢して観たことか？　いや、もっと難儀な能楽は？　温泉に何回つかったことか？　お湯が胸の高さまである浴槽でリラックスするという期待が、嫌気《いやけ》に変わるまで。

ブリティッシュ・カウンシルでの訪日した詩人による講演、あるいは、デパートでの陶磁器の展覧会にいくこともできたし、生け花を習うこともできた。ただ、同じ外国人社会にいても、女性であれば、自分の立場の弱さに気づかされることになっただろう。そういうとき、エンライトがいっているのは、日本でも新たに復活したもの、茶道のように「恥ずかしいくらい〝単純化〟された伝統工芸の儀式」なのだということを知っておくとよかった。

そこで目指されたのは、〝真の日本〟へ到達することだった。「この国で、まだ手つかずの完全なものを何としてでも見出さなければならない」。一九五五年、東京に一カ月滞在して絶望的になった旅行者が書いている。まだ手つかずの完全なものに行き着くには、東京から出なければならなかった。日本は都会の喧騒が果てるところから始まっていたからだ。理想をいえば、それまで西欧人が訪れたことのない場所へいかなければならなかった。ということで、本物の経験に出合うのも競争になってきた。それは文化的な抜け駆け、他人より敏感であることにほかならなかった。あなたは俳句を詠みますか？　水墨画を描きますか？　焼き物をつくりますか？　瞑想をしますか？　緑茶を好んで飲みますか？

真の日本へ到達するのも、スケジュールに左右された。二週間あれば、京都に出かけ、日帰りで鵜飼いを見物し、やはり日帰りで陶芸の里を訪れ、それに付きものの退屈なお茶の儀式を経験できるだろう。一カ月あれば、日本の南部の九州に出かけられるだろう。一年あれば、本が書けるだろう。実際に、何十人もがそうしている。日本——ああ、何と変わった国！　変遷する国。消失する伝統。永続する伝統。

基本的な真実。めぐる季節。日本人の短見。細部へのこだわり。手先の器用さ。自信過剰。幼稚さ。不可解さ。

四年にわたって皇太子の家庭教師を勤め、『皇太子の窓』を著したエリザベス・グレイ・ヴァイニングは、「かつての敵に恋したアメリカ人の手になる日本についての多くの著作」の続篇を書いた。英国人による旅行記もあった。ウィリアム・エンプソン、サッシェヴァレル・シットウェル、バーナード・リーチ、ウィリアム・プロマー。『靴を脱ぐほうがいいですよ』《イッツ・ベター・ウィズ・ユア・シューズ・オフ》――日本で暮らすのはどんなものかを描いた漫画――、『日本人、かくのごとし』《ザ・ジャパニーズ・アー・ライク・ザット》『日本入門』《アン・イントロダクション・トゥ・ジャパン》『この焦土に』《ディス・スコーチング・アース》『日本の陶工』《ア・ポッター・イン・ジャパン》『日本の四紳士』《フォー・ジェントルメン・オブ・ジャパン》。また、『扇の陰で』《ビハインド・ザ・ファン》『屏風の陰で』《ビハインド・ザ・スクリーン》『お面の陰で』《ビハインド・ザ・マスク》『錦帯橋』《ブリッジ・オブ・ザ・ブロケード・サッシュ》といった似たような本も奔流のように出版された。オーナー・トレーシーの『カケモノ――占領日本の裏表』もあった。そこでは、「魯鈍ともいえる表情を浮かべてフロアをくるくるまわっているポマードでベタベタの頭の青年と、けばけばしい化粧の娘」に対する嫌悪があらわにされている。エンライトはその問題に触れた自著、『露の世界』《ザ・ワールド・オブ・デュー》の紹介で、日本で暮らしてもそういう本を書かなかった少数の上等な人々の列に加わる望みを抱いていたのだが、と自虐的に述べている。

日本について書くというのは、必然的に、美しい（東洋の）頬を汚した（西洋の）口紅への本能的な嫌悪、つまりは、現代化がその国の価値を損なうことへの嫌悪を表明するということになった。でなければ、一九六四年九月十一日付《ライフ》の日本に関する特集記事のように、面白おかしく書きたてようとするかのいずれかだった。その号では、着物姿でボウリングのボールを投じる芸者が表紙になっていた。新たにアメリカナイズされたこの国は、十九世紀末から自国でつくられるようになった柔らかくて白い〝パン〟や、マリゴールドより黄色くて、変わった石鹸かというプロセスチーズのように風味が乏しかった。それを、日本の漬け物や大根、鮨の山葵《わさび》のぴりっとする味と比べてみるといい。そうすれば、それより八十年前の旅行者たちの見かたを踏襲することになるだろう。ラフカディオ・ハーンの叙情的な悲嘆を誰もが分かちあうだろう。

その点、イギーは違っていた。ランチには、白米、梅干し、魚をこぎれいに盛りつけた黒い漆塗りの弁当箱を開けていたかもしれない。しかし、夜には、東芝、ソニー、ホンダの新しいネオンサインが輝く銀座の交差点付近のレストランに出かけ、ジローや日本人の友人とシャトーブリアンステーキを賞味した。それから、勅使河原宏の映画を観て、家に帰れば、根付の戸棚を開け、スタン・ゲッツ（サックス奏者）のレコードをかけながら、ウイスキーをたしなんだ。イギーとジローの暮らしは、また別種の〝真の日本〟を生きるものだった。

パリ、ニューヨーク、ハリウッド、そして軍隊と、出だしにつまずき、あまり楽でない二十年を送ったあと、イギーは今、ウィーンよりも長く東京に在住していた。そして、帰属感をおぼえはじめていた。彼は世界のどこでもやっていける適性を持っていた。それなりの成功をおさめ、自分自身と友人を養うのに十分なものは稼ぎだしていた。姉弟や甥、姪にも援助の手を差し伸べていた。

一九六〇年代半ば、ルドルフは結婚して五人の子どもをもうけていた。メキシコのギゼラは、ようやく暮らしが上向いていた。そして、タンブリッジウェルズのエリザベトは、日曜日になると九時半からの教区教会の礼拝式に地味なコートを羽織って出かけていた。その姿は生粋の英国人に見えた。ヘンクは引退し、《フィナンシャルタイムズ》を楽しみに読んでいた。息子二人も順調な人生を歩んでいた。わたしの父は英国国教会の司祭に任ぜられ、教区司祭の娘の歴史学者と結婚し、ノッティンガムの大学の礼拝堂付きになっていた。二人は四人の息子をもうけた——そのうちの一人がわたしというわけだ。わたしの叔父のコンスタント・ヘンドリク（ヘンリー）はロンドンで法廷弁護士として成功し、議会法務部入りし、結婚して二人の息子をもうけた。ドゥ・ヴァール師と弟のヘンリーは、今や専門職階層の英国人で、自由自在に英語を話した。やや巻き舌でRを発音するのだけが大陸の名残だった。

ビジネスマンに戻ったイギーが、一度、皮肉っぽくいったことがある。自分は父親も認めるような人間になったのだ、と。わたしは金銭の話がわからないこともあって、彼をヴィクトルと同じように見ていた。机の後ろに隠れ加減のビジネスマン、帳簿の間に詩集を忍ばせ、その日の勤務が終わって解放されるのを待ち望むビジネスマン、と。しかし、実際には、劇的な没落の時期に事業を統轄していた父親と違って、イギーは財務に長《た》けていることを証明した。「今はこう申し上げるにとどめておきます」。彼は一九六四年、チューリッヒのスイス銀行コーポレイション総支配人に宛てた親展の書状――その写しが彼の『ハバナの男』（グレアム・グリーンの小説）に栞《しおり》として挟まれていた――で書いている。「わたしは日本でゼロからスタートしたのですが、何年かをかけて、毎年の取引高が一億円を超える組織を築きあげました。われわれは日本に二カ所、東京と大阪にオフィスを置き、四十五人ほどの従業員を抱え、わたしは次長兼日本支配人を勤め……」。一億円というのは相当な額だった。

イギーは結局、銀行家になった。祖父のイニャスがウィーンのショッテンガッセ近くに銀行を開いてから百年後のことだった。イギーはスイス銀行――彼の言によると、究極の銀行――の東京に於ける代表者になった。そして、より広いオフィスに入った――今回は、松の枝と菖蒲《あやめ》の生け花が飾られた応接室のデスクに秘書が控えていた。六階の窓から西方を望めば、クレーンやアンテナが林立する東京のごつごつした新風景が見えた。東方には皇居の松が、下方の大手町には黄色いタクシーの列が見えた。彼は自分の境遇に馴染んでいった。一九六四年、五十八歳の彼は、ダークグレーのスーツにネクタイを固く結び、ウィーンでの卒業写真と同じく、片手をポケットに突っこんでいた。生え際は後退していたが、自分をよく知る彼は、簾頭《すだれ》になるのは避けていた。

三十八歳のハンサムなジローは、転職してCBSに勤め、アメリカのテレビ番組を日本に持ちこむ交渉を担っていた。「それに」ジローはいった。「ぼくは新年にNHKでウィーンのコンサートをやる交渉もしていたんだ。でも、そんなこと、誰も考えていなかった！　反応は厳しいものだったよ！　しかし、日本人がウィーンの音楽、たとえばシュトラウスに憧れているのは知ってるだろう？　イギーがタクシーに乗ると、運転手が尋ねてくるんだ。〝どちらからみえました？〟。彼が〝オーストリアのウィーンから〟と答えると、『美しき青きドナウ』をラ‐ラ‐ラって歌いだすんだから」

一九七〇年、二人は東京の南七十マイルのイトー半島（原文のまま）に土地を買った。小ぶりな別荘を建てるには十分な広さがあった。写真を見ると、夕べの一杯をやるヴェランダが備わっている。前方が下りになっている地所は、竹藪で縁取られ、海を垣間見ることができた。

二人は近しい友人の菩提寺の墓地の小さな区画を買った。イギーは永住する構えだった。

一九七二年、二人は高輪の格好な場所に新築されたマンションに転居した。「東銀座、新橋、大門、三田」地下鉄の案内放送が歌うようにいうと、次は「泉岳寺」。そこで降りて、丘を上がり、高松宮邸の塀沿いの静かな通りをマンションに向かった。東京でも、ひっそり静まりかえるということがあった。わたしは一度、マンションの向かいの緑色の低い柵に腰掛けて、二人が帰ってくるのを待ったことがある。一時間ほどの間に、老婦人が二人と、流しの黄色いタクシーが一台通り過ぎただけだった。

そこはさほど広い住まいではなかったが、非常に便利だった。出入り口は別々でも、双方が接しているので、一方の化粧室のドアがそのまま他方の化粧室へ通じていた。イギーは玄関の間の一方の壁を鏡張りにし、もう一方には金箔を張った。靴を脱ぐときに掛ける小さなスツールと、遥か昔に京都を侵攻から守ったという仏像が置いてあった。ウィーンの絵の数点がジローの側に移り、ジローの日本の陶磁器がイギーの側の棚に落ちついていた。厨子《ずし》には、エミーの写真がジローの母親の写真と並べておさめられていた。レコードのジャケットのコレクションがあるイギーの化粧室からは、高松宮邸の庭園が見下ろせた。ガラス戸棚がある応接室からは、遥か東京湾が望まれた。

イギーとジローは休暇になると、いっしょに旅行に出た。ヴェニス、フィレンツェ、パリ、ロンドン、ホノルル。一九七三年にはウィーンに赴いた。一九三六年以降、イギーが彼の地に戻《か》るのは初めてだった。

イギーは自分が生まれたパレの前にジローを案内した。二人はブルク劇場にも、ホテル・ザッハーにも、イギーの父の馴染みのカフェにもいった。帰ってくると、イギーは二つの決心をした。彼はジローと固く結びついていた。第一の決心は、そのジローを養子に迎えることだった。ジローはジロー・エフルッシ・スギヤマになった。イギーの第二の決心は、アメリカの市民権を返上することだった。エリザベトが駅からリングシュトラーセをめぐり、幼少時代の家の表の折れた菩提樹に出合った旅を念頭に置きながら、わたしは彼のウィーンへの帰還と、オーストリア国籍への復帰について聞いてみた。「わたしはニクソンに我慢できないのだ」。彼はそれだけいうと、ジローと視線を合わせ、話題を変えた。その話からはできるだけ遠ざかろうとしているようだった。

ある場所に帰属するというのはどういう意味があるのか、わたしは考えさせられた。シャルルはパリでロシア人として没した。ヴィクトルはそれを誤りとしたが、自身は五十年をロシア人、それからオーストリア人、さらにナチス・ドイツの国民として過ごし、最後は無国籍になった。エリザベトは五十年間、英国で過ごしたが、オランダの市民権を持ちつづけた。イギーはオーストリア人、それからアメリカ人、さらに日本在住のオーストリア人となった。

その場所に同化はしても、また別の行く先が必要になるかもしれない。手の届くところにパスポートを置いておくべきなのだ。何かしら秘密を保っておくべきなのだ。

34 磨き

イギーが根付に小さな番号を振り、すべてのリストをつくり、鑑定に出したのは、一九七〇年代のことだったに違いない。根付には驚くほどの値打ちがあった。中でも、虎は花形だった。

それでようやく、根付師は自らの名を取り戻し、家族持ちの生身の人間、固有の風景の中の職人になっていく。物語も彼らの周辺に移りはじめる。

十九世紀初め、岐阜に友一という彫刻師がいた。友一は動物をかたどった根付を彫る技に優れていた。ある日、風呂屋にでもいくのかというような軽装で家を出たが、それきり消息が途絶えて三、四日がたった。家族や隣人が、その身に何が起きたのか、しきりに案じているところへ、ひょっこり帰ってきた。友一が失踪のわけを説明していうには、鹿の根付を彫ろうと思って、山奥へ分け入った。そこで、鹿の生活のありさまを一心に見まもっていたが、その間ずっと食べるのも忘れていた。友一は山での観察をもとに、意図したとおりの作品を仕上げたといわれる……たった一つの根付を彫るのに、一ヵ月、二ヵ月を費やすのは珍しいことではなかった……

わたしは自分のキャビネットに向かい、小さな亀四匹がそれぞれの背に乗りあっている根付を見る。イギーのリストの番号と照合してみると、友一の作品だ。黄楊を彫ったもので、カフェ・マキアートの色をしている。それは非常に小さく、手の中で転がせば、つるつるした亀がひしめきあいながら、ぐるぐるまわっているのが感じられる。手に取ってみれば、作者が亀を凝視していたことがわかる。

イギーは、コレクションを見にきた学者や美術商が呈した疑問を書きとめていた。なぜ、作品に銘があれば話は簡単などと考えられるのか？ 銘は複雑きわまりない疑問の始まりなのに。その一画一画が自信に満ちているか、ためらいがちか？ その文字が何画で成り立っているか？ その文字にほかの読みかたはないのか？ そして、わたしの気に入りの、哲学的ともいえる深みを湛えた疑問。偉大な彫刻師と貧弱な銘の間には、どんな関係があるのか？

わたしはその問いに応じられないので、古色蒼然の記録を見る。そして、何とかそれを読み解く。

> 西洋人にとって、磨きをかけるか否かは、慣習や応用でそうするか否かの問題に過ぎない。しかし、実のところ、みごとな根付をつくるには、磨きは非常に重要なプロセスなのである。それは、煮て、乾かして、こするという一連の作業から成り立っている。こするのに用いる材料や道具については、厳重に秘密が守られている。十分な磨きをかけるには、粘り強さと注意深さを要し、三日、四日という日数がかかる。年少のほうのトヨカズ（豊一か？）の濃厚で茶色い光沢はみごとではあるが、陰影を帯びたよさは見られない。

そこで、わたしは丹波派の豊一作の黄色い角の眼をはめこんだ虎を取りだしてみる。この根付師は、きめ細かく密な黄楊材を彫って、今にも動きだしそうな動物に仕上げたことで知られている。わたしの虎は、縞の尾が自らの背を打つ鞭にも見える。わたしはそれを一日か二日、持ち歩く。ロンドン図書館の六階の書架（伝記K‐S）では、迂闊《うかつ》にも、それをメモの上に置きっぱなしにして、コーヒーを飲みにいく。だが、戻ってみると、虎はまだそこにいる。陰影を帯びることなく、茶色の恐ろしい顔に燃えるような眼をした虎。

その虎は脅威そのものだ。他の来館者を寄せつけなかったのだ。

結び　東　京、オデッサ、ロンドン

二〇〇一——二〇〇九

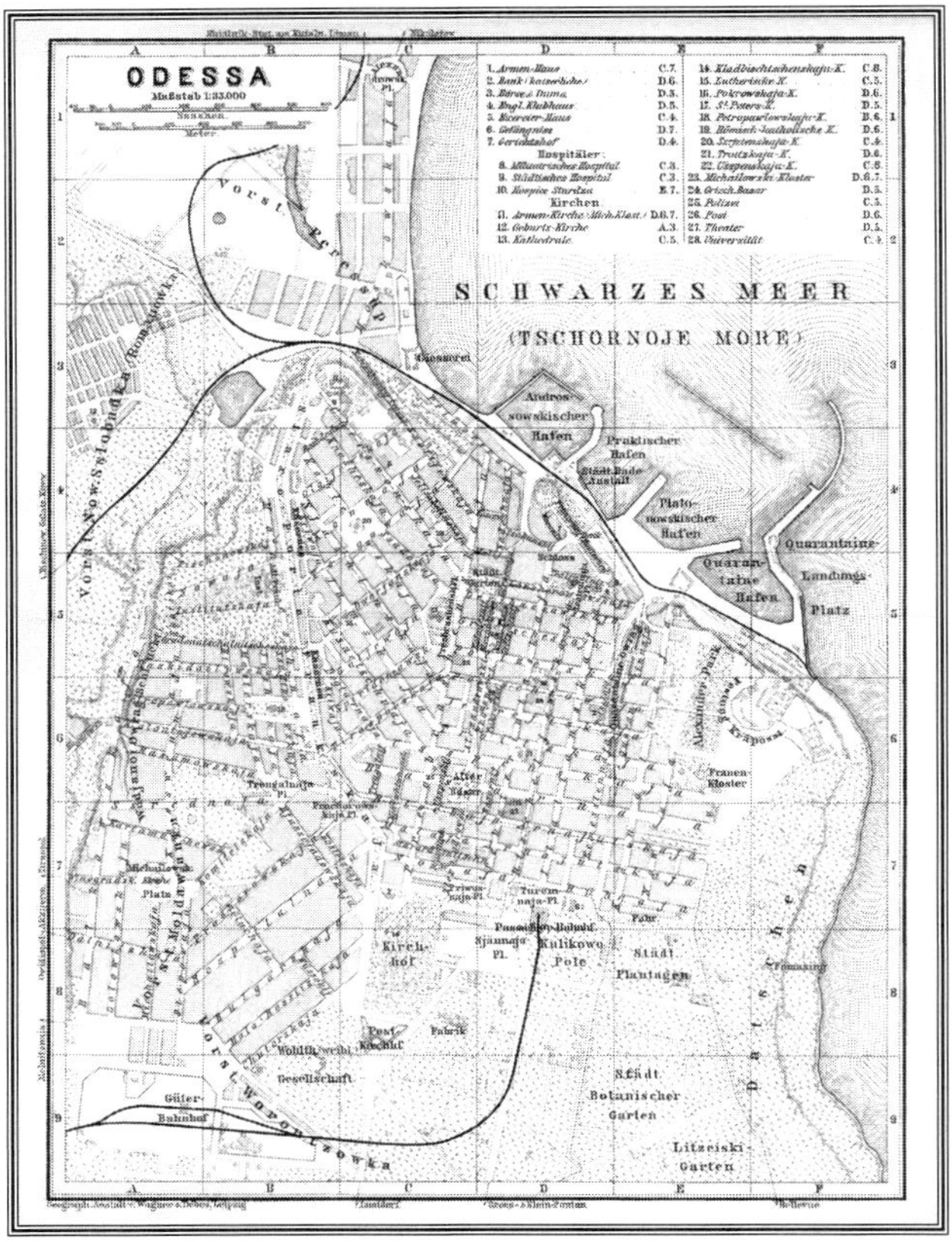

ODESSA
Maßstab 1:33.000
1. Armen-Haus C.7.
2. Bank (kaiserliche) D.6.
3. Börse & Duma D.5.
4. Engl. Klubhaus D.5.
5. Exercier-Haus C.4.
6. Gefängniss D.7.
7. Gerichtshof D.4.
Hospitäler:
8. Militairisches Hospital C.3.
9. Städtisches Hospital C.3.
10. Hospice Sturdza E.7.
Kirchen:
11. Armen-Kirche (Mich.Klost.) D.6.7.
12. Geburts-Kirche A.3.
13. Kathedrale C.5.
14. Kladbischtschenskaja-K. C.8.
15. Lutherische K. C.5.
16. Pokrowskaja-K. D.6.
17. St. Peters-K. D.5.
18. Petropawlowskaja-K. B.6.
19. Römisch-katholische K. D.6.
20. Sretenskaja-K. C.4.
21. Troitzkaja-K. D.6.
22. Uspenskaja-K. C.6.
23. Michailowski-Kloster D.6.7.
24. Griech.Basar D.5.
25. Polizei C.5.
26. Post D.6.
27. Theater D.5.
28. Universität C.4.
SCHWARZES MEER
(TSCHORNOJE MORE)
Androsowskischer Hafen
Praktischer Hafen
Platonowskischer Hafen
Quarantaine Hafen
Quarantaine-Landungs-Platz
Kulikowo Pole
Städt. Plantagen
Städt. Botanischer Garten
Litzeiski-Garten
Güter-Bahnhof
Kirchhof
Vorst. Woronzowka
Vorst. Peresyp
Vorst. Sslobodka Romanowka

35

ジロー

わたしは東京に戻っている。地下鉄の駅から歩いて、スポーツドリンクの自販機を通り過ぎる。今は九月、ここにくるのは二年ぶりだ。自販機は新しくなっている。東京では、一部にゆっくりした変化が見られる。銀白のマンションと隣りあって、洗濯物を干した木造のぼろ家が残っているにしてもだ。鮨屋ではX夫人が店の前の階段を掃いている。

わたしは例によって、ジロー宅に滞在している。彼は八十代の初めになっているが、まだまだ忙しい。もちろん、オペラにも芝居にも出かけている。二、三年間、陶芸教室に通って、茶碗や小さな醤油皿をつくったりもした。十五年前にイギーが亡くなってからも、ジローはイギーの部屋を変えることなく残している。今も、ペンは置き台に、吸い取り紙は机の真ん中に置いてある。そういう住まいにわたしは泊まっている。

わたしはテープレコーダーを見つけるが、二人でしばらくいじった末に、操作をあきらめる。そして、ニュースを見たり、酒を飲んだり、トーストとパテを食べたりする。わたしはここに三日いて、ジローにイギーとの暮らしのことをさらに詳しく聞き、この根付の物語で何か間違って記憶していないかをチェックしている。イギーとジローの最初の出会いの話に誤りがないか確認したいのだ。たとえば、二人が初めてともに住んだ家の住所に。どれも避けては通れない話ではあるが、ただ形式だけにならないよう気をつかう。

時差ぼけで、未明の三時半に目が覚める。自分でコーヒーをいれる。イギーの本箱に手を走らせる。ウィーン時代の古い児童書、プルーストの隣には、レン・デイトンの一そろい。何か読むものを見つけようとする。結局、《アーキテクチュラル・ダイジェスト》の古い号を取りだしたのは、掲載されているクライスラーやシーバスリーガルの魅力的な広告に惹《ひ》かれたからだ。そして、一九六六年の六月号と七月号の間に、古い書類をおさめた封筒が挟まれているのに気づく。ロシア語の公文書のように見える。わたしはぐるぐる歩きまわる。これ以上思いがけない封筒が出てきたりしたら、どうしていいかわからなくなりそうだ。

わたしはパリから引き継がれてきた絵をながめる。廊下の端のヴィクトルの書斎に掲げられていたものを。それに、イギーが一九五〇年代に京都で買い求めた菖蒲《あやめ》の金屏風を。次には、花弁が深く彫りこまれた中国の古い鉢を手に取る。彫りこみは緑の釉薬で覆われている。わたしはこれを三十年前から知っているはずだが、何とも好ましい感触は今も変わりない。

この部屋全体が、あまりに長い間、自分の人生の一部だったせいか、わたしはそれをあらためることも、そこから離れることもできない。モンソー通りとイエナ大通りのシャルルの部屋、あるいは、ウィーンのエミーの化粧室をそうしたように、逐一調べあげるような真似はできないのだ。

明けがたになって、わたしは眠りに落ちる。

ジローはおいしい朝食をこしらえる。風味豊かなコーヒー、パパイヤ、銀座のベーカリーで買った小さなパン・オ・ショコラ。一息ついたあと、彼は戦争が終わった日のことを初めて口にする。一九四五年八月十五日を、軽症の肋膜炎から回復の途上にあって退屈していた彼はどう迎えたのか。彼は上京して友人と会っていた。二人は伊豆に向かう午後の列車で帰るつもりだった。「切符を手に入れるのは容易じゃなかったが、とにかく、汽車に乗っておしゃべりをしているとき、何とも色鮮やかな服を着た女の人たちを見たんだ。ぼくたちは目を疑ったよ。もう何年も色というものを見ていなかったからね。それから、ニュースを聞いたんだ。二、三時間前に降伏の布告があったって」

わたしたちは、根付の歴史を探ってきたわたしの旅、放浪の旅について語りあう。わたしがパリとウィーンで撮った写真をともに見る。わたしは先週の新聞の切り抜きを見せる。ピンクと金のファベルジュ（ロシアの金細工師）の卵、開けるとダイヤモンドをちりばめた雄鶏があらわれる卵——イギーの大叔母、ベアトリス・エフルッシ＝ロッチルドが注文したもの——が、これまで競売にかけられたロシアの物件では最高値がついたとある。わたしたちはそのとき、イギーの部屋にいたので、ジローがまたガラス戸棚を開け、手を差し入れて、根付を取りだす。

そのあと、ジローが今夜は出かけようと提案する。よい評判を聞いている新しいレストランがあるというのだ。それから映画にもいけそうだ。

36　アストロラーベ、平板、地球儀

　十一月になる。わたしはオデッサにいかなければならない。この旅を始めてからもうじき二年、ほかの場所はすべて踏査したが、エフルッシ家発祥の街だけが残っている。わたしはこの目で黒海を見て、海港の端に建っていた穀物倉庫を思い描いてみたい。そして、シャルルやわたしの曾祖父、ヴィクトルの生家に立ってみれば、理解できるのではないかと思う。何が理解できるのかは確信がなかったけれども。なぜ、彼らは出ていったのか？　出ていくことにどんな意味があるのか？　わたしは始まりに迫ろうとしている。

　わたしは弟のトマスと落ちあった。末弟の彼が、兄弟ではいちばん背が高い。トマスはカフカス地方の紛争の専門家だ。今回はタクシーでモルドヴァからやってきたが、その旅は五時間がかりだった。ロシア語を話し、オデッサのエフルッシ家の歴史を長きにわたって調査してきたトマスは、国境など何とも思わない人間だ。引きとめられたところで、賄賂をつかうかどうかのいつもの問題だと笑い飛ばす。わたしはヴィザが気になるが、彼は気にしない。わたしたちは学生時代にギリシャの島めぐりに出かけて以来、二十五年間、いっしょに旅をしたことはなかった。モルドヴァのタクシー運転手、アンドレイが車を出す。

車は壊れかけたアパートのブロックと朽ちかけた工場群が連なる郊外をガタガタ揺れながら走る。着色ガラスの窓、黒塗りの大型四輪駆動車や、中古のフィアットに次々と追い越されるうち、ようやくオデッサ旧市街の広い通りに出る。わたしはトマスに恨みがましくいう。ここがこんなに美しいとは誰も教えてくれなかった、と。舗道沿いに立ち並ぶ木豇豆《きささげ》の木々、開け放された扉とオーク材の階段の向こうにちらりと見える中庭、そして、バルコニー。オデッサの一部は、左官工事が施され、化粧漆喰が塗りなおされて、旧に復している。一方で、丸まったケーブル、たわんだ屋根、蝶番の外れた門扉、柱頭を失った柱と、ピラネージ（イタリアの画家、建築家。廃墟を描く）風の荒涼の中に沈んだままの建物もある。

車はホテル・ロンドンスカヤの前で停まる。プリモルスキー並木通りに面した金箔と大理石のベル・エポック風の豪壮な建築だ。ロビーには、緩やかに舞う女神像。通りはそのまま広いプロムナードになっている。通りに沿った伝統的な建築の列は、黄色と淡青色に塗られている。通りは、エイゼンシュテインの映画『戦艦ポチョムキン』で有名になった〝ポチョムキンの階段〟の上端まで伸びている。階段は百九十二段で、途中、十の踊り場がある。見下ろすときは踊り場だけが見え、見上げるときは階段だけが見えるよう設計されている。

その階段をゆっくり上ったとしよう。上に着いたら、鵜の目鷹の目で客を探すソ連海軍帽の商売人たちを避けなければならない。首から詩を吊るして物乞いをする水夫、いっしょに写真を撮って料金をとろうとするピョートル大帝風の男。正面には、トーガ（古代ローマ市民が着た緩やかな外衣）をまとったリシュリュー公爵の像がある。フランス出身で、十九世紀初頭にこの地方の総督となり、都市計画を進めた人物だ。像を通り過ぎ、それぞれが弧を描いて一対の完璧な丸括弧《かっこ》をなす二棟の金色の建物を抜けると、寵臣たちを従えたエカテリーナ女帝の像に出る。そこには五十年間、ソヴィエトの像が立っていたが、今は、地元の為政者の計らいで、女帝が元の位置に復している。足もとには、花崗岩が敷きつめられている。

階段の上で右を向けば、栃の木の並木道二本と埃っぽい花壇に挟まれたプロムナードが伸び、豪華なパーティーが開かれた総督の宮殿まで続いている。宮殿は厳粛なドリス式の建築だ。景観の一つ一つが測られたように並んでいる。歩いていけば、ランドマークが一定距離であらわれる。プーシキンの像は、彼がこの地に在住したことを記念したものだ。大砲は、クリミア戦争で英軍から鹵《ろ》獲《かく》したものだ。あたりは夕べのそぞろ歩きの地でもあった。「黄昏《たそがれ》が行きつ戻りつし、噂話をし……数多《あまた》の戯れがある」。高台へ上れば、ウィーンのものを模したオペラ劇場。ユダヤ人の一派とギリシャ人の一派が、それぞれにひいきするそのシーズンの新しいイタリア人歌手の名前を名乗って――〝モンテチェリスティ〟〝カラリスティ〟――相争《あい》った。ここは大聖堂や要塞を中心にした都市ではない。古代ギリシャ的な商人や詩人の都市であり、ここがブルジョアのアゴラ（古代ギリシャの広場）なのだ。

アーケードのがらくた屋で、わたしは子どもたちのためにソヴィエトのメダルを何個かと十九世紀の絵葉書を二枚買う。その一枚には、世紀末の夏の盛り、たぶん七月の光景が写っている。栃の木々の影が短いことからすると、白昼の時間帯だろう。プロムナードは「真夏の燃えたつような真昼間でさえも涼しい」と、オデッサのある詩人は述べている。パラソルをさした女がプーシキンの像を背にプロムナードを歩いている。一方で、乳母が大きな黒い乳母車を押している。港に行き来する人々を運ぶケーブルカーの停車場のドームも見えている。その向こうには、湾に入った船のマストの列。

階段の上で左を向けば、先方に旧株式取引所が見える。コリント式の大邸宅だが、中では取引が行われていた。それが今はオテル・ド・ヴィルになって、ベルギーの代表団を歓迎する幕が掲げられている。十一月初めの穏やかな気候に、わたしたちは上着なしで通りを歩く。いくつかの邸宅、そして、オテルを通り過ぎる。三軒先がエフルッシ銀行で、その隣が一家の居館だ。ここがジュールとイニャスとシャルルの生家だ。ヴィクトルの生家だ。わたしたちは裏にまわってみる。

裏は手に負えない状態だ。化粧漆喰は剝がされて大きな塊となり、バルコニーは外されようとしている。何体かのプットの間には、ずれが生じている。近づいてみると、表面を張り替え、漆喰を塗りなおしたことがわかる。窓も当初のものでないのは明らかだ。しかし、最上部の右のバルコニーには、一家の二連のEがしがみついている。

わたしは躊躇する。だが、恐れ知らずでこういう事態に強いトマスは、アーチの下の壊れた門扉を通り抜け、エフルッシ邸の裏庭に足を踏み入れる。そこは厩舎だったところで、黒っぽい石が敷いてある。バラスト（船を安定させるため船底に積む荷）だ、とトマスが肩越しにいう。穀物船に積んできたシシリーの溶岩。穀物を運びだし、溶岩を積んで戻ってきたのだ。そこでお茶を飲んでいた十人ほどが不意に沈黙する。シトロエン2CVが一台。鎖につながれたジャーマンシェパードが吠えたてる。裏庭はがらくただらけだ。木材、漆喰、割れた石材で満杯の大型容器が三つ。トマスはぴかぴかの革ジャケットの親方を探しだす。ああ、入っていいよ

1880年のオデッサのプロムナードの絵葉書。
左側二番目と三番目の建物が銀行とエフルッシ邸

——あんたがた、ついてるな。今、ちょうど修理中でね。全部新しくしたんだ。きれいになったよ。ほんとにうまくいった。予定どおりだ。いい仕事だろ。今は試験室を地下に入れて、防火扉とスプリンクラーをつけたところだ。次は事務室だな。古い家を引っ剝がさなきゃならなかったんだ。ぼろぼろで、どうしようもなかったからね。一月《ひとつき》前に見ておけばよかったのに！

見ておけばよかった。わたしは遅すぎた。この丸裸にされた巨軀の中で、何に触れることができるというのだろう？　天井板はなく、鉄の梁《はり》と電気の配線があるだけ。床板もなく、スクリード（コンクリートを敷きならすための木や金属板）があるだけだ。壁は漆喰を塗ったばかり、窓はガラスを入れ替えたところだ。ほかに仕切り用の鉄材が若干。ドアはオーク材の一枚だけを除いて、すべて取り外されている。その一枚もあしたには廃材容器行きだろう。結局、残されたものといえば、高さ十六フィートという各部屋のサイズだけだ。

ここには何もない。

トマスと親方はロシア語で先を競うようにしゃべっている。「この家は革命のあと、ずっと船会社の本社だったんだ。その前？　知らないね！　今？　海洋衛生検査会社の本部だよ。だから、試験室をつくったんだ」。二人とも早口だ。わたしはやむなく先へ進む。

戸口から再び埃っぽい裏庭に出ようとしたところで、わたしは引き返す。こんなはずではなかった。階段を上がり、鋳鉄製の手すりに手を置く。支柱の一本一本が、てっぺんにエフルッシ家の小麦の黒い穂をいただいている。一家に富をもたらしたウクライナの黒土の穀倉から産した小麦。弟が電話している間、わたしは窓辺に立ち、栃の木の並木道からプロムナード、その先の埃っぽい小径《こみち》や黒海に向いたベンチを見やる。

エフルッシの少年たちはまだここにいるのだ。

痕跡の中には、定かでないものがある。ダウンタウンの生活やスラムの不良たちの年代記作者、イサーク・バーベリの物語の中に、エフルッシ家が登場している。エフルッシ家の誰かが賄賂をつかい、能力はあるが貧しい生徒に先んじてギムナジウムに進んだという。一家はショラム・アレイヘムのイディッシュ語の物語にも登場している。僻地のユダヤ人村の貧しい男が、銀行家エフルッシの援助を乞いにはるばるオデッサにやってきた。だが、銀行家はそれを断ったという。イディッシュ語の言い習わしがある。「レブン・ヴィ・ゴット・イン・オデス」――「オデッサで神のごとく生きる」――エフルッシ家はツィオンシュトラーセで神のごとく生きた。そして、木豇豆の並木の間の通りの先のどこかには、勘当されたシュテファン、ウィーンから追放され、みるみる貧しくなったシュテファンが、父親の愛人だった新妻と身を寄せていた場所があった。

痕跡の中には、もっと具体的なものがある。ユダヤ人虐殺のあと、エフルッシ兄弟はエフルッシ孤児院を設立した。ユダヤ人の子どもたちのためのエフルッシ学校もあった。イニャスが家長であった父親を記念して基金を寄付した。さらに、シャルルとジュールとヴィクトルが新たな寄付をして、三十年以上にわたり支えつづけた。学校は、今も、野良犬と壊れたベンチばかりが目立つ埃っぽい公園の端にある。市街電車の線路脇の二棟の低い建物がそれだ。一八九二年、学校はエフルッシ兄弟から千二百ルーブルの寄付を受領したと記録している。学校当局者は、アストロラーベ（古代、中世に用いられた天体観測器）、平板《へいばん》（野外測量に用いる平らな板）、地球儀、ガラスを切る鋼鉄製のナイフ、人体の骨格と取り外し可能な眼球の模型をサンクトペテルブルクから購入した。オデッサの書店では、五百三十三ルーブル六十四コペイカを支払って、ビーチャー・ストー、スイフト、トルストイ、クーパー、サッカレー、スコットなど二百八十冊を買い入れた。残金で、貧しいユダヤ人少年二十五人にコート、シャツ、ズボンを買った。おかげで、彼らは寒さに震えることなく、オデッサの埃にまみれることなく、『アイヴァンホー』や『虚栄の市』が読めた。

パリのモンソー通りの埃、ウィーンのリングシュトラーセ建設時の埃。どんな埃も、ここの埃とは比べようがない。「埃が厚さ二、三インチの遍《あまね》き覆いといった趣で積もっている」。一八五四年、シャーリー・ブルックスは『南のロシア人《ザ・ラッシャンズ・オブ・ザ・サウス》』で書いている。「かすかな風でも、埃を街の上に雲のように巻き上げる。軽《かろ》やかな歩みでも、埃を濃い固まりにして宙高く舞わせる。それなのに、勢いよく駆られる何百台もの馬車が……ひっきりなしに走りまわり、海風がひっきりなしに通りを吹き抜けるのだから、オデッサは雲の中にあるという言いかたも、けっして比喩的な表現ではない」。そこはなりふりかまわぬ金儲けの町だった。マーク・トウェインによれば、「通りも店も、せわしなく、商売第一の様相。早足で歩く連中。家も何も、ありふれた〝新〟スタイル。そう、それにあたり一面を覆う猛烈な埃……」。エフルッシの子どもたちが埃とともに成長したというのが、すとんと腑に落ちる。

トマスとわたしは、サーシャと落ちあう。サーシャは七十代の小柄で小粋な学究だ。そのあと、街角で彼の旧友の比較文学の教授とばったり出くわす。わたしたちはともに学校に向かってぶらぶらと歩く。トマスとサーシャはロシア語で話し、わたしと教授は英語で国際シェークスピア学会について話す。学校に着くと、教授と別れ、わたしたち三人は公園のカフェに腰を落ちつけて、美味なコーヒーを飲む。ジュークボックスをかけているカウンターの三人の娼婦がこちらをにらむ。わたしはサーシャになぜこの地を訪ねたかを語る。わたしが書いている本のことも――そこで、つっかえて沈黙する。わたしにはもうわからなくなっている。この本がわたしの一族についてのものなのか、思い出についてのものなのか、わたし自身についてのものなのか、それとも、やはり日本の小さな工芸品についてのものなのか。

ゴーリキーも根付を蒐集していました、とサーシャは気をつかっていう。わたしたちはコーヒーをお代わりする。わたしは東京のイギーの部屋で見つけた書類入りの封筒、《アーキテクチュラル・ダイジェスト》の旧号の間に挟まれていた封筒を持参している。それがコピーでなく原本だと知ると、サーシャはたじろぐ。だが、書類を繰る彼の指先を見ていると、まるでピアニストのようだ。

そこには、パレの建設者にして、スウェーデン及びノルウェー国王のオデッサ名誉領事、畏敬すべきイニャスに関する記録がある。ベッサラビア金羊毛勲章の佩用《はいよう》を認めるロシア皇帝の勅許状。ラビ団からの書類。これは古い書状ですね、とサーシャがいう。一八七〇年に取り交わされたものです。これが公印、これが料金。ここに総督の署名。いつものように勢いがありますね——ほら、紙からはみだしそうになっているでしょう。この一枚の住所を見てください。XとYの角！　まさにオデッサ人です。これは事務官が写したものですね。お粗末な筆跡です。

サーシャが干からびた記録に触れ、それによみがえりの気配が兆す間、わたしは件《くだん》の封筒を初めてじっくりと見る。ヴィクトルの手書きで宛て名が記されたそれは、一九三八年九月に、ケヴェチェシュからエリザベトへ送られたものだ。中の書類は、ヴィクトルとイギーには何らかの意味を有するものだった。いってみれば、家族の古文書だ。わたしはそれを慎重に元に戻す。

ホテルへの帰途、わたしたちはシナゴーグに寄ってみる。オデッサのユダヤ人はひどく世俗的で、煙草をシナゴーグの壁に押しつけて揉み消すといわれていた。彼らには罰《ばち》もあたらないようだ。きょうのシナゴーグは忙しい。テルアヴィヴからきた若者たちの運営する学校が開かれている。みんなで建物の一部の修復にあたっている。生徒の一人が近づいてきて、英語で挨拶する。わたしたちは邪魔しないように気をつけながら、そちらをのぞく。正面左に黄色い肘掛け椅子がある。セデル（ユダヤ人のエジプト脱出を記念する祝宴）の椅子、選ばれた者の椅子、他と区別された椅子だ。

シャルルの黄色い肘掛け椅子は、誰の目にも明らかなのに目につかなかった。あまりにわかりやすいので、パリの客間のドガやモローの作品や根付のガラス戸棚の間に置かれると、埋没してしまったのだ。それは洒落《しゃれ》、ユダヤ的な冗談だった。

シャルルがヴィクトルに描いてやった格闘するラオコーンの絵。その元になった像のある美術館の前に立ってみて、わたしは自分がいかに間違っていたかに気づく。わたしは少年たちがウィーンやパリで教育を受けるためにオデッサを去ったと思っていた。シャルルは自分の限界を打ち破るために、専門分野から脱けだして古典を学ぶために、グランドツアーに出たと思っていた。しかし、オデッサは全市が港の上でバランスをとっている古典的な世界なのだ。並木道沿いの彼らの家から百ヤードほどのここにも、古器物をおさめた部屋がいくつも連なる美術館があった。古代ギリシャの工芸品は、町が市になるころに発掘されたものだが、そのころは市街の規模が十年毎に倍々になっていた。オデッサに学者や蒐集家がいたのはいうまでもない。オデッサが埃まみれの街で、港湾労働者や船員、機関員、漁師、潜水夫、密輸業者、冒険家、詐欺師、それにシャルルやヴィクトルの祖父で大物投機家のヨアヒムがいたとはいえ、作家や美術家が少なかったということではなかった。

　ことの始まりは海辺のこの地にあるのだろうか？　おそらく、その外向的な進取の気性は、古書やデューラーや愛の冒険や次なる穀物取引を求めての放浪は、オデッサ人であることに由来するのだろう。ここが船出するのに格好の場所であるのは間違いない。東へ向かうことも、西へ向かうことも可能だ。つむじ曲がりで、貪欲で、数カ国語が通じる土地柄もある。

　ここは、名前を変えるには格好の地だ。「ユダヤ人らしい名前は耳障りだ」。ここは、祖母のバルビナがベルになった地だ。祖父のハイムがヨアヒムに、さらにシャール・ヨアヒムになった地だ。エイザクがイニャスになり、レイブがレオンになった地だ。そして、Efrussi《エフルッシ》がEphrussi《エフルッシ》になった地だ。ここで、ハイムの出身地、ポーランドに近いウクライナ北部の小村、ベルディチフの記憶が、プロムナードに面して建つ初代のパレの薄黄色の漆喰に埋めこまれたのだ。

　ここは、一族がオデッサのエフルッシとなった地だ。

　ここは、ポケットに何かを入れて、旅を始めるには格好の地だ。ベルディチフでは空がどんなふうに見えるのか、確かめにいきたいと思う。だが、わたしは帰らなければならない。邸宅の前の栃の木々のもとで、わたしはポケットに入れる栃の実を探す。プロムナードを二度歩いてみるが、やはり一カ月遅すぎたようだ。実はもうなくなっている。どこかの子どもが実を拾っていてくれたらと思う。

37　黄／金／赤

空路、オデッサから帰国すると、まる一年の疲労がにじみでる。いや、正確にいおう。一年ではない。本の余白の走り書き、栞《しおり》代わりの手紙、十九世紀の親族の写真、オデッサに固有のあれこれ、引き出しの奥の封筒と悲しい航空郵便。それらを見詰めてきた時間は、ほとんど二年になろうとしている。古地図を片手に都市から都市のルートをたどり、迷い迷った二年間。

わたしの指は古い紙と古い埃でべとついている。わたしの父も探し物を続けている。旧司祭館の中庭にある小さなフラットで、いつまで探し物を続けるというのか？　父は最近、一八七〇年代の読みづらいドイツ語の日記を見つけだした。それを翻訳してもらわなければならない。わたしはある文書館で一週間を過ごしたが、そこで得たものといえば未読の新聞のリスト、調べなければならない通信についてのメモ、ベルリンをめぐる未解決事項だけだ。わたしの工房は〝ジャポニスム〟に関する小説、その他の本であふれている。子どもたちとは会っていないし、もう何カ月も器《うつわ》を焼いていない。陶土の塊を置いて、轆轤《ろくろ》に向かう日がきても、自分に何がつくれるのか心配だ。

オデッサでの数日を経て、疑問は前よりも膨らんだ。ゴーリキーはどこで根付を買ったのか？　一八七〇年代、オデッサの図書館はどんなありさまだったのか？　ベルディチフは戦争で破壊されたが、現地を訪ね、どんな様子かを見ておくべきなのだろう。コンラッドはベルディチフの出身だ。コンラッドの作品も読んでおくべきなのだろう。彼は埃についで書いているのだろうか？

わたしの虎の根付は、丹波で、京都西方の山村で彫られた。三十年前、果てしないバスの旅の末、山腹をだらだら上がる埃っぽい道筋に老いた陶工を訪ねたことを思いだす。虎の故郷もたどってみるべきなのだろう。埃の文化史ともいうべきものがあるに違いない。

わたしのノートはリストに次ぐリストで埋められている。黄／金／赤／黄色い肘掛け椅子／黄色い《ガゼット》の表紙／黄色いパレ／金色の漆細工の箱／金褐色のルイーズの髪／ルノワールの『ラ・ボヘミアンヌ』／フェルメールの『デルフトの眺望』。

わたしは乗り継ぎをしたプラハの空港で、三時間ほど暇をつぶさなければならなかった。ノートと、ビール一本、さらにもう一本を相手に座り、かつてポーランド領だったベルディチフのことを考えた。わたしはシャルルを思いだした。彼が兄のイニャスと、プルーストの畏友で伊達男のロベール・ド・モンテスキューの双方から、〝ル・ポロネ〟、ポーランド人と呼ばれていたことを。プルーストの伝記作者、ペインターはこの話を取りあげ、シャルルを粗野で無骨な人間とした。わたしはペインターの単純な誤解と思っていた。だが、ビールを飲みながらあらためて考えてみた。おそらく、彼は発祥の地がどこであるかを重視したのだろう。ロシアでなくポーランドであることを。わたしはそこで気づいた。自分がオデッサでの手ごたえに夢中になるあまり、ユダヤ人虐殺の街、早く去りたい街という悪名を忘れていたことに。

わたしは伝記というものにかすかな違和感をおぼえる。許可なしで、他人の人生の縁《へり》をよぎるという感覚とでもいおうか。放っておけばいい。残しておけばいい。のぞくのをやめ、拾いあげるのをやめよ、という声が執拗にする。家に帰って、物語はそのままにしておけばいい。

しかし、そのままにしておくというのはむずかしい。わたしは老境のイギーと話したときに感じた躊躇を思いだす。躊躇は震えて沈黙になり、沈黙は喪失のしるしを刻んだ。わたしは危篤のシャルル・スワンを思いだす。その死を、ガラス戸棚のように開いた彼の心を、彼がそこから次々と取りだす記憶を思いだす。「人がもはやものごとに執着しなくなっても、かつて執着したものには何らかの感情が残ります。なぜなら、そこには常に、他人には理解できない理由があったからです……」。だが、記憶の中には、他人とは同行したくない場所がある。筆まめで手紙を書くことを奨励した（「もう一度書いて、もっとたくさん書いて」）わたしの祖母エリザベトは、自らの祖母で詩人のエヴェリナからもらった何百通もの手紙やメモを一九六〇年代になって焼いてしまった。「誰が興味を持つ？」からではなく、「これには近づかないで。これはプライヴェートなもの」だからだった。

エリザベトは晩年、自分の母のエミーのことをまったく話さなくなった。政治やフランスの詩のことも話さなくなった。しかし、エミーのことに触れなくなってから、祈禱書に挟んでいた一枚の写真がこぼれ落ちて、はっとする場面があった。わたしの父が拾いあげると、それは母の愛人の写真よ、とエリザベトは抑揚を交えずにいった。そして、そういう情事がもたらす苦渋、それによって自分がいかに傷つけられたかを語りはじめた。しかし、そのあと、再び口を閉ざした。わたしをとまどわせた手紙の焼却には、何かがあったのだ。なぜ、すべてを明らかにし、白日のもとにさらさねばならなかったのか？なぜ、情交を隠滅せず、秘事を保存しておいたのか？　なぜ、三十年間、口外しなかった話を、灰とともにタンブリッジウェルズの空に舞い上がらせなかったのか？　持っていることが伝えていくことに直結はしないにしてもだ。何かをなくすということは、ときに、生きていくスペースを生むことになる。わたしはウィーンを惜しむ気持ちはありません、とエリザベトはよくいっていたが、その口調には明るさが感じられた。それは閉所恐怖症のようなものだった。そこはひどく暗かったのだ。

　エリザベトは九十歳を過ぎてから、子どものころにラビの教育を受けたことがあると明かした。「父に認めてくださいといったら、驚いていましたよ」。もう知っているでしょう、とでもいうような淡々とした口調だった。

　エリザベトはその二年後に亡くなった。わたしの父は、アムステルダム生まれで少年時代を欧州各地で過ごし、英国国教会の聖職者となっていたが、そのときは、ベネディクト修道会の黒、ラビの黒のカソック（司祭平服）をつけ、老人ホームに近い教区教会で自分の母のためにカディッシュを唱えた。

　問題は、わたしがものを燃やしてしまうわけにはいかない世紀にいることだ。放っておくわけにはいかない世代にいることだ。わたしは注意深く分類されて箱詰めされた蔵書を思う。他人の手で注意深く焼却されたもののすべてを、系統的に消去された物語のすべてを思う。人間とその所有物の切り離しを、さらには、家族から切り離された人間を、隣人から切り離された家族を思う。そして、国から切り離された家族を思う。

　そういう人々が、出生の記録に〝サラ〟や〝イスラエル〟という赤いスタンプを押される前、ウィーンで無事に暮らしていたことを確かめようと、リストをチェックした誰かのことを思う。もちろん、国外追放される乗客名簿に記載された家族のことも思う。

　もし、ほかの人々が非常に重要な事物に細心の注意を払うというなら、わたしもそういう対象や物語には相応の注意を払わなければならない。それを正しく理解し、立ち戻って、再びチェックし、再び歩いていかなければならない。

「あの根付は日本に留《とど》めておくべきだとは思いませんか？」ロンドンで厳格な隣人にそういわれる。わたしは答えようとする自分が震えているのに気づく。なぜなら、たしかにそれが問題だからだ。

根付は世界のあちこちに数多く散らばっています、とわたしは彼女にいう。ボンド・ストリートやマディソン・アヴェニュー、カイザース運河（アムステルダムの中心にある）沿いや銀座の美術商のキャビネットには、ビロードを張ったトレーに載せられた根付がおさめられています、と説明する。わたしは少々脱線してシルクロードの話を、さらに、ヒンドゥークシュ山脈一帯では十九世紀までアレキサンダー大王の硬貨が流通していた話をする。ついでに、パートナーのスーとエチオピアを旅行中、ある市場町で埃に覆われた古い中国の壺を見つけ、それがどうしてそこにたどりついたのか究明しようとしたという話を持ちだす。

　結局、わたしの答えはノーだ。そういう物は、昔からずっと、運ばれ、売られ、壊され、盗まれ、取り戻され、失われてきた。人々は、昔からずっと、物を贈ってきた。重要なのは、そういう物にまつわる物語をどう語るかなのだ。

　わたしがしばしば聞かれるのは、それとは表裏をなす問いだ。「作品が工房を離れるのを目にするのはつらいんじゃないですか？」。いや、それはつらくない。わたしは作品を手放すことで生計を立てている。わたしのように物をつくる人間ならば、作品が世に出て、ある程度の寿命を保ってくれれば、と望むばかりなのだ。

　物語を伝えるのは作品だけではない。物語自体が一種の作品でもあるのだ。物語と作品とは何かを共有している。艶《つや》ともいうべきものを。わたしは旅を始める二年前には、それを理解したと思っていた。しかし、それがどう形成されていくのか、今はもう確信がない。おそらく、艶というのは、こすれていくうちに本質があらわれるプロセスをいうのだろう。たとえば、川床を転々としてきた傷だらけの石が、もうこれ以上は摩滅しないと思われるまでを、あるいは、狐の根付が、ほとんど鼻と尻尾の記憶だけになってしまうまでを。しかし、それは付加されるもののようでもある。オーク材の家具が長年、磨きつづけられるうちに何かを得ていくように、あるいは、わたしの花梨《かりん》の葉が輝きを増していくように。ポケットから物を取りだして、それを目の前に置くのがスタートなのだ。そこから物語を語りはじめればよい。

わたしは根付を手元に置くようになってから、何とはなしに、摩滅や、象牙の表面に走る微細なひびを探していることがある。しかし、それは、力士たち——象牙の手足を相打たせ、むなしく踏んばりあっている——のひびは、あの世紀末の興奮の一瞬、誰か名士（詩人、画家、プルースト）がシャルルの金色の絨毯にそれを落としたために入ったのでは、と想像する楽しみからだけではない。あるいは、胡桃《くるみ》の殻にとまった蟬の羽の下に深くしみこんだ埃は、ウィーンのマットレスに隠されていたときについたのでは、と想像する楽しみからだけでもない。おそらく、そういう事実はないだろう。

根付のコレクションの最新の安息の場はロンドンにある。ヴィクトリア・アンド・アルバート博物館が、新しい展示のスペースをつくるために、古いガラス戸棚をいくつか処分しようとしていた。わたしはその一つを買った。

わたしは陶芸家としての仕事ぶり——薄い青灰色の磁器の器《うつわ》が多数を占める——からミニマリストと見られているので、妻と三人の子どももミニマリズムの殿堂のような家に住んでいると思われている。たとえば、コンクリートの床とか、ガラスの壁、デンマーク製の家具などを備えた家に。だが、そうではない。わたしたちは心地よいロンドンの街に建つエドワード七世時代風の家に住んでいる。正面にはプラタナスの木々が並び、玄関の間には——今朝のところは——チェロとフレンチホルン、ウェリントンブーツ（膝上まである長靴）数足、息子たちが大きくなったために、ここ三カ月、チャリティーショップへ出されるのを待っている木製の砦の模型、積み重なったコートと靴、そして、家族に愛されている老いた猟犬のエラが詰めこまれている——そこより奥は、さらに取り散らかっている。それはともかく、わたしは、自分の三人の子どもが根付のことを知る機会があれば、と思っている。百年前の子どもたちと同じように。

それで、わたしたちはさんざん苦労して、四人がかりで悪態をつきながら、退役したガラス戸棚を運びこむ。それは七フィートの高さがあり、基部はマホガニー材、上部はブロンズでできている。中には三段のガラス棚。その戸棚を壁際に据えているうちに、自分の子ども時代のコレクションを思いだす。わたしが蒐集したのは、骨、鼠の皮、貝殻、虎の爪、蛇の抜け殻、陶製のパイプ、牡蠣の殻、それにヴィクトリア朝のペニー貨などだった。ペニー貨は、四十年前の夏、リンカン（イングランド・リンカンシャー州の州都）で兄のジョンとともに始めた考古学もどきの発掘で見つけた。地面に紐を張って、碁盤目をつくり、飽きるまで掘っていったものだった。わたしの父はリンカン大聖堂のチャンセラー（主教の代理として公文書を扱う役職）を務めていた。わたしたち一家は、ゴシック様式の大伽藍《がらん》の東側の窓と向かいあう公舎に住んでいた。それは、螺旋階段と、長い廊下の突き当たりに礼拝堂がある中世風の建物だった。同じ境内にいた大執事が、エドワード七世時代の初期、ノーフォーク州で発掘された化石のコレクションを大聖堂に寄贈することにした。化石の一部には、発見された日付、場所が記されていた。そのあおりで、わたしが七歳のとき、大聖堂の図書室からマホガニー材のガラス戸棚がいくつか撤去され、わたしの部屋の半分がその一つ——わたしの初めてのガラス戸棚——に占領された。わたしはその中に自分の物を並べては、また並べなおした。求められれば、鍵をまわして扉を開けた。それはわたしの〝驚異の部屋《ヴンダーカンマー》〟、物の世界、秘密の感触の歴史だった。

さて、今回の新たなガラス戸棚は、根付には格好の落ち着き場所になると思う。戸棚はピアノの隣に置かれ、子どもたちが望めばすぐに開けられるよう、錠はかけていない。

わたしが根付の一部——狼、花梨《かりん》、琥珀の眼の兎、その他十点余り——を前のほうに並べておく。次に見ると、それらは位置を変えられている。丸くなって眠っている鼠が前に押しだされている。わたしはガラスの扉を開け、それを手に取る。そのままポケットに入れ、犬にリードをつけ、仕事に出かける。わたしはポットを焼かなければならない。

根付は再び歩みはじめる。

謝辞

本書には長い懐胎期間があった。わたしは二〇〇五年にこの話を初めて他人《ひと》に語ったが、その三人の相手、マイケル・ゴールドファーブ、ジョー・アール、クリストファー・ベンファイに感謝する。三人はわたしに、話すのはやめて書いてみたら、と勧めてくれた。

そして、まず、具体的に助力し、同行もしてくれた弟のトマスに感謝したい。叔父、叔母であるコンスタントとジュリアのドゥ・ヴァール夫妻は、終始、支援しつづけてくれた。調査と翻訳に手を貸してくれた人々にもお礼をいいたい。とくに、ジョージナ・ウィルソン、ハンナ・ジェイムズ、トム・オッター、スザンナ・オッター、シャンタル・リーケル、オーロジータ・ダスに。イーストアングリア大学のジョー・キャトリング博士によるリルケ／エフルッシ書簡の研究は非常に貴重なものだった。クリスティーズのマーク・ヒントンは根付の銘の解明に大いに役立ってくれた。工房のマネージャー、カリス・デイヴィスは雑事を遠ざけたうえで、日々、善き話し相手になってくれた。

ジゼル・ド・ボガード・スカントルバリー、故マリー＝ルイーズ・フォン・モンテシスキー、フランシス・スプフォード、ジェニー・ターナー、マドレーヌ・ベズバラ、アンソニー・シンクレア、ブライアン・ディロン、ジェイムズ・ハーディング、リディア・サイズン、マーク・ジョーンズ、A・S・バイアット、チャールズ・ソウメレズ＝スミス、ルース・ソーンダーズ、アマンダ・レンショー、ティム・バリンジャー、ヨールン・ファイテベルク、ロージー・トマス、ヴィクラム・セス、ジョーラム・テン・ブリンクにもお礼をいいたい。マルティナ・マーゲッツ、フィリップ・ワトソン、フィオナ・マッカーシーにはとくに謝意を表したい。彼らの本書への信頼は揺らぐことがなかった。

ロンドン図書館、ヴィクトリア・アンド・アルバート博物館のナショナル・アート・ライブラリー、大英図書館、ケンブリッジ大学図書館、コートールド研究所、ゲーテ・インスティテュート、オルセー美術館、ルーヴル美術館、フランス国立図書館、東京国立図書館（原文のまま）、イスラエル文化協会、ウィーン・アドラー協会のスタッフの皆さん、ありがとう。ウィーンでは、補償の先駆的な仕事をしたソフィー・リリーに感謝したい。イスラエル文化協会のアナ・シュタウダッハーとヴォルフ＝エーリッヒ・エクシュタイン、系図に関して協力してくれたゲオルグ・ガウグシュとクリストファー・ウェントワース＝スタンリーにも。パレ・エフルッシで歓迎してくれたカジノ・オーストリアのマーティン・ドゥルシュカにも。オデッサでは、マーク・ネイドルフ、アナ・ミシュク、アレグザンダー（サーシャ）・ローゼンボイムがエフルッシの歴史の一端に触れさせてくれた。

フェリシティ・ブライアンは最高のエージェントで、実によく励ましてくれた。彼女をはじめフェリシティ・ブライアン・エージェンシーの皆さんに感謝の意を示したい。アンドルー・ニュルンベルク・ソサエティーのゾーイ・パナメンタとスタッフの皆さんにも。チャットーのジュリエット・ブルック、スティーヴン・パーカー、ケイト・ブランドにも感謝したい。フェラー・ストラウス・アンド・ジローのジョナサン・ギャラシは最初からすばらしい代弁者になってくれた。

わたしの二人の編集者の心づかい、献身、想像力は圧倒されるほどのものがあった。チャットーのクララ・ファーマーは、もう本はできたのかと尋ねる手紙をくれた。彼女とＦＳＧのコートニー・ホーデルが本書を世にあらしめたのだ。二人には深く恩義を感じている。

わけても、故人となった祖母エリザベトと大叔父イギー、そして、母エスター・ドゥ・ヴァールと父ヴィクター・ドゥ・ヴァール、さらにジロー・スギヤマへの愛と感謝を記しておきたい。

妻スー・チャンドラーの変わることのない寛大さなくしては、本書を著すことはできなかっただろう。

本書をわたしたちの子、ベンとマシューとアナに捧げる。

あとがき

本書『琥珀の眼の兎』（原題『*The Hare with Amber Eyes : A Hidden Inheritance*』）は、二〇一〇年、英国で出版されてベストセラーとなり、オンダーチェ賞、コスタ賞などの文学賞を受賞した作品である。著者エドマンド・ドゥ・ヴァール（一九六四――）はすでに一家をなした陶芸家であり、同時に、美術評論家、美術史家でもあって、先達のバーナード・リーチについての論考（邦訳『バーナード・リーチ再考―スタジオ・ポタリーと陶芸の時代』）ものしている。

著者は一九九〇年代はじめ、日本に留学した折、東京在住の大叔父（祖母の弟）に親炙《しんしゃ》し、その後まもなく没した彼から二百六十四点の根付のコレクション（その中に〝琥珀の眼の兎〟があった）を遺贈された。十九世紀後半、横浜からパリに渡り、その後、ウィーンなどを経て、また日本に戻ってきたそのコレクションの由来を明かすべく執筆されたのが本書である。

コレクションの主は、著者の祖母や大叔父の生家、ユダヤ系のエフルッシ家であった。ユダヤ系の大富豪といえば、フランクフルトに発して欧州各地で金融業を展開したロスチャイルド（ロートシルト、ロッチルド）家が名高いが、エフルッシ家も一時はそれに比肩するほどの栄華を誇った。オデッサの穀物商から発した同家は、コーカサスの石油に手をひろげて財を蓄え、十九世紀にはウィーン、パリ、アテネに銀行を開設した。その富で欧州各地に城や宮殿並みの大邸宅をかまえ、また、膨大な美術品を蒐集したことでも知られる。

そして、まさに全盛期のパリ・エフルッシ家の一員であったシャルルが、〝ジャポニスム〟の熱狂の中でフランスに渡った根付のコレクションを買い取ったのである。コレクションはその後、彼の従弟にあたるウィーン・エフルッシ家のヴィクトルに贈られ、さらに、その長男で第二次大戦後の東京に定住したイギー（著者の大叔父）に伝えられた。


本書は三部に大別されるが、その三人が各部の主人公であり、その三都が各部の舞台であるといえよう。

三男で家業に携わることを免れたシャルルは、文人として生涯を全うした。王侯貴族のサロンに出入りし、おもに印象派、ドガ、マネ、モネ、ルノワールといった画家の有力な支援者となり、また、プルーストら若い作家、詩人の後見人にもなった。ルノワールの『舟遊びをする人々の昼食』にはその姿が描きこまれ、また、プルーストの『失われた時を求めて』では主要登場人物シャルル・スワンのモデルの一人にもなって、今に面影を伝えている。しかし、ユダヤ人であるがため、ドレフュス事件という踏み絵にあい、友人にも離反される羽目になって、その晩年は深い翳りを帯びた。

ヴィクトルは、次男ではあったが、思いがけず家業を継ぐ羽目になった。もともと学究肌であった彼は経営者としては非力で、ナチス・ドイツによるオーストリア併合後のユダヤ人迫害にも、なす術《すべ》を知らなかった。邸宅、美術品といった資産のすべてを没収され（忠実なメードに救われた根付のコレクションを除いて）、身一つで国外に逃れるのが精一杯で、最後は英国で客死した。

イギーも家業に馴染まず、若くして出奔し、欧米を転々としたのち、託された根付の縁で、第二次大戦直後、焦土の東京を訪れた。そのまま後半生の半世紀近くを東京で暮らし、日本人を養子とし、日本の寺院に葬られて、日本の土となった。

著者は本業をなげうち、何かに憑かれたように、ゆかりの各地を踏査しつづけた。旅の終わり、「わたしにはもうわからなくなっている。この本がわたしの一族についてのものなのか、思い出についてのものなのか、わたし自身についてのものなのか、それとも、やはり日本の小さな工芸品についてのものなのか」と述懐している。しかし、その結果として、本書が「あるコレクションの伝記」に留まらず、「わたしの一族の伝記」、さらには「ユダヤ人一門の興隆と没落の物語」にもなっているのは、著者が別に記しているとおりである。整理していえば、本書は〝琥珀の眼の兎〟を狂言まわしにして、世紀末パリの文化史、戦間期ウィーンの政治史、戦後東京の生活史を背景にしつつ、エフルッシ家のユダヤ系であるがゆえの没落を綴ったものということになろうか。

著者は本書を「喪失とディアスポラの物語」とも述べている。ディアスポラとは、もともと、ユダヤ人がバビロン捕囚後にパレスチナから離散したことをいうが、離散して異郷に暮らすユダヤ人、あるいはその居住地を意味するようにもなった（さらに一般的に、父祖の地を遠く離れて暮らす民族の集団、その居住地をいうこともある）。たしかに、エフルッシ家の人々の運命は、歴史の悲哀がこもるディアスポラの語感と共鳴するものがある。

本書が高く評価される所以《ゆえん》は、まったくの私史でありながら、世界史のいくつかの相貌を切りとっていて、しかも、基調となっている流亡の悲しみが深い感慨を残すという辺にあるのではないだろうか。

なお、原文中には細部ではあるが、やや疑問に思われる点が数カ所あった。そのうち明らかな誤記と考えられるものは訳者の判断で直しておいたが、そうとはいいきれないものは原文に従い、読者のご指摘を待つこととした。また、多数の書名について、邦訳のあるものは邦題のみを記し、邦訳のないものはルビで原題を付しておいたことをお断りしておく。

訳者略歴　立教大学文学部英米文学科卒、英米文学翻訳家。主な訳書に『孤独の要塞』ジョナサン・レセム，『ミドルセックス』ジェフリー・ユージェニデス（以上、早川書房刊），『冷血』トルーマン・カポーティ，『ホワイト・ジャズ』ジェイムズ・エルロイ他多数

琥珀《こはく》の眼《め》の兎《うさぎ》

2011年11月10日　初版印刷
2011年11月15日　初版発行

＊

著　者　エドマンド・ドゥ・ヴァール
訳　者　佐《さ》々《さ》田《だ》雅《まさ》子《こ》
発行者　早　川　　浩

＊

印刷所　株式会社亨有堂印刷所
製本所　大口製本印刷株式会社

＊

発行所　株式会社　早川書房
東京都千代田区神田多町2―2
電話　03-3252-3111（大代表）
振替　00160-3-47799
http://www.hayakawa-online.co.jp
定価はカバーに表示してあります
ISBN978-4-15-209252-6　C0098
Printed and bound in Japan
乱丁・落丁本は小社制作部宛お送り下さい。
送料小社負担にてお取りかえいたします。